페소아와 페소아들

PROSAS ESCOLHIDAS — PESSOA E PESSOAS
by Fernando Pessoa
selected and translated by Hanmin Kim

페르난두 페소아
산문선 — 페소아와 페소아들

김한민 엮고 옮김

wo
rk
ro
om

일러두기

이 책은 아래의 글들을 한국어로 옮긴 것이다.

— 어지간히 독창적인 만찬(A Very Original Dinner)(영어)*
K. 데이비드 잭슨(K. David Jackson), 『페르난두 페소아의 불리한 장르들(Adverse Genres in Fernando Pessoa)』, 뉴욕, 옥스퍼드(Oxford), 2010

— 알렉산더 서치와의 인터뷰(Entrevista com Alberto Caeiro)
http://arquivopessoa.net/textos/297
http://hotsites.editorasaraiva.com.br/classicossaraiva/capa_7/entrevista.pdf

— 최후통첩(Ultimatum) / 선원(O Marinheiro) / 무정부주의자 은행가(O Banqueiro Anarquista) / 내 스승 카에이루를 기억하는 노트들(Notas para a Recordação do meu Mestre Caeiro)
페르난두 페소아, 『생전에 출판된 산문들(페르난두 페소아의 핵심 작품들 3권)(Prosa Publicada em Vida[Obra Essencial de Fernando Pessoa #3])』, 리스본, 아시리우 이 알빙(Assírio &[e] Alvim), 2006

— 악마와의 계약(Pact)(영어) / 알베르투 카에이루 시집의 서문("Prefácio" aos poemas de Alberto Caeiro) / 신들의 귀환(O Regresso dos Deuses) / 포르투갈의 감각주의자들(The Portuguese Sensationists)(영어) / 금욕주의자의 교육(A Educação do Estóico) / 영적 교신(Comunicações Mediúnicas)(영어, 포르투갈어) / 꼽추 소녀가 금속공에게 보내는 편지(Carta da Corcunda para o Serralheiro) / 이력서(Nota Biográfica)
페르난두 페소아, 『사적인 산문들 그리고 자기 인식(페르난두 페소아의 핵심 작품들 5권)(Prosa Íntima e de Autoconhecimento[Obra Essencial de Fernando Pessoa #5])』, 리스본, 아시리우 이 알빙, 2007

— 세바스티앙주의 그리고 제5제국(Sebastianismo e Quinto Império)
페르난두 페소아, 『포르투갈에 대하여: 국가적 문제에 대한 개론(Sobre Portugal: Introdução ao Problema Nacional)』, 리스본, 아티카(Ática), 1979
페르난두 페소아, 『포르투갈, 세바스티앙주의 그리고 제5제국(Portugal,

* 별도 표시가 없을 경우 포르투갈어 텍스트를 의미한다.

Sebastianismo e Quinto Império)』, 리스본, 유로파-아메리카(Europa-América), 1986
원문은 아티카 발행본에서 세 부분을 각각 다음과 같이 차례대로 발췌하였다.
1. 3장「세바스티앙은 언제 돌아오는가?」52(177쪽), 68(202쪽)
1. 4장「포르투갈 — 제5제국」89(239쪽)

— 편지들
마리우 드 사-카르네이루
http://arquivopessoa.net/textos/522
아돌푸 카사이스 몬테이루 / 오펠리아 케이로즈
페르난두 페소아,『페르난두 페소아의 편지들 1923-35(Correspondência de Fernando Pessoa 1923-1935)』, 리스본, 아시리우 이 알빙, 1996
오펠리아 케이로즈
페르난두 페소아,『페르난두 페소아의 연애편지들(Cartas de Amor de Fernando Pessoa)』, 리스본, 아티카, 1978

— 영화를 위한 각본(Film Arguments[Argumentos Para Filmes])(영어/포르투갈어)
페르난두 페소아,『영화를 위한 각본(Argumentos para filmes)』, 리스본, 아티카, 2011

본문의 주(註)는 옮긴이 또는 편집자가 작성했다.

원문에서 이탤릭체로 강조된 부분은 방점을 찍어 구분했고, 대문자로 표기된 부분은 고딕체로 옮겼다.

인명 표기의 경우 최대한 현재 통용되는 포르투갈어 표기법을 따랐으나, 부분적으로는 포르투갈 현지 발음을 살렸다. 가령 알베르'투'의 경우, 실제로는 '우'와 '오' 사이의 발음이고 앞음절에 강세가 있기 때문에 덜 분명하게 발음되나, 기존 표기법을 따랐다. 그러나 '수'아르스의 경우 표기법상으로는 '소'아르스이지만, 이는 브라질식 발음에 가깝기에 따르지 않았다(참고 www.portaldalinguaportuguesa.org). '리카르두 레이스' 역시 '히카르두 헤이스'로 쓰는 대신 'ㄹ' 발음을 유지했다.

높임말의 경우, 몇몇 글(「선원」,「내 스승 카에이루를 기억하는 노트들」,「최후통첩」)에서는, 원문에서 경어체를 사용했더라도 그것이 한국적 맥락(상하 관계 등)으로 사용된 것이라기보다 스타일을 살리기 위한 목적 등으로 쓰였거나, 그대로 옮겼을 때 어색해진다고 판단될 경우 호칭이나 어미를 변형해 번역했다.

본문에 등장하는 기호의 의미는 다음과 같다.

□ 작가가 빈칸으로 남겨놓은 부분

[?] 유고를 전사(轉寫)한 연구자들이 판독하기 어려워 추측한 부분

[…] 판독이 불가능한 단어나 문장

(…) 옮긴이가 생략한 부분

감사의 말

번역에 직접적인 도움을 준 분들만 적는다. 페드루 에이라스(Pedro Eiras) 교수, 로사 마리아 마르텔루(Rosa Maria Martelo) 교수, 두아르트 드루몽 브라가(Duarte Drumond Braga) 박사 후 연구원, 박사 과정의 파트리시아 리누(Patrícia Lino), 석사 과정의 우고 페레이라(Hugo Pereira), 르나타 리마(Renata Lima), 포르투갈 대사관 참사관 파울루 로페스 그라사(Paulo Lopes Graça) 그리고 편집자 김뉘연 씨에게 깊은 감사의 마음을 전한다. — 옮긴이

차례

작가에 대하여 ______ 9
이 책에 대하여 ______ 11

이명(異名)

알렉산더 서치
악마와의 계약 ______ 17
어지간히 독창적인 만찬 ______ 19

알베르투 카에이루
알베르투 카에이루와의 인터뷰 ______ 55

알바루 드 캄푸스
최후통첩 ______ 63
내 스승 카에이루를 기억하는 노트들 ______ 91

리카르두 레이스
알베르투 카에이루 시집의 서문 ______ 117

안토니우 모라
신들의 귀환 ______ 129

토머스 크로스
포르투갈의 감각주의자들 ______ 141

바랑 드 테이브
금욕주의자의 교육 ______ 155

헨리 모어 외
영적 교신 ______ 179

마리아 주제
꼽추 소녀가 금속공에게 보내는 편지 ______ 207

본명(本名)

페르난두 페소아
이력서 ______ 219
선원 ______ 225
무정부주의자 은행가 ______ 253
세바스티앙주의 그리고 제5제국 ______ 305
편지들 ______ 313
영화를 위한 각본 ______ 341

옮긴이의 글 ______ 353
페르난두 페소아 연보 ______ 382

작가에 대하여

페르난두 안토니우 노게이라 페소아(Fernando António Nogueira Pessoa, 1888–1935)는 포르투갈의 시인이다. 그는 일생 동안 70개를 웃도는 이명(異名) 및 문학적 인물들을 창조해 글을 썼다. 알렉산더 서치, 알베르투 카에이루, 알바루 드 캄푸스, 리카르두 레이스, 안토니우 모라, 토머스 크로스, 바랑 드 테이브, 헨리 모어, 마리아 주제 등 페소아가 창조한 이들은 포르투갈어와 영어와 프랑스어로 각기 다른 문체를 구사했으며, 소설, 희곡, 평론, 편지, 일기 등 다양한 산문을 썼다.

페소아 스스로 작성한 이력서에 따르면 그의 “가장 적절한 명칭은 ‘번역가’, 가장 정확한 명칭은 ‘무역 회사의 해외 통신원’일 것”이며, “시인 또는 작가인 것은 직업이라기보다 소명”이다. 1888년 포르투갈 리스본에서 태어난 페소아는 5세 때 친아버지를 잃었고, 이후 어린 시절을 양아버지가 영사로 근무하던 남아프리카공화국 더반에서 보냈다. 1905년 17세에 리스본에 돌아와 리스본 대학교 문학부에 들어가지만 곧 그만둔다. 그는 1935년 리스본에서 일생을 마칠 때까지 주로 무역 통신문 번역가로 일했다.

페소아는 잡지 『오르페우(Orpheu)』를 창간하고 주요 필자로 활동했으며, 1918년과 1922년에는 직접 운영하는 출판사에서 자신의 영어 시집을 펴내기도 했다. 사망하기 전해인 1934년 국가 공보처에서 주관한 문학상에 응모해 2위로 입상한 『메시지(Mensagem)』는 모국어로 쓴 것으로는 유일하게 출판된 시집이다. 이어 페소아는 수년간 공책과 쪽지에 단상을 적어온 『불안의 책(Livro do Desassossego)』을 출간하려 했으나 실현하지 못했다. 이듬해인 1935년, 간 경화로 생을 마쳤기 때문이다. 그의 나이 47세였다.

이 책에 대하여

페소아는 시인이다. 그는 무슨 이유에선가 연인 오펠리아에게 "절대 아무한테도 내가 시인이라는 걸 말하면 안 된다"며 신신당부했지만, 그가 모든 예술 영역 중 시를 최우위에 두었던 것은 비밀이 아니었다. 그러나 그는 왕성한 산문가이기도 했다. 소설, 희곡, 철학 에세이, 단상, 논문, 정치/사회 평론, 추리소설, 일기, 편지 등 장르를 가리지 않았다. 사후 그에게 국제적인 명성을 가져다준『불안의 책』도 산문이다. 그 책의 저자 베르나르두 수아르스의 목소리를 빌려 그는 산문 옹호론을 편다.

"산문에서 우리는 자유롭게 말할 수 있다. 우리는 음악적 리듬을 포함시키면서도 여전히 사고를 할 수 있다. 시적 리듬을 포함시키면서도, 그 바깥에 있을 수 있다. 이따금 시적 리듬이 생겨도 산문은 방해받지 않지만, 이따금 산문적 리듬이 생기면 시는 망가진다.

산문은 모든 예술을 포괄한다 — 왜냐하면 한편으로 단어는 그 안에 온 세계를 담고 있기 때문이고, 다른 한편 자유로운 단어는 그 안에 말하기와 생각하기의 모든 가능성을 담고 있기 때문이다."

이런 이유로 수아르스는 "나는 예술형식으로서 운문보다 산문을 선호한다"는 결론을 내리고, 심지어는 "내가 시보다 산문을 선호하는 것은 (…) 다분히 개인적인 이유에서다. 나는 시를 쓸 능력이 없기 때문에 선택의 여지가 없다"고 너스레까지 떤다. 물론, 이는 사실이 아니다.

페소아의 작품을 접하는 경로는 다양하다. 포르투갈이나 브라질의 경우를 제외하면 대부분의 나라 독자들은 시인 페소아보다『불안의 책』의 저자 즉, 산문가 페소아를 먼저 접할 가능성이 높다. 한국의 경우는 1994년에 페소아의 이명 알베르투 카에이루의 시집

『양 치는 목동』이 포르투갈어 원문 번역으로 출판되었으나 안타깝게도 절판되어 대형 도서관에서나 찾아볼 수 있고, 2014년 7월 현재 중역(重譯)된 『불안의 책』 두 권이 전부다. 페소아 시집 번역의 시급함을 인지하면서도 산문집을 먼저 출간하게 된 이유는 오로지 현실적인 탓으로, 먼저 준비가 됐기 때문이다.*

이 책은 기존의 책을 그대로 번역하지 않고, 여러 산문집들을 비교 검토하여 옮긴이가 재구성하였다. 그 이유는 다음과 같다. 첫째로, 출판된 산문집의 종류가 많은 데다 그중 대표적이라고 할 수 있는 한 권을 꼽을 수 없었다. 이는 당연한 일이다. 페소아의 유고 중 산문의 양도 방대하여, 지극히 비실용적인 형태가 아니라면 단일하고 완성된 한 권의 산문집이 나오기는 불가능하다. 게다가 아직도 유고가 모두 출간되지 않은 상태다. 둘째로, 한국의 경우 아직 페소아가 소개되는 단계이므로 조금은 다른 접근이 필요하다고 판단했다. 그리하여, 아래의 선정 기준하에 텍스트들을 추리고 모았다.

1. 이명과 본명으로 구분한다. 이명의 의미를 중시하는 차원에서 이처럼 분류하고, 주요 이명들에게는 각 한 편(꼭 필요한 경우 최대 두 편), 본명에게는 복수의 텍스트를 부여했다.

2. 대표성과 다양성의 균형을 잡는다. 즉, 각 이명의 작품 중 가장 대표적이라고 할 만한 산문을 선보이는 동시에 전체적인 관점에서 페소아라는 작가의 특징인 '다면성'이 최대한 잘 드러나도록 구성했다. 대표성을 위해서는 전문가들(「감사의 말」의 교수/연구진)의 조언과 각종 연구 자료 및 기존 산문집

* 이후 페소아의 시집들은 김한민의 번역으로 한국에 출간되었다(『시는 내가 홀로 있는 방식』, 『초콜릿 이상의 형이상학은 없어』, 『내가 얼마나 많은 영혼을 가졌는지』). — 편집자

들을 두루 참고했고, 다양성의 경우 옮긴이가 판단했다.

위 기준에 부합함에도 아쉽게 배제된 산문들도 많았다. 이때의 배제 기준은 다음과 같았다. 대표성이 있거나 충분히 소개할 만한 가치가 있는 텍스트들 중에서도 전문 연구자가 더 관심을 가질 글(예: 「코르트스-로드리게스에게 보낸 편지」), 포르투갈 정치나 역사 등 상당한 배경지식을 요구하는 글(예: 「사회학적으로 검토한 포르투갈의 새로운 시」), 미완성된 부분이 많은 글(예: 「감각주의에 관하여」)은 제외하였다. 선정한 글 중 전문을 게재하기에는 너무 긴 텍스트(예: 「신들의 귀환」)는 발췌해서 번역하였고 그 사실을 표시하였다. 덧붙여, 페소아의 대표적인 산문 작품인 『불안의 책』은 일부분만 싣기에는 무의미하고, 국내에 원어 역서가 출간될 계획이라고 하여 제외했다.

마지막으로, 이 산문집의 제목은 포르투갈에서도 그리 흔치 않은 작가의 성 페소아가 포르투갈어로 '사람'을 뜻한다는 점에 착안하여 지었다.

옮긴이

이명(異名)

악마와의 계약

알렉산더 서치

아무 곳도 아닌 곳, 지옥의 거주자 알렉산더 서치와, 비록 왕은 아니지만 그곳의 군주인 야곱 사탄(Jacob Satan) 사이의 계약:

1. 절대로 좌절하거나 물러서지 않는다, 인류에게 선을 행하기 위한 목적으로부터.

2. 절대로 쓰지 않는다, 선정적인 것들이나 다른 어떤 방식으로든 악한 것, 읽는 이를 해치거나 그에게 해를 끼치는 것은.

3. 절대로 잊지 않는다, 진리의 이름으로 종교를 공격할 때, 종교를 대체하는 것은 힘든 일이며, 어둠 속에서 울고 있는 불쌍한 인간이 있다는 것을.

4. 절대로 잊지 않는다, 인간의 고통과 병고를.

† 사탄의 서명. 1907년 10월 2일

어지간히 독창적인 만찬

알렉산더 서치

1

프로짓 씨가 회원들을 초대한 그 유명한 사건은 제15회 베를린 미식가 협회 연례 총회가 발단이 되었다. 총회는 당연히 만찬을 겸했다. 후식이 나오면서 요리 기술의 독창성에 관한 열띤 토론이 벌어지고 있었다. 예술 모든 분야가 전반적으로 침체된 시기였다.

독창성은 쇠퇴해가고 있었다. 미식가들의 세계에서도 부패와 안일이 존재했다. 주방에서 생산되는 온갖 요리들 중 "참신하다"는 평가를 듣는 것들 또한 이미 알려진 요리의 변종들뿐이었다. 경미하게 다른 소스, 약간의 차이를 준 양념이나 드레싱 — 최신 요리가 기존의 것과 차별화되는 건 기껏해야 이런 식이었다. 진정한 새로움이랄 게 없었다. 혁신만 빼고 다 있었다. 만찬 석상에 참석한 다양한 강도와 억양의 소리들이, 한목소리로 이런 문제들에 대해 개탄하고 있었다.

열기와 확신이 쏟아지는 토론과는 대조적으로, 그중 한 명의 인물이, 비록 그가 침묵을 지키는 유일한 사람은 아니었음에도 불구하고 눈에 띌 정도로 말수가 없었는데 이는 평소 그가 갖은 참견을 기대할 수 있는 인물이었기 때문이다. 그 인물은 바로, 이 모임의 의장이자 협회 회장인 프로짓 씨였다. 프로짓 씨는 이 토론에 아무런 주의도 기울이지 않은 유일한 사람이었는데 — 무심하다기보다는 조용했다. 권위 있는 그의 목소리가 들리지 않았다. 프로짓, 사려 깊고, 조용했으며, 진지했던, 미식가 협회 회장, 빌헬름 프로짓.

프로짓 씨의 침묵은 대부분의 사람들에게 드문 일이었다. 그는 폭풍을 닮은 사람이었다(이 비유는 그냥 넘어가주길). 침묵은 그의 본질이 아니었다. 조용함도 그의 본성은 아니었다. 그리고 만약 침묵이 그와 함께하는 경우가 있다면, 그것은 단지 잠시 휴식 중인 폭풍(앞선 직유법을 그대로 따르자면)이자, 엄청나게 터져 나올 폭발의 전주곡을 의미할 뿐이었다. 좌중의 생각은 그랬다.

회장은 여러 면에서 주목할 만한 인물이었다. 밝고 사교적인 사람이긴 했지만, 그에겐 기질적으로 타고났기에 고치기 힘든 어색함으로 보이는 비정상적인 쾌활함, 그리고 소란스러운 태도가 있었다. 그의 사교성은 병적으로 보였다. 그의 위트와 농담들은, 전혀 억지스럽진 않았지만 위트의 기능이 아닌 영혼의 다른 기능에 의해 강요된 듯했다. 그의 유머 감각은 거짓된 진실 같았고, 정서불안은 자연스러운 것으로 여겨졌다.

그는 제법 많은 친구들 사이에서 꾸준히 웃음의 흐름을 유지할 줄 알았다. 항상 유쾌했고 늘 웃음을 잃지 않았다. 여기서, 이 독특한 인물이 평소에는 얼굴 표정에서 웃음이나 쾌활함을 숨기지 못한다는 점에 주목해볼 만하다. 그런 그가 웃기를 멈추거나 미소 짓기를 잊어버릴 때면, 그의 얼굴이 배신한 표정과의 대조가 두드러지면서 고통의 자매쯤 되는 부자연스런 심각함 속으로 침잠하는 것처럼 보였다.

이것이 뿌리 깊은 어두운 성격이나 유년기의 슬픔, 또는 영혼의 다른 병에서 비롯되는지는, 이 얘기를 하고 있는 나 역시 짐작하기 힘들다. 게다가, 이런 성격적인 모순, 아니 모순이 지나치다면 최소한 이런 징후는 관찰하는 사람에게만 인지되는 것이지, 다른 이들은 보지도 못했고, 볼 필요도 없었다.

밤의 폭풍들이 제아무리 간격을 두고 불어도, 목격자는 밤 전체를 폭풍의 밤이라고 싸잡아 부르기 마련이다. 폭발과 폭발 사이의 휴지들을 망각하고 자신에게 가장 큰 인상을 남긴 특징으로 그 밤을 부르는 것. 이런 인간의 경향을 따라 사람들이 프로짓 씨를 명랑한 사람이라고 부르는 것도, 그 특유의 시끄러운 웃음소리와 소란스런 명랑성이 가장 뇌리에 박혀 있기 때문이다. 폭풍 속에서 목격자는 중간 휴지기의 깊은 고요함은 잊어버린다. 이 사람의 경우, 우리는 그의 격렬한 웃음, 슬픈 침묵, 사교성이 잠시 끊길 때의 침울함을 너무도 쉽게 잊는 것이다.

반복해서 말하지만, 회장의 표정은 이 모순을 낳기도 하고 배반하기도 했다. 그의 웃는 얼굴엔 생기가 없었다. 그의 변함없는 미소는 얼굴이 햇볕을 받아 어쩔 수 없이 일그러지듯 웃거나, 강한 빛 앞에 얼굴 근육이 일으키는 자연스러운 수축 같은 게 아니었다. 이 경우의 변함없는 표정은 그야말로 부자연스럽고 그로테스크했다.

자주 회자되는 바로는, (그가 그렇다는 걸 아는 사람들 사이에서는) 그가 집안 내력에서 비롯된 정서 불안 혹은 심하게 말해 어떤 병적인 음울함으로부터 벗어나기 위해 명랑한 삶을 추구하게 됐다고도 한다. 그가 간질병 환자의 자식이었고, 사치나 낭비벽이 심한 부분은 차치하고서라도, 그냥 지나칠 수 없는 신경증에 시달리던 남자 조상들을 몇 명 둔 것도 사실이다. 그 자신도 신경계통 때문에 고통스러워했던 것으로 보인다. 하지만 이 부분에 대해선 나도 확실하게 말하진 못하겠다.

내가 의심을 넘어 확실하게 말할 수 있는 건 프로짓 씨가 누군가의 권유로 이 협회에 가입하게 된 점인데, 내가 말하는 사람은 내 친구이기도 한 젊고 쾌활한 사무관으로, 어디선가 프로짓을 알게 되었는데 그의 써먹기 좋은 농담들을 굉장히 즐거워한 모양이다.

프로짓이 꾸려나가는 이 협회는 사실 요즘 그리 드물다고도 할 수 없는, 솔직히 말해 정체가 불분명한 변두리 모임의 일종이었는데, 수준이 높고 낮은 부류들의 기묘한 조합으로 이루어졌고 그 화학반응의 성질 역시 희한해서, 그들과 이질적인 신입 회원을 받아들이는 일도 흔했다. 먹고, 마시고, 섹스를 하는 것이 곧 예술인(반드시 예술이라고 불러줘야 했다) 모임이었다. 확실히, 예술적이긴 했다. 거의 확실히, 저속하기도 했다. 그들은 이것들을 불협화음 없이 조화시켰다.

사회적으로 쓸모없고, 인간적으로 부패해가는 이런 자들의 모임에서 프로짓이 리더였던 이유는 그가 제일 저속했기 때문이다. 이 사례처럼 단순하되 복잡한 심리를 내가 파헤치기란 당연히 불가능한 일이다. 더불어, 여기서, 이런 종류의 협회 리더는 어째서 모임의 가장 저속한 부분에 의해 선출돼야 하는지 그 이유를 설명할 재간이 내게 있을 리도 없다. 이런 경우들에 대해서는 문학사를 통틀어 수많은 예민함과 직관력이 동원되어왔다. 그것들은 드러내놓고 병적이다. 에드거 앨런 포(Edgar Allan Poe)는 그것들에 영감을 불어넣는, 하나 이상의 복잡한 심경들을 통틀어 도착(倒錯)이라고 이름 붙였다. 하지만 이 경우에 관한 한, 나는 기록만 할 뿐 그 이상은 삼간다. 진부하게 말하자면, 이 협회의 여성적인 요소는 아래서부터 나오고, 남성적인 요소는 위에서부터 나왔다. 이 모임의 기둥, 복합체의 접합부—아니 더 잘 표현해보자, 이 화학반응의 촉매는 바로 나의 친구 프로짓이었던 것이다. 협회의 본부, 또는 만남의 장소는 두 종류였다: 그것이 생각 없이 흥청대는 모임일지, 또는 베를린 미식가 협회의 순결한 남성적 예술 행사가 될지에 따라—모 식당이나 이름난 X 호텔로 결정이 되었다. 전자의 경우엔, 예측 불가였다. 털끝만 한 음란함의 힌트도 찾기 불가능했다. 프로짓 씨가 그저 정상적인 수준이 아니라 비정상적으로 저속했기 때문이다. 그의 영향력은 친구들의 가장 낮은 욕구들의 지향점마저 한 단계 더 낮출 수 있었다. 후자의 경우엔, 사정이 조금 나았다. 그것은 이 모임의 구체적인 열망의 영적인 부분을 대변했다.

난 방금 프로짓 씨가 저속하다고 말했는데, 진심으로 그랬다. 그의 활기도 저속했고, 그의 유머도 저속하게 표현되었다. 이 모든 걸 각별히 신중하게 일러두는 바이다. 나는 찬양도 중상도 하지 않는다. 나는, 내가 할 수 있는 한에서 가장 명료하게 한 인물을 묘사하고 있다. 마음의 시야가 허락하는 한, 진실의 원칙이란 길을 따를 뿐.

어쨌든 의심할 여지 없이, 프로짓은 저속했다. 가끔 의무적으로 신분이 높은 부류와 교제해야 할 때도, 그는 타고난 거친 성격을 별로 잃지 않았다. 반쯤은 의식적으로 이를 즐겼다. 그의 농담들이 항상 유쾌했거나 모욕이 깃들어 있지 않았던 게 아니다. 그것들 역시 거의 예외 없이 저속했는데, 그런 행동의 의미를 알아보는 사람에겐 충분히 재미있고 위트가 넘쳤으며 만족스러울 만큼 작위적이었다.

이런 저속함에 장점이 있다면, 그게 일종의 열정이라는 전제하에서는, 그 충동성이라고 하겠다. 회장은 그가 맡은 모든 것들에 열정을 불어넣었는데, 특히 요식 사업과 애정 행각에서 그러했다. 전자의 경우 그는 매일같이 영감에 차 있는 미각의 시인이었고, 후자에서 그의 저속한 기질은 최고조로 끔찍했다. 그럼에도 불구하고, 환락을 충동질하는 그의 열정만은 아무도 부정할 수 없었다. 자신도 모르는 사이에 그는, 그가 가진 에너지의 폭력성으로 주변 사람들을 이끌며 그들 내면의 열정을 불러일으키고 충동에 생기를 불어넣었다. 그러나 그의 열정은 그를 위한, 오로지 그를 향한, 신체적인 필요에 의한 것이었지, 바깥세상과의 관계를 위한 게 아니었다. 이 열정은 분명히 오래 지속될 성질의 것은 아니었지만, 그게 지속되는 한에서 그 영향력이란, 아무리 무의식적이라 하더라도 엄청난 것이었다.

하지만 여기서 알아둘 것은, 회장이 열정적이고 충동적이고, 밑바닥부터 저속하고 무례하긴 해도 절대 마음씨 나쁜 사람은 아니었다는 점이었다. 절대로. 아무도 그를 분노하게 만들지 못했다. 오히려 그는 언제나 남을 만족시킬 준비가 되어 있었고, 항상 싸움을 피할 자세가 되어 있었다. 마치 모든 사람과 두루 잘 지내고 싶은 욕구가 있는 사람처럼 보였다. 그가 어떻게 노여움을 억제하며 단단히 손아귀에 쥐는지 관찰하는 것은 신기한 일이었다(그의 충동적이고 불 같은 성격을 아는 제일 친한 친구들조차 알아주지 않았지만).

추측건대, 프로짓이 그만큼 인기 있는 인물이었던 가장 주된 이유는, 이런 게 아닐까 한다. 아마도, 그가 정말로 저속하고, 거칠고, 충동적이긴 해도 단 한 번도 분노나 공격성을 드러내어 거칠게 행동한 적이 없고, 분노로 인해 충동적이지 않았다는 것. 어쩌면 우리는 이런 사실들을 무의식적으로 감안하면서, 그 위에 우리 친목의 기초를 다진 게 아닌가 싶다. 거기에 더해 그가 언제나 기분 좋게 해줄 준비, 또 기분 좋아질 준비가 되어 있었다는 사실도 잊지 말자. 다소 거칠게 말하자면, 크게 예민하지 않은 사람들에게, 회장은 괜찮은 친구였다.

그러므로 프로짓의 '소위' 매력은 다음과 같다는 게 분명해진다: 분노에 둔감한 천성, 남들을 기분 좋게 해주려는 의지, 저속한 활력에서 오는 독특한 매력, 그리고 아마도 마지막으로, 그의 기질이 드러내는 어딘가 수수께끼 같은 무의식적 직관.

자, 이 정도면 충분한 듯! 프로짓에 관한 나의 인물 분석은, 지나친 디테일에도 불구하고 여전히 허점이 많다. 왜냐하면 내가 보기엔 최종적으로 종합하는 데 있어서 모호한 요소들을 간과했거나 남겨놓았기 때문이다. 내 능력을 벗어난 모험을 해버렸다. 나의 이해력은 내 욕구의 명확함을 따라갈 수가 없다. 그래서 이쯤에서 그만이라고 해야 할 것 같다.

그럼에도 불구하고 지금껏 얘기한 모든 것들의 표면에 남는 한 가지는, 회장의 성격에 대한 변치 않는 관점이다. 인지 가능한 모든 의도들, 상상 가능한 모든 목표들에서도 이 점은 분명했다. 프로짓 씨가 쾌활한 사람이었고, 독특한 친구였고, 습관적으로 명랑했고, 자신의 유쾌함으로 사람들에게 강한 인상을 남기곤 했고, 그가 속한 사회 안에서 유명 인사였고, 친구들이 많았다는 점. 그의 저속한 성향들은 그가 속한 사회 사람들의 특징들을 반영하는 것이었고, 말하자면, 그 환경을 구성하는 것들이기에, 너무나 당연시되는 과정에서 사라졌고, 점진적으로 무의식의 영역으로 넘어가면서 감지되지 않기 시작하다가 나중에는 감지 불능으로 마무리되었다.

식사는 이미 끝났다. 대화가 길어졌고, 얘기를 하는 사람들의 뒤섞인, 부조화한, 퍼지는 목소리들 사이에서 프로짓은 여전히 조용했다. 주로 발언을 하던 그레시브 대위가 일장 연설을 하는 중이었다. 상상력의 부재가(그는 그렇게 불렀다) 현대 요리의 비생산성을 초래했다고 역설하고 있었다. 그는 점점 더 열변을 토하고 있었다. 그의 관점에서 미식의 기예는 언제나 새로운 요리들을 필요로 했다. 그의 이해력은 협소했고, 그가 아는 예술에 한정되어 있었다. 그는 마치 참신함이란 게 미식의 세계 안에서만 탁월한 가치인 양, 거짓으로 이해시키려고 하면서 자기주장을 펼쳤다. 어쩌면 이 말은 오로지 요리만이 유일한 과학이자 예술이라고 말하는 세련된 방법이었을지도 모른다. 대위가 열변을 토했다. “보존 그 자체로서 끊임없는 혁명인, 축복받은 예술!” 그는 말을 이었다. “이에 관해 한마디 더 보태자면, 쇼펜하우어가 말하는 세계처럼 그것은 파괴를 통해 자신을 존속시키지.”

“이봐, 프로짓,” 테이블 반대쪽 끝에 앉아 있던 회원이, 회장의 침묵을 알아채고는 입을 열었다. “프로짓, 자네는 아직 아무 말도 하지 않았어. 한마디 해보라고, 친구.

혹시 딴 데 정신이 팔려 있나? 아니면 멜랑콜리한 거야? 어디 아픈가?"

모두가 회장을 바라보았다. 회장은 그가 늘 하던 대로 특유의 사악하고, 기이하고, 심중을 알 수 없는 어중간한 미소를 지어보였다. 그러나 이 미소에는 의미가 담겨 있었다. 이것은 회장이 꺼낼 해괴한 말들의 전조였다.

회장은 예상되는 그의 답변을 위해 준비된 침묵을 깨고 말했다.

"한 가지 제안할 게 있네, 초대 건인데 말야," 그가 말했다. "모두들 경청하고 있나? 내가 한마디 해도 되겠지?"

그가 이 말을 던지자, 정적이 더 깊어지는 듯했다. 모든 눈들이 그를 향하고 있었다. 모든 행동, 몸짓이 그 자리에 멈춰 섰고, 관심이 일제히 집중되었다.

"신사 여러분," 프로짓 씨는 말문을 열었다. "나는 여러분들을, 단언컨대 여러분들이 절대 경험해보지 못한 저녁 식사에 초대하려고 합니다. 제 초대는 동시에 하나의 도전이기도 하죠. 나중에 설명해 드리겠습니다만."

잠시 뜸을 들였다. 방금 와인 한 잔을 비운 프로짓을 제외하고는 미동도 없었다.

"신사 여러분," 그는 세련된 직접화법으로 반복했다. "여기 관련된 모든 사람들에게 던져지는 제 도전은, 지금으로부터 열흘 후에 제가 베풀, 전혀 다른 종류의 저녁 식사, 굉장히 독창적인 만찬입니다. 여러분들 모두 초대되었다고 보시면 됩니다."

여기저기서 설명을 요구하는 수군거림과 질문들이 쏟아졌다. 왜 이런 식의 초대인가? 대관절 무슨 의미인가? 그가 한 제안이 뭔가? 모호한 표현은 또 뭔가? 정확히 말해 그가 말하는 도전이란 건 무엇인가?

"제 집이 되겠습니다," 프로짓 씨가 말했다. "광장에 있는."

"좋소."

"자네 집을 협회 모임 장소로 바꾸려는 건 아니겠지?"

한 회원이 질문을 던졌다.

"아니라네, 오로지 이번 경우에만."

"그리고 이번 초대는 정말로 굉장히 독창적인 게 맞는 거지, 프로짓?"

꼬치꼬치 캐묻던 한 회원이 완고한 어조로 물었다.

"대단히 독창적일 걸세. 완벽히 새로운."

"브라보!"

"만찬의 독창성이란 말이지," 마치 뒤늦게 생각났다는 듯 회장이 덧붙였다. "그것이 전달하거나 보여주는 것에 있는 게 아니라, 그 의미, 그 내용에 있지. 나는 여기 있는 그 누구든(이 점에서는 그 어느 곳에 있는 사람이라도 그렇게 말할 수 있지) 한번 그 식사를 마치고 나면, 그 독창성을 부인하지 못할 거라고 생각하네. 단언컨대 아무도 예상 못 할 거야. 이게 나의 도전이라네. 보아하니 자네들은 더 이상 아무도 더 독창적인 만찬 따윈 만들어낼 수 없으리라고 생각하는 모양인데, 그렇지가 않아. 내가 말한 그대로야. 자네들이 보게 되겠지만, 이번 건 훨씬 더 독창적이라네. 자네들의 기대치를 넘어서지."

"알 수 있을까," 한 회원이 질문했다. "자네 초대의 동기를?"

"해야만 했다네," 설명하는 프로짓의 확고한 표정 속에는 비꼬는 듯한 얼굴이 있었다. "저녁 식사를 하기 전에 토론이 있었지. 여기 있는 몇몇 친구들이 그 논쟁을 들었을 거야. 알고 싶은 사람에겐 얘기해줘도 좋겠고. 자, 그럼 내 초대는 전달된 거지. 모두들 수락하는 건가?"

"물론이지! 물론이야!" 테이블 여기저기서 환호성이 터져 나왔다.

회장은 미소를 지으며 고개를 끄덕였다. 그는 머릿속에 뭐가 떠오르는지 흥분을 감추면서 또다시 침묵 속으로 접어들었다.

프로짓 씨가 그 놀라운 도전과 제안을 던진 후, 회원들은 삼삼오오 모여 초대의 진짜 동기에 대해 수군거렸다. 이것이 회장이 던진 또 하나의 농담일 뿐이라는 설도 있었고, 자기의 요리 기술을 과시(아무도 감히 도전장을 내밀지 않았기에 생각해보면 전혀 불필요했지만, 그 같은 부류의 허영은 만족시킬 만한)하려는 회장의 욕심이라는 설도 있었다. 또, 어떤 이들은 회장과 요리 실력에 있어 라이벌 관계였던 프랑크푸르트에서 온 젊은이들 때문에 발생한 초대라는 설을 확신하기도 했다. 이 글을 읽는 독자들은 곧 알게 되겠지만, 도전의 결말은 당연히 세 번째였다, 내 말은, 직접적인 결말 말이다. 왜냐하면, 회장도 한 명의 인간이었고 더군다나 굉장히 독창적인 인간이었기에, 그의 초대는 심리적으로 말해 그에게 전가된 세 가지 의도의 궤적들을 모두 품고 있었던 것이었다.

프로짓이 초대한 진짜 동기가 즉각 믿기지 않고 논쟁이 벌어진 이유는 (그가 직접 말했듯이) 그 도전이 너무도 모호하고, 수수께끼 같고, 어떤 도발에 대한 응수나 복수 이상으로는 보이지 않았기 때문이다. 하지만, 결국엔 믿는 수밖에 없었다.

회장이 언급한 논쟁은 (아는 사람들에 따르면) 그와 프랑크푸르트에서 온 다섯 명의 젊은이들 사이에서 벌어졌었다. 내가 아는 한, 이 젊은 친구들에겐 미식가라는 유일한 직함 말고는 특기할 만한 사항이 없었다. 그들과의 토론은 장시간 지속됐다. 기억이 맞다면, 그들이 주장하는 요지는 그들 중 한 명이 발명한 요리 혹은 그들이 마련한 저녁 식사가 회장이 보여준 요리 퍼포먼스의 어떤 부분보다 우월하다는 것이었다. 논쟁은 여기서 비롯된 것이었다: 이를 중심으로 논쟁의 거미가 거미줄을 짠 것이다.

논쟁은 열띠게 진행됐다 — 젊은이들 쪽에서는. 프로짓 쪽에서는 늘 그렇듯, 그리고 내가 앞서 말했듯, 절대 화내는 일 없는 그의 성품 그대로 부드럽고 무난하게 진행되었다. 그러나 이번 경우만큼은, 그런 그마저 상대방의 쏘아붙이는 공세 열기 때문에 거의 화를 낼 뻔했다. 그러나 그는 침착함을 유지했다. 여기까지 알고 나니, 평소 알던 회장의 습관이 발동해, 가혹한 논쟁에 대한 복수의 일환으로 이 다섯 명의 젊은이들에게 한 방 먹이는 농담을 날리지 않을까 다들 궁금해하던 참이었다. 이 때문에 기대치도 고조되고 있었다. 오가는 기발한 농담의 속삭임들, 복수의 놀라운 독창성에 대한 이야기들. 주어진 상황과 인물을 감안했을 때, 이런 소문들은 사실을 기반으로 하되 조악하게 만들어진 게 역력했다. 그것들은 모두, 그즈음 해서 프로짓의 귀에까지 들어가게 되었다. 하지만 얘기를 전해 들은 그는 고개를 저으며, 그 의도들은 어느 정도 일리가 있지만 저속한 방식들에 대해선 자못 유감스럽다는 반응이었다. 그에 따르면, 정확히 예측한 사람은 아무도 없었다. 또 그가 덧붙이길, 누군가 정확히 예상하기란 불가능했다. 모든 것이 뜻밖일 것이었다. 추측, 짐작, 가설들은 엉터리였고 쓸모도 없었다.

물론, 이런 소문들은 나중에 생겨난 것이었다. 초대가 이루어진 저녁 식사 자리로 되돌아가보자. 식사를 방금 마친 후였다. 우리는 흡연실로 향하는 와중에 다섯 명의 상당히 잘 차려입은 청년들과 마주치게 되었다. 그들은 프로짓에게 냉랭함이 서린 인사를 건넸다.

"아, 친구들," 회장은 우리를 돌아보며 설명했다. "여기 프랑크푸르트에서 온 다섯 명의 젊은 신사분들이라네, 내가 일전에 요리 대결에서 물리친 적이 있는…."

"아시다시피, 결코 저희를 이겼다고 생각하진 않습니

다만,” 젊은이 중 한 명이 입가에 미소를 띠고 쏘아붙였다.

“글쎄, 그건 있는 그대로 아니, 있던 그대로 놔두도록 하자고. 사실은, 친구 여러분, 내가 미식가 협회에 내민 도전장이,” (우리를 향해 넓게 손을 저어보이면서) “훨씬 더 중요하고, 본질적으로 더 예술적이지.” 그는 다섯 명에게 설명했다. 그들은 가능한 한 불손하게 그의 말을 듣고 있었다.

“나는 이 도전을 기획하면서, 바로 지금, 신사 여러분, 자네들을 염두에 두었다네.”

“오, 그래요, 어련히 그러셨겠어요? 그래서, 그게 우리랑 무슨 상관이죠?”

“아, 곧 알게 될 걸세! 만찬은 다음다음 주, 17일이고.”

“우린 날짜를 알고 싶지 않은데요. 알 필요가 없으니.”

“아닌 게 아니라 자네들이 맞아!” 회장이 빙그레 웃었다. “알기 싫겠지. 그럴 필요가 없으니. 그럼에도 불구하고,” 그는 첨언했다. “식사에 참석할 걸세.”

“뭐라고요!” 세 명 중 한 명이 소리쳤다. 나머지 둘 중 하나는 히죽히죽 웃었고, 다른 한 명도 그러기 시작했다. 회장 역시 웃음으로 회답했다.

“아, 그리고 여러분들은 가장 물리적으로 공헌할 걸세.”

다섯 명의 젊은이는 얼굴 표정을 통해 공공연히 의심과 무관심을 표명했다.

"이봐, 이보게나," 떠나려는 그들에게 회장이 말했다. "내가 그렇다고 말하면 그건 진짜라네, 자네들이 저녁식사에 참석하는 것 말야. 자네들이 이 음미의 시간에 공헌하는 것 말이네."

이 말이 어찌나 분명하고도 날카롭게 비꼬는 듯한 어조로 내뱉어졌는지, 젊은이들은 화가 나서 황급히 계단을 내려가버렸다.

마지막 젊은이가 뒤를 돌아보며 말했다.

"어쩌면 저희의 마음은 그곳에 가 있을지도 모르겠네요, 당신의 실패를 상상하면서."

"아니, 아니, 자네들은 거기에 정말로 몸소 와 있을 거야, 몸소. 내가 보증하네. 걱정은 붙들어 매게나. 다 나에게 맡겨둬."

모든 식순이 끝난 후 약 15분 뒤, 나는 프로짓을 따라 계단을 내려왔다.

"프로짓, 저치들을 정말로 참석시킬 수 있겠나?" 외투를 입고 있는 그에게 물었다.

"물론이지, 틀림없다니까."

우린 함께 밖으로 나갔고, 호텔 현관에서 헤어졌다.

2

프로짓의 초대가 거행될 날이 곧 다가왔다. 만찬은 저녁 여섯 시 반에 프로짓의 자택에서 이루어졌다.

프로짓이 광장에 있다고 말한 그의 집은, 실은 엄밀

히 말한다면 그의 소유가 아니라, 베를린을 떠난 그의 오랜 친구가 프로짓이 원할 때마다 빌려주는 집이었다. 언제든지 그가 내키는 대로 사용할 수 있는 곳이었다. 단지 그가 아주 드물게 사용했을 뿐. 편리함, 외관이나 장소 면에서 비교 우위인 호텔의 편의가 분명해지기 전까지, 미식가 협회의 초기 연회들이 이곳에서 이뤄지기도 했다. 호텔 안에서 프로짓은 잘 알려진 사람이었다. 음식이 그의 지시대로 만들어졌기 때문이다. 자기 직속 또는 협회나 다른 식당에서 데려온 요리사를 대동한 그의 추진력은, 그곳을 자기 집에 버금갈 정도로 폭넓게 장악했다. 재량이 넓을 뿐만 아니라, 계획의 실행 또한 더 신속하고 뛰어났다. 계획은 더 깔끔하게 한 치 오차 없이 완수되었다.

프로짓이 실제로 사는 집에 대해서는, 아무도 사정을 몰랐고 알려고도 하지 않았다. 이 집에는 작은 스위트룸들이 있었기 때문에 어떤 연회에서는, 앞서 말했듯, 애정 행각에 이용되기도 했다. 그는 한 클럽 아니 두 클럽에 가입되어 있어 때로는 호텔에서 발견되기도 했다.

프로짓의 집은, 말하자면, 아무도 몰랐다. 그가 방금 언급한 곳들 말고도 자주 왕래하는 집이 있다는 것은 공공연한 사실이었다. 하지만 집이 있는 위치는 아무도 추측할 수 없었다. 함께 사는 이들이 누구인지도 알려지지 않았다. 그가 은퇴한 곳에서의 동업자들이 누구였는지 프로짓은 한 번도 우리에게 설명한 적이 없다. 그런 게 존재하는지조차 말한 적도 없다. 이건 단지, 누구나 할 수 있는 단순한 추측의 결론일 뿐이었다. 누구에게 들었는지 기억은 안 나지만, 우리가 아는 바로는 프로짓이 아프리카인지 인도인지 어느 식민지에서 살면서 한밑천 잡았다는 것이었다. 그쯤 알았다면, 나머지 뒷조사는 게으름에 맡길 수밖에.

이제 독자 여러분은 앞으로 내가 할 관찰들이 필요 없을 만큼 충분히, 회장과 그의 집에 대해 알게 되었으니 이제 연회 장면으로 넘어가도록 하겠다.

연회상이 차려진 방은 크고 기다랗지만 위압적이지는 않은 공간이었다. 측면은 창문 없이 다른 방들로 통하는 여러 개의 문들만 나 있었다. 정면에는 길 쪽을 바라보는 널찍한 창문이 시원하게 나 있어서 마치 직접 공기를 들이마시는 것처럼 보였다. 보통 크기의 창문 세 개 정도를 족히 차지할 만큼 넓었다. 창은 세 부분으로 나뉘었는데, 단순히 여닫이창을 구획하는 용도였다. 방이 넓었음에도 불구하고, 빛을 들이고 통풍을 하고 방 구석구석 자연의 가장 자연스런 부분들이 충만하도록 조성하는 데는 이 창문 하나로 충분했다.

식당 중간에는 만찬을 위한 기다란 식탁이 놓여 있었다. 상석에는 회장이 창문을 등지고 앉았다. 나는 (가장 연장자로서 이 글을 쓰는 나의 경우) 그의 오른편에 앉았다. 다른 디테일들은 중요하지 않으리라. 쉰두 명의 회원들이 참석했다. 식탁 위를 비추는 세 개의 샹들리에가 방을 밝히고 있었다. 기기들을 솜씨껏 배치한 결과 불빛들이 식탁과 벽 사이의 공간은 어둡게 남긴 채, 오로지 식탁에만 집중되어 마치 당구대 조명을 연상시키는 조명 배치였다. 단, 여기서는 당구장에서와 달리 목적이 분명한 장치로써 설정되어 있었기 때문에, 특기할 게 있다면 기껏해야 이 식당 조명이 주는 기이한 느낌 정도였다. 그 옆에 다른 식탁들도 나란히 놓여 있었더라면 그 사이의 어두움이 눈에 띄었을 것이다. 하지만 식탁이 딱 하나뿐이었기 때문에 그런 일은 일어나지 않았다. 난 이를 나중에서야 눈치챘는데, 이 이야기를 따라오는 독자는 내 말뜻을 알게 될 것이다. 이 방에 처음 들어온 모든 사람들이 그랬듯, 나 역시 모든 구석에서 이상해 보이는 부분을 찾아보려 했는데도 어찌된 일인지 이 부분은 인지하지 못했던 것이다.

어떻게 식탁이 차려졌고 꾸며졌고 장식되었는지, 어떤 부분은 기억이 안 나고 어떤 부분은 기억할 필요도 없다. 다른 만찬의 식탁들과 다른 점이 있다면 그것은 정상적인 범위 안에서의 차이 정도였지, 독창성에서 비롯된 차이는 아니었다. 이런 경우의 묘사는 무의미하거니와 한도 끝도 없다.

미식가 협회 회원들 — 말했듯이, 쉰두 명 — 은 여섯 시 15분 전부터 모여들기 시작했다. 내 기억에 약 세 명 정도만 식사 바로 직전에 도착했다. 한 명, 마지막 사람은, 우리가 식탁에 자리를 잡고 있을 때 나타났다. 예술가들 사이의 관례인 모임의 이런 부분들 때문에 모든 의식들이

지체되곤 했는데, 이번 지각에는 아무도 기분 나빠하지 않았다.

우리는 기대, 궁금함, 지적인 의심에 가득 차서 식탁에 자리를 잡고 앉았다. 모든 이들이 기억하는 대로 이것은, **세상에 하나뿐인 만찬**이 될 것이었다. 모든 사람에게 도전장이 던져진 터 — 이 식사의 어떤 점이 독창적인지 발견하라. 바로 이 점이 난해했다. 그 독창성은 눈에 보이지 않는 어떤 것에 있는가, 아니면 뻔한 것에 있나? 어느 특정 요리에, 소스에, 어떤 조합에 있는 것인가? 아니면 식사 과정에서의 어떤 사소한 디테일에? 아니면, 결국 그저 평범한 연회였던 걸까?

우리 모두가 그러는 것도 당연하지만, 가능한 모든 것, 아주 약간이라도 가능한 것, 정상적인 기준에서는 불가능한 것, 그리고 불가능한 것, 이 모든 것들이 자문과 의심과 혼란의 원인이 되고 있었다. 독창성은 여기에 있는가? 여기에 무슨 농담이라도 가미한 건가?

그래서 우리 손님들 모두는, 식탁에 앉자마자 호기심에 겨워 식탁에 놓인 장식과 꽃들 아니 그뿐 아니라, 접시들의 무늬, 포크와 나이프의 차림, 유리잔, 와인병까지 유심히 관찰하고 있었다. 몇몇은 벌써 의자까지 조사를 마친 상태였다. 적지 않은 사람들이 짐짓 무관심한 겉모습을 하고선 테이블과 방을 훑어보고 있었다. 한 사람은 식탁 아래를 들여다보고 있었고, 어떤 이는 같은 곳을 자신의 손가락으로 신속하고도 신중하게 더듬어 살피고 있었다. 한 회원은 테이블 냅킨을 바닥에 아주 깊숙이 떨어뜨리고 터무니없을 정도로 힘들게 집어 올렸다. 그가 나중에 내게 털어놓기를, 연회의 어느 특정 순간에 식탁을, 혹은 우리와 식탁을 한꺼번에 삼켜버릴 함정이 설치되어 있는 건 아닌지 확인하고 싶었다는 것이다.

나 자신의 추측이나 가설이 무엇이었는지는 정확히 모르겠다. 단지 내가 보여준 사례들만큼이나 충분히 바보 같았다는 것만 어렴풋이 기억날 뿐. 온갖 생각들이 순전히 기계적으로 조합되면서 기발하고 기상천외한 아이디어들이 앞다투어 나오고 있었다. 모든 것이 암시적인 동시에 불만족스러웠다. 잘 생각해보면 모든 것은 어디에 있든 고유의 특이성을 지니지 않겠는가. 하지만 이 문제를 풀 열쇠에 대한 암시나 수수께끼의 숨겨진 낱말 그 어느 하나 분명하거나 깨끗하거나 명백하게 주어진 게 없었다.

회장은 우리 중 누군가가 이 식사의 독창성을 찾아낼 가능성을 부인했었다. 그 도전과 더불어 우리가 익히 알고 있는 프로짓의 유머 구사 능력을 감안했을 때, 이 당혹스러움의 끝이 어디인지, 그 독창성이 의도적으로 말도 안 되게 사소한 것일지 아니면 지나치게 두드러진 면에 감춰진 것일지, 혹은 (이런 것도 가능하기에 하는 말이지만) 털끝만 한 독창성도 없을지, 말할 수 있는 사람은 아무도 없었다. 이것이 이 유일무이한 만찬을 맛보려는 손님들의 전반적인—과장 없이 표현했을 때—마음 상태였다.

모든 것에 주의가 집중되고 있었다.

가장 먼저 눈에 띄는 것은 다섯 명의 흑인 하인들이 음식을 나르고 있었다는 점이었다. 비단 그들의 과장된 복장(기묘한 터번을 포함해서) 때문만이 아니라, 조명들이 (똑같은 기기는 아니지만) 마치 당구장처럼 독특하게 배치되어 식탁을 제외한 곳들은 전부 어둡게 남겨놓았기 때문에 그들의 얼굴 표정은 잘 보이지 않았다.

다섯 명의 흑인 하인들은 교육이 잘 되어 있었다. 어쩌면 완벽하지 않을진 몰라도 나쁘진 않았다. 그러나 그들은 여러 가지 점에 있어서 기대를 저버렸다. 물론, 우리처럼 특별히 이런 종류의 예술과 관련해 매일같이 진지하게 이런 사람들을 상대하는 사람만이 감지할 수 있는 차원에서 하는 말이다. 그들은 그날이 시중드는 첫날임이 분명하다는 점만 빼고는, 굉장히 잘 교육되어 있었다. 이는 경험이 풍부한 내 두뇌가 그들의 행동거지를 보고 받은 인상이긴 하지만, 곧 무시해버렸다. 사실 그다지 특별할 게 없기 때문이다. 하인들은 아무 데서나 찾을 수 있는 게 아니니까. 어쩌면 프로짓이 해외에 체류했던 곳에서 그들을 데려왔을지도 모른다고 생각했다. 그리고 내가 말했듯이 프로짓의 사생활은 그의 주거지와 더불어 우리에게 알려진 바 없이 자기 혼자만 알고 있고, 그럴 만한 개인 사정이 있을 터, 그들을 모른다고 해서 우리가 조사해볼 일도, 알려고 할 일도 아니었다. 다섯 명의 흑인 급사들을 처음 보고 든 생각은 대략 이 정도였다.

곧 식사가 개시되었다. 혼란은 한층 더 가중되었다.

합리적인 이성 앞에 주어진 이 기이함에 어떤 종류의 해석을 가하는 것은 완전히 무의미했다. 한 손님이 식사의 끝머리에 익살스럽게 던진 논평이, 이 모든 것에 대한 적절한 표현이었다.

"내 예민하고 주의 깊은 정신이 인지할 수 있는 유일하게 독창적인 점이 있다면," 짐짓 젠체하면서, 작위를 갖고 있는 이 회원이 말을 잇기를, "첫째로, 우리의 종업원들의 피부가 어둡다는 점, 그리고 그들이 대략 그 정도의 어둠 속에 있다는 점이지. 물론 우리들도 그렇긴 하지만. 두 번째는, 만약 이게 어떤 의미가 있다면, 아무것도 의미하지 않는 의미라는 것. 적어도 상식적으로는 이 생선에서 어떤 면도 수상하지* 않네."

이 가벼운 논평은 비록 재치 면에서는 빈약한 수준 그 이하였음에도 불구하고, 좌중의 동의를 얻어냈다. 그러나 다들 본 걸 알아본 것뿐이었다. 대부분 머릿속이 그저 모호한 상태긴 했지만, 프로짓의 농담이 여기서 끝이라고 생각하는 사람은 아무도 없었다. 그들은 회장을 돌아보고 웃고 있는 그의 표정이 어떤 감정, 표시, 아니면 무언가와 어긋나는 게 있나 살펴봤지만, 미소는 평소처럼 무표정했다. 어쩌면 입꼬리가 조금 올라갔는지도 모르고, 위의 논평을 듣고서 윙크를 했는지도, 혹은 표정이 더 음흉하게 변했는지도 모르지만, 이 부분에는 확신이 서지 않는다.

* 생선(fish)에 수상함(fishy)을 빗댄 언어유희.

"자네의 말을 듣고 있자니," 프로짓이 느릿느릿하게, 말을 꺼낸 회원에게 말했다. "나의 감추는 능력, 다르게 보이도록 가장하는 능력에 대한 무의식적인 인정이 들어 있어 흡족하군. 왜냐하면, 자네들이 눈에 보이는 외관에 속았다는 걸 알 수 있으니. 자네들은 진실을, 아니 농담을 알아보기엔 아직 먼 것 같군. 이 식사의 독창성을 찾아내려면 한참 멀었어. 그리고 덧붙일 수밖에 없네만, 나 역시 부인하진 않겠네, 여기에 수상한 게 있다면 그게 결코 생선은 아니라는 걸. 그럼에도 불구하고 자네의 칭찬은 고맙네."

그리고 회장은 비웃듯이 목례를 했다.

"칭찬?"

"그래, 자네의 칭찬, 왜냐하면 자네는 짐작한 게 아니니까. 그리고 그렇게 함으로써 내 능력을 공언해준 셈이니까. 고맙네!"

그 에피소드는 웃음으로 일단락되었다.

한편, 그 시간 내내 생각에 잠겨 있던 나는 갑자기 이상한 결론에 도달했다. 이 저녁 식사가 이뤄진 이유와 이 초대를 받았던 날을 돌이켜봤기 때문이다. 이 저녁 식사가 프랑크푸르트에서 온 다섯 명의 미식가와 회장 사이에서 일어난 논쟁의 결과로 고려되었다는 점이 갑자기 머리를 스쳤다. 당시 프로짓의 표현이 떠올랐다. 그는 다섯 명의 젊은이들이 저녁 식사에 참석할 것이라고, 그들이 물리적으로 공헌하게 될 것이라고 말했었다. 그게 바로 그가 쓴 표현이었다.

이 다섯 명의 젊은이가 손님 중에는 없으니…. 그때 흑인 하인 중 한 명이 내 눈에 들어왔고 난 새삼스럽게 그들이 총 다섯 명이라는 사실을 떠올렸다. 이 발견은 내 눈을 번쩍 뜨게 만들었다. 그들의 얼굴에 뭔가 어색한 데가 있는지 확인하기 위해 그들이 서 있는 쪽으로 시선을 돌렸다. 하지만 그들의 피부 색깔이 어둡고, 서 있던 장소 역시 어두웠다. 그제서야 나는 이 방의 조명이 얼마나 정교하게 설치되었는지, 식탁에 내려진 환한 불빛과 비교했을 때 나머지 실내 공간, 그중에서도 특히 바닥에서부터 시중을 드는 하인들 다섯 명의 얼굴까지는 밤처럼 어둡도록 잘 처리되었는지를 새삼 깨달았다. 워낙에 기이하고 당혹스러운 발견이었던지라 의문의 여지가 없었다. 다섯 명의 젊은이들이 바로 이 순간 다섯 명의 흑인 급사들로 변장해 있다는 사실에 강한 확신이 들었다. 전체적인 정황에 대한 불신이 나를 잠시 주저하게 하긴 했지만, 흠잡을 데 없는 논리로 얻어진 결론이었고, 너무나 명백했다. 내가 찾아낸 게 틀림없었다.

나는 즉시, 약 5분 전 같은 자리에서, 우리 회원 중 하나인 인류학자 클라이스트 씨가 자연스럽게 흑인 하인들에게 관심을 보이며, 프로짓에게 이들이 어느 나라 출신이고, (그들의 얼굴을 보기가 전혀 불가능했기에) 어디에서 데려왔는지 물어본 장면을 떠올렸다. 회장이 보여준 반응에서 나는, 완전히 티가 나진 않았지만, 확연하고도 분명한 어떤 모순점을 봤다. 당시에는 내가 나중에 한 발견 이후에 생긴 그런 집중력은 없었다. 하지만 프로짓이 당황하며 딴전 피우는 것은 목격했다. 그리고 잠시 후에—내가 무의식적으로 본 바로는—프로짓 옆에서 접시를 들고 있던 한 명의 하인에게 회장이 낮은 목소리로 뭐라고 속삭이는 것도 봤다. 이 말이 떨어진 이후에 다섯 명 모두가 그늘진 어둠으로 한 발짝씩 더 후퇴했다. 얼마나 멀리 들어갔는지 그 거리는, 어쩌면 계략을 의식하고 있던 내가 약간 과장했을 수 있지만.

물론, 회장의 염려는 당연한 것이었다. 클라이스트 씨처럼 인종과 그 유형, 얼굴 특징 등을 섭렵하고 있는 인류학자가 그들의 얼굴을 봤다가는 대번에 그 술수를 발견할 수밖에 없었을 테니까. 그래서 프로짓이 그 질문에 그렇게 긴장한 것이고, 그래서 하인들에게 어두운 곳에 제대로 서 있으라고 지시한 것이다. 그가 어떻게 질문을 피해갔는지는 기억나지 않는다. 의심스럽긴 하지만, 하인들이 자신의 소유가 아니며, 그들의 인종에 대해서는 아는 바가 없고 어떻게 유럽까지 왔는지도 모른다고 했던 것 같다. 내가 발견한 건 이 대답을 하는 과정에서 프로짓이 상당한 거북함을 드러냈다는 점인데, 이는 클라이스트 씨가 인종을 정확히 식별하고 싶은 마음에 갑자기 흑인들을 자세히 관찰하고 싶다는 요구를 할까봐 두려워한 것이다. 당연히 그들이 자기 소유가 아니라고 말하지 않을 수도 없었을 것이다. 인종에 대해 무지하고 그 무지를 스스로도 잘 아는 상태에서, "이 인종" 또는 "저 인종"을 운운하며 눈에 뻔히 보이는 굉장히 기초적인 신체 특징, 가령, 몸집이나 신장에 대해 괜한 모험을 했다가는, 다섯 명의 흑인 하인들의 외형과 드러내놓고 틀려버릴 수도 있을 터였다. 내가 어렴풋이 기억하기로는 이 대답 직후, 프로짓이 식사였는지 미식에 관한 주제였는지 모르겠지만, 아무튼 하인들과는 무관한 뭔가 부수적인 소재로 주의를 돌리며 문제를 덮었던 것 같다.

사소한 요소들의 경우는 관심을 딴 데로 돌리기 위해 고의로 조작된 장치로 간주했기 때문에, 나는 그것들이 눈에 띄더라도 하찮은 부조리, 놀랄 만한 자질구레함, 의도된 낯섦으로 치부해버렸다.

이 사실 하나만으로도 프로짓의 독창성을 담는 데 있어 이미 넘치도록, 말할 수 없을 만큼 기묘한 이유가 되지 않는가, 나는 혼잣말로 중얼거렸다. 생각하면 할수록 이게 성사되었다는 것 자체가 나를 정말로 어리둥절하게 만들었다. 어떻게? 대체 어떻게 회장한테 그토록 적대적이었던 다섯 명의 젊은이를 이곳까지 오게 해서, 교육을 시키고, 그 정도 사회적 배경 출신이라면 누구나 굴욕감을 느낄 식사 시중을 들도록 강제할 수 있었단 말인가? 이것은 여인의 몸에 물고기 꼬리가 달린 현실처럼 기괴하게 시작되어, 나에겐 마치 세상이 스스로의 뒤를 밟는 꼴 같았다.

그들이 흑인으로 분장한 점은 쉽게 설명이 된다. 당연히 다섯 명의 젊은이들을, 협회 회원들 앞에서 맨얼굴로 드러내놓을 순 없었을 것이다. 우리가 희미하게나마 그의 식민지 체류 경험을 알고 있다는 점을 활용해 그가 이 흑인 분장 건으로 농담을 가리려는 시도도 그런대로 자연스럽다고 하겠다. 나를 못 견디게 고문하는 궁금증은 대체 이것이 어떻게 가능했냐는 것이고, 이는 오로지 프로짓만이 풀어줄 수 있었다. 절친한 친구끼리 농담으로 한번 웃자고 큰맘 먹고 하인 역할을 해주는 것까지는—실은 이것도 대단히 잘 이해되진 않지만—이해한다고 치자. 하지만 이런 경우라니!

이 괴상한 경우를 더 고찰하면 할수록, 이 모든 증거와 회장의 성격을 고려했을 때, 가장 유력한 경우의 수로 이 안에 프로짓의 농담이 들어 있는 게 분명했다. 연회의 독창성을 발견하라고? 그래, 잘도 도전장을 내밀었구나! 그 독창성은, 내가 발견한 한에서는 딱히 식사에 있는 게 아니었다. 식사와 모종의 관련이 있을지는 모르지만, 어쨌든 하인들에게 답이 있었다. 나의 추론이 여기쯤 도달하자, 애초에 다섯 명의 젊은이들로 인해 기획되었던 이 식사가 내가 앞서 놓치고 있던 부분 즉, 그들에 대한 복수로 해석될 수밖에 없는 만큼, 만약 이 사실을 감안한다면, 식사와 직접 관계된 것으로 볼 수 있는 것으로는 하인들만 한 게 있을 수 없다는 결론이 내려졌다.

여기서 몇 단락을 할애한 이런 주장과 추론들이 몇 분 동안 나의 뇌리를 스치고 지나갔다. 나는 확신에 찼고, 당혹스럽기도 했고, 만족스럽기도 했다. 이 사건의 명쾌한 논리가 내 두뇌 속에 그 괴이한 성질을 떨쳐버렸다. 나는 내가 프로짓의 도전을 명민하고 예리하게 간파했음을 깨달았다.

식사가 거의 마무리되면서, 후식이 나오기 직전 단계로 접어들고 있었다.

나는 결심했다, 내 실력을 인정받아야겠다는 생각에 프로짓에게 나의 발견에 대해 말하기로. 재고도 해봤다. 혹시라도 헛다리를 짚거나 실수를 해서는 안 될 터, 사실에 대한 나의 확신 사이로 이 문제의 불가사의함이 슬금슬금 기어가는 상상을 했다. 마침내, 나는 프로짓에게로 머리를 굽히면서 낮은 목소리로 말했다.

“내 친구 프로짓, 내가 비밀을 알아냈네. 저 다섯 명의 흑인과 다섯 명의 프랑크푸르트 젊은이들 말야….”

“아! 그 사이에 무슨 연관성이 있다고 생각한 거로군.” 그가 반쯤은 조롱하듯, 또 반쯤은 의구심에 차서 대답하긴 했지만 예상치 못한 나의 예리한 추리에 간담이 서늘해져서 분해 마지못해 하는 게 역력했다. 그는 불편한 심기로 내 얼굴을 유심히 쳐다보았다.

“확신은, 내 쪽에 있다고 생각했네만.”

“물론이지.” 내가 답했다. “저 사람들은 그 다섯 명이 맞아. 그 점에선 의심의 여지가 없어. 하지만 자네 대체 이걸 어떻게 한 건가?”

“완력으로, 친애하는 친구. 다른 사람들에겐 아무 말도 하지 말게나.”

"물론 안 하지. 하지만 완력으로 어떻게 했다는 거냐고, 프로짓?"

"글쎄, 그건 비밀이라니까. 그건 말할 수 없어. 죽을 때까지 비밀이라고."

"하지만 어떻게 저렇게 얌전히 있게 만들었나? 정말이지 놀랍다니까. 도망치거나 반항하진 않던가—?"

회장은 내심 웃음을 참느라 경련을 일으켰다. "그 부분은 걱정 없어," 그는 의미심장한 것 이상의 윙크로 답을 대신했다. "그들은 도망치지 못해—암, 절대 불가능하지." 그러면서 나를 조용하고 교활하고 수상하게 쳐다보았다.

마침내 식사가 거의 끝에 다다랐을 때(아니, 이것도 어떤 효과를 위해 계획된 것이 분명한데, 식사의 끝 무렵이 아니었다), 프로짓이 건배를 제의했다. 모두가 마지막 식사와 후식 사이의 이 건배 제안에 놀라는 눈치였다. 이 역시 주의를 분산시키려는 또 하나의 기괴한 장치이지, 그 자체로는 별 뜻이 없다는 걸 아는 나를 빼고는 모두가 당황해하고 있었다. 어쨌든 잔은 채워졌고, 그러는 와중에 회장은 인내심이 극에 달한 모양이었다. 그는 이 엄청난 행사의 엄청난 사실을 공개하려는 사람답게 들떠서 흥분을 감추지 못하고 좌불안석이었다.

이런 품행은 대번에 좌중에게 노출되었다. "프로짓이 우리한테 공개할 무슨 농담이라도 있나 봐—그 농담 말야. 하루 종일 프로짓이군! 빨리 털어놔, 프로짓!"

건배를 할 순간이 가까워오자 회장은 흥에 겨워 미치기 일보 직전이었다. 그는 의자에서 몸을 들썩이며 어쩔 줄 몰라 했고, 몸을 뒤틀고, 웃음을 흘리고, 이상한 표정을 짓기도 하고, 이유 없이 그리고 끊임없이 낄낄거렸다.

모든 잔이 채워졌다. 모든 사람들이 준비되었다. 깊은 정적이 흘렀다. 나는 이 긴장의 순간에 바깥 길가에서 두 발소리가 들렸던 것과, 아래 광장에서 대화하는 두 사람의 목소리(한 명은 남자, 한 명은 여자)가 들려와 짜증이 났던 것을 기억한다. 그러다 주의를 집중하느라 잊어버리긴 했지만. 그때, 프로짓이 자리에서 일어났다, 아니 거의 의자를 넘어뜨릴 것처럼 박차고 튀어 올랐다.

"신사 여러분," 그가 말했다. "공개하도록 하겠네, 나의 비밀, 농담 혹은 도전을. 굉장히 즐거울 걸세. 내 말을 기억하나? 프랑크푸르트에서 온 다섯 명의 젊은이들이 이 연회에 올 거라는, 가장 물리적인 방식으로 공헌할 것이라던? 그 비밀은 여기에 있네. 이 안에, 말이네."

회장은 서둘러 요점에 이르기 위해 다급하고 두서없이 말했다.

"신사 여러분, 이게 내가 할 말의 전부라네. 자, 이제 첫 번째 건배, 위대한 건배를 제안하는 바이네. 다섯 명의 내 가련한 라이벌들에게…. 왜냐하면 아무도 정답을 발견하지 못했으니, 마이어(이는 바로 나를 지칭한다), 그조차도."

회장은 잠시 멈추고, 거의 소리를 지르듯이 목청을 높였다. "이 식사에 몸소 참석하여 가장 물리적으로 공헌한, 프랑크푸르트에서 온 다섯 명의 젊은 신사들을 위해."

그리고 광포하고 야만스럽게, 완전히 정신이 나가 흥분에 찬 손가락으로, 그가 일부러 식탁에 남겨놓은 접시의 먹다 남은 살코기를 가리켰다.

이 말이 떨어지기 무섭게, 표현을 비웃을 정도의 공포심으로 모두가 등골에 오싹함을 느꼈다. 모든 사람들이 일시적으로 그 상상도 못 할 발견에 충격을 받고 그 자리에 얼어붙어 버렸다. 이 초대의 달아오른 열기 속에 그리고 이 침묵 속에, 마치 아무도 듣지 못했고, 아무도 깨닫지 못한 것만 같았다. 모든 꿈 중에서도 광기는 현실이라는 둥지 속에서 가장 끔찍한 모습으로 태어난다. 그 누구도 절대 꿈꾸거나 생각하지 못했을 그 정적은, 실제로는 잠시였지만, 그 느낌 때문에, 의미 때문에, 공포 때문에, 아득한 시간이 지속되었던 것처럼 느껴졌다. 당시 우리 모두가 제각각 어떤 표정을 하고 있었는지는 알 수 없다. 하지만 분명 한 번도 본 적이 없는 얼굴들이었으리라.

짧고, 길고, 깊은 한순간이었다.

나부터가 끔찍함에 질려, 나 자신의 동요조차 감지하지 못할 정도였다. 내 가설이 너무나 당연하고 순진하게도 다섯 명의 흑인 하인들과 연결했던 그 온갖 유머러스한 표현들과 빈정거림들이, 더 깊고 끔찍한 의미로 나를 엄습했다. 프로짓의 목소리에 깔린 모든 암시, 모든 악랄한 저의—모든 것들이, 이제는 의문의 여지 없이 백일하에 드러나며 형언할 수 없는 공포로 나를 뒤흔들고 전

율케 했다. 되레 그 공포의 강도가 내가 기절하는 것을 막아준 것 같았다. 잠시 동안 나도 다른 이들처럼, 그러나 그들보다 더 큰 두려움, 더 많은 이유들을 갖고 의자에 못 박힌 채, 어떤 말로도 표현할 수 없는 공포를 느끼며 프로짓을 멍하니 쳐다봤다.

그 한순간, 더도 아닌 그 한순간. 그러고서는, 심약해서 기절해버린 한두 명을 제외한 모든 손님들, 정당하고도 걷잡을 수 없는 분노로 제정신이 아니었던 모든 손님들이, 이 처참한 행각을 준비한 미치광이 장본인, 이 식인종에게 미친 듯이 달려들었다. 전후 맥락을 모르는 사람이 봤다면, 이렇게나 잘 교육받고 잘 차려입고 세련된, 예술가에 가까운 남자들이 짐승 수준을 넘어서는 분노로 길길이 날뛰는 모습 자체가 끔찍한 광경이었으리라. 프로짓도 미쳤지만, 그 순간엔 우리도 미쳐 있었다. 그가 우리에게 맞설 수 있는 여지는 없었다 — 전혀. 정말로 그 순간만큼은, 그보다 우리가 더 미쳐 있었다. 그때 우리의 분노를 생각하면, 아마 우리 중의 단 한 명만으로도 충분히 참혹하게 회장을 응징하고도 남았으리라.

누구보다도 먼저 내가, 이 범죄자를 향해 한 방을 날렸다. 얼마나 격분했던지 마치 딴사람의 행동 같았고 지금 봐도 그런데, 그 장면이 내 기억에 사악하게 각인돼버린 것이다. 나는 내 옆에 놓여 있던 와인 디캔터를 움켜쥐고는, 무시무시한 노여움의 발로로 프로짓의 머리를 향해 휘둘렀다. 이게 그의 면상을 정면으로 가격하는 바람에 와인과 피가 범벅이 되었다. 나는 순하고, 예민하고, 피를 혐오하는 사람이다. 어떻게 나같이 정상적인 사람이 그런 잔인한 행동을 할 수 있었는지 돌이켜봐도 실감이 안 나는데, 그게 얼마나 정당했건 간에, 그 감정을 불러일으킨 것 자체가 잔인한, 가장 잔인한 행동이었던 것이다. 내 분노와 광기가 얼마나 대단했으면! 다른 사람들은 또 어떻고!

"창밖으로 내던져버려," 누군가 소름 돋는 목소리로 외쳤다. "창밖으로!" 무서운 동조의 목소리들이 울려 퍼졌다. 그리고 대개 그 정도로 거친 상황에서 창문을 연다는 건 창 전체를 부숴버리는 걸 의미하기 마련이다. 누군가가 돌진해 어깨로 들이받는 통에, 세 부분으로 나뉜 창문의 중앙 부분이 광장 밑으로 떨어졌다.

열두 명이 넘는 짐승 손아귀들이 앞을 다투어 두려움에 몸서리치는, 이 헐뜯어도 모자랄 광기 어린 프로짓을 거머쥐었다. 그는 긴장된 동작으로 창 쪽에 던져지긴 했으나, 뜻대로 되지 않아 용케 창살 하나를 붙잡고 버티고 있었다. 그러자 다시 그 손들이, 이번엔 있는 힘껏 강하고 거칠게, 더욱 야만스럽게 그를 꼼짝 못 하게 붙들었다. 그러고는 헤라클레스처럼 집결된 힘과, 이런 순간에 사악할 만큼 완벽하게 호흡이 맞는 일사불란함 그리고 헤아릴 수 없는 난폭함으로 그를 공중에 멀리 내던져버렸다. 가장 비위가 강한 사람도 역하게 만든 소리, 반대로, 열렬히 보상을 요구하는 마음에는 평정을 찾아주는 둔탁한 울림과 함께, 회장은 인도에서 1–2미터 너머에 있는 광장에 떨어졌다.

그 어떤 말이나 눈짓 교환도 없이 전원은 각자의 공포에 갇힌 채 뿔뿔이 집 바깥으로 흩어졌다. 바깥공기를 마시자, 분노가 가라앉고 꿈으로 착각하게 만든 공포에서 벗어나면서 우리는 다시금 정상 상태로 돌아가는 피할 길 없는 섬뜩함을 경험했다. 한 명도 예외 없이 구토 증세를 느꼈고, 그중 상당수는 머잖아 실신을 했다. 나는 아예 문간에서 기절해버렸다.

프로짓의 다섯 흑인 하인들은 실제로 흑인이었으며, 아시아에서 온 늙은 해적들로 살기등등하고 가공할 종족 출신들이었는데, 상황을 눈치채고 그 소동이 일어났을 때 꽁무니를 뺐다가 한 명을 제외하고 모두 붙잡혔다. 프로짓은 그의 엄청난 농담을 완성하기 위해, 완벽히 악마적인 솜씨로 문명 속에서 잠자고 있던 그들의 거친 본능을 차츰차츰 일깨웠던 것으로 보인다. 그들은 식탁에서 최대한 멀리 떨어져 서 있도록 지시를 받았는데, 이는 그 검은 얼굴들 속에서 불길한 범죄자의 낙인을 알아볼 수도 있었을 인류학자 클라이스트에 대한 프로짓의 무지하고 범죄자다운 경계심 때문이었다. 붙잡힌 네 명은 합당하고 엄중한 처벌을 받았다.

1907년 6월

알렉산더 서치(Alexander Search)

페소아와 같은 연도, 같은 도시(1888년 6월 13일, 리스본)에서 태어났다. 1914년 이전까지의 이명들 중 작품 활동이 가장 왕성했고, 페소아는 그의 이름으로 된 명함까지 제작할 정도로 애착을 가졌다(알바루 드 캄푸스[Álvaro de Campos]의 명함 포함). 이명이라는 말을 발명하기 전에 탄생한 이유로 서치의 정체성은 규정하기가 모호해 주로 '전(前)이명'으로 분류된다. 서치는 초기 바이런의 영향이 눈에 띄는 시에서 시작해 점차 페소아가 본명으로 창작한 시들과는 상이한 문체를 가진, 풍자와 조롱, 영국식 유머를 구사하는 시인이자 산문가로 성장한다. 그를 차후에 알바루 드 캄푸스의 문학 세계를 형성하는 밑거름으로 파악하는 견해도 있다. 그의 이름으로 남겨진 자료들로 미루어보건대 심리학, 정신병리학, 속기술에 남다른 관심을 가지고 있었으며, 시저 시크(Caesar Seek)와 윌리엄 알렉산더 서치(William Alexander Search)라는 가명을 쓰기도 했다. 특기할 사항으로, 페소아의 이명들 중 유일하게 영어, 프랑스어, 포르투갈어를 모두 사용하여 창작했는데, 그의 영어는 일상생활의 대화를 통해 익힌 영어가 아닌, 남아프리카공화국 시절 기숙학교에서 배우고 또 홀로 독서를 통해 터득한 빅토리아풍의 독특한 스타일이다.

영어로 쓰인 이 소설은 1978년에야 세상에 나오게 되었다. 제목을 그대로 옮기면 '매우 독창적인 저녁 식사(A Very Original Dinner)'. 독일어로 건배를 뜻하는 "Prost!"에서 따온 듯한 이름의 수상쩍은 주인공과 대도시의 사교계 한복판에서 벌어지는 카니발리즘을 통해 문명과 야만의 경계에 대한 의문을 자아낸다. 서치는 또한, 흥미롭게도 「악마와의 계약」의 경우처럼 종종 악마와 짝을 이루어 등장한다. 그가 주인공 중 하나로 설정된 초기 연극 습작 「조커들의 최후(Ultimus Joculatorum)」에서도 가명(시저 시크)으로 야곱 사탄과 함께 등장한다. 페소아에게 있어 악마란 신과 대비되어 악을 상징하는 존재가 아니다. 이는 로마교회에 의해 날조된 이미지일 뿐, 악마와 신은 낮과 밤, 해와 달처럼 상보적인 관계이다.

알베르투 카에이루와의 인터뷰

알렉산더 서치*

모든 직접적인 느낌들은 그것들의 언어와 같이 온다.
— 알베르투 카에이루

내가 비고** 시(市)에 빚지고 있는 수많은 예술적 자극들 가운데서도, 얼마 전에 이뤄졌던 우리 시대 시인들 중 가장 최신인, 그리고 의심할 여지 없이 가장 독창적인 시인과의 만남에 감사한다.

아마도 객지에 있는 나를 위로하기 위해, 포르투갈에서 한 친구가 알베르투 카에이루의 책을 보내왔다. 이곳에서 책을 읽었다, 이 창문에서, 아마도 그가 바랐을 법하게, 매혹된 내 두 눈앞에 두고서 (…) 비고 만(灣)에서. 정말 천우신조가 아니고서는, 이런 우연한 기쁨을 맞이할 수 없었을 것이다. 책을 읽은 후 이렇게 금방, 영광스러운 시인과 친분을 맺을 수 있게 되다니.

소개는 공통의 친구가 해주었다. 저녁 무렵, 식사 시

* 시인 카에이루의 경우, 별도로 남긴 산문이 없기에 알렉산더 서치가 포르투갈어로 기록한 이 가상 인터뷰가 그나마 유일한 산문으로 고려될 수 있다.

** Vigo. 스페인 북서부, 포르투갈 북부 국경과 인접한 곳에 위치한 갈리시아 지방의 항구도시.

간 즈음해서 (…) 호텔의 (…) 홀에서, 인터뷰 가능 여부를 미리 타진한 후, 나는 시인과 대화를 가졌다.

그에게 그의 작품에 대한 내 선망부터 이야기하기 시작했다. 그는 마치 응당 들을 말을 듣고 있는 사람처럼, (짐작건대) 자기 권리가 뭔지 잘 알고 있는 사람의 가장 큰 매력 중 하나인, 자연스럽게 흘러나오는 다소 차가운 자신감을 가지고 내 말을 경청했다. 그리고 나 말고는 아무도 그것을 알아보지 못했다. 나는 그것을 비상하게 알아챘다.

커피를 두고 대화는 충분히 지적으로 흐를 수 있었다. 그다지 어렵지 않게, 나는 대화를 나의 유일한 관심사인 카에이루의 책 쪽으로 이끌 수 있었다. 내가 그에게서 듣고 여기 기록하는 그의 생각들은, 당연히, 대화 전체를 그대로 옮긴 것만은 못해도, 그가 한 발언의 많은 부분을 반영하고 있다.

시인은 자기 자신과 그의 작품에 대해서 어떤 종교적 경건함이나 자연스런 고상함을 갖추고 말을 하는데, 어쩌면 그렇게 말을 할 특권을 덜 가진 다른 이들에게는, 솔직히 견디기 힘들어 보일 수 있다. 항상 독단적인 문장들로, 지나치게 종합적으로, 절대적인 확신을 가지고 검열 또는 찬미하면서 독재적으로 말하는데, 마치 하나의 의견을 내는 게 아니라, 건드릴 수 없는 진리에 대해 말하듯이 말한다.

내가 여기에 가장 기록하고 싶은 대화의 시점은, 그의 책의 새로움을 마주한 나의 원초적 방향 상실에 대해 내가 언급한 부분이다.

*

당신의 책을 보내준 친구가 말하기를, 그것이 부활한 것이라고, 즉, 포르투갈의 르네상스 흐름과 연계되어 있다고 했습니다. 저는 그렇게 생각하지 않습니다만….

— 잘 보셨네요. 제 작품과 전혀 다른 게 있다면, 바로 그것들일 겁니다. 당신의 친구는 나를 알지도 못하고 그 사람들과 비교함으로써 나를 모욕했습니다. 그들은 신비주의자입니다. 나는 조금도 신비주의적이지 않습니다. 나와 그들 사이에 뭐가 있습니까? 우리는 시인도 아니겠죠, 왜냐하면 그들은 아니니까. 파스코아이스*를 읽고 있으면, 지겨울 정도로 웃게 되죠. 한 번도 그가 쓴 것을 끝까지 읽어낼 수가 없었어요. 바위에게서 숨어 있는 감각을, 나무에게서 인간의 감정을, 일몰과 새벽의 영혼을 의인화하는 그런 인간. 그건 마치 내 친구가 읽기를 권했던, 베르하렌**인가 하는 멍청이 벨기에인 같군요. 이것 때문에 그

* 1910년 포르투갈이 군주국에서 공화국으로 바뀌면서 문학에서 개혁적 움직임이 일었고, 이는 포르투갈 르네상스를 불러왔다. 마리우 베이랑, 아우구스투 카시미루, 주앙 드 바후스 등의 시인들은 파스코아이스의 회고주의(懷古主義, Saudosismo)를 국민적 위대성의 회복을 위한 단초로 봤다. 테이셰이라 드 파스코아이스(Teixeira de Pascoaes)는 이렇듯 포르투갈 르네상스와 회고주의를 대표하는 시인으로, 잡지 『아기아(A Águia, '독수리')』를 창간해 문학계에 영향력을 미쳤다. 페소아도 이 잡지에 기고하게 된다.

** 에밀 베르하렌(Émile Verhaeren, 1855-1916). 벨기에 시인, 극작가, 평론가. 프랑스어로 글을 썼다. 고향의 풍물을 노래한 시집 『플랑드르 풍물시(Les Flamandes)』(1883), 3부작 『저녁(Les Soirs)』(1887), 『붕괴(Les Débâcles)』(1888), 『검은 횃불(Les Flambeaux noirs)』(1890) 등의 작품을 남겼다.

친구와 사이가 나빠졌죠. 어쨌든 그 말은 믿기지 않네요.

그 흐름에는 중케이루*의 「빛에로의 기도(Oração à Luz)」도 포함되어 있는 걸로 압니다만.

— 그러지 않을 수가 없겠죠. 그 정도로 형편없는 것만으로도 충분한데. 중케이루는 시인이 아닙니다. 문장 편곡자죠. 그의 모든 것은 리듬이자 운율이죠. 그의 종교성은 헛소리죠. 자연에 대한 그의 찬송은 또 다른 헛소리고요. 신비한 빛의 송가가 신의 궤도로 끌려들어 간다느니 운운하는 부류를 진지하게 대할 사람이 있을까요? 이렇게 아무것도, 지나치리만치 아무것도 의미하지 않는 것들을 가지고 이런 자들이 지금까지도 성공을 거두는 겁니다. 이걸 끝낼 필요가 있습니다.

주앙 드 바후스**는요?

— 누구요? 그 현대… 전 개인에겐 관심이 없습니다. 누구든지 한 사람의 유일한 장점은 그 자신이 모르는 점이죠.

* Abílio Manuel Guerra Junqueiro(1850-1923). 포르투갈의 시인. 사회 비판적 풍자시를 주로 썼다.

** João de Barros(1496-1570). 포르투갈의 대표적인 역사가, 언어학자. 『포르투갈어 문법(Gramática da Língua Portuguesa)』(1540)을 써서 모국어의 기틀을 닦는 데 크게 기여했다. 세 권(각각 1552년, 1553년, 1563년)에 걸쳐 펴낸 그의 대표작 『아시아의 세기들(Décadas da Ásia)』은 당시 인도, 아시아 및 포르투갈의 개척사를 기록한 귀중한 자료이다. 마지막 제4권은 그의 사후(1615년)에 주앙 밥티스타 라바냐(João Baptista Lavanha)에 의해 완성되었다.

*

카에이루 씨는 유물론자인가요?

—아니요. 나는 유물론자도 아니고, 이신론자도 아니고 아무것도 아닙니다. 나는 어느 날 창문을 열다가, 이 엄청나게 중요한 걸 발견한 사람입니다: 자연이 존재한다는 것을요. 나무들과, 강들과, 바위들이 정말로 존재한다는 것들이란 걸 확인한 거죠. 아무도, 한 번도 이걸 생각하지 않았어요.

이 세상에서 가장 위대한 시인이 되는 것 이상은 되고 싶지 않습니다. 해야 할 가장 중요한 발견은 했고, 다른 모든 발견들은 그에 비하면 시시한 아이들 오락거리죠. 나는 우주의 이치를 깨달은 겁니다. 그리스인들조차, 그만큼 시각적 명민함을 갖추고도, 그 정도까지는 깨닫지 못했죠.

*

"나는 자연이 존재한다는 사실을 기억한 첫 번째 시인입니다. 다른 시인들은, 자기가 마치 신들이라도 된다는 듯이, 자연을 그들에 종속시키면서 그에 대해 노래했죠. 나는 나를 자연에 종속시키면서 그것을 노래합니다, 왜냐하면 내가 자연보다 우위에 있다는 걸 보여주는 건 아무것도 없고, 그것이 나를 포함하는 걸, 내가 그로부터 태어난 걸 생각하면 (···)

나의 유물론은 자생적인 유물론입니다. 나는 완전

한 그리고 한결같은 무신론자이자 유물론자입니다. 단언컨대, 한 번도 나 같은 유물론자나 무신론자는 없었습니다…. 하지만 이는 유물론과 무신론이, 내 안에서, 겨우 지금에서야 자신들의 시인을 만났기 때문입니다."

알베르투 카에이루가 어찌나 신기하게 '나' 그리고 '내게 있어서'를 강조했는지, 그의 말이 지닌 깊은 확신이 눈에 보일 정도였다.

1915년(?)

알베르투 카에이루(Alberto Caeiro)
1914년 3월 8일, '승리의 날'*이라 불리는 이 기념비적인 날에 페소아의 핵심적인 이명 3인방이 태어난다. 그중에서 "내 안에서 탄생한 내 스승" 카에이루는 모든 이명들에게 절대적인 영향을 끼치는 중심인물로(페소아 자신조차도 주변 인물로 묘사됨) 다른 이명들은 그를 중심으로 영향을 받고 상호작용하며 각자의 예술관을 형성해나간다. 본명은 알베르투 카에이루 다 실바(Alberto Caeiro da Silva). 고등교육을 받지 않고 시골에서 평생을 보낸 전원적인 시인이다. "아무것도 생각하지 않는 것만으로도 형이상학은 충분하다", "사물의 신비? 그걸 내가 어찌 알겠는가. / 유일한 신비는 신비에 대해 생각하는 사람이 있다는 것", "신이 내가 그를 믿기를 바랐다면, / 당연히 내게로 와서 말을 걸었겠지" 등의 시에서 드러나듯, 형이상학적 해석에 대한 경계, 있는 그대로 보는 날것의 순수한 직관, 인간 중심적 시각에서 벗어난 사고 등을 극도로 중시한다. 이런 성향 때문에 그의 시를 유사 하이쿠로 보거나 그와 제자들이 나눈 대화를 선문답에 비교하기도 한다. 카에이루의 시들 중 「양 치는 목동」(원제: 가축 떼를 지키는 사람[O Guardador de Rebanhos])과 「엮지 않은 시들(Poemas Inconjuntos)」의 일부는 1925년 잡지 『아테나(Athena)』에 기고되었다. 페소아는 1933년 2월 25일, 동료 주앙 가스파르 시몽이스(João Gaspar Simões)에게 보낸 편지에서 「양 치는 목동」을 최고의 시로 여긴다고 밝히기도 한다. 페소아는 카에이루의 대표 시 49편에 대한 출판 계획을 진지하게 세웠으나 뜻을 이루지 못했다.

초기에 쓰인 카에이루의 시들은 상당 부분 무기명이었다. 1915년 카에이루가 폐결핵으로 '죽은' 이후로도, 페소아는 카에이루의 이름으로 1930년까지 계속 시를 쓴다. 성(姓)의 유사성과 거의 비슷한 나이에 숨을 거둔 것 때문에 카에이루의 모델이 페소아의 친구 마리우 드 사-카르네이루(Mário de Sá-Carneiro)라고 주장하는 견해도 있으나 두 시인의 시는 현격히 다르다.

* 이 책 325쪽 참조(「편지들」).

최후통첩

알바루 드 캄푸스

유럽의 관료들에게 내리는 퇴거 명령이다! 물러가라!

꺼져라 너, 아나톨 프랑스, 동종 요법 약전(藥典)의 쾌락주의자, 구체제 조레스의 촌충, 가짜 17세기 사기그릇에 버무려진 르낭-플로베르 샐러드!*

꺼져라, 모리스 바레스,** 페미니스트 활동가,*** 벌거벗은 벽들의 샤토브리앙,**** 전단지로 만든 나라의 무대 위 뚜쟁이, 로렌*****의 곰팡이, 자기가 파는 옷을 입는 수의(壽衣) 상인!

* 아나톨 프랑스(Anatole France, 1844–1924)는 취미와 박식에 기반한 신랄한 풍자가 특징적인 프랑스 작가다. 장 조레스(Jean Joseph Marie Auguste Jaurès, 1859–1914)는 프랑스의 사회주의 지도자였다. 조제프 에르네스트 르낭(Joseph Ernest Renan, 1823–92)은 대담한 가설, 유려한 필치로 알려진 프랑스의 언어학자 · 종교사가 · 작가 · 철학자로, 역사과학적인 비판 정신이 정통 신앙에 위배되어 교회로부터 추방되었다. 프랑스 소설가 귀스타브 플로베르(Gustave Flaubert, 1821–80)는 감정이나 주관을 넘어선 객관적 창작 태도를 강조, 자연주의 문학의 기반을 마련했다.

** Maurice Barrès(1862–1923). 프랑스 작가. 개인주의를 주창하다가 민족주의자로 탈바꿈했다.

*** 'Action'이 대문자로 쓰인 것으로 보아 『악시옹 프랑세즈(Action Française)』(1899년 창간된 대표적 우익 신문이자 동명의 우파 정치 운동)를 염두에 둔 듯하다.

**** François Auguste René de Chateaubriand(1768–1848). 프랑스의 작가 · 정치가. 낭만주의 문학의 선구자로 문체가 화려하고 정열적이다.

***** Lorraine. 프랑스 동북부, 독일과의 국경에 있는 지방. 지하자원이 풍부하고 용수 공급이 원활해 중공업이 발달하였다.

꺼져라, 영혼들의 부르제,* 남의 불들을 밝히는 자, 옷에 단 문장(紋章)을 뽐내는 가짜 심리학자, 이빨 빠진 자로 십계명에 밑줄이나 치는, 쓸모없는 평민 속물!

꺼져라, 장사꾼 키플링,** 시(詩)의 실용주의자, 제국주의의 고철 더미, 마후바와 콜렌소*** 를 위한 서사시, 군대식 은어의 대영제국 국경일, 불멸의 싸구려 부정기(不定期) 화물선!

꺼져라! 꺼져버려라!

꺼져라, 조지 버나드 쇼, 역설의 채식주의자, 진정성의 돌팔이, 입세니즘의 차가운 종기, 불시에 나타나는 지적 기회주의자, 바로 네가 킬케니의 싸움 고양이,『종의 기원』가사를 입힌 칼뱅주의 아일랜드 선율!****

꺼져라, H. G. 웰스,***** 석고로 만들어진 관념론자, 복잡계 병을 위한 골판지 코르크 마개 뽑이!

* Paul Charles Joseph Bourget(1852–1935). 프랑스의 소설가 · 평론가.
** Rudyard Kipling(1865–1936). 영국 소설가 · 시인. 인도의 생활을 제재로 한 제국주의적인 작품을 주로 썼다.
*** Majuba, Colenso. 남아프리카공화국의 지명들.
**** 조지 버나드 쇼(George Bernard Shaw, 1856–1950)는 영국의 극작가 · 소설가 · 비평가이다. 영국 근대주의의 창시자로 문명사회를 비판하고 풍자했다. 노르웨이 극작가 입센의 사회극에서 비롯된 명칭인 입세니즘(Ibsenism)은 사회 비판적 태도 내지 그러한 작풍을 일컬으며, 개인주의를 옹호한다. 킬케니(Kilkenny)는 아일랜드 동남부, 더블린 서남쪽에 있는 도시로 여기서 대리석, 석탄 등이 난다. 칼뱅주의(Calvinisme)는 16세기 프랑스 종교개혁자 칼뱅에게서 발단한 기독교 사상이다. 신의 절대적 권위를 강조하고 예정설을 주장하였으며, 자신을 신의 영광을 위한 도구로 여겼다.
***** Herbert George Wells(1866–1946). 영국의 문명 비평가, 작가. SF의 선구자.

꺼져라, G. K. 체스터턴,* 주술사용 기독교, 재단 옆에 놔둔 맥주 통, 느끼한 런던 토박이 사투리, 맑은 이성들을 흐려온 비누에의 공포!

꺼져라, 예이츠, 표지(標識)도 없는 기둥 주변에 낀 켈트족 안개, 영국 상징주의가 난파해 해변으로 떠내려온 음식 찌꺼기 한 포대!

꺼져라! 꺼져라!

꺼져라, 라파네타-안눈치오,** 그리스문자의 진부함, "밧모***의 돈 후안"(트롬본 독주)!

그리고 너, 마테를링크,**** 소멸한 신비의 불꽃!

그리고 너, 로티,***** 짜고 차가운 수프!

그리고 마지막으로 너, 로스탕-탕-탕-탕-탕-탕-탕-탕!******

나가! 나가! 나가!

빼먹은 놈들이 있거든, 구석구석 뒤져서 찾아내!

* Gilbert Keith Chesterton(1874–1936). 영국의 소설가 · 평론가. 사회, 문학, 종교를 넘나들며 기발하고 역설적인 평론을 썼으며, 추리소설가로서 브라운 신부 연작 100여 편을 썼다.

** 가브리엘레 단눈치오(Gabriele d'Annunzio, 1863–1938)는 이탈리아의 시인 · 소설가 · 극작가로 데카당문학을 대표한다. 라파네타(Rapagnetta)는 그의 할머니 이름으로, 그녀는 남편 없이 홀로 아이를 낳아 키웠다.

*** Patmos. 지중해의 그리스 섬 이름.

**** Maurice Polydore Marie Bernard Maeterlinck(1862–1949). 벨기에의 극작가 · 시인. 상징파 시인으로 죽음과 운명을 주제로 글을 썼다.

***** Pierre Loti(1850–1923). 프랑스 소설가. 해군 장교로 세계를 순회하며 이국 정서와 더불어 우수 어린 기행문과 소설을 발표하였다.

****** Edmond Eugène Alexis Rostand(1868–1918). 프랑스의 시인 · 극작가. 감동적이고 다채로운 역사극을 써서 자연주의에 식상한 관객들의 호평을 받았다.

내 앞에서 모두 당장 치워버려!
전부 꺼져버려! 나가!

거기! 네가 유명한 이유가 뭐지, 왼손잡이 외팔이 독일 왕 빌헬름2세, 불길을 억누를 뚜껑이 없는 비스마르크?!

그리고 넌 또 누구지, 사회주의자처럼 덥수룩해 가지고, 너, 데이비드 로이드 조지,* 유니언잭**으로 만든 프리지아 모자***를 쓴 얼간이?!

그리고 너, 베니젤로스,**** 버터 칠한 쪽으로 땅바닥에 떨어진 페리클레스***** 한 쪼가리?

그리고 너, 그 누구건 간에, 나머지도 모두, 현실 앞에선 무능으로 빛은 브리앙-다토-보셀리(Briand-Dato-Boselli)****** 반죽, 전쟁 나기 한참 전부터 전쟁 양식밖에는 안 됐던 정치인 패거리, 전부! 전부! 전부! 쓰레기, 개차반,

* David Lloyd George(1863–1945). 영국 정치가. 자유당 하원 의원으로, 1916년 총리가 되어 연립내각을 조직해 제1차 세계대전을 승리로 이끌었다.

** Union Jack. 영국 국기.

*** 소아시아의 고대국가인 프리지아에서 유래했으며, 프랑스혁명 시 자유의 상징이 됐던 원뿔형 모자. '자유의 모자'라고도 한다.

**** Eleuthérios Venizélos(1864–1936). 그리스 정치가. 반터키 독립 전쟁에 참가하여 1899년 크레타 자치 정부의 법무 장관이 되었다. 1909년 그리스가 영입해 1910년에서 1933년 사이 다섯 차례나 총리가 되었다.

***** Perikles(?B.C. 495–429). 고대 그리스 아테네의 정치가·군인. 민주정치를 실시하고 델로스동맹을 이끌어 그리스를 번영시켰으며, 파르테논의 신전을 건립하는 등 아테네의 황금시대를 이룩하였다.

****** 아리스티드 브리앙(Aristide Briand, 1862–1932)은 프랑스 사회당 당수로, 1926년 노벨 평화상을 수상했다. 에두아르도 다토 이라디에르(Eduardo Dato Iradier, 1856–1921)는 스페인 보수당 당수로, 1914–8년과 1920–1년 총리를 두 번 지냈다. 파올로 보셀리(Paolo Boselli, 1838–1932)는 이탈리아의 정치가로, 1916–7년 총리를 지냈다.

너절한 시골뜨기, 지적 하류!

그리고 너희 모든 국가 지도자들, 뻔뻔한 무능력자들, 이 무능의 시대의 문 앞에 거꾸로 뒤집혀진 쓰레기통들!

이것들을 싸그리 내 눈앞에서 치워버려!

그 자리에 밀짚 다발을 꾸려 가져다 놓고 다른 사람들로 가장하자고!

여기서 치워버려! 바깥에다 내다 버려!

모두한테, 그리고 이놈들과 똑같은 모두에게 최후통첩하는 바!

그리고 떠나기 싫으면, 씻기나 하라고 해!

모든 것의 전반적인 실패는 모두의 탓!

모두의 전반적인 실패는 모든 것의 탓!

인간들과 운명들의 실패 — 총체적 파탄!

내가 경멸하는 국가들의 퍼레이드,

너, 이탈리아적 야망, 카이사르라는 이름의 애완견!

너, "프랑스적 투쟁", 피부에 깃털을 그려넣은 깃털 뽑힌 닭 같으니! (너무 심하게 태엽을 감지는 마, 부서질 테니!)

너, 영국식 조직, 전쟁이 일어나고 줄곧 바다 밑바닥에 가라앉아 있는 키치너* 사령관!

* Horatio Herbert Kitchener(1850–1916). 영국의 군인·정치가. 제1차 세계대전 때 육군 장관으로 군비 확장에 힘썼다.

(티퍼레리로 가는 길은 아득히 멀지,* 베를린으로 가는 길은 더욱더 멀고!)

너, 독일 문화, 기독교 기름과 니체식 식초로 버무린 부패한 스파르타, 깡통 벌집, 노예근성의 쇠고랑을 찬 제국주의 떼거지!

너, 속국 오스트리아, 하위 종족들의 잡탕, K형 문두드리개!

너, 폰 벨기에, 누가 시켜서 영웅 행세나 하고, 벽 노릇 하던 곳에서 손이나 씻어!**

너, 러시아 노예들, 말레이시아인들의 유럽, 쪼개져서 압제를 면한 자유의 용수철!

너, 스페인식 "제국주의", 소금 그릇 정치, 영혼은 삼베니토***를 입고 있는 길모퉁이의 투우사들 그리고 모로코에 묻혀버린 투혼!

너, 미합중국, 하류 유럽으로 만들어진 후레자식 종합체, 대서양 횡단 스튜의 마늘, 비미학적 모더니즘의 비음 섞인 발음!

그리고 너, 별 볼 일 없는 포르투갈, 공화국으로 부패하는 군주제의 잔재, 모욕적인 불행의 도유(塗油), 억지

* "It's a long, long way to Tipperary." 제1차 세계대전 중에 영국군의 군가로 차용되어 널리 알려진 유행가. 티퍼레리는 아일랜드 중남부의 주 이름이다.

** 1차대전 중 독일에게 침공당하는 과정을 풍자한 듯하다. 의역하자면 "바보짓이나 저지르고, 부끄러운 줄 알아라!"

*** 회죄복(悔罪服). 15세기 스페인 가톨릭교의 이단 심문 때, 종교재판소에서 이교도에게 입히던 황색 옷.

로 참전은 하지만 타고난 망신은 아프리카에서 당했지!

그리고 너, 브라질, "자매 공화국", 널 발견하고 싶지도 않았던 페드루 알바레스 카브랄*의 허풍!

이 모든 것을 걸레로 덮어버려라!

열쇠로 잠가버리고, 열쇠를 바깥으로 던져버려라!

어디 있나, 고대인들은, 힘들은, 인간들은, 인도자들은, 보호자들은?

묘지에 가봐라, 지금은 그저 비석에 새겨진 이름들뿐!

오늘날의 철학은 죽어버린 푸예!**

오늘날의 예술은 살아남은 로댕!

오늘날의 문학은 바레스가 의미하는 것!

오늘날의 비평은, 부르제를 짐승이라고 못 부르는 짐승들이 있다는 것!

오늘날의 정치는 무능한 조직의 비곗덩어리 타락!

오늘날의 종교는 독실한 술집 주인들의 공격적인 가톨릭주의, 이성을 벗겨낸 프랑스 요리광 모라스,*** 그것은 실용주의 기독교인들의 우쭐함, 직관주의 가톨릭 신자들, 해탈의 의례주의자들, 신을 위한 모집꾼들!

* Pedro Álvares Cabral(?1467–1520). 포르투갈 항해가. 1500년 3월 포르투갈의 리스본 항을 출항하여 브라질 연안을 탐험한 공식적인 브라질 '발견자'이다.

** Alfred Jules Émile Fouillée(1838–1912). 프랑스 철학자. 『유럽인의 심리학적 개요(L'Esquisse psychologique des peuples européens)』(1903)와 『칸트의 도덕주의, 그리고 동시대의 비도덕주의(Le Moralisme de Kant, et l'immoralisme contemporain)』(1905) 등을 썼다.

*** Charles Maurras(1868–1952). 프랑스 우파 작가. 고전문학을 열렬히 옹호했다.

오늘날의 전쟁은, 한쪽에선 책임을 떠넘기는, 딴 쪽에선 문을 닫는 게임.

날 둘러싸는 이것만으로도 숨이 턱 막힌다!

숨 좀 쉬게 내버려둬!

창문을 다 열어젖혀!

세상에 존재하는 모든 창문보다 더 많이, 모두 열어!

원대한 생각 하나, 완벽한 개념 하나, 타고난 제왕의 제왕적인 야망 하나 없다!

구조에 대한 발상 하나, 큰 구상에 대한 감각 하나, 유기적으로 창조된 세계에 대한 열망 하나 없다!

쪼끄만 피트* 하나, 골판지로 만든 괴테 하나, 뉘른베르크의 나폴레옹 하나 없다!

한낱의 낭만주의에 그림자조차 될 문학사조 하나 없다!

아우스터리츠**를 연상시킬 희미한 냄새조차 나는 군사 조치 하나 없다!

흔들면 소리 나는, 생각-씨앗이 들리는 정치 운동 하나 없다, 아, 창문이나 후드득 두드리는 가이우스 그라쿠

* William Pitt(1708–78). (여기서 언급된 것과는 반대로) '대(大)피트'라 불렸던 영국 정치가로, 나폴레옹에 대항하는 연합 전선을 구축하는 공적을 세웠다.

** 1805년 당시 오스트리아 제국 영토였던 슬라프코프(아우스터리츠[Austerlitz])와 브르노 사이의 도시에 펼쳐진 넓은 농경지에서 벌어졌던 아우스터리츠전투. 나폴레옹 1세가 지휘하는 프랑스군이 러시아와 오스트리아 연합군을 격파, 대승리를 거뒀다.

스*라니!

비루한 이류들, 아류들의 시대, 하인들의 왕이 되고 싶은 하인스런 열망 가득한 하인들!

야망을 품을 줄도 모르면서, 부르주아 욕망은 가져가지고, 본능의 계산대에서 퇴짜나 맞는 하인들! 그래, 유럽을 대표한다는 너희 모두, 세계에 부각된 너희 정치인들 전부, 유럽의 흐름을 주도한다는 문인들, 이 뜨뜻미지근한 차(茶)의 소용돌이에서 누가 됐든 뭐가 됐든!

소인국 유럽에서 키가 크다는 놈들아, 내 증오 밑으로 지나가시지!

지나가라 너희들, 일상의 사치의 야심가들, 성(性)이 두 개인 재봉사들의 갈망들, 범속한 단눈치오 따위나 좋아하는, 황금 요의(腰衣)를 두른 귀족!

지나가라, 너희 최신 유행 예술 작가들, 창조 불능 훈장의 뒷면!

지나가라, 이런저런 주의의 주의자가 안 되면 안 되는 맥 빠진 분들!

지나가라, 사소함의 급진주의자들, 진보의 무식쟁이들, 몰상식을 대담함의 기둥으로 여기고, 신(新)이론을 무능함의 버팀목으로 삼는!

* Gaius Sempronius Gracchus(B.C. 153-121). 고대 로마 정치가. 호민관이 되어 형인 그라쿠스가 제안한 토지개혁안을 다시 제정하고 시민권 부여를 확대하고자 했다. 원로원의 세력을 약화시키려다 실패, 자살했다.

지나가라, 개미굴 거인들, 네 그 부르주아 자식 기질에 취해, 부모 곳간에서 도둑질한 대단한 인생에 들떠서, 신경은 온통 유산에 얽매여서!

지나가라, 잡종들, 지나가라, 나약함밖에는 외칠 구호가 없는 약골들. 지나가라, 권력 말고는 부르짖을 게 없는 초(超)약골들, 시장의 역사(力士) 앞에서 얼이나 빠지는 부르주아들, 주제에 네 그 열렬한 우유부단함으로 뭔가를 창조하겠다고!

지나가라, 위엄 없는 지랄병자 같은 똥 무더기, 구경거리 발작-쓰레기, 개인적 청춘기 개념의 사회적 노쇠화!

지나가라, 새로움의 곰팡이, 누군가의 뇌에서 탄생할 때부터 낡아빠진 상품들!

내 증오가 오른쪽으로 돌거든, 너흰 왼쪽으로 지나가, "철학적 체계" 따위의 창시자들, 부트루, 베르그송, 오이켄,* 치유 불가능한 신자들의 병원들, 형이상학적 저널리즘의 실용주의자들, 구축물이나 관조하는 부랑자들!

지나가서 다시 돌아오지 마, 범(汎)유럽 부르주아들, 중요해 보이고 싶은 야망에 부푼 왕따들, 파리 시골뜨기들!

지나가라, 밀리그램이 위대함의 기준인 시대에만 위대한, 데시그램**짜리 야망!

지나가라, 일회용들, 세속인들, 번갯불-점심 스타일

* Étienne Émile Marie Boutroux(1845-1921), Henri Louis Bergson(1859-1941), Rudolf Christoph Eucken(1846-1926). 프랑스와 독일의 철학가들.
** 1그램의 10분의 1.

예술가들과 정치인들, 하루살이 명성이나 좇는 종놈들, 기회주의 도어맨들!

지나가라, 척추를 상실한 "세련된 감수성들". 지나가라, 카페나 강연이나 다니는 제작자들, 집인 양 행세하는 벽돌 더미!

지나가라, 변두리 두뇌들, 골목길 격정가들!

쓸모없는 사치, 지나가라, 아무나 이룩하는 대단함, 유럽-촌동네 촌놈들의 의기양양한 과대망상! 인류를 대중과 혼동하고, 귀족을 기품과 혼동하는 너희들! 모든 걸 헷갈리는, 아무 생각이 없다 싶으면, 항상 딴소리를 지껄이는 너희들! 수다쟁이들, 반쪽짜리들, 쪼가리들, 지나가라!

지나가라, 모자란 군주 지망생들, 톱밥 나리들, 마분지로 만든 성의 지주들!

지나가라, 사방에 널린 자유주의자들의 사후 낭만주의, 라신*이 밴 태아의 알코올에 담긴 고전주의, 이류 휘트먼식 역동성, 억지 영감(靈感)이나 구걸하는 거지들, 벽에 머리를 찧으며 소음이나 내는 골 빈 맹추들!

지나가라, 집 안에서 최면술이나 연구하는 작자들, 이웃집 아줌마 우두머리들, 들일 것도 키울 것도 없는 훈련 막사들!

지나가라, 자만하는 전통주의자들, 진짜배기 무정부주의자들, 노동의 가치는 떠벌리면서 노동은 그만둔 사회

* Jean Racine(1639–99). 프랑스 시인·극작가. 17세기 프랑스 고전주의의 대표적 작가다.

주의자들! 혁명의 뻔한 단골들, 지나가라!

지나가라, 우생학자들, 깡통 인생의 기획자들, 응용 생물학의 프로이센인들,* 사회학적으로 무지한 신(新)멘델주의자들.**

지나가라, 채식주의자들, 절대 금주가들, 말만 칼뱅주의자들, 과잉 제국주의의 흥 깨는 놈들!

지나가라, 구석탱이 바의 "자기만의 인생(vivre sa vie)"의 기록가들, 무대 위에선 강자 역을 맡은 입센주의자 번스타인-바타유!***

흑인들의 탱고, 최소한 미뉴에트만 됐었어도!

지나가, 완전히, 지나가라!

너, 마침내 내 철저한 혐오 앞에 나타나라, 내 증오의 밑으로 기어가라, 못난이들의 대단원, 대형 불장난, 작은 똥무더기 속의 불길, 이 시대의 타고난 무력의 역동적 종합!

기어 다녀라, 굽실거려라, 소음이나 내는 무능함!

기어 다녀라, 총알보다 큰 야망, 폭탄보다 나은 지성을 가지기 불가능함을 공표하는 대포들!

* 프로이센의 프리드리히 빌헬름 황제는 과학기술 발전을 통한 국가 발전을 모토로 삼았는데, 특히 큰 키를 좋아해 키가 큰 군인들만 고른 근위부대를 창설하기도 했다. 이것이 우생학이 발전하는 계기가 되었다는 견해도 있다.

** 멘델(Gregor Johann Mendel, 1822–84)은 오스트리아의 수도 사제이자 유전학자로, 완두를 재료로 하여 유전이 일정한 법칙에 따름을 발표했다.『식물의 잡종에 관한 연구(Versuche über Pflanzen-Hybriden)』(1865)를 썼다.

*** Henry Bernstein, Henry Bataille. 19세기 말–20세기 초 프랑스 연극계를 주도한 극작가들.

이것이 악명 높은 총성의 사해동포주의의 '수렁-방정식'이다:

$$\frac{\text{비싱 공(公)*}}{\text{벨기에}} = \frac{\text{요나르**}}{\text{그리스}}$$

자유나 정의를 위해 투쟁하는 사람은 아무도 없다고 우렁찬 목소리로 선언해! 타인에 대한 공포 때문에 싸우는 거잖아! 지도자들도 고작 이 몇 밀리미터짜리 생각들보다 몇 미터도 더 안 크군!

전쟁이나 부추기는 수다스런 쓰레기 말들! 조프르-힌덴부르크*** 거름! 저 잘난 맛에 부푼 분열 속의 고만고만한 유럽의 뒷간!

누가 그놈들을 믿어?
딴 놈들은 또 누가 믿어?
저 프랑스 병사들 면도나 시켜!
저 무리들 전부 모자를 벗겨!
다들 집에 보내서 상징적인 감자나 까라고 해!****

* Moritz Ferdinand Freiherr von Bissing(1844–1917). 프로이센의 장교로, 1차대전에서 진 벨기에에서 근무했다.

** 프랑스의 정치인이자 외교관 샤를 요나르(Charles Jonnart)는 친독일적 인사였던 그리스 콘스탄틴 왕이 왕위에서 물러나도록 압력을 행사했고, 국왕은 1917년에 망명하게 된다.

*** Joseph Jaques Joffre, Paul von Hindenburg. 각각 프랑스와 독일(프로이센)의 군인으로 1차대전에서 공훈을 세웠다.

**** "집에 가서 감자나 까라고 해!" = "다들 꺼지라고 해!"

의식 없는 이 대혼란을 깔끔하게 쓸어버려!

이 기관차에 마구(馬具) 대신 전쟁을 채우는 거야!

개목걸이를 채워서 호주에 데려다가 구경시켜 주자고!

인간들, 국가들, 의지들: 모두 끝장났어!

모두가 모든 실패의 원인이다! 완벽히, 총체적으로, 전적으로:

젠장!

유럽은 창조에 목말랐다! 그녀는 미래에 굶주렸다!

유럽은 위대한 시인, 위대한 정치가, 위대한 장군들을 원한다!

의식 없는 민중들의 운명을 의식 있게 건설해나갈 정치인을 요구한다!

여배우들, 제약 회사들한테나 중요한 명예 따위엔 관심도 안 두고, 열렬하게 불멸을 추구할 시인을 원한다!

그녀는 건설적인 승리를 위해 싸울 장군을 원한다, 그저 다른 편을 쳐부수기만 하는 승리 말고!

유럽은 그런 정치인들을 많이, 그런 시인들을 많이, 그런 장군들을 많이 원한다!

유럽은 강인한 인간들이 원대한 생각을 품길 바란다, 그 익명의 풍요로움에 이름을 붙일 수 있는 그런 생각을.

유럽은 그 혼란스러운 질료에 형태를 부여할 새로운 지성을 원한다!

무작위의 돌들 즉 오늘날의 삶으로 구축할 수 있는 새로운 의지를 원한다!

오늘날 기회주의 하인들을 걸러낼 수 있는 새로운 감수성을 원한다!

유럽은 주인들을 원한다! 세계는 유럽을 원한다!

유럽은 존재감도 없는 것에 신물이 났다! 겨우 저 자신의 변방에 머무는 것에도 신물이 났다! 기계의 세기가 장대한 인류의 도래를 탐색하고 암중모색한다.

유럽이 갈망하는 건, 최소한, 전망을 가진 이론가들, 그의 미래에 대해 노래하고 통찰할 이들!

기계시대를 위한 호메로스를 다오, 오 과학적 운명이여! 전기 시대를 위한 밀턴을 다오, 오 물질의 내재적 신이여!

우리에게 다오, 자기 자신의 주인들을, 온전히 강하고, 섬세하면서 조화로운!

유럽은 지리학적인 지명에서 문명화된 인간이 되기를 원한다!

지금 여기 삶을 부패시키는 것은, 기껏해야 미래를 위한 거름!

지금 여기 지속될 수 없는 것은, 아무것도 아니기 때문!

나, 항해사 종족 출신은, 지속할 수 없다고 단언한다!

나, 모험가 종족 출신은, 신세계의 발견 이하로는 모조리 깔본다!

유럽 전역에서, 신세계가 어디에서 발견될지 갈피라

도 잡고 있는 자는 누구인가? 오늘날의 사그레스*가 어디일지 아는 자는 누구인가?

난, 적어도, 엄청난 갈망이다, 가능할 수 있는 바로 그 규모의!

난, 적어도, 불완전한 야망의 크기만큼 커 보인다, 단 노예의 야망이 아닌 신사의 야망!

나는 지는 해 앞에 서고, 내 증오의 그늘은 네 안으로 진다!

나는, 최소한, 길을 가리킬 정도는 된다!

내가 길을 가리키겠다!

주목!

나는 선언한다, 첫 번째로,

— 감성에 대한 맬서스**의 법칙
감성에의 자극은 등비수열로 증가하는 반면, 감성 그 자체는 등차수열로만 증가한다.***

이 법칙의 중요성은 자명하다. 감성은 — 여기서 가능한

* Sagres. 포르투갈 남부, 대항해시대에 출항하던 항구.
** Thomas Robert Malthus(1766–1834), 영국의 고전파 경제학자. 과소소비설 및 유효수요의 원리를 처음으로 설명하였으며, 1798년에는 『인구론(An Essay on the Principle of Population)』을 펴내 인구의 자연 증가를 억제해야 함을 주장하였다.
*** 앞의 항은 기하급수적인 증가, 뒤의 항은 점진적인 또는 일정한 증가를 의미한다.

한 가장 넓은 의미로 사용되는 이 말은 — 모든 문명화된 창조의 원천이다. 하지만 이 창조는 오로지 이 감성이 작용하는 해당 환경에 적응할 때에야만 온전히 발현된다. 창조적 결과물의 위대함과 힘은 감성의 환경 적응 범위 내에 있다.

감성은 — 현재 환경의 끈질긴 영향력에 따라 조금씩 달라지긴 하지만, 한 개인의 출생에서부터 검토해봤을 때, 유전이 영향을 끼친 기질의 기능에 있어서는 — 기본적으로 일정하다. 그러므로, 감성은 세대를 거치면서 발전한다.

우리 감성의 "환경"을 구성하는 문명의 창조물들은 문화, 과학적 발전 및 정치적 조건들의 변화를 포함한다(가장 온전한 의미에서). 이런 창조들은 — 그중에서도 문화와 과학의 진보는, 그게 한번 시작될 경우엔 — 세대를 거쳐 일궈내는 결과물이 아니라, 개인들이 만드는 결과물들의 상호작용 및 중첩으로 발전하며, 이 진보가 초기엔 느릴지 몰라도 한 세대에서 다음 세대를 거치면서, 짧은 시간 내에 우리 감성에의 새로운 자극에 수백 가지 변화가 일어나는 지점에 이르게 된다. 반면, 감성 그 자체는, 같은 시간 동안 단 한 단계 즉, 한 세대 동안만 발전하는데, 아버지가 아들에게 획득형질의 작은 부분밖에는 전하지 못하기 때문이다.

그래서 문명은, 그 자극으로 이뤄진 환경에 감성이 부적응할 수밖에 없는 어떤 단계를 맞이하게 되고, 그리하여 붕괴가 일어나는 것이다. 이것이 우리 시대에 벌어진 일로, 아무런 위대한 가치도 창조하지 못한 무능함이 이러한 부적응에서 비롯되었다.

이 부적응은 우리 문명의 첫 시기에는 그리 크지 않았다. 르네상스에서 18세기로 접어드는 시기의 감성의 자극은 주로 문화양식들로, 그 자극들의 본질상 느린 속도로 발전했고, 초기에는 사회 상류 계층에만 영향을 미쳤다. 그 부적응은 두 번째 단계, 즉 프랑스혁명에서 19세기에 걸쳐 두드러지게 나타났는데, 그 시기에는 자극들이 더 쉽게 증가하고 훨씬 더 광범위로 영향을 미치는, 정치적인 영역에서 나타났다. 그러다가 19세기 중반부터 오늘날까지 부적응은 현기증이 날 정도로 증가했고, 주된 자극(과학의 창출물들)이 너무도 빠른 속도로 증가하는 바람에 우리 감성의 발전을 앞질러버렸고, 과학의 실용적 응용은 사회 전 계층에 영향을 끼치게 되었다. 그리하여 기하급수적으로 증가하는 우리 감성의 자극의 항과 점진적으로 증가하는 감성 그 자체의 항 사이에 현저한 불균형이 발생하게 되었다.

그 결과가 우리 시대의 부적응과 창조적 무능함인 것이다. 그렇기 때문에 우리에겐 딜레마가 주어졌다: 문명의 종말이냐, 아니면 인공적인 적응이냐, 이미 자연적, 본능적 적응은 실패했으므로.

문명의 죽음을 막기 위하여, 나는 선언한다, 두 번째로,

— 인위적 적응의 필요성
인위적 적응은 무엇인가?

그것은 사회적 수술 조치이다. 자극의 변화에 보조를 맞추기 적합하도록 (적어도 일정 기간 동안만이라도) 감성을 급진적으로 개조하는 것이다.

우리의 감각은, 그것이 부적응했기 때문에, 빈사 상태에 이르렀다. 그걸 치유할 생각을 해선 안 된다. 사회적 치유 같은 건 없다. 생명을 이어 가고자 한다면 수술을 생각해야 한다. 다시 말해, 수술적 개입을 통해 이 부적응의 자연적 무기력 상태를, 인위적인 활력으로 대체해야 한다, 비록 그것이 필연적으로 신체 일부의 절단을 동반할지라도.

동시대의 정신 상태에서 무엇이 제거되어야만 하는가?

당연히, 인간 정신이 가장 최근에 획득하여 고착화된 것 — 즉, 문명화된 인간의 정신이 우리 문명이 정착되기 전에, 가장 최근에 획득한 보편적인 획득물이겠다. 이것은 다음과 같은 세 가지 이유에서 그러하다:

a) 우리 정신에 가장 최근에 고착된 정신이기 때문에, 제거하기도 가장 덜 어렵기 때문에.

b) 모든 문명이 그 이전 문명에 대항하는 반응으로써 형성되는 것을 보고 알 수 있듯이, 현재 문명에게 가장 적대적인 것이면서 현재 문명이 탄생하여 특수한 조건에 적응하는 것을 가장 방해하는 것도, 바로 그 이전 문명의 원칙들이기 때문에.

c) 그것이 가장 최근에 획득되어 고착된 것이기 때문에, 그걸 제거하더라도, 정신 깊숙이 뿌리박힌 요소들을 제거하거나 또는 제거하려는 시도만큼은, 보편적인 감성을 심각하게 손상시키지 않을 것이므로.

보편적 인간 정신에 가장 최근에 고착된 획득물은 무엇인가?

기독교의 도그마일 수밖에 없다. 왜냐하면 그것이 우리 문명이 도래하기 직전까지 오랜 기간 동안 선행된 중세 시대를 완전히 지탱했던 종교 체계였고, 또한 그 기독교 교리들이 현대 과학의 견고한 가르침들과 모순되기 때문에.

그러므로 기독교에 물들어 있던 연유로 우리 인간 정신에 고착화된 획득물들을 제거했을 때, 인위적 적응은 자발적으로 이루어질 것이다.

고로, 나는 선언한다, 세 번째로,

— 반(反)기독교 수술적 개입

우리가 곧 보게 되겠지만, 이는 기독교가 인간 정신의 핵심에 주입한 세 가지 편견, 도그마 혹은 태도들의 제거로 해결 가능하다.

구체적인 설명:

1. 개성이라는 도그마의 폐지 — 다시 말해, 우리가 다른 사람들로부터 "구별"되는 개성을 가진다는 개념. 이것은

신학적인 허구이다. 우리 각자의 개성은 (현대 심리학, 그 중에서도 사회학에 주된 초점을 맞출 때 알 수 있듯이) 주로 집단적인 방식의 현상들 가령, 다른 이들의 "개성들"과의 상호작용을 통해서, 혹은 사회운동이나 흐름에 침투되는 과정, 유전적이고 태생적인 특징들의 고착 등등에 의해 구성되는 것이다. 현재에도, 미래에도, 그리고 과거에도, 우리는 다른 사람들의 일부분이며, 그들도 우리의 일부분이다. 기독교적인 자아-중심주의에서, 가장 완벽한 인간은 정직하게 이렇게 말할 수 있는 사람이다. "나는 나다." 반면, 과학에 있어서는, 정직하게 이렇게 말할 수 있는 자가 가장 훌륭하다. "나는 다른 사람들 모두이다."

그러므로 우리는 영혼을 수술함으로써 자각의 길을 향해 열어놓아야 한다, 낯선 영혼들이 상호 침투할 수 있도록 말이다. 이렇게 해서 완성된-인간, 인간성의 종합체로서의 인간상에 더 가까이, 구체적으로 접근하는 것이다.

이 작용의 결과:

a) 정치에서: 민주주의 개념의 전면 철폐. 프랑스혁명에서 말하는, 두 명이서 뛰는 것이 혼자 뛰는 것보다 더 멀리 뛴다는 얘기는 거짓이다. 두 명의 가치가 있는 한 명의 인간이, 혼자 뛰는 한 명의 인간보다 멀리 뛰므로! 1 더하기 1은 1 이상은 아니다, "1 더하기 1"이 우리가 2라고 부르는 1이 아닌 한은. —그러므로 민주주의는 어떤 인간이든 가장 많은 수의 타자를 가진 인간의, 완전한 독재

로 대체된다. 즉 다수가 된다. 그럼으로써, 현재의 민주주의와는 정반대로 민주주의의 진정한 의미를 찾게 된다. 아니 차라리 현재까지 민주주의가 한 번도 존재한 적이 없었다고 하자.

b) 예술에서: 각 개인이 자기가 느끼는 것을 표현할 권리 혹은 의무가 있다는 개념의 전면 철폐. 예술에서 느끼는 것을 표현할 권리나 의무는, 다양한 타자를 느낄 수 있는 개인에게만 주어진다. 이를 자기 스스로를 어떻게 느껴야 하는지도 모르는 이들이 추구하고 다니는 "시대의 표현" 따위와 혼동해서는 안 된다. 우리가 필요로 하는 예술가는, 상당수의 타자들을 통해서 느끼는 사람이다: 과거에서 몇 명, 현재에서 몇 명, 미래에서 몇 명, 서로 각기 모두 다른. 우리가 필요로 하는 것은, 자신 속의 타인들로 종합-합산(合算)적 예술을 할 예술가이지, 종합-감산(減算)을 하는, 요즘의 예술이 아니다.

c) 철학에서: 절대적 진리의 개념의 전면 철폐. 초(超)철학의 창조. 철학자는 상호 교차적 주체들의 해석자로 변모할 것이고, 타인들의 자발적인 철학들을 가장 많이 응축하는 자가 최고의 철학자가 될 것이다. 모든 것이 주관적이기 때문에, 모든 사람의 관점은 각자에게 참일 것이다. 최고의 진리는, 서로 모순되는 이런 참인 관점들을 내면적으로 가장 많이 합산-종합할 수 있는 진리일 것이다.

2. 개인성(개별 인간)이라는 편견의 철폐, 또 하나의 신학적

허구 — 모든 이의 영혼은 하나이고 각각은 분해 불가능하다는 것. 과학은 이와 반대로, 우리 각자가 부수적인 심리들의 집합체임을, 영혼 세포들로 잘못 만들어진 합성체라는 것을 가르쳐준다. 기독교인에게 있어서, 가장 완벽한 인간은 스스로 가장 일관된 인간이다. 한편 과학적 인간에게 가장 완벽한 인간은 스스로 가장 비일관된 인간이다.

그 결과들:

a) 정치에서: 정신의 상태보다 오래 지속되는 모든 신념의 철폐, 모든 확고한 의견들이나 관점들의 완전한 소멸, 따라서, 30분 이상 지속되는 모든 "여론"에 의지하는 제도들의 붕괴. 역사의 특정 순간에 주어지는 문제는, 이 문제의 인간적인 구성 요소들의 순간적 충동의 독재적인 조정(이전 단락을 보시오)으로 해결될 것인데, 이는 순전히 주관적이고 명확하다. 정치적 해결들로 믿었거나 생각했던 과거와 미래의 요소들의 완전한 철폐. 모든 연속성들의 완전한 파괴.

b) 예술에서: 예술적 개인성이라는 도그마의 철폐. 가장 훌륭한 예술가는 가장 적게 정의하는 자, 가장 많은 장르의 글을, 가장 많은 모순과 차이를 품고 써내는 자이다. 어떠한 예술가도 하나의 정체성만 가져서는 안 될 것이다. 그는 되도록 많이 가져야 할 것이고, 유사한 영혼의 상태들끼리의 구체적인 결합을 체계화해서, 영혼은 하나이고 분해 불가능하다는 형편없는 허구를 소멸시킬 것이다.

c) 철학에서: 철학적 개념으로서의 진리의 철폐. 그것이 상대적이건 주관적이건. 철학을 "우주"에 관한 흥미로운 이론을 가진 하나의 예술로 축소시키기. 가장 훌륭한 철학자는 생각 — 혹은 차라리 "추상예술"(철학의 미래의 이름) — 의 예술가, "존재"에 관해 체계화된, 서로 다른 무관한 이론들을 가장 많이 가진 자일 것이다.

3. 개인적 객관성의 도그마의 철폐 — 객관성은 부분적인 주관성들을 거칠게 평균 낸 것이다. 사회가 5명의 사람 — a, b, c, d 그리고 e — 으로 만들어진다고 치면, 그 사회의 "진리" 또는 "객관성"은 아래와 같이 표현될 것이다.

$$\frac{a+b+c+d+e}{5}$$

미래에는 각 개인들이, 점점 더, 이 평균을 스스로 실현시키는 쪽으로 가게 될 것이다. 각 개인 또는 적어도 가장 우월한 개인들이 낯선 주체들(본인도 그중 하나) 사이의 조화로서 존재하는 경향이 생기고, 그렇게 해서 부분적 진실들의 무한급수가 이상적으로 지향하는 무한-진실에 가능한 한 가까이 도달하게 된다.

그 결과:

a) 정치에서: 가장 영리하게 평균을 잘 실현시키는

자(들)만의 독재. 누구나 합법적으로 정치(또는 다른 것에 관해서)에 관한 의견을 가질 수 있다는 개념의 완전한 철폐, 왜냐하면 오로지 평균이 된 사람만 의견만 가질 수 있으므로.

b) **예술에서**: 표현의 개념의 철폐, 상호-표현으로 대체. 그 누구도 아닌 자의 생각(그러므로 평균이 된)을 표현하고 있음을 완벽히 인지하고 있는 자만 가능할 것.

c) **철학에서**: 철학이라는 개념이 과학으로 대체됨. 왜냐하면 과학은 철학적 생각들의 구체적인 평균치이므로. 과학은 그 "객관적인 특성" 즉, 주체들의 평균인 "바깥 세계"에의 적응으로 보았을 때 평균이다. 그러므로 과학이 발전하면서 철학은 사라짐.

최종, 종합 결과:

a) **정치에서**: 과학적 왕조. 언제나 예측 불가능한 평균-왕의 절대적으로 자발적인 출현에 의한 반전통주의 및 반유전주의. 민중의 과학적으로 자연스런 역할은 현재 충동의 단순한 고정 도구로 격하됨.

b) **예술에서**: 한 시대 삼사십 명의 시인들이 표현하던 것이, 가령 열다섯 혹은 스무 개의 정체성을 가진, 각각 현재 사회적 흐름의 평균인 단 두 명의 시인의 표현으로 대체됨.

c) **철학에서**: 철학이 예술과 과학에 통합됨. 그리하

여 형이상학-과학으로서의 철학은 사라짐. 모든 종류의 종교적 정서(기독교에서부터 혁명적 인본주의까지)는 그것이 평균을 대표하지 않기 때문에 사라짐.

하지만, 우리 미래의 인간들에게 이런 결과들을 미래 사회에 가져오기 위해 조직해야 할 공동의 계획 실천 절차 또는 방법은 뭘까? 최초 수행 방법은 무엇인가?

이 방법은 오직 내가 소리 높여 호명하는 세대만이, 유럽의 발정(發情)이 벽에다 몸을 비비는 이름의 세대만이 알고 있다!

내가 그 방법을 알았다면, 나 스스로가 그 세대 전체가 되었겠지!

나에겐 오로지 그 길만 보인다. 어디에 이르는지는 모른다.

어찌 됐건, 나는 엔지니어 인류 도래의 필요성을 선언한다!

한 걸음 더 나아가: 엔지니어 인류의 도래를 절대적으로 보장한다!

나는 임박한 미래를 위해 선언한다, 초인(超人)들의 과학적 창조를!

나는 수학적이고, 완벽한 인류의 도래를 선언한다!

나는 그 도래를 소리 높여 선언한다!

나는 그 과업을 소리 높여 선언한다!

나는 선언한다, 그것, 바로 그것을 소리 높여 선언한다!

그리고 또한 선언한다. 맨 먼저:

가장 강한 자가 아니라, 가장 완전한 자가 초인이 될 것이다!

그리고 또 소리친다, 두 번째로:

가장 강인한 자가 아니라, 가장 복잡한 자가 초인이 될 것이다!

그리고 또 소리친다, 세 번째로:

가장 자유로운 자가 아니라, 가장 조화로운 자가 초인이 될 것이다!

나는 큰 소리로, 최정상에 서서 이것을 선언한다, 테주* 강변에 서서, 유럽을 등지고, 두 팔을 높이 치켜세우고, 대서양에 시선을 고정한 채, 무한을 향해 우두커니 경례를 올리며.

1917년

* Tejo. 리스본을 흐르는, 포르투갈의 가장 대표적인 강 이름.

내 스승 카에이루를 기억하는 노트들

알바루 드 캄푸스

나는 나의 스승 카에이루를 예외적인 상황 — 인생의 모든 상황들이 그렇긴 하지만, 그중에서도 특히 그 자체로는 아무것도 아닌 것처럼 보여도, 결과적으로는 모든 걸 의미하는 — 에서 만났다.

스코틀랜드에서의 조선 공학 과정을 약 ¾만큼 이수하고 나서 그만둔 다음, 나는 동양으로 여행을 떠났다. 귀국 길에 나는 계속되는 항해에 엄청난 지루함을 느끼고 마르세유에서 하선하여 리스본까지 육로로 왔다. 하루는 사촌 중 한 명이 리바테주*를 구경시켜 주었다. 거기서 카에이루의 사촌을 알게 되었는데, 그가 사업 관계로 알고 지내던 사람이었다. 내가 미래의 스승을 만난 곳이 바로 이 사촌의 집이었다. 더 할 얘기는 없다. 수정(受精)되는 모든 것들이 그렇듯, 아주 작은 얘기니까.

나는 지금도 볼 수 있다, 기억의 눈물이 흐리지 않는 영혼의 투명함으로, 왜냐하면 보는 것은 외면적인 게 아니기 때문에…. 아마 앞으로도 그렇겠지만, 그를 처음 만났을 때처럼 내 눈앞에 있는 그를 본다: 처음에는, 아무런

* Ribatejo. 리스본 북동쪽 테주 강을 따라 펼쳐진 비옥한 평야 지역. 와인 생산지로도 알려져 있다.

두려움도 없는 어린아이의 파란 눈, 그다음엔, 이미 어딘가 돌출된 광대뼈, 조금은 창백한 안색, 그리고 그리스적인 기이한 분위기 — 이는 겉으로 드러나는 제스처나 외모가 아니라, 내면에서 우러나오는 어떤 평온함이었다. 숱이 넘치도록 많은 머리카락은 금발이었으나 어두운 조명 아래서는 밤색 빛이었다. 키는 중간보다 조금 큰 정도였으나, 어깨가 구부러지고 처져 있었다. 얼굴은 흰 빛깔이었고, 미소는 있는 그대로였고, 목소리 역시 그랬는데, 하고 있는 말 이외엔 그 어떤 것도 말할 뜻이 없다는 듯한 어조였다. 크지도 부드럽지도 않은 목소리는 의도나 주저함, 소심함 없이 맑았다. 푸른 눈은 바라보기를 멈추지 않았다. 우리가 혹여 이상한 부분을 발견했다면, 그건 아마도 그의 — 높지는 않지만 눈길을 끌 정도로 흰 빛깔인 — 이마였을 것이다. 반복해서 말한다: 그의 창백한 얼굴보다도 그의 흰 이마가 당당한 인상을 심어주었다. 손은 조금 가늘긴 했지만 그렇게 심하진 않았고, 손바닥은 넓은 편이었다. 그리고 이건 보통 마지막으로 눈에 띄는 부분인데, 입의 표정 — 마치 이 사람에게는 말하는 게 존재하는 것보다 작은 것이라는 듯한 — 에는, 우리가 시(詩)에서 인격 없는 아름다운 사물들 — 가령, 꽃들, 드넓은 들판들, 햇빛이 비치는 물 — 에게, 그것들이 우릴 기쁘게 한다는 이유만으로 부여하는 미소가 있었다. 우리에게 말을 걸려는 게 아닌, 존재의 미소 말이다.

나의 스승, 나의 스승, 너무도 이른 나이에 생을 마

감했으니! 나는 그를 내 안의 그림자에서 보곤 한다, 나의 죽은 자아가 잊지 않고 간직한 기억 속에서….

우리가 처음으로 대화를 하고 있을 때였다… 어떻게 대화를 하게 됐는지는 모르겠지만, 그가 이렇게 말했다. "여기 리카르두 레이스라는 친구가 있는데, 아마 자네가 만나면 좋아할 거야. 그 친구는 자네와 아주 다르지." 곧이어 그가 덧붙였다. "모든 게 우리와 다르지, 그래서 우리가 존재하는 거고."

이 문장은, 마치 그게 세상의 이치인 것처럼 말해졌는데, 내 영혼의 지반에 충격으로 침투해 — 모든 종류의 첫 경험들처럼 — 나를 매혹했다. 하지만 육체적인 매혹과는 반대로 그 영향력은, 내가 가진 모든 감각을 통해 한 번도 가져본 적 없는 처녀성을 갑작스럽게 받아들이는 경험을 안겼다.

*

한번은 내가 카에이루에게, 그의 감수성을 특징짓는 사물에 관한 직접적 개념에 착안해 심술궂고도 다정하게 워즈워스를 인용한 적이 있다, 시인이 무감각한 표현을 쓴 부분을:

A primrose by a river's brim
A yellow primrose was to him,
And it was nothing more.

그것을 나는 이렇게 번역했다(꽃들이나 식물들의 이름은 모르니 '달맞이꽃'에 대한 정확한 번역은 생략하고). "강가에 핀 꽃이 그에게는 노란 꽃이었네, 그리고 그것 말고는 아무것도 아니었지."

내 스승 카에이루는 웃었다. "그 단순한 사람 참 잘도 봤군. 노란 꽃 한 송이는 정말로 노란 꽃 한 송이 말고는 아무것도 아니지."

하지만 생각을 해보더니 갑자기,

"다른 점이 있어", 하고 덧붙였다. "노란 꽃을 여러 노란 꽃들 중 하나로 여기는지, 아니면 바로 그 노란 꽃으로 보는지에 따라 달라."

그런 다음에 말하기를,

"이 영국 시인이 하고자 한 말은, 그 어떤 사람에게 이 노란 꽃은 그저 일상적인 경험이거나, 이미 알고 있는 것이란 뜻이지. 바로 이게 잘못된 점이야. 우리가 보는 모든 것은, 항상 처음으로 봐야 해, 왜냐하면 실제로 우리가 처음 보는 게 맞으니까. 그러면 모든 노란 꽃은 새로운 노란 꽃이야, 어제의 그것과 같은 것이든 같게 부르는 것이든. 사람도, 꽃도 같지가 않아. 그 노란색 자체도 같을 수가 없어. 사람들이 이걸 정확하게 알 눈이 없다는 게 안타까워, 그랬다면 우리 모두들 행복했을 텐데."

*

나의 스승 카에이루는 이교도가 아니었다: 그는 이교주의였다. 리카르두 레이스는 이교도이고, 안토니우 모라도 이교도이며, 나도 이교도이다. 페르난두 페소아 자신도, 그가 안쪽으로 감긴 실몽당이가 아니라면, 아마도 이교도일 것이다. 하지만 리카르두 레이스의 경우는 성격상 이교도이고, 안토니우 모라는 지적으로, 나의 경우는 반발심에서, 다시 말해 기질적으로 이교도인 데 반해, 카에이루의 이교주의는 설명할 수 없었다. 성체 공존설*이 있을 뿐.

정의될 수 없는 것들을 정의하는 방식으로 이것을 정의해보겠다—편의상 예를 들어서. 우리 스스로를 그리스인들과 비교했을 때 발견되는 가장 놀라운 차이는, 그들에겐 무한이라는 개념이 없다는 것과, 무한에 대한 그들의 혐오감이다. 나의 스승 카에이루 역시 그들처럼 그런 개념이 없었다. 나는 여기서, 스스로 보기에는 상당한 정확도를 가지고, 그가 나한테 이 점을 드러내준 놀랄 만한 대화를 얘기하겠다.

『양 치는 목동』에 수록된 시 중 하나를 상술하는 과정에서, 누구인지 기억이 안 나는 누군가가, 그를 "유물론주의 시인"으로 불렀다고 말했다. 그 명칭이 알맞다고 생각하지는 않았지만, 나의 스승 카에이루를 정의하기에 합당한 명칭은 없기에, 난 그 이름이 완전히 말도 안 되는 건 아니라고 말했다. 그리고 나는 고전적 유물론이 어떤 건지 그런대로 잘 설명했다. 카에이루는 고통스런 얼굴로

* Consubstanciação. 그리스도의 육체가 성찬의 빵과 포도주 속에 있다는 설.

내 말을 경청하더니, 불쑥 말을 꺼냈다.

"하지만 이건 굉장히 바보 같은 소리야. 마치 종교 없는 사제 같은 게 아닌가, 있을 수 없어."

나는 당혹스러워 하면서, 유물론과 그의 신조 사이의 여러 가지 유사성들을 지적했다. 여기서 그의 시는 제외했지만. 카에이루는 항의했다.

"하지만 자네가 시라고 부르는 건 모든 것이야. 그건 시도 아니야: 보는 거야. 그 유물론자들은 장님이야. 자네가 말하길 그들은 공간이 무한하다며? 그들은 대체 어디서 공간을 봤다는 거지?"

나는, 혼란스러워하며 말했다. "하지만 공간이 무한하다고 상상하지 않으세요? 공간이 무한하다고 상상할 수 없는 건가요?"

"나는 아무것도 무한하다고 상상하지 않아. 내가 어떻게 뭔가가 무한하다고 상상할 수 있지?"

"자, 어떤 공간이 있다고 가정해 보자고요," 내가 말했다. "공간 너머에는 다른 공간이 있고, 또 더 많은 공간들이, 더 많이, 더 많이, 더 많이…. 이건 끝이 없는 거라고요…."

"왜?" 나의 스승 카에이루가 물었다.

나는 정신적인 지진을 맞은 듯했다. "그럼 끝이 있다고 가정하면요!" 나는 소리쳤다. "그다음엔 뭐가 있죠?"

"끝이 있으면, 그 뒤엔 아무것도 없지." 그가 답했다.

가면 갈수록 유아적이면서도 여성적이고, 그렇기에

대답도 불가능한 이런 식의 주장이 잠시 동안 나의 뇌를 멈춰버렸다.

"하지만 상상할 순 있나요?" 이윽고 내가 겨우 입을 열었다.

"뭘 상상한단 말인가? 사물에 한계가 있다는 걸? 하다마다! 한계가 없는 것은 존재하지 않아. 존재한다는 것은 다른 것들도 있다는 것이니, 각각의 존재들은 한계를 지니지. 사물이 사물이고, 그게 사물 너머에 늘 존재하는 다른 무언가가 아니라는 걸 상상하는 게 뭐가 그렇게 어렵지?"

이쯤 되자, 나는 어떤 다른 인간이 아니라, 다른 우주와 논쟁을 벌이고 있다는 신체적인 감각을 느꼈다. 마지막 시도로서 나는, 스스로는 타당하다고 여기고 싶은 논지를 벗어난 주장을 펼쳤다.

"보세요, 카에이루… 숫자를 생각해보세요…. 숫자는 어디에서 끝나죠? 아무 숫자나 골라보자고요 — 예를 들어, 34라고 치자고요. 그다음에는 35, 36, 37, 38 등이 따라오고, 그런 식으로 영원히 끝이 안 나는 거죠. 숫자가 아무리 크든 간에, 늘 그보다 큰 숫자가 있을 테니까요…."

"하지만 그건 그냥 숫자지," 내 스승 카에이루는 반대했다.

그리고 그가 가공할 천진한 눈으로 나를 바라보면서 덧붙이기를,

"34가 현실 세상에서 뭐지?"

*

뜻밖의 문장들이 있다, 깊은 곳에서 오기 때문에 깊은. 한 인간을 정의 내리는, 또는, 차라리, 그것으로써 한 인간을 정의하지 않고도 정의할 수 있는. 리카르두 레이스가 정의되었던 그 문장을, 나는 잊지 못한다. 그는 거짓말하는 것에 관해 언급하고 있었는데, 그가 말하기를, "나는 거짓말을 증오해, 왜냐하면 그건 하나의 부정확함이거든". 리카르두 레이스의 전부 — 과거, 현재 그리고 미래 — 가 여기 안에 있다.

나의 스승 카에이루는, 자기 것이 아닌 말 말고는 하지 않았기에, 문장이든 말이든, 그의 것들 중 어느 것으로든 정의될 수 있다. 특히나 『양 치는 목동』을 시작한 후에는. 그러나 그가 썼고 또 출판된 수많은 문장들 중 내가 기록한 것과 기록하지 않은 것을 막론하고, 최고의 간결함을 지닌 것은 언젠가 리스본에서 내게 한 말이었다. 어떤 맥락에서 나온 말인지는 모르겠다. 내가 갑작스럽게 나의 스승 카에이루에게 질문을 던졌다. "당신 스스로에게 만족하세요?" 그가 답했다. "아니, 난 만족해." 그것은 땅으로부터 울려오는, 모두이고 아무도 아닌 목소리였다.

*

나는 내 스승 카에이루가 슬퍼하는 것을 본 적이 없다. 그가 죽기 전 며칠 동안 슬퍼했는지는 모르겠다. 알아내는 것도 가능하겠지만, 실은 그의 임종을 지킨 사람들에게 그의 죽음에 대해서나, 그가 그 순간 어땠는지에 대해 감히 물어볼 엄두가 나지 않았다.

어쨌든 간에, 내가 그의 곁에 있지 않은 채로 카에이루가 죽었다는 사실은 내 인생의 고통들—지어낸 수많은 것들 사이에 있는 진짜 고통들—중 하나이다. 이것은 어리석지만 인간적인 일, 어쩌겠는가.

나는 영국에 있었다. 리카르두 레이스도 리스본에 없었다. 그는 브라질로 돌아가는 길이었다. 페르난두 페소아가 있었지만, 그는 없는 것이나 마찬가지였다. 페르난두 페소아도 느낄 건 느끼지만, 움직이지는 않는다. 내면적으로조차도.

그날 내가 리스본에 없었다는 사실을 위로할 수 있는 건 아무것도 없다. 내가 스승 카에이루를 생각할 때마다 그가 자연스럽게 내게 주는 그 위로, 그것이 돼줄 수 없었다는 사실. 카에이루에 관한 기억, 혹은 그의 시를 가까이 할 때, 위로받지 못할 사람은 없다. 무(無)에 대한 생각조차—섬세하게 생각해보면 가장 끔찍한 생각—나의 사랑하는 스승의 작품들과 기억들 속에서는, 가 닿을 수 없는 만년설 위의 태양처럼, 어떤 빛나는 것, 높은 것을 지니게 된다.

*

나의 스승 카에이루와 함께 나눈 가장 흥미로운 대화 중 하나는 우리 일원들이 모두 참석했던 리스본에서의 어느 모임이었는데, 우리는 어찌하다 보니 실재의 개념에 관해 토론을 하고 있었다.

내 기억이 틀리지 않다면, 우리가 이 화제에 이르게 된 것은 누군가 꺼낸 주제에 대해 페르난두 페소아가 한 뜬금없는 발언 때문이었을 것이다. 페소아의 발언은 이런 것이었다. "존재의 개념은 부분이나 정도를 인정하지 않지. 무언가는 존재하거나, 존재하지 않거나 둘 중 하나지."

"그게 꼭 그런지는 모르겠군요," 내가 반론을 폈다. "존재의 개념은 분석을 요하죠. 내게 있어 그건 하나의 형이상학적인 미신처럼 보입니다만, 적어도 어떤 지점까지는 말이죠…."

"하지만 존재의 개념은 분석의 대상이 아니죠," 페르난두 페소아가 대응했다. "그 분할 불가능성이 바로 거기서 비롯되는 겁니다."

"개념은 아닐지 몰라도," 내가 답했다, "개념의 가치는 가능하죠."

페르난두가 답했다. "대체 개념에서 독립적인 개념의 '가치'라는 게 뭐죠? 개념이란 건 '더'하거나 '덜'한 것일 수 없는 추상적인 관념이기 때문에, 가치를 따질 수 없죠. 가치는 항상 더하거나 덜한 것에 관한 문제니까요. 개념이 어떻게 사용되거나 적용되는가에 대해서는 가치란 게 있을 수 있겠지만, 그때의 가치는 그 소용이나 적용에 있지, 그 개념 자체에 있는 건 아니죠."

내 스승 카에이루는 이 싸구려 연극 같은 토론을 눈

으로 주의 깊게 듣다가, 이 지점에서 끼어들면서 말했다, "어딘가에 더하고 덜하는 게 있을 수 없다면, 거기엔 아무것도 있을 수 없어."

"자, 왜 그렇다는 거죠?" 페르난두가 물었다.

"왜냐하면 실재하는 모든 것은 더 있거나 덜 있을 수 있고, 실재하는 것 말고 존재할 수 있는 건 없으니까."

"예를 들어주시죠, 카에이루," 내가 말했다.

"비," 나의 스승이 답했다. "비는 실재하지. 그러니 비가 더 내릴 수도 있고, 덜 내릴 수도 있어. 누군가 말한다고 치자, '비란 건 더도, 덜도 있을 수 없어'라고. 그럼 나는 말하겠네, '그러면 그 비는 존재하지 않지'. 당연히, 자네가 바로 지금 이 순간의 비를 말하려는 게 아니라면 말야. 저 비는, 실제로 저 자체일 뿐이고, 많아지거나 적어진다면 다른 것이 되겠지. 하지만 나는 다른 걸 말하려는…."

"이미 무슨 뜻인지 알겠어요," 내가 말을 끊었다.

기억이 안 나는 무슨 말을 꺼내기 직전에, 다시 페르난두 페소아가 카에이루에게 말했다.

"이걸 한번 대답해보시죠," (담배로 가리키면서) "꿈에 대해서는 어떻게 생각하죠? 그건 진짜인가요, 아닌가요?"

"나는 내가 그림자를 생각하듯이 꿈을 생각하네." 카에이루가 돌연히, 예의 타고난 순발력으로 대꾸했다. "그림자는 진짜이지만, 그건 돌보다는 덜 진짜야. 꿈도 진짜야—그렇지 않으면 꿈이 아니겠지—하지만 그건 사물보다는 덜 진짜야. 진짜로 존재한다는 건 이런 거라네."

페르난두 페소아에게는, 자기 자신으로서보다는 주로 관념 속에서 살아왔다는 유리한 점이 있었다. 그는 그가 하려던 주장뿐만 아니라, 그가 들은 것이 참인지 거짓인지도 잊어버리고 말았다. 그는 그게 참이든 거짓이든 간에 이 갑작스런 이론의 형이상학적인 가능성에 열광했다. 탐미주의자들은 이런 식이다.

"그거 놀라운 생각인데요! 굉장히 독창적이에요! 난 한 번도 그런 생각을 하지 못했는데." (이 "한 번도 그런 생각을 하지 못했는데"라는 표현은 또 뭔가? 마치, 자기가 먼저 생각해내기 전에 다른 사람이 뭔가 생각해내는 게 불가능한 일이라도 된다는 듯, 페르난두…?) "정도의 차이를 인정하면서 실재에 대해 생각할 수 있다는 생각을 한 번도 하지 못했네요. 이건, 정말로, 마치 존재를 엄밀히 추상적인 것이 아니라 수치적인 관념으로 보는 것과 같은데요…."

"그건 나한테 좀 혼란스러운데," 카에이루가 주저했다. "하지만 맞는 것 같네, 그거야. 내 요지는 이거야. 진짜가 된다는 것은 다른 진짜도 있다는 것이지, 혼자서 진짜가 된다는 건 불가능하거든. 그리고 진짜가 된다는 건 다른 모든 것들이 아니라는 걸 의미하기 때문에, 그것들과 다르다는 것이지. 그리고 실재란 크기나 무게와 같은 것이기 때문에 — 그게 아니라면 실재하지 않을 테니까 — 그리고 모든 것이 서로 다르기 때문에, 실재에서 같은 건 없지. 마치 모든 것이 크기나 무게에서 같지 않은 것처럼. 아무리 작더라도, 늘 차이가 있는 거야. 실재한다는 건 이런 것이지."

"그건 더더욱 흥미로운데요!" 페르난두 페소아가 열광했다. "당신은 그러니까 실재가 사물들의 속성이라고 여기는군요. 그런 것 같은데요, 크기나 무게와 비교하는 걸 보니까. 하지만 이걸 말해보시죠. 실재가 하나의 속성이라는 게 무슨 소리죠? 실재 뒤에 있는 건 뭐죠?"

"실재 뒤?" 카에이루가 되물었다. "실재 뒤에는 아무것도 없어. 마찬가지로 크기의 뒤에도 아무것도 없고, 무게의 뒤에도 아무것도 없어."

"하지만 어떤 사물이 실재가 없다면 그건 존재할 수 없겠지, 반면에 크기나 무게가 없이도 존재할 수는 있지…."

"그게 본래부터 크기나 무게가 있었던 거라면 아니겠지. 돌은 크기 없이 존재할 수 없어. 돌은 무게 없이 존재할 수도 없어. 하지만 돌이 곧 크기나 무게인 것은 아니야. 돌은 실재 없이 존재할 수 없지만, 돌이 곧 실재인 것은 아니지."

"좋아요," 조바심이 난 페르난두가 불확실한 생각을 붙잡고, 토대가 흔들리는 채로 말을 이었다. "하지만 당신이 '돌에게 실재가 있다'고 말할 때 그건, 돌과 실재를 구분하는 게 아닙니까."

"구분하지. 돌은 실재가 아니야, 실재를 가지는 거

지. 돌은 그냥 돌이지."

"그게 뭘 의미하죠?"

"몰라, 말한 그대로야. 돌은 돌이고 돌이 되기 위해 실재가 있어야 돼. 돌은 돌이고 돌이 되기 위해 무게가 있어야 돼. 사람은 얼굴이 아니지만, 사람이 되기 위해 얼굴이 있어야 되지. 이게 왜 이런지 그 이유는 나도 모르겠고, 이것이든 다른 어떤 것이든 이유란 게 존재하는지도 모르겠네…."

"그거 아세요, 카에이루," 페르난두가 생각에 잠겨 말했다: "당신이 스스로 생각하고 느끼는 것과 다소 모순되는 철학을 전개하고 있다는 걸 말예요. 당신 식으로 일종의 칸트주의 같은 걸 만들고 있는 거죠, 돌 그 자체, 돌-물(物) 자체를 만들어내는 식으로. 제가 설명할게요, 설명할게요…." 그리고 그는 카에이루가 한 말이 어떤 식으로 칸트의 테제들과 대동소이한지 설명하기 시작했다. 그러고 나서 그는 차이점(혹은 그가 차이점이라고 생각한 부분)도 지적했다. "칸트의 경우에는 이런 속성들—무게, 크기(실재가 아닌)—이 우리의 감각으로, 또는 우리가 관찰한다는 사실로서 돌 그 자체에 부여한 개념이죠. 당신의 경우는, 이런 개념들이 돌 그 자체만큼이나 사물이라고 하는 것 같고요. 자, 바로 이게 당신의 이론을 이해하기 힘들게 만드는 반면 칸트의 이론은—그게 참이든 거짓이든—완벽히 이해 가능하게 만드는 점이죠."

내 스승 카에이루는 주의 깊게 듣고 있었다. 한두 번

눈을 깜빡거리면서, 마치 사람들이 졸음을 쫓는 것처럼 생각을 쫓기라도 하듯. 그리고, 잠시 생각한 후, 이렇게 답했다.

"나는 이론이 없네. 철학도 없어. 나는 보기는 하지만, 아무것도 몰라. 나는 돌을 돌이라고 불러, 꽃으로부터 혹은 나무로부터 — 모든 것으로부터, 말하자면 돌이 아닌 다른 모든 것들과 구별하기 위해서. 하지만 모든 돌은 다른 돌들과도 달라 — 왜냐하면 그게 돌이 아니어서가 아니라: 다른 크기나 다른 무게나 다른 모양, 다른 색깔을 지니기 때문에. 그리고 또 그게 다른 것이기 때문에. 나도 이 돌이나 저 돌이나 똑같이 돌이라고 부르긴 하지, 왜냐하면 사람들이 돌을 돌이라고 부르게끔 하는 공통적인 특징들에 있어서 닮았으니까. 하지만 실은 각각의 돌에, 개별적인 이름을 줘야 해, 우리가 사람들에게 하는 것처럼. 우리가 돌에 이름을 붙이지 않는 것은, 우리가 그만큼 많은 단어들을 찾아낼 재간이 없기 때문이지, 그게 틀려서는 아니야…."

페르난두 페소아가 말을 끊었다. "이것만 말해주시죠, 그러면 모든 게 설명이 될 것 같은데요. 그럼 당신은, 크기나 무게를 인정하듯이, '돌적인 것 또는 돌성(性)'이라는 것도 인정하나요? 제 말은, 당신이 말하는 것처럼 '이 돌이 더 크다 — 즉, 더 많은 크기를 지녔다 — 다른 돌보다', 또는 '이 돌은 저 돌보다 더 많은 무게를 지닌다'라면, 이렇게도 말할 수 있는 건가요, '이 돌은 저 돌보다 더 돌이다'라거나, 다른 말로 하면, '이 돌은 저 돌보다 더 많은 돌성을 지닌다'고요?"

"물론이죠, 선생." 스승은 곧바로 답했다. "나는 '이 돌이 저 돌보다 더 돌이다'라고 말할 준비가 되어 있어요. 이게 다른 것보다 더 크거나 더 무게가 많이 나간다고 말하는 것만큼이나 준비가 되어 있지, 왜냐하면 돌은 돌이 되기 위해 크기와 무게가 필요하니까…. 또는, 기본적으로, 그게 돌이 돌이 되기 위한 속성을 (자네가 그렇게 부르듯이) 다른 것들보다 더 완벽하게 갖고 있다면."

"그렇다면 당신이 꿈속에서 보는 돌은 뭐라고 부르죠?" 페르난두가 미소를 지으며 물었다.

"난 그것을 꿈이라고 부르지," 나의 스승 카에이루가 답했다. "난 그걸 돌에 관한 꿈이라고 부른다네."

"알겠어요," 페소아가 끄덕였다. "당신은 — 철학적으로 말하자면 — 본질과 속성을 구분하지 않는군요. 당신의 관점에 의하면, 돌은 일정 종류의 속성 — 우리가 돌이라고 부르는 걸 구성하는 데 필요한 것들 — 으로 구성되어 있는 것이고, 그 돌에게 특정한 크기, 강도, 무게, 색깔을 부여하는 각 속성의 일정한 양으로 이루어져 있어서 이것들이 그 돌을 다른 돌과 차별화하는 것이다, 하지만 그럼에도 불구하고 모두 '돌'인 것은, 같은 속성들을 지니기 때문이다, 각 속성의 양은 다르더라도. 좋아요, 이건 돌의 진짜 존재를 부인하는 결론에 이르죠. 돌은 단지 실재하는 물질들의 총합에 지나지 않으니까…."

"하지만 진짜 합이지! 이건 진짜 무게에 진짜 크기에 진짜 색깔 기타 등등을 합한 것이니까. 그게 돌이, 무게와 크기 등등이 있으면서도 실재를 가진다고 하는 이유야…. 그것은 돌로서 실재를 가지는 게 아니야. 자네가 속성이라고 부르는, 모두 진짜인 것들의 합으로 이루어짐으로서 실재를 가지는 거지. 모든 속성이 실재를 지니기에, 돌 역시 지니는 거지."

"꿈으로 돌아갑시다," 페르난두가 말했다. "당신은 꿈에서 본 돌을 꿈이라고 말하죠, 더 잘 말해서, 돌에 관한 꿈이라고요. 왜 '돌에 관한'이라고 하는 거죠? 왜 '돌'이라는 말을 쓰는 거죠?"

"자네가 나의 사진을 보면서 '저건 카에이루야'라고 말하지만, 그게 살과 뼈를 가진 나를 말하는 건 아닌 것과 같은 이유라네."

우리는 모두 웃음을 터뜨렸다. "알겠고, 저는 그만 두렵니다," 페르난두가 따라 웃으면서 말했다. 절대 의심하지 않는 이들은 신들뿐이다(*Les dieux sont ceux qui ne doutent jamais*). 빌리에 드 릴라당*이 한 말의 진의가 그때보다 더 명확히 이해된 적도 없다.

이 대화는 내 영혼에 각인되었다. 나는 거의 속기술에 버금가는 (비록 속기술은 없었지만) 정확도로 기억했

* Auguste de Villiers de L'Isle-Adam(1838–89). 프랑스의 소설가, 군인. 신비주의와 관념론에 입각한 문학 세계를 펼쳤다. 단편집 『잔혹한 이야기(Contes cruels)』(1883), 장편 『미래의 이브(L'Ève future)』(1886) 등을 썼다.

다. 나는 집중력 있고 생생한 기억력을 가졌는데, 이는 어떤 종류의 광기의 특징이기도 하다. 그리고 이 대화는 중요한 결과를 낳았다. 그 자체만으로 보면, 다른 모든 대화들처럼 대수롭지 않은 것이었고, 엄밀한 논리를 갖다댄다면, 침묵을 지킨 사람들만이 자기모순을 범하지 않았다는 것을 증명하기란 쉬운 일일 것이다. 늘 그렇듯이 흥미로운 카에이루의 단정들과 대답들 속에서, 철학적 정신의 소유자라면, 실은 서로 상충하는 상이한 사고 체계들을 발견할지도 모른다. 하지만 이를 인정한다 해도, 난 그렇게 믿지는 않는다. 내 스승 카에이루는 분명히 옳았고 일리가 있었다. 그가 일리가 없었던 점들에서도.

다른 이들에게도 이 대화는 중요한 결과들을 낳았다. 이는 안토니우 모라가 그의 「서문」의 가장 놀라운 장들 — 실재의 관념에 관한 챕터 — 을 쓸 수 있는 영감을 축여주었다. 안토니우 모라는 이 모든 대화 내내 한마디도 하지 않았던 유일한 사람이다. 그는 눈을 내면에 고정시키고 토론 내내 오고 가는 모든 생각들을 듣기만 했다. 이 대화에서 자세히 설명된, 본능적인 지적 경솔을 동반한, 그래서 어쩔 수 없이 부정확하고 모순되기도 하는 내 스승 카에이루의 생각들은, 그의 서문 속에서 일관성 있고 논리적인 체계로 변해 있었다.

안토니우 모라의 자명한 공로를 깎아내릴 생각은 추호도 없다. 하지만, 카에이루의 모든 철학 체계의 기초를 탄생시킨, 그 자신이 추상적인 자부심을 갖고 언급한 그 단순한 명제 즉, "자연은 전체가 없는 부분들이다"뿐만 아니라, 이 체계의 일부분—"차원"으로서의 실재라는 놀라운 개념과, "실재의 정도"에서 파생된 개념들—도 모두 명백히 이 대화 속에서 탄생한 것이다. 받아 마땅한 모두에게 공을 돌리며, 또 모두 나의 스승 카에이루에게.

*

카에이루의 작품은, 그의 책에서뿐만 아니라 실제로도 세 부분으로 나뉜다—『양 치는 목동(O Guardador de Rebanhos)』, 『사랑의 목동(O Pastor Amoroso)』 그리고 리카르두 레이스가 적절하게 제목을 붙인 세 번째 부분, 『엮지 않은 시들(Poemas Inconjuntos)』. 『사랑의 목동』은 허무한 간주곡이지만, 거기에 실린 몇 편의 시는 세계에서 가장 위대한 사랑 시에 속한다. 시이기 때문이 아니라, 사랑으로 쓰였기 때문에 사랑의 시라고 하는 것이다. 시인은 사랑했기 때문에 사랑했지, 사랑이란 게 존재했기 때문에 사랑한 게 아니었다. 이게 그가 한 말 그대로이다.

『양 치는 목동』은 마차가 오르막에 이를 때까지의 카에이루의 정신적 삶이다. 『엮지 않은 시들』은 이미 내리막길이다. 나 스스로는 이렇게 구별한다. 『엮지 않은 시들』에 나오는 시들 중에는 어쩌면 나도 쓸 수 있었겠다고 상상할 수 있는 시들이 있는 반면, 『양 치는 목동』의 시들은, 눈 씻고 찾아봐도 꿈도 못 꿀 일이다.

『엮지 않은 시들』에는 권태가 있고, 그래서 고르지

못하다. 카에이루는 카에이루이되, 병든 카에이루이다. 항상 병든 것은 아니지만, 가끔 병이 든. 여전히 그라는 걸 알 순 있지만 조금은 동떨어진. 이는 특히 그의 작품의 이 세 번째 부분의 평범한 시들에 해당되는 얘기다.

*

카에이루가 나에게 정말로 놀라운 이야기를 한 적이 있다. 우리는 이야기를 나누고 있었다, 아니 차라리 나 혼자 이야기하고 있었다는 게 맞겠다, 영혼의 불멸성에 대해서. 나는 이 개념이, 비록 거짓일지라도, 우리가 존재를 지적으로 견뎌내기 위해서, 많든 적든 의식을 갖고 돌로 쌓은 무더기 이상의 뭔가를 보기 위해선 필요하다고 말하고 있었다.

"난 뭔가가 필요하다는 말의 뜻을 모르겠어," 카에이루가 말했다.

나는 대답하지 않으면서 대답했다. "이것만 말해주세요. 당신은 당신 자신에게 뭐죠?"

"내가 나에게 뭐냐고?" 카에이루가 반복했다. "나는 내 감각 중의 하나지."

나는 그 문장이 내 영혼에 가한 충격을 잊은 적이 없다. 이 말엔 수많은 함의가 있었고, 그중엔 카에이루가 말한 의도와도 모순되는 것도 있었다. 허나 결국 이는, 무심코, 한 점의 의도도 없이 빛나는 한 줄기 태양 광선이었다.

*

나의 스승 카에이루는 스승을 가질 수 있는 모든 이들의 스승이었다. 어느 누구도 카에이루와 가까워진 사람도 없었고, 그와 대화한 사람도 없었고, 그의 정신과 친해질 물리적 기회를 가진 사람도 없었고, 이 유일한 로마에 갔다가 다른 사람이 되어서 돌아오지 않은 사람도 없었다 — 그 사람이, 대개의 경우처럼, 공간 속에서 다른 몸들과 분리된 몸으로, 인간의 형상으로 상징적으로 훼손된 채 존재하는 것 말고는 개인으로 존재할 수 없는 사람이 아니라면.

열등한 사람들은 스승을 가질 수 없다, 왜냐하면 스승이 그들 안에 존재할 일이 전혀 없기 때문에. 그게 바로, 분명하고 강한 개성을 가진 사람들이 쉽게 최면에 걸리고, 보통 사람들은 상대적으로 덜 쉽게 걸리는, 그리고 바보들, 천치들, 나약한 이들이나 앞뒤가 안 맞는 인간들은 전혀 최면에 걸릴 수 없는 이유이다. 강하다는 것은 느낄 수 있음이다.

이 장들을 읽으면서 눈치챘겠지만, 카에이루의 주위에는 세 명의 주요 인물들이 있었다: 리카르드두 레이스, 안토니우 모라, 그리고 나. 이들 중 아무도 (나 자신조차도) 편애하지 않고 말하자면, 나는 우리 세 명의 개인이 여타 평범한 사람들, 짐승 같은 대다수의 인간들과는 극명하게 달랐다고 — 적어도 두뇌 면에 있어서는 — 말할 수 있다. 그리고 우리 셋 모두는 오늘날 우리가 가진 영혼의 가장 큰 장점을 나의 스승 카에이루와의 만남에 빚지고 있다. 우리 모두는 전혀 다른 사람이 되었다 — 다시 말해, 진정한 우리 자신이 되었다 — 신들의 신체적 개입이라는 체(篩)를 통과한 후 말이다.

리카르두 레이스는 현대적인 삶도 이해하지 못하고, 그가 태어났어야 했을 고대의 삶도 파악하지 못한, 잠재적인 이교도였다. 그의 지능이 종류나 질에 있어서 전혀 달랐기 때문에 현대적인 삶도 이해할 수 없었고, 느낄 줄 몰랐기 때문에 고대적인 삶도 이해할 수 없었다. 존재하지 않는 걸 느낄 수는 없는 법이니까. 이교도주의의 재건자, 혹은, 이교주의가 영원히 갖고 있던 본질의 창시자인 카에이루는, 리카르두 레이스에게 그에게 결여되어 있던 감성의 화두를 가져다주었다. 그래서 그는 찾기 전부터 이미 그랬던, 이교도로서의 자기 자신을 찾을 수 있었다. 카에이루를 만나기 전까지 리카르두 레이스는 시 한 수 써본 적이 없이, 벌써 스물다섯 살이었다. 카에이루를 만나고 그가 『양 치는 목동』을 낭송하는 것을 들은 후, 리카르두 레이스는 그가 본래 시인이었음을 깨달았다. 어떤 생리학자들은 성(性)을 바꾸는 게 가능하다고 한다. 나는 정말로 '사실'이라는 게 있는지 모르겠기에 그게 사실인지는 모르겠지만, 리카르두 레이스가 카에이루를 만나면서 여성이기를 그치고 남성이 되었다는 것 혹은 여성이 되기 위해 남성이기를 그쳤다는 것, — 좋을 대로 — 그건 확실하다.

안토니우 모라는 사색적인 망상이 있는 그늘이었다. 그는 칸트에 천착하거나, 인생에 의미가 있는지 궁리해보느라 시간을 보내곤 했다. 모든 강인한 정신들이 그렇듯 뚜렷한 해답 없이, 그는 진리도, 그가 진리라고 생각할 만한 것도(내가 보기엔 같은 것이지만) 발견하지 못했다. 카에이루를 만났을 때, 그는 덩달아 진리도 만나게 되었다. 나의 스승 카에이루는 그가 가지지 못했던 영혼을 주었다. 지엽적인(원래 그의 모습이었던) 모라의 내면에, 중추적인 모라를 심어주었다. 이 결과로, 카에이루의 본능적 사고들이 철학적 체계로, 또 논리적 진리로 환원되었다. 그 성공적인 결과가 독창성과 사고력에서 감탄을 자아내는 이 두 편의 논문, 즉「신들의 귀환(O Regresso dos Deuses)」과「이교주의 개혁의 서문(Prolegómenos para uma Reformação do Paganismo」이었다.

나로 말할 것 같으면, 카에이루를 만나기 전까지의 나는, 아무것도 하지 않는 하나의 불안한 기계였다. 각각 1912년과 1913년에 카에이루를 만난 레이스와 모라에 뒤이어, 난 내 스승을 만났다. 1914년에 그를 처음 알게 되었다. 나는 이미 시를 몇 편 쓴 상태였는데, — 세 편의 소네트와 두 편의 시(「카니발[Carnaval]」과「아편쟁이[Opiário]」*)였다. 이 소네트와 시들은 도움 없이 보냈던

* 페소아의 신조어. '아편 먹는 사람', '아편중독자', '아편 여행', '아편을 실은 배', '아편굴'로 번역하기도 한다. 페소아 자신은 몇몇 시를 직접 영어로 번역했는데, 이 시의 경우 'Opiary'라고 번역하면서 이렇게 덧붙였다. "'Opiary'라는 말은, 물론 영어에 없다.

시절의 감정 상태를 드러내준다. 나중에 카에이루를 만나고 나서야, 나는 나를 발견했다. 런던에 돌아간 즉시 「승리의 송시(Ode Triunfal)」를 썼다. 그리고 거기서부터, 그게 발전이든 퇴보든, 나는 나였다.

엄밀히 말하자면 존재하지 않았던, 페르난두 페소아의 경우가 가장 희한하다. 그의 말에 따르면, 그는 나보다 불과 조금 전, 1914년 3월 8일에 카에이루를 만났다고 한다. 이 시기에 카에이루가 한 주간 리스본에 체류하려고 와 있었고, 그곳에서 페르난두를 알게 된 것이다. 그가 『양치는 목동』을 낭송하는 것을 듣고, 그는 열병(타고난)을 얻어 집에 왔고, 단숨에 「기울어진 비(Chuva Oblíqua)」라는 시 여섯 편을 써냈다.

「기울어진 비」는 그 운율의 어떤 직선적인 면만 빼고는 카에이루의 그 어떤 시와도 닮은 점이 없다. 그러나 페르난두 페소아가 카에이루를 만나지 않았더라면 그의 내면에서 그런 놀라운 시를 뽑아내지 못했을 것이다. 이 시들은 그 만남이 있은지 얼마 후에 찾아온, 영혼의 충격이 낳은 결과들이었다. 그것은 즉각적이었다. 워낙에 과할 정도로 기민한 감성을 지닌 데다 지극히 예민한 지성까지 갖춘 페르난두는, 이 엄청난 백신 — 지성인들의 어리석음에 대항하는 백신 — 에 곧바로 반응을 보였다. 그리고 이 「기울어진 비」라는 여섯 편의 시 모음만큼 페르난두 페소

그러나 마찬가지로 'Opiário'라는 말도 포르투갈어에 없다. 번역자는 원문의 신조어를 그대로 따랐다."

아의 작업에서 감탄스런 작품은 없다. 어쩌면 그에게 더 대단한 작품들이 있었을지도 모르고, 또 있을 수도 있겠지만, 이보다 더 신선하고, 더 독창적인 작품은 결코 없을 것이고, 고로 더 나은 게 나올 수 있을지도 개인적으로 의문이다. 그리고 무엇보다도, 더 진정으로 페르난두 페소아인 것, 더 내밀하게 페르난두 페소아인 것은 없을 것이다. 그만의 지치지 않는 지적 감수성, 그만의 부주의하고도 주의 깊은 관찰력, 그 냉정한 자아 분석 특유의 뜨거운 미묘함을 어떻게 이보다 더 잘 표현하겠는가? 영혼의 상태가 동시에 두 가지이고, 각각 분리된 주관과 객관이 뭉치면서도 분리된 채 존재하는, 진짜와 가짜가 다르게 존재하기 위해 서로 혼동하는, 이 교차(交叉) 시들보다. 이 시들에서 페르난두 페소아는 자기 영혼의 진정한 사진을 찍어낸 셈이다. 그리고 그 순간이, 그가 여태 한 번도 가져본 적이 없고 앞으로도 가질 수 없을(왜냐하면 그는 어떠한 개성도 없기 때문에), 그만의 고유한 개성을 가지는 데 성공한 유일한 순간이었다.

나의 스승 카에이루여, 영원하라!

1930-2년

알바루 드 캄푸스(Álvaro de Campos)
스승 카에이루와는 극적으로 대조되는 도발적인 기계 예찬론자, 미래주의자, 세계를 누비는 유목적 성향의 선박 기술자. 격렬한 내적 갈등, 활화산 같은 폭발력, 현기증과 도취감, 의성어의 실험 등은 그의 트레이드 마크이다. 이명 I. I. 크로스는 캄푸스에 대해 "그는 모든 작가들 중 가장 과격하다. 그의 스승 휘트먼조차도 그와 비교하면 온화하고 차분하다"고 평가한다. 토머스 크로스는 "그에겐 휘트먼의 동료애가 전혀 없다. 언제나 군중을 멀리한다"며 그가 "무자비와 욕정"의 감각을 즐겼다고 꼬집는다. 그러나 캄푸스의 특징인 '다수성의 포용'이 휘트먼에게서 영향을 받은 점은 분명하다. 휘트먼을 직접 기리는 시를 쓰기도 했거니와, 가령, "내가 자기모순적인가? / 그렇다면 좋다, 난 나와 모순된다 / 나는 거대하고, 다수를 품는다"(『풀잎』의 「나 자신의 노래」 중에서) 같은 휘트먼의 구절은 캄푸스의 시들과 공명한다.

다른 이명들이 일정 기간 동안 지속되다가 어느 순간 이후 맥이 끊기는 것과는 달리 캄푸스는 페소아가 죽을 때까지 계속 시와 산문을 쓴다. 이명들에 대해 언급할 때도, "아무도 나를 개인적으로 만난 적은 없다, 캄푸스를 제외하고는"이라고 말할 정도로 편애를 드러내기도 했다. 캄푸스는 변화하고 성장하는 인물이다. 「내 스승 카에이루를 기억하는 노트들」에서 보이듯 페소아는 그가 스승 카에이루를 만나기 전과 후로 전혀 다른 시를 쓰도록 세심한 신경을 기울인다. 테레사 리타 로페스(Teresa Rita Lopes)는 캄푸스의 성향 변화를 네 가지 시기로 나눈다. '데카당 시인'기(1913–14년), '감각주의자 엔지니어'기(1914–23년), '형이상학적 엔지니어'기(1923–30년), '은퇴한 엔지니어'기(1931–5년). 「최후통첩」은 단 한 호만 발행되고 경찰에 의해 압수당한 잡지 『포르투갈 푸투리스타(Portugal Futurista)』에 기고되었다. 당시 유럽 대륙 전역에서 화제가 되었던 마리네티의 「미래주의 선언」(1909)에서 페소아가 직접적인 영향을 받았는지는 확증할 수 없으나, 페소아의 「승리의 송시」에서는 그 흔적을 찾을 수 있다.

알베르투 카에이루 시집의 서문

리카르두 레이스

카에이루의 작품들은 그 절대적 본질에 있어 이교주의의 완전한 재건을 대변한다. 그리스인들이나 로마인들처럼 아예 이교주의 속에 살았던 이들조차 (바로 그 이유로) 생각해내거나 만들어내지 못했을 그의 작품들과 이교주의는, 생각해낸 것도 심지어는 느껴진 것도 아니었다. 그것은, 뭐든지 간에, 우리의 느낌이나 이성보다 깊은 어떤 곳에서 약동해온 것이었다. 더 부연을 하면 설명을 하는 게 될 텐데, 이는 불필요하다. 반면 덜 단정적으로 말한다면 그건 거짓말이 될 것이다. 모든 작품은 그 고유의 목소리와 그것을 사고했던 언어를 가지고 스스로 말을 하는 법. 이해하지 못하는 자는 이해할 수도 없고, 그에겐 설명을 할 필요도 없다. 그건 마치 상대방에게 그가 배우지도 못한 언어로, 단어들을 또박또박 끊어서 말해가며 이해시키려고 하는 것과 같다.

인생에 관해 무지한 상태에서, 또 문학에 관해서도 거의 무지한 상태에서, 인적 관계나 문화적 배경도 거의 없이, 카에이루는 (인간의 무의식적 의식을 경유하여) 문명의 논리적 발전을 이끄는 것과도 같은, 깊고도 헤아릴 수 없는 진전을 통해 그의 작품들을 만들었다. 이는 감각들의 발전 또는 차라리 그 감각들을 가지는 방식 그리고 그런 발전적인 감각들에서 비롯된 생각들의 친밀한 진화였다. 종교라는 이름을 붙이진 않지만 영속하는 종교를 창시하는 것과 같은 초인간적인 직관을 가졌고, 그래서, 마치 태양과 비처럼, 모든 종교와 모든 형이상학을 거부한 이 사람은, 세계에 대해 생각하지 않고도 세계를 발견했고, 해석에 그치지 않는 우주에 대한 개념을 창조해냈다.

(…) 거의 4년 전쯤, 리스본에서, 알베르투 카에이루에게 그의 작품들이 어떤 원리들과 통하는지 보여줄 기회가 있었을 때, 그는 그것을 부정했다. 절대적인 객관주의자로서, 카에이루에겐 이교도의 신들조차도 이교도의 변형에 불과했다. 또한 추상적인 객관주의자로서, 그의 객관주의 안에 신들의 자리는 없었다. 그는 그것들이 물리적인 사물들과의 유사성이나 이미지로 만들어졌을 뿐, 물리적인 것은 아님을 간파하고 있었으며, 그것들이 아무것도 아님은 그걸로 충분했다.

나의 경우엔, 사물들은 다른 의미를 지닌다. 그리스 신들은 구체화된 객관주의의 추상적인 고정 상태에 해당된다. 우리는 추상적 사고 없이는 생각을 할 수 없기 때문에, 그것 없이 살 수도 없다. 하지만 우리가 피해야 할 일은, 물질성을 추출할 데도 없는 곳으로부터 실체를 가져와 부여하는 것이다. 신들도 마찬가지다. 추상적인 생각에는 진짜 실체가 없다. 그러나 그것들은, 인간 종이 이 지구에서 차지하는 장소에서만 유효한 인간적인 실체는 가진다. 신들은 그것들이 실체와 맺는 관련을 감안했을 때 추상으로 분류되긴 한다. 그러나 엄밀한 의미에서 추상은 아니기 때문에 추상으로서 그 분류군에 속하진 않는다. 추상적 사고들이 우리가 사물들 사이에서 처신하는 데 도움이 되는 것과 마찬가지로, 신들도 우리가 사람들 사이에서 처신하는 데 도움이 된다. 그래서 신들은 실체인 동시에 비실체이기도 하다. 현실이 아니기 때문에 비실체이지만, 구체화된 추상들이기 때문에 실체이기도 하다. 구체화된 추상은 실용적인 의미에서 실체가 된다. 구체화되지 않은 추상은 실용적인 의미에서도 실체가 아니다. 플라톤의 경우, 그가 추상적인 사람들로 이데아들을 만들었을 때, 신들을 창조하는 오래된 이교도적인 방식을 따랐다. 그러나 그는 신들을 닿을 수 없을 만큼 지나치게 먼 곳에 위치시켰다. 하나의 생각은, 그것이 도로 구체화될 때에만 신이 될 수 있다. 그제서야 비로소 자연의 힘이 된다. 그게 바로 신이다. 그게 하나의 실체인지 아닌지, 나는 모른다. 개인적으로, 나는 신들의 존재를 믿는다. 나는 무한수를 믿고, 인간이 신으로 승격될 수 있는 가능성을 믿는다 □

문명의 창조자는 자연의 힘이다. 고로, 그것은 신이거나 반신반인(半神半人)이다.

*

이교주의의 해석과 관련해 세 가지 오류가 범해졌다. 이교적인 신화와 이교주의의 정신을 혼동하거나, 이교주의의 안에서 이뤄진 윤리적 사변의 특정 결과들과 이교적 정신을 혼동하거나, 고대 그리스인들이나 로마인들을 인종적으로 혹은 기후적으로 특징짓는 특정 요소들을 이교주의 정신과 혼동한 것. 무엇이 이교적 정신이었는지 밝혀내려고 한 상당수 석학들의 시도가 실패했는데, 그 이유는 단지 그 접근들이 불완전했기 때문만이 아니라, 이 정신이 어떤 것인지에 관한 직접적 직관이 없었기 때문이며, 한마디로 말해 그런 연구자들이 (당연한 얘기지만) 이교도로 태어나지 못했기 때문이다.

신들의 복수성은, 두말할 나위 없이 이교주의의 특징 중 하나이다. 그러나 이 복수성 뒤에 어떤 의미가 있고, 여기에 활기를 주는 정신이 무엇인지 살펴볼 필요가 있다. 그리고 이를 위해 다음의 세 가지를 다룰 필요가 있다: 첫째, 이교도의 체계에서는, 신들 위에, 항상 아난케(Ananke)와 파툼(Fatum)이 무형적으로 존재해서, 신들이 그것을 따르게 한다는 것이다.* 인간들이 설명할 수 없는 섭리를 따르는 것처럼. 둘째, 신들이 인간들과 구별되고 그들보다 우월한 것은 서열의 차이가 아니라 정도의 차이로 인한 것이므로, 말하자면 그들이 다른 종류의 인간 또

* 아난케(Ananke)와 파툼(Fatum)은 각각 그리스와 로마 신화에서 운명이나 필연이 신격화된 존재를 뜻한다.

는 초인간이라기보다는 차라리 개량된 인간, 완성된 인간, 더 나은 인간이라는 것. 셋째, 사람들과 신들의 관계를 관장하는 것은 도덕적 동기 — 가령, 예수의 개입이나 미덕을 행한 자 앞에 성모마리아가 출현하는 것 같은 — 가 아니라, 절대적 임의성이라는 점. 다신적인 이교도의 이 세 가지 전형적인 요소들에 대해 명확히 이해하면, 그리스인들과 로마인들의 신화의 깊은 의미를 이해할 수 있을 것이다.

이 요소들 중 첫 번째는, 그 신자들에게, 직관적으로 정확한 자연법칙의 개념을 드러내준다. 그 뜻은 헤아릴 수 없으나, 언제나 작용하고 있고 모든 것을 관장하는, 신들의 역량과 위대함 위에 존재하는 이 법칙을 말이다. 두 번째 요소에서는, 모든 것을 객관화할 필요가 있는 이들의 정신 상태를 발견할 수 있는데, 그들에게 있어 신들이란, 구체화된 환상이 아니라, 증강된 가능성들이다. 세 번째 요소는, 바로 도덕법칙은 도시나 인간 거주지 바깥에서는 소용이 없고, 그들의 세계 안에서처럼 세상 전체를 지배하지는 못한다고 생각했던 일반 민중이 관념에서 따온 것이다. 그들은 종교와 도덕이 사회적 필요성이지, 행동들의 형이상학에 도움이 되는 사실들은 아니란 걸 잘 알고 있었던 것이다. 모든 것에 임의성이, 초도덕적 의미가 있음을.

도덕과 종교를, 형이상학적 실체라기보다 일종의 사회적 미덕으로 다루는 이러한 이교주의의 본능적 관념은,

이교주의 정신에서 가장 주목할 만한 진가 중 하나이다.

모든 것에 우선하는 목적으로서, 이교도들은 한계의 관념을 가졌다. 최초로 이런 생각을 가진 것도 이들이었다. 이 관념은 그들이 만들어낸 모든 것에서 드러난다. 그들이 형태에 조예가 깊은 사람들임을 보여주는 그들의 조각술에서, 단일체와 구축과 예술 작품의 기관(器官)이라는 관념이 처음으로 나타나는 그들의 문학에서, 엄격한 사회계층 구별에 기반하는 그들의 사회적 삶 속에서. (노예제도가 보여주고, 또 대변하는 관념도 — 그게 어떤 관념을 대변하긴 한다면 — 극도로 엄격하고 적나라할 정도로 깔끔히 정리된 이런 사회적 사실들이다.)

이런 한계의 관념은, 이교주의에서 말고는 찾아볼 수 없는, 역사상 전무후무한 것이다. 기독교는 망상이다. 인도의 종교들은 과도-망상이다.

*

알베르투 카에이루는, 그 어떤 이교적 작가보다 이교주의의 본질에 대한 의식이 있기 때문에, 이교주의보다도 이교적인 사람이다. 사람은 어떻게 이교도가 되는가? 가령 기독교 같은 다른 감성 체계와 정반대되는 자신의 정신적 본질을 잉태하게 될 때. 이교주의와 기독교 사이의 갈등이 발생하기 시작하면서 결국 후자 쪽으로 기울던 시기, 로마인들의 이미 무기력하고 쇠퇴해버린 정신 상태는 사실상 그 자체로서 기독교적인 것이었지, 어딜 봐도 이교적인 게 아니었다. 기독교에 대응한 율리아누스*의 시도를 검토해 보면 이를 알 수 있다. 아, 가엾은 율리아누스! 이 황제는, 이교주의 정서는 더 이상 존재하지 않고, 그 어떤 종의 이교주의보다도 기독교에서 전형적으로 나타나는 미신적 본질 쪽에 가까운 신 숭배만이 살아남았을 때, 정말로 진지하게 이교주의를 재건하고 싶어 했던 것이다. 이런 율리아누스의 생각은 이교주의의 재건을 하기에 역부족이었던 시대적 불능 상태를 반영해준다. 율리아누스는 지금으로 치자면, 신지(神智)론자 혹은 오컬트 교도라고 할 수 있는, 미트라교도**였다. 그가 재건하려 한 이교주의는, 색다르게도, 당시 신비주의 열풍이 시대정신의 일부분으로 만들어버린 동양적인 요소들과의 융합에 기초하고 있었다. 그리하여 그렇게 실패를 맞이하게 된 것이다. 사실상 이교도는 이미 죽어 있었기 때문에. 마치 신들과 그들의 불가해하고 고문과도 같은 과학 이외에 모든 것들이 결국 죽음을 맞이하듯, 그렇게 죽어버린 것이다.

*

그러한 이유로, 내가 스스로 이교도라고 선언하고, 또 카에이루의 작품을 사랑한다고 말할 때, 그것은 본질에 있어

* 율리아누스 황제(Flavius Claudius Julianus, ?331-363). 고대 로마 황제였던 그는 즉위한 뒤 이교(異教)로 개종하고 기독교를 공격해 '배교자'로 불렸다.

** 페르시아에서 기원하는 신 미트라(Mithra)를 제신으로 하는 밀교.

이교주의의 완전한 재건을 다루기 때문이고, 나는 이 애정에 그 어떤 미래의 희망도 그 위에 덧씌우지 않는다. 나는 유럽 또는 다른 어떤 사회의 이교화도 믿지 않는다. 이교주의는 죽었다. 기독교가, 그로부터 비롯된 퇴보와 몰락으로 그것을 결정적으로 대체해버렸다. 인간 영혼에 영원히 독이 퍼졌다. 무관심이나 경멸 이외의 방법이나 호소는 없다. 진정으로 경멸하는 데 드는 고통스런 노력을 기울일 만한 가치가 있긴 하다면. 허나 이런 원칙들의 긍정조차 하나같이 부질없기에, 결국 무의미하다. 내가 카에이루의 작품의 서문을 쓰는 것은, 그걸 피할 수 없기 때문이다. 이것을 훨씬 더 확장하거나, 펼치거나, 더 잘 설명할 논거들을 모을 수도 있으리라. 그러나 차라리 그러길 그만두겠다.

나는 이교주의가 믿음들 중에서 가장 유용하고도 진리에 가깝다고 생각한다. 마찬가지로 그것이 믿음이 아니라, 진리에 대한 지적인 통찰에 해당된다고 생각한다. 그것이 일궈낸 문명은, 혼란스런 그리스의 정치 속에서는 평온함과 삶의 참된 소유에 관한 영원불멸할 사례를, 태생부터 부패했던 로마에서는 세상에 도입된 사회적 규율 중 가장 완성된 업적을 남길 수 있었다. 그러나 기독교의 승리와 함께 그늘에 있던 세력들이 삶을 장악해버렸다. 우리의 문명은 빛, 지성, 힘을 포함한다. 그러나 그것은 사상들에 끌려다니는 사람들에 의해 만들어졌고, 그들은 스스로 윤리적인 인간이 되지는 못한 이들이다.

그러나, 이 문명이 승리를 거둔 게 사실이다. 그들의

목적의 신비 속에서 신들은 그 이유를 알지도 모른다. 물론, 신들 자신조차 모를 가능성도 있지만.

적의 문명의 복판에 있는 망명자들인 현대의 이교도에겐 오로지 마지막 남은 두 개의 이교도적 사유 말고는 수긍할 수 있는 게 없다 — 금욕주의 또는 쾌락주의. 알베르투 카에이루는 둘 중 어느것도 아니었는데, 그가 다른 분파나 다른 의도 없이 그 자체로서 절대적 이교주의였기 때문이다. 반대로 나의 경우는, 나에 대해 말해도 괜찮다면, 행동이 불찰인 세상에서의 모든 행동, 생각하는 법을 망각한 세상에서의 모든 생각을 가진 쓸모없는 존재라는 걸 잘 알기에, 쾌락주의자이면서 동시에 금욕주의자가 되고 싶다.

우리가 기독교 문명의 퇴보한 자식들 이상은 아닌 것처럼, 질병과 권태로 인해 무관심한 것처럼 보이긴 하지만, 실은 그렇지도 않다. 신비로운 운명이 우리를 움직였다. 마치 아프리카의 변두리에서 태어난 엔지니어들이라도 된 것처럼, 우리에게는 우리가 구현하지 못하고 있는 능력, 완수하지 못할 운명의 계획이 있다. 우리의 영혼은, 기독교를 특징짓는 인본주의적 일신교주의의 수십 세기에 걸친 고착화된 거짓말들과 접촉점을 가지지 않는다. 우리는 어찌나 가짜인지, 노예가 모자라는 문명, 얼마나 불완전한지 지성을 감정에 복속시켜 유지가 되는 문명을 혐오하고, 겉으로는 종교적 병마와 거리를 두는 것처럼 보여도 실상은 그 방향으로 가고 있는데, 그 이유는 노에 심리의 특징인 인도주의적 망상 쪽으로 더 쏠리거나, 그도 아니면, 독일인들이 좋아하는 그 터무니없는 경직성(가짜 이교주의의 과장) 쪽으로 기울기 때문이다 — 이런 식으로, 문명화된 정신이 얼마만큼 균형, 중도, 반성에 무능해졌는가를 증명하고 있는 것이다.

하지만 여기서 "우리"라고 할 때, 그건 누굴 두고 하는 말인가? 내가 아는 중에는 나 자신, 지금은 하직한 고(故) 카에이루, 그리고 두 사람 더뿐이다. 나 혼자뿐이라고 해도 문제가 될 건 없다. 천 명이라고 해도 달라질 건 없다. 신들이 한번 — 그들의 치료 불가능한 단순함 속에서 — 사물의 진실을 보도록 허용한 인간에겐, 정신의 명민함, 심장의 견고함과 무감각 이외에는 필요한 게 없으며, 그들은 인도주의의 농신제(農神祭)*나 현대적인 삶 따위를 기뻐하며 즐기는 상태로 돌아가지 못한다.

나머지는 모두, 우리가 그림자라고 부르는 저 빛 속에, 신들 이전의 그 드넓은 빛 속에 자리한다. 절대로 죽음을 피해갈 수 없는 우리 영혼들 속에, 우리 하루살이 인생이 부질없이 지향하고, 부질없이 도달하고, 부질없이 영속하는 그곳에.

1916년

* Saturnalia. 지금의 크리스마스 무렵에 행해지던 고대 로마의 축제.

리카르두 레이스(Ricardo Reis)
1887년 9월 19일 오후 네 시 5분생이지만, 1914년 7월 23일, 마리우 드 사-카르네이루가 편지를 통해 페소아에게 "친애하는 레이스 씨"의 탄생에 "진심 어린 축하"의 뜻을 전하고 있는 것으로 보아, 리카르두 레이스는 그즈음 처음 모습을 드러낸 것으로 추측된다. (레이스의 이름으로 처음 쓴 시는 1914년 7월 12일로 기록되지만 발표는 10년 후에나 이뤄진다.) 자신과는 공통점이 별로 없었던 동료 시인 캄푸스에 대해 호의적으로 평가하지 않았던 레이스는 그러나 스승 카에이루에 대한 절대적 신뢰에서만은 캄푸스와 의견을 같이했다. 그는 '포르투갈어로 시를 쓰는 호라티우스'라는 평가를 받을 만큼 고전적인 성향의 시, 경구를 연상시키는 문체, 변형을 가한 정형시를 썼다. 정치적으로는 왕정주의를 고수해 브라질로 망명을 했고, 포르투 출신으로 되어 있지만 별자리 운세상으로는 리스본 출생이다. 에피쿠로스학파와 스토아학파의 상반되는 영향을 독특한 방식으로 흡수했는데, 전자에서는 소박한 삶에 대한 예찬을, 후자에서는 격렬한 감정의 배제를 받아들였다. 1921년에는 사포, 아리스토텔레스 등 그리스 문학 및 철학서의 번역을 맡기도 했다. 시와 과학 또는 시와 종교에 관한 텍스트들을 남겼고, 안토니우 모라와 함께 포르투갈 신이교주의의 '정통파'에 속하여, 헬레니즘의 귀환을 주장하는 동시에 기독교주의를 강하게 비판했다. 그의 또 다른 비판 대상에는 매튜 아널드(Matthew Arnold), 프리드리히 니체(Friedrich Nietzsche), 오스카 와일드(Oscar Wilde) 등이 포함된다.

신들의 귀환

안토니우 모라

우리는 종교 전반 또는 특정 종교의 형이상학적 기초가 뭔지에 대해 갑론을박할 것 없이, 종교 현상이 사회를 위한 규율과 방향 제시에 대한 인류의 필요성을 반영한다는 사회학적 연구만으로도 충분히, 또 필연적으로, 사회를 가장 잘 규율하고 조직할 수 있는 종교는 '자연'에 가장 가까운 종교임을 확인할 수 있을 것이다. 이때의 종교는, 그것이 자연에 가장 가깝기 때문에 인간에게 가장 직접적으로 작용할 수 있고, 인류가 그의 삶을 근본적으로 다스리는 자연의 원리로부터 일탈하지 않는 방향으로 가장 크게 영향을 미칠 것이며, 인간 정신의 사회적 활동은 가장 잘 자극시키고 인도하는 동시에 다른 활동들은 가장 덜 구속함으로써 인간 정신을 자유롭게 할 수 있다.

이제, 이교라고 불리는 종교가 다른 모든 종교 가운데 가장 자연적인 것임을 보여주는 것도 어렵지 않을 것이다.

세 개의 간단한 추론이 이 주장을 뒷받침한다.

이교적 종교는, 다신교적이다. 자연 또한 복수(複數)적이다. 자연은 우리에게 하나의 집합이 아니라, "여러 가지 것들", 즉 복수로서 나타난다. 우리는 추론이나 직접 경험을 통한 지적 개입의 도움 없이는, 우주라고 불리는 집합이 실제로 존재한다거나, “자연”이라고 명명 가능한 통일된 전체가 있다고 단언할 수 없다. 현실은, 우리에게 직접적으로 복수로 구현된다. 우리가 개인적으로 의식하는 모든 감각들에 관해 논하자면, 본래 복수로 나타나는 것들에 우리는 (경험적으로) 거짓된 단일체를 부여하고 있다. 종교의 경우, 그것은 우리에게 외부 현실로서 나타나고, 다가온다. 그러므로, 외부 현실의 근본적인 특징들과 상통해야 한다. 그 특징이라고 함은 사물들의 복수성이다. 그러므로 신들의 복수성은, 자연적인 종교가 다른 종교와 구별되는 첫 번째 특징이다.

이교적 종교는 인간적이다. 이교도 신들의 행동들은 확대된 인간의 행동들이다. 그 종류는 같지만, 더 거대하고, 신적(神的)인 규모로 이뤄진다. 신들은 반신반인처럼, 인류를 부정해서가 아니라 능가함으로써 인류와 구분되는 것이다. 이교도에게 있어서 신적인 자연이란, 반인간적인 동시에 초인간적인 것이 아니다. 그것은 오로지 초인간적인 것이다. 그리하여 이교적 종교는 순수히 외부적인 세계의 본성뿐만 아니라, 인류의 본성과도 부합할 수 있다.

마지막으로, 이교적 종교는 정치적이다. 다시 말해, 도시나 국가의 삶의 한 부분을 차지하지만, 보편성을 목적으로 하지는 않는다. 그것은 다른 나라 사람들에게 무언가를 강요하려고 시도하지 않는 대신, 그들로부터 받아들이려고 한다. 그리하여, 다른 모든 나라의 가능한 모든 영향을 종합한 국가라는 문명의 본질적인 원칙에도 부합한다. (이 원칙은, 지역주의 정치에 찌든 편협한 민족주의나 타락한 제국주의 정부의 기준들과는 상충한다.) 보수적인 국가치고 강력한 국가가 없고, 제국주의적인 국가치고 건강한 국가가 있어본 적이 없다. 남에게 강요하려는 자는 이미 스스로 변화할 줄 모르는 자이다. 받을 줄 모르는 자가 늘 뭔가를 주려고만 한다. 하지만 실제로, 변화할 줄 모르는 자는 정체되어왔다. 받을 줄도 모르는 자 역시 마찬가지로 정체되어왔다.

이처럼, 이교적 종교는 인류가 겪는 세 가지 자연적인 차원과 조화를 이룬다: 자연 전체의 경험적 본질 그 자체와도, 인간 본성의 본질 그 자체와도, 사회적으로 변화가 진행 중인 인간 본성의 본질 그 자체와도, 다시 말해, 문명화된 인간 본성과도, 또 다시 말해, 문명의 본질과도.

*

이류 개성들이 출현하기에 지나치게 용이함, 각 개인 또는 특정 개성의 드러냄을 지나치게 자극하는 것(그게 굉장할 경우를 제외하면 드러내건 말건 아무도 관심 가지지 않는), 남들과 어떤 공통점이 있느냐보다, 남들과 어떻게 다르냐는 점에서 개개인의 존재 의미를 찾는 사회적 코드에의 적응—이것들이 이 시대의 극단적인 병세를 특징짓는 현상들이다.

이러한 요인들은, 기독교주의에 의해 형성되어 이

미 병적인 상태가 되어 있는 정신을 더욱 악화시키는 데 기여할 것이며, 미래에는 오히려 한층 강화되면서 적어도 윤곽이라도 드러날 것이다. 엄청난 상업적 경쟁, 국제주의들의 뒤얽힌 교착상태, 숙련 노동자 집단에 대한 수요 증가는, 그들이 가진 사회적 지위와 엄연히 양립 불가능한 자부심을 키우게끔 하는데, 그들이 결국은 노동자이기 때문에, 이 병약한 자부심을 낮은 차원의 다른 일들에 드러내도록 만들 것이다 — 이 모든 것이, 이미 시대적으로 정상이라고 여겨지는 이 데카당스*에 통합되거나 그것을 유지시키고 공고히 하는 데 기여한다. 우리는 이런 광적인 열망 — 비정상의 정상화 — 을 성취했다. 이로써 우리는, 질서 정연한 사회에서는 존재할 수 없을 아니 정확히 말해 그런 사회에선 개인적으로 존재할 수 없을, 상당수 사람들의 삶을 불안할 정도로 흥미롭게 변화시키는 장점을 얻게 된다. 그러나 이 개인적 차원의 장점은, 개인적이기에 고로 일시적일 수밖에 없으며, 창조 불능의 고착화라는 대가를 치를 뿐만 아니라, 큰 상상에의 무기력 및 원대한 목표에의 욕구 결핍이 표준화되는 결과를 동반한다.

현대에 들어서서야 새삼스럽게, 우리는 볼테르가 다른 행성에도 생명이 있다면 지구는 우주의 정신병 환자 수용소일 것이라고 한 말의 정확한 의미를 이해하게 된다. 사실은 다른 행성에 생명이 있든 없든 간에, 우리는

* décadence. 퇴폐주의. 데카당(décadent)은 퇴폐주의자, 퇴폐적인 것 또는 그런 생활을 하는 자.

정말로 하나의 정신병 환자 수용소이다. 우리는 이미 정상에 대한 감각은 전부 잃어버린 삶을 살고 있고, 건강이 질병의 허락을 받아 사는 곳에 살고 있는 것이다.

우리는 만성적인 질병과 열성(熱性) 빈혈증 속에 살고 있다. 우리는 영원한 빈사 상태에 적응해버렸기 때문에 우리 운명은 죽을 운명이 아니니다.

이교주의의 위대한 진리들의 정신적 후계자들, 건설 인종의 정신을 가진 자들이 이런 시대와 무슨 관련을 맺을 수 있겠는가? 아무것도 없다, 본능적인 거부와 깊은 혐오 말고는. 이렇게 해서 우리, 즉 데카당의 유일한 반대자들은, 어쩔 수 없이 어떤 태도를 취하도록 강요당하는데, 그 역시 본성에 의해 데카당한 태도이다. 무관심한 태도는 데카당의 태도이고, 우리는 이러한 주변 환경에 적응할 능력이 없기 때문에 무관심한 태도를 견지할 수밖에 없는 것이다. 우리가 적응하지 않는 이유는, 건강한 인간이 병적인 환경에 적응하지 않기 때문이다. 그리고 적응하지 않기에, 결국 병든 사람은 우리가 된다. 이교도들은 이 패러독스 속에서 살고 있다. 우리에겐 다른 희망도, 다른 치유도 없다.

나는 이것을 우리의 태도로서 받아들이긴 하지만, 리카르두 레이스의 방식으로 받아들이지는 않는다. 나는 우리로부터 아무것도 바라지 않고 우리가 아무것도 할 수 없는 시대에 대해 우리가 무관심하길 바란다. 하지만 이 무관심이 그 자체로 좋은 일이라도 되는 양 축복하길 바라진 않는다. 그게 바로 리카르두 레이스가 하는 짓이다. 이런 의미에서 레이스는, 이 시대의 조류, 즉 데카당으로부터 무관심해지기는커녕, 오히려 그중 하나로 통합되고 있는 것이다. 그의 무관심은 이미 현재 환경에 적응을 한 것이다. 그것은 이미 하나의 타협이다.

*

우리는 사실 신이교주의자도, 새로운 이교도들도 아니다. 신이교도, 또는 새로운 이교도는 말이 안 되는 명칭이다. 이교주의는 땅에서 직접 탄생한 종교로, 자연—즉 각 사물의 진짜 실재 속성—에서 직접 유래한 것이다. 자신의 자연적 천성 때문에, 그것은 출현할 수도 있고 사라질 수도 있지만, 그 성질은 변하지 않는다. "신이교주의"라는 말은 "신바위" 또는 "신꽃"이라는 말들만큼이나 무의미한 명칭이다. 이교주의는 인간이라는 종이 건강할 때 출현하고, 병이 들 때 사라진다. 꽃이 시드는 것처럼 시들 수도 있고, 식물이 죽는 것처럼 죽기도 한다. 하지만 그것은 다른 것의 형태를 취하지도 않고, 자기 본질과 다른 형태를 취하지도 못한다.

이교도가 되고자 하는 욕망 이외에는 이교적인 면이 전혀 없는 주제에 신이교도를 자칭하는 것(페이터와 스윈번* 같은 반역적인 기독교인들처럼)도 아주 이해 못 할 일

* 시인이자 시학 이론가인 페이터(Walter Horatio Pater, 1839–94)와 시인 스윈번(Algernon Charles Swinburne, 1837–1909)은 빅토리아 여왕 시대의

은 아닌데, 왜냐하면 부조리한 것에 불가능한 이름을 붙이는 것에도 일리는 있기 때문이다. 하지만 우리 같은 이교도들은, 우리가 "모던한" 무엇이라도 되는 양, 혹은 그리스인의 이교주의를 "개혁"하거나 "재건"하러 왔다는 듯한 명칭은 쓸 수 없다. 우린 이교도가 되기 위해 여기에 왔다. 이교주의가 우리 안에서 새로이 태어났다. 그러나 우리 안에서 재탄생한 이교주의는 항상 존재했던 그 이교주의와 같은 것이다 — 지구 자체의 정의(正義)와도 같은, 신들에게의 종속.

이교주의의 연구자는 이교도가 아니다. 이교도는 인문주의자가 아니다: 그는 인간이다. 이교도가 기독교주의에서 가장 인정하는 부분은 평범한 인간들이 기적들, 성인들, 의식과 순례에 대해 갖고 있는 믿음이다. 이는 정작 기독교주의 내에서는 "거부된" 부분으로, 만약에 이교도가 기독교에서 뭔가를 받아들인다고 한다면 가장 먼저 받아들일 만한 부분이라 하겠다. 신비주의 시인들은 이해하면서 성인들의 축제는 이해하지 못하는 "모던한 이교주의" 또는 "신이교주의"는 이교주의와 아무런 공통점이 없다. 그 이유는, 이교도는 제등행렬(提燈行列)은 기꺼이 인정하지만, 아빌라의 성녀 테레사(St. Teresa of Ávila)의 신비주의에는 등을 돌리기 때문이다. 세계에 대한 기독교적 해석은 그의 속을 메스껍게 만든다. 그러나 교회에서

심미주의자들로, 이교주의에 관한 글로 논란을 일으켰다.

벌어지는 축제의 불빛들, 꽃들, 그리고 순례 후의 노래들은 — 비록 그것들이 좋지 않은 것의 일부이긴 해도, 진실로 인간적인 것들이기에 — 좋은 것으로서 받아들인다. 그리고 그것이 바로 이교도가 기독교를 해석하는 방식이다.

이교도는 기독교적 미신에는 공감하는데, 왜냐하면 미신적이지 않은 인간은 인간이 아니기 때문이다. 그러나 그는 기독교적 인도주의에 대해서는 전혀 공감하지 못하는데, 그것은 인도주의적인 인간은 인간이 아니기 때문이다.

이교도에게는 모든 사물이 각각 그만의 정령이나 님프를 지니고 있으며, 모든 사물은 사로잡힌 님프 또는 우리 시선에 붙들린 나무 요정이다. 이것이, 이교도의 눈에 모든 사물들의 놀라운 실재가 즉각적으로 보이고, 그가 사물들을 볼 때마다 유대감을 느끼며, 만질 때마다 동료애를 느끼는 이유이다.

사물을 볼 때마다 거기에 있는 것 말고 뭔가 다른 것을 보는 사람은 그 사물을 볼 수도, 사랑할 수도, 느낄 수도 없다. 무언가를 "신"이 창조했다는 이유로 그것에 가치를 부여하는 사람은, 그것이 그것이어서가 아니라 그것이 떠올리는 가치만 부여하는 것이다. 그의 눈은 그 사물을 바라보고 있을지 몰라도, 그의 생각은 어딘가 다른 데에 있는 것이다.

범신론자의 경우는 전체에 관여하는 정도에 따라 각 사물의 가치를 평가하는데, 이 역시 다른 걸 생각하기 위해 뭔가를 보는 것이므로, 보지 않기 위해 보는 것이다.

그는 사물에 대해서가 아니라, 그것과 나머지 세계와의 연속성을 생각한다. 어떻게 한 대상을, 대상의 바깥에 있는 어떤 원리 때문에 사랑할 수 있겠는가? 사랑의 제1원칙이자 마지막 원칙은, 사랑받는 대상이 다른 무언가로서가 아니라 오로지 그 자체로서 사랑받을 것, 그리고 사랑할 "이유"가 있어서가 아니라 그것이 사랑의 대상이기 때문에 사랑할 것.

단순한 유물론자나 이성주의자의 경우는, "자연"이 그 사물에 한 일 때문에, 그것이 살기 위해 약동시키는 잠재 에너지 때문에 — 그것이 포함된 원자가 구성하는 행성 시스템에 — 사물들에 경이로워 하는데, 이들도 마찬가지로 그것들을 사랑하지도, 보지도 않는 것이다. 그들은 무언가를 볼 때 다른 생각, 즉 사물의 구성에 대해 생각하기 때문이다. 그들은 한 사물을 바라볼 때, 그것의 분해를 사유하는 것이다. 그래서 한 번도 유물론자가 예술을 창조한 적이 없는 것이고, 여태껏 한 명의 유물론자 또는 이성주의자도 세상을 바라본 적이 없는 것이다. 그와 세계의 사이에 과학 신비주의가 그 베일(현미경)을 드리웠는데, 그는 우물 속과도 같은 현실에 빠져버린 것이다. 그들에게는 모든 것들이, 지구에 사는 한 명의 인간이 아니라 유사한 원자적 성질을 들여다볼 수 있는 일종의 창으로 변해버렸다. 범신론자들에게 그것이 '전체'로 통하는 창살 또는 창문이듯, 창조주의자에게 그걸 통해 신이 보이는 창살이듯. 사색을 집중력 있게 하면, 창살은 잊힌다.

창문을 통해 무언가를 골똘히 바라보는 자가 창문에 관해 뭘 알겠는가? 신비주의 기독교인들, 몽상적인 범신론주의자들, 유물론자들 그리고 "이성"을 가진 자들에게 있어서 세계는, 그저 그들의 생각일 뿐이다. 자연을 인간으로 대체한 기독교의 패악은, 모두를 태어날 때부터 노쇠하게 만든 병이다.

1914-8년

안토니우 모라(António Mora)
상당한 분량의 글을 남겼음에도 이명이라고 부르기에는 전기적인 자료가 거의 없어, 개념적인 인물에 가깝다고 할 수 있다.「내 스승 카에이루를 기억하는 노트들」에서 보이듯 그는 캐릭터가 강조되기보다는 듣고 기록하는 역할을 부여받는다. 1910년경 쓰인「카스카이스 요양원(Na casa de saúde de Cascais)」이라는 글에 가마 노브르 박사(Dr. Gama Nobre)를 대체하는 인물로 처음 등장하나, 1915년을 본격적으로 처음 등장한 해로 보기도 한다. 노브르 박사라는 캐릭터의 인상착의를 그대로 빌려오자면, 흰 머리카락과 수염을 기른 키가 큰 인물로, 그리스식 토가를 입고 다니며 아이스킬로스의「결박된 프로메테우스(Prometeu Agrilhoado)」에 나오는 구절을 읊고 다니는 미치광이 철학자의 모습을 상상할 수 있겠다. 페소아는 당시 사회의 퇴폐주의를 비판하기 위해 고대 그리스적 가치의 부활을 주장할 철학자 혹은 이론가가 필요했고 그리하여 모라를 낙점한 것으로 보인다. 모라의 이교주의는 니체로부터 영향을 받았으며, 기독교, 가톨릭, 불교 등 기존 종교에 대해 비판적이다.

한 연구에 따르면, 페소아는 카에이루의 작품을 알리고 전파할 일순위 인물로 모라와 레이스 사이에서 갈등했다고 한다. 모라의 대표작인「신들의 귀환」도, 레이스의 이름으로 서명된 글들이 있어 서명이 없을 경우 저자를 판단하기에 혼란스럽다. 모라의 작품들은 페소아 생전에는 한 편도 발표되지 못했다. 이교주의에 대한 페소아의 열정이 식어감과 동시에 모라에 대한 그의 관심 역시 서서히 줄어들었다. 여기에 실린 텍스트는 '신들의 귀환'이라는 제목으로 묶인 약 50편의 글 중에서 발췌되었다.

포르투갈의 감각주의자들

토머스 크로스

한번은 어느 포르투갈 사람이 나에게 말하기를, 포르투갈에 관한 최악의 것은, 그 어느 누구도, 심지어는 포르투갈인들조차 포르투갈에 대해 아무것도 모르는 점이라고 한 적이 있다. 이 표현은, 이런 식의 말들이 대개 그런 것 이상으로 참인 것도, 거짓인 것도 아니지만, 그 창시자들이 감각주의라고 부르는 포르투갈의 흥미로운 문학 운동에는 유난히도 잘 들어맞는다.

큐비즘, 미래주의, 그리고 다른 소수의 주의들은 그 태생이 유럽 문화의 중심부들이었기 때문에 잘 알려졌고 많이 회자되었다. 이것들보다 훨씬 더 흥미롭고, 훨씬 더 독창적이고, 훨씬 더 매력적인 감각주의는 그런 중심부들로부터 먼 곳에서 탄생했다는 이유로 알려지지 않은 채로 있다.

이 운동은 당연히, 큐비즘이나 미래주의보다 젊다. 그 창시자들은 한 번도 이것을 멀리까지 퍼뜨리려고 노력한 적이 없다. 그러나 세간의 관심(그들이 경멸하는 게 아니라면, 거의 바라지 않는다고 할)을 불러일으킬지의 여부는 그들에게 달렸다.

감각주의자들은, 무엇보다도 먼저, 데카당들이다. 그들은 데카당주의와 상징주의 운동의 직속 후계자들이다. 그들은 "인류, 종교, 조국에의 절대적 무관심"을 주장하고 선언한다. 때로는 한 걸음 더 나아가, 이 반감을 확증하기에 이른다. 한 감각주의자는 리스본의 석간신문에 알폰수 코스타(Alfonso Costa) — 가장 인기 있는 포르투갈 정치인 — 가 사고로 전차에서 떨어져 죽음의 문턱까지 간 일에 대해 기뻐하는 뻔뻔한 편지를 써서 거의 린치를 당할 뻔했다. 이런 식의 확언 뒤에 어떤 진정한 악의가 있다고 단정할 이유는 없다. 아마도 그들은 그저 "토착민들을 성나게 하기 위해"(포르투갈인들이 말하는 것처럼)* 만들어진 존재들이리라.

감각주의는 페르난두 페소아와 마리우 드 사-카르네이루** 사이의 우정에서 시작되었다. 짐작건대 이 운동의 탄생에 관해 두 사람이 각각 기여한 부분을 따로 구별해내긴 어려울 것이고, 당연한 말이지만, 굳이 그러한 부분을 한정하려는 것도 전혀 쓸데없는 일이리라. 확실한 건, 그 둘 사이에서 탄생했다는 사실이다.

그러나 주목할 만한 감각주의자들은 저마다 각자 개

* 포르투갈의 식민지 역사, 즉 피식민자들을 괴롭힌 역사를 빗댄 표현인 듯하다.

** Mário de Sá-Carneiro. 페소아와 절친한 사이였던 아방가르드 시인이자 소설가. 잡지 『오르페우』 창간을 주도한 핵심 인물 중 한 명이었다. 「루시우의 고백(A Confissão de Lúcio)」, 「분산(Dispersão)」 등을 썼다. 이 책 339쪽 참조(「편지들」).

성이 달랐고, 모두들 자연스럽게 서로간 상호작용을 했다.

페르난두 페소아와 마리우 드 사-카르네이루는 상징주의자들과 가장 가깝다. 알바루 드 캄푸스와 알마다 네그레이로스*는 감각과 문체가 모던 양식에 더 가깝다. 다른 이들은 그 사이에 위치한다.

페르난두 페소아는 고전 문화 때문에 고통스러워한다.

그 어떤 감각주의자도, 감각주의 용어로 착색된 감각이라고 부를 수 있는 표현에 있어서, 사-카르네이루보다 높은 경지에 이른 사람은 없다. 그의 상상력은 — 현대문학 최고의 반열에 드는데, 「안테나 교수의 기이한 죽음(Estranha Morte do Professor Antena)」이라는 작품으로 추론적인 단편소설에서 포를 능가했고, 감각을 통해 그에게 주어진 요소들 사이에서 제멋대로 거리낌 없이 즐겼는데, 그의 색채감각은 문인에게서 발견할 수 있는 것 가운데 가장 강렬한 것 중 하나였다.

페르난두 페소아는 더 순수하게 지적이었다. 그의 강점은 우리를 거의 숨 막히게 할 정도의 완성도에 이르는 느낌과 감정의 지적 분석 쪽인데, 한번은 그가 쓴 정지극(劇) 「선원(O Marinheiro)」을 읽은 한 독자가 말하기

* José de Almada Negreiros. 화가이자 작가. 대표작으로 『유모(Engomadeira)』, 『전쟁의 이름(Nome de Guerra)』 등의 소설이 있다. 리스본 대학의 인문대 입구 측면에는 그가 그린 페소아의 대표 이명 세 명이 부조로 조각되어 있다.

를, "이 작품은 바깥세상을 완전히 비현실적으로 만든다"고 했는데, 실제로 그렇다. 문학에서 이보다 더 이질적인 작품도 없다. 마테를링크 최고의 애매성과 미묘함도 이에 비한다면 거칠고 육체적이다.

주제 드 알마다 네그레이로스는 더 즉흥적이고 민첩한 편임에도 이것이 그의 천재적 자질을 숨기진 못한다. 그는 다른 이들보다 어린데, 나이뿐만 아니라, 즉흥성과 열광에서도 그렇다. 굉장히 색다른 개성을 갖췄는데, 그런 부분들이 그토록 일찍 계발된 점이 놀랍다.

루이스 드 몬탈보르*는 다른 이들보다는 상징주의자 쪽에 더 가깝다. 그는 문체와 정신적 지향성에 있어 말라르메와 크게 다르지 않은데, 쉽게 예상이 가듯, 그가 가장 좋아하는 시인임이 분명하다. 그렇긴 해도, 그의 시에 확연히 나타나는 감각주의적 요소들은 말라르메와는 완전히 달라서 지적으로 더 깊이가 있고, 감각주의 식으로 말하자면, 두뇌로 더 진심 어리게 느껴진다.

큐비스트들이나 미래주의자들보다 이 얼마나 더 흥미로운가!

나는 평소부터 최고의 앎은 비개인적인 것이라고 확신해

* Luís de Montalvor. 시인이자 에세이스트, 편집자. 『오르페우』 동인으로 창간호의 서문을 썼다.

왔기 때문에, 이 감각주의자들을 개인적으로 알고 싶었던 적은 한 번도 없다.

알바루 드 캄푸스는 그리스 시인을 내면에 품은 월트 휘트먼(Walt Whitman)이라는 말로 훌륭히 정의할 수 있다. 그는 휘트먼이 가졌던 모든 감각의 힘을 가졌다. 그는 휘트먼을 특징짓는 엄청난 지적, 감성적, 신체적 감각의 활력을 모두 지니고 있으면서도, 또한 — 정반대의 기질 — 밀턴 이후 그 어떤 시인도 도달하지 못한, 시에 있어서의 구축의 힘과 정연한 전개라는 — 도 지니고 있다. 알바루 드 캄푸스가 휘트먼 식으로 행 구분이나 각운 없이 쓴 「승리의 송시」는, 가령 이런 관점에서 「리시다스」* 정도나 선언할 수 있을 수준의 완성도마저 무색케 하는 구축과 정연한 전개를 보여준다. 「해상 송시(Ode Marítima)」는, 『오르페우』지에서 자그마치 스물두 쪽의 분량을 차지하는, 진정으로 비범한 구성이다. 그 어떤 독일 군대도 이 구성의 근저를 이루는 내부 규율을 가진 적이 없는데, 타이포그래픽적 측면에서 봤을 때는, 거의 미래주의적 어수선함의 표본으로 간주할 수 있을 정도이다. 이와 같은 생각은, 『오르페우』 3호에 실린 훌륭한 시 「월트 휘트먼에게 경의를(Saudação a Walt Withman)」에도 마찬가지로 적용된다.

* Lycidas. 존 밀턴이 1637년 발표한 시.

이 똑같은 생각은 주제 드 알마다 네그레이로스에게도 거의 적용할 수 있는데, 그가 덜 훈련되지만 않았더라면 □

"이집트의 나르시스트이자 감각주의 시인(그 스스로가 그렇게 부르는) 주제 드 알마다 네그레이로스"가 쓴 「증오의 장면(A Cena do Ódio)」은 □

그는 출판되지 않은 수많은 작업과 출판될 수 없는 몇몇 작업을 갖고 있는 것으로 알려져 있다.

감각주의자 중 가장 많이 출판한 사람은 마리우 드 사-카르네이루이다. 그는 1890년 5월에 출생했고, 1916년 4월 26일 파리에서 자살했다. 당시 프랑스 신문은 그를, 당연히, 그가 실제로는 아니었음에도 불구하고, 그리고 아니었기 때문에, 미래주의자라고 불렀다.

그의 핵심적인 진가는 단편소설 모음에 있으나, 그 분량 때문에 현 시선집에는 포함되지 못했다.

포르투갈 현대문학으로 말할 것 같으면, 그게 나타날 때 "딴 골목으로 피해버리는" 게 최고라고 할 수 있다. 그것은 말해질 가치가 없었던 무언가의 메아리의 메아리의 메아리이다. 그것은 아벨 부텔류*의 소설처럼 완전한 쓰레

* Abel Botelho(1854–1917). 포르투갈의 군인이자 외교관, 작가. 포르투갈 자연주의의 대표 주자로, 사회 비판적 연재물 『사회적 병리학(Patologia Social)』의 일환으로 포르투갈에서 최초로 동성애를 다룬 소설 『라보스의 남작(O Barão De Lavos)』(1891)과 『알다의 책(O Livro De Alda)』(1898) 등의 작품을 남겼다.

기가 아니라면 쓰레기라도 돼야 할 것이다, 그나마 뭐라도 되려면. 다른 작가들의 소설이나 시처럼 말이다.

포르투갈 고전문학은 전부 흥미롭다고 말해주기도 힘들고, 고전의 반열에도 들기 힘들다. 카몽이스*의 고상한 작품 몇 편과, 안테루 드 켄탈**의 아름다운 작품 몇 편과, 중케이루***의 읽을 만한 작품 한두 편(그가 위고로부터 배운 모든 걸 과연 어디까지 비워낼 수 있을지 확인하기 위해서라도)과, 수많은 형편없는 시들 가운데 세상에서 가장 위대한 사랑 시 중 하나를 썼다는 이유로 남은 문학 인생을 사과하느라 보냈던 테이셰이라 드 파스코아이스****의 시 한 수—이것들을 제외시키고, 몇몇 소수의 작품들을 바로 그 소수라는 점 때문에 예외로 치자면, 세계적인 의미에서 포르투갈 문학은 문학이라고 하기도 힘들고, 거의 절대로 포르투갈적이라고 부를 수도 없다. 그것은 프로방스적이고, 이탈리아적이고, 스페인적이고, 프랑스적이고,

* Luís Vaz de Camões(?1524–80). 포르투갈 역사상 가장 위대한 시인으로 평가받는 서정시인으로, 민족적 기상을 드높이는 대서사시 「우스 루지아다스(Os Lusiadas)」를 썼다. 데뷔 시절부터 그를 의식한 페소아에게, 카몽이스는 언제나 능가와 극복의 대상이었다. 페소아가 도래를 예견한 "초(超)카몽이스(Supra-Camões)"의 존재도 바로 자기 자신을 가리킨다.

** Antero de Quental(1842–91). 카몽이스에 비견되는 다음 세대 시인이자 작가. 낭만주의와 거리를 두고 사실주의에 기반한 신문예운동을 주도했다.

*** Guerra Junqueiro(1850–1923). 시인, 언론인, 작가로 공직을 맡기도 했다. 그의 신랄한 사회 비판과 풍자는 구체제의 붕괴를 앞당기고 공화정 수립에 큰 영향을 미쳤다고 평가된다.

**** 이 책 57쪽 주석 참조(「알베르투 카에이루와의 인터뷰」).

가끔은 영국적이기도 하다. 가령, 이류 영국 시의 저질 프랑스어 번역본을 읽을 만큼 프랑스어를 할 줄 알아서 오역을 바로잡아가며 읽는 가헤트*의 경우처럼. 포르투갈 문학에도 좋은 산문이 조금 있긴 있다. 비에이라**는 설교를 늘어놓긴 했지만, 모든 면에서 장인다운 면모를 보여준다. 그는 언어라는 주제로의 안내자라고도 불리는데, 이는 그가 자신의 예수회적 기질을 살려 마키아벨리로의 안내자 역할을 했기에 양해해줄 수 있다. 이외에 초기의 연대기 작가들에게서 몇몇 훌륭한 작품을 발견할 수 있긴 해도, 그들은 모든 바다가 열려 있었던 시기, 아무도 먼저 발 디딜 엄두도 못 내던 때, 포르투갈이 전 세계적으로 존재감이 없다는 걸 깨닫기 전에 나타났던 사람들이다.

현대 시인 한두 명이 흥미로운 수준에 도달하긴 하지만, 그들은 그 단계에 도달하자마자 지쳐버려서, 남은 문학 인생 내내 잠들어버린다. 그게 바로 파스코아이스의 경우인데, 그는 형이상학적 연정시(戀情詩)로서 브라우닝의 「마지막 동승(Last Ride Together)」을 능가하는 작품 「비가(Elegia)」를 쓰고 난 이후로는, 그 어떤 사람이 내놓은 그 어떤 작품보다도 하등한 시들뿐이었는데, 이것들은 파스코아이스 자신으로부터 영감을 받은 비가들이다.

전생에 아무것도 아니었다는 것에 고통스러워하는 지방

* Almeida Garrett(1799–1854). 포르투갈에 낭만주의를 들여온 시인 · 극작가 · 소설가.
** 이 책 305쪽 참조(「세바스티앙주의 그리고 제5제국」).

의 대단한 시인들이 여럿 있는데, 그들은 이 사실에 대한 회상을 바탕으로 행동한다. 인도 점성술가들에 따르면, 아이는 오로지 세상이 숨을 쉬는 특정한 순간들에만 태어날 수 있다고 한다. 이 시인들과 산문가들은 그 틈들을 노렸고 그것들을 가득 채워버렸다. 이는 포르투갈 밖에서는 좀처럼 하기 힘든 일인데, 포르투갈 안에서는 가능하다, 단, 형편없는 결과를 동반하면서 가능하다.

그러나 이 고전들의 부정적인 면은, 그것들이 고전임에도 불구하고, 포르투갈적이지 않다는 점이다. 천재성을 지닌 사람이기만 하면 — 천재라는 것을 고려한다면 — 포르투갈 밖에서도 얼마든지 똑같이 할 수 있었으리라. 그러니 굳이 포르투갈어로 쓸 필요도 없었던 것이다. 우리는 오로지 그 언어로만 말할 수 있는 것을 말할 게 있는 사람이 아닌 한, 모국어로 쓴다고 인정해줄 수 없다. 셰익스피어의 장점은 그가 오로지 영국인밖에는 될 수 없었다는 점이다. 그래서 그는 영어로 썼던 것이고, 영국에서 태어난 것이다. 한 언어에서처럼 다른 언어에서도 충분히 말해질 수 있는 것은 차라리 말하지 않는 게 낫다. 그건 그저 껍데기만 새로울 뿐이다.

포르투갈의 감각주의자들이 독창적이고 흥미로운 이유는, 엄밀한 의미에서 포르투갈인인 동시에 범세계주의적이고 보편적이기 때문이다. 포르투갈적 기질은 보편적이다: 이

점이 그들의 놀라운 우월함이다. 포르투갈 역사에서 유일하고도 위대했던 한 가지 업적은 — 그 길고 신중했던 과학적 '발견'의 세기에 — 역사적으로 범세계주의적인 업적이었다. 전 국민이 그 업적으로 각인된다. 독창적이고 전형적인 포르투갈 문학은 포르투갈적일 수 없는데, 왜냐하면 전형적인 포르투갈인은 절대 포르투갈적이지 않기 때문이다. 이 국민들의 지적인 기질에는, 떠들썩하고 일상적인 부분을 빼면, 어딘가 미국적인 데가 있다. 그 어떤 국민도 이들처럼 새로운 것을 그렇게 신속하게 자기 것으로 만들지 못한다. 그 어떤 국민도 이들처럼 경이롭게 몰개성화되지 못한다. 이 약점이 그들의 엄청난 강점이다. 이 기질적인 비(非)지역주의는 쓰이지 않는 아까운 힘이다. 이 영혼의 정의 불가능성이 이들을 정의한다.

포르투갈인의 훌륭함은 그들이 유럽에서 가장 문명화된 사람들이라는 점이다. 모든 것들을 받아들일 수 있도록 태어났기 때문에, 태생적으로 문명화된 사람들이다. 그들은 구식 정신과 의사들이 미소니즘*이라고 부르곤 하던, 새로운 것에 대한 적대감을 의미할 뿐인 말 따위엔 전혀 해당이 안 된다. 그들은 새로움과 변화를 흠모한다. 그들에겐 오로지 수출을 위해 혁명을 일으키는 프랑스인들이 가진 안정적인 요소들은 없다. 포르투갈인들은 언제나 혁명을 일으킨다. 한 포르투갈인이 잠자리에 들 때 그

* Misoneism. 쇄신혐기(刷新嫌忌), 즉 새것을 싫어함, 또는 낯선 것에 대한 원초적인 공포.

는 혁명을 일으키고 있는 건데, 그 이유는 그 포르투갈인이 다음 날 전혀 다른 상태로 깨어나기 때문이다. 그는 정확히 하루 더 나이가 들어 있다, 전혀 다르게 하루 더. 다른 나라 사람들은 매일 아침, 어제 상태 그대로 깨어난다. 내일이란 언제나 몇 년 후에 있는 것이다. 이 이상한 국민들은 그렇지가 않다. 그들은 모든 걸 미완성인 채로 내버려두고 너무나도 급하게 가버린다, 심지어는 급하게 가는 일까지 급하게 한다. 포르투갈인만큼 게으르지 않은 이들도 없으리라. 이 나라에서 유일하게 나태한 부분이 있다면 그건 일을 할 때뿐이다. 이 때문에 눈에 띄는 발전이 없는 것이다.

포르투갈에는 흥미로운 게 딱 두 개 있다 — 그 풍경과 『오르페우(Orpheu)』. 나머지 사이에 있는 모든 포장지는 쓰다 남은 지푸라기나 썩은 찌꺼기뿐이다. 그것들은 바깥, 즉 다른 유럽에서 제 할 일을 다하고 포르투갈의 이 두 가지 흥미로운 것들 사이에서 종말을 맞이한다. 풍경은 가끔 거기다 포르투갈인들을 갖다 놓는 바람에 망치곤 하지만, 『오르페우』는 망치지 못한다. 『오르페우』는 방(防)-포르투갈-처리가 되었기 때문이다.

나는 포르투갈에서 하루하고 반나절을 지내보고 나서, 그 풍경을 알아보았다. 『오르페우』를 알아보는 데는 1년 반이 걸렸다. 『오르페우』가 올림푸스에서 도착함과 동시에, 내가 영국에서 포르투갈에 도착한 건 사실이다. 하지만 이건 별 관심사도 아니고, 그저 천우(天佑)의 우연일 뿐이지만, 감사한 마음으로 받아들인다.

현대문학에 지혜의 빛이 한 줄기 있다면, 나는 그것을 풍경으로 시작해서 『오르페우』로 끝냈을 것이다. 하지만, 신에게 감사하게도, 현대문학에는 그런 한 줄기 빛이 없기에, 나는 풍경은 제쳐두고 『오르페우』로 시작해 그것으로 끝내기로 한다. 풍경은 거기에 가고 싶고 또 갈 수 있는 사람들이 감상할 수 있도록 늘 거기에 있다. 『오르페우』도 거기에 있긴 하지만, 모두에게 읽히기는 힘들다. 그래봤자 극소수에게만 읽힐 것이다. 하지만 읽을 가치가 있다. 이것을 읽기 위해 포르투갈어를 배울 가치가 있다. 그 안에 괴테나 셰익스피어가 있는 것은 아니지만, 괴테나 셰익스피어의 부재를 충분히 보상하고도 남는 것이 있다. 『오르페우』는 모든 현대문학 운동들의 요약이자 종합이다. 바로 그것이, 그저 그 안에 사는 사람들의 부재일 뿐인 풍경에 대해 쓰는 것보다 이것에 대해 쓰는 게 더 가치 있는 이유이다.

『오르페우』는 1년 반 전에 창간됐음에도 불구하고, 단 세 번밖에 발행되지 못한 계간지이다. 이는 그것이 아무것도 의미하지 않는다는 점을 제외하면 아무것도 의미하지 않는다. 매호 약 80쪽 정도 되는 분량의 잡지로, 기고하는 필진들의 수는 그다지 많지 않다. 몇 명은 세 호 내내 모습을 드러내고, 몇몇은 교대로 나타났다. 그들이 소수라는 점과 모두들 굉장히 현대적이라는 점을 감안하면, 놀라울 정도로 다양한 구성이다. 각각의 호는 이 놀라운 종합 운동에 새로운 흥미를 더한다. 나는 참기 힘든 설렘으로 네 번째 호가 나오기를 손꼽아 기다리고 있다. 이 말은 진실이긴 하지만 말도 안 되게 들릴 수 있는데, 『오르페우』에는 현재 진행 중인 전쟁보다 훨씬 더 많은 예측불허와 흥미로움이 있다.

1915년(?)

토머스 크로스(Thomas Crosse)
페소아는 종종 자신의 글들을 직접 번역하거나 그것에 서문을 달곤 했는데, 번역가이자 에세이스트인 토머스 크로스는 영어권 독자들에게 포르투갈 문학, 그중에서도 카에이루의 시를 알리는 일을 도맡았던 인물이다. 이 글도 원래는 '『포르투갈 감각주의자 시선집』을 위한 서문(Preface to an Anthology of the Portuguese Sensationists)'으로 쓰였으며, 언급되는 이들 모두 실제로 『오르페우』지를 함께 만든 실존 인물들이다. 크로스는 카에이루의 시들을 영어로 번역하려고 했으나(가령, 카에이루의 시선「사랑의 목동」을「사랑에 빠진 목동[The Lovesick Shepard]」으로 영역했다) 결국 옮긴이 서문을 쓰는 데 그쳤다. 캄푸스의 작품「최후통첩」의 서문은 무기명으로 남겨졌지만 이명을 할당한다면 토머스 크로스였을 가능성이 가장 높다. 에세이「카에이루와 이교 혁명(Caeiro and the Pagan Revolution)」의 저자 I. I. 크로스, 페소아의 연인 오펠리아와의 편지들에 등장하는 A. A. 크로스 모두 토머스의 형제들이다.

금욕주의자의 교육
— 테이브 남작의 유일한 원고
— 고차원의 예술을 창조하는 것의 불가능성

바랑 드 테이브

서랍에서 발견된 수기
책을 내 방 책상 위에 놓아두면, 깨끗할지 의문스러운 호텔 직원의 손에 의해 검사를 받을 것 같아서, 나는 꽤나 힘겹게 서랍 하나를 열고 그 안에 책을 집어넣은 다음, 최대한 안쪽으로 밀어 넣었다. 뭔가에 걸린 느낌이 들었다. 그 서랍이 그렇게 얕을 리가 없는데.

가장 심각하고 치명적인 세기의 기근이 우리 위에 드리워졌다 — 모든 노력들의 허망함과 모든 목표들의 허영에 대한 뼛속 깊은 통찰.

나는 부재(不在)의 포만, 무(無)의 절정에 도달했다. 나로 하여금 자살을 기도하게끔 만드는 그 무엇은, 나를 일찍 잠자리에 들도록 하는 충동과 같다. 나는 모든 계획들에 깊은 피로를 느낀다.

이제 와서 내 인생을 바꿀 수 있는 것은 아무것도 없다. 만약… 만약… 그래, 하지만 그게 만약, 절대 일어나지 않는 일이고, 일어나지도 않았다면, 뭣하러 일어나는 걸 가정한단 말인가?

내 인생의 끝이 가까이 다가옴을 느낀다. 나 스스로 가깝기를 원하기 때문이리라. 지난 이틀간, 내 모든 원고들 — 그중 상당수는 다시 읽어보느라 이틀이나 걸렸다 — 을 차례차례 불태워 버리느라 시간을 보냈다. 죽어버린 내 상념들의 메모들, 주석들, 내가 절대 쓸 리 없는 작품을 위한 몇몇 완성된 단문들까지. 주저하지 않고 이 희생을 치러냈다. 서서히 고통이 찾아왔음에도 불구하고, 마치 다리[橋]를 불사르는 사람처럼, 멀어지고자 하는 인생의 한쪽 강변과 그렇게 작별을 고하고 싶었기에. 나는 자유로워졌고 굳게 결심했다. 나를 죽이겠다고, 지금 나를 죽이겠다고. 하지만 내가 최소한 남기고 싶은 것은, 가능한 만큼 정확하게 쓴, 내 인생에 관한 지적인 회고록, 내 과거에 관한 내면의 초상이다. 나는 소망한다. 나에 관해서 일련의 아름다운 거짓말들을 남기는 건 불가능하기에, 모든 것의 거짓말이 말하기를 허용한다고 우리가 가정하는, 아주 작은 진실의 조각이라도 남기고 싶다.

이 글이 내 유일한 원고가 될 것이다. 나는 베이컨이 그랬던 것처럼 후세대의 은혜로운 생각들에게 이를 전하는 것은 아니지만, 비교할 것도 없이, 미래가 만들어줄 동반자들은 염두에 두고 있다.

나와 삶 사이의 마지막 끈을 제외한 모든 인연을 끊으면서 얻은 것, 그것은 감각에서는 영혼의 투명함, 이성에서는 이해의 투명함인데, 이는 내가 절대 완성할 수 없었을 작품을 완성하도록 해준 게 아니라, 적어도 내가 왜 완성하지 않았는지에 대해 명료하게 말할 수 있는 언어적 역량을 주었다.

이 글들은 내 고백이 아니라 내 정의(定義)이다. 이 글을 시작하노라니, 어떤 진실한 상태에서 쓸 수 있을 것 같은 느낌이 든다.

자살자는 부당히도 성급한 판단을 하고 말았다. 신문들은 지면을 할애해 그에게 경의를 표했다. 예를 들어, 일간지『디아리우 드 노티시아스(Diário de Notícias, '일간 뉴스')』의 지역 특파원은 그의 죽음에 관해 이런 기사를 송부했다. "어제, 이 지역의 가장 유력한 가문 중 하나 출신인, 테이브의 스무 번째 남작, 알바루 코엘류 드 아타이데 씨가 마시에이라의 자택에서 자살을 했다. 평소 아름다운 성품으로 주변인들로부터 존경을 받던 고인(故人), 테이브 남

작의 안타까운 최후는 지역사회에 커다란 경악을 초래했다.”

마시에이라 별장에서
1920년 7월 12일

한 영혼, 혹은 한 인간에게 있어 지적인 정서와 도덕적 정서의 강도가 동일한 것보다 더 큰 비극은 없다. 한 사람이 남다르게 그리고 완벽하게 도덕적이려면, 그는 조금 멍청해야 한다. 한 사람이 완벽하게 지적이기 위해서는, 그는 약간은 비도덕적이어야 한다. 이 커다란 양립 불가능성을 인간에게 운명 지우는 게 대체 어떤 장난 혹은 아이러니인지 나는 모르겠다. 그런데 내 경우에는 불행하게도, 두 개가 모두 주어졌다. 이렇게 두 가지 미덕을 타고나는 바람에, 난 단 한 번도 뭐가 되어본 적이 없다. 나를 삶에 부적격으로 만든 것은, 어느 한 가지의 과잉이 아니라 두 가지 모두의 과잉이었다.

실제로 있었건 그럴 가능성이 있을 뻔했건 그게 무엇에 관한 것이었건 간에, 나는 내게 라이벌이 있을 때마다, 조금도 주저하지 않고 즉각 기권해왔다. 이건 내가 인생에서 전혀 주저하지 않는 몇 안 되는 일들 중 하나다. 내 자존심은 남과 경쟁해야 한다는 생각을 견딜 수 없었다, 그것이 끔찍하게도 패배할 가능성이 늘어남을 의미하기에. 마찬가지 이유로, 나는 경쟁을 요하는 게임들에 참여하지 못했다. 나는 질 때마다 울분과 앙심으로 가득 차곤 했다. 내가 남들보다 우월하다고 생각해서? 아니다, 난 한 번도 체스나 카드 게임에서 내가 남들보다 낫다고 생각해본 적이 없다. 그저 단순한 자존심에서, 내 이성의 그 어떤 필사적인 노력조차도 삼가거나 멈추지 못한, 넘쳐흐르는 그 처참한 자존심 때문이었다. 나는 항상 세상과 삶으로부터 거리를 두었고, 그런 요소들과의 충돌은, 보편적으로 하인들의 반항이 그렇듯 갑작스럽게, 아래에서부터 오는 모욕으로 항상 내게 상처를 입혔다.

시작하기 전부터 답이 없다는 걸 알았던 그 고통스런 의심의 시기들에, 나 스스로에게 특히나 화가 치미는 건, 내 결심들을 균형 감각 없이 조율하는 데 있어서 사회적인 요인들이 간섭했다는 점이다. 난 단 한 번도 유전적인 특징이나 유년 시절 교육의 영향력으로부터 주도권을 잡아본 적이 없었다. 귀족들의 전형적인 사고방식이나 사회적 위치를 매 순간 혐오할 순 있었지만, 한순간도 잊지는 못했다. 그것은, 내가 경멸해 마지않고 맞서 싸우긴 하지만, 기이한 올가미로 나를 지성과 의지에 묶어두는 내면의 비겁함 같은 것이다. 한번은, 어쩌면 나를 행복하게 해줬을지도 모르는 굉장히 순수한 여자와 결혼을 할 기회가 주어졌지만, 나와 그녀 사이에, 14대에 걸쳐 남작들에게 내려오는 영혼의 우유부단함이 고개를 들면서, 내 결혼을 비웃는 온 동네, 나와 친하지도 않은 친구들의 빈정거림, 너절한 생각들로 커다랗게 만들어진 거북한 이미지가 떠올랐는데, 그 너절한 생각들이 하도 많아서 범죄를 저지른 것처럼 날 짓누르는 것이었다. 그리고 결국 그렇게, 나처럼 이성적이고 초탈한 인간이, 내가 경멸하는 이웃들 때문에 행복을 놓쳐버렸다.

내가 옷을 입을 방식, 내가 행동할 방식, 내가 집에 사람들을 초대할 방식(어쩌면 내가 아무도 초대하지 않았어야 했던 곳), 그녀의 정다움도 잊지 못하게 할, 그녀의 헌신도 가려주지 못할, 셀 수 없는 그 무례한 표현들과 태도들—이 모든 것들이, 마치 심각한 것들의 망령처럼 살아나, 나를 항상 얽매던 끝 모를 불가능성의 그물 속에서도 그녀를 가지고 싶은 욕구를 지켜보려고 격렬히 논쟁하던 잠 못 들던 밤마다, 마치 무슨 논거라도 되는 것처럼 출몰했다.

아직도 그 오후를 기억한다. 은은한 봄 내음을 가르는 생생함으로, 내가 모든 것을 숙고하고 나서, 마치 해결 못 할 문제 앞에서 물러나듯 사랑을 포기하기로 결심한 그날 오후를. 오월이었다—슬슬 여름 날씨로 접어들던, 별장 주위에 꽃이 만발한 작은 터들 위로 서서히 해가 지면서 그림자가 뚜렷해지던 오월. 나는 자책하면서 내 작은 숲의 나무들 사이로 걷고 있었다. 저녁 식사를 일찍 마치고, 무슨 상징물처럼 홀로, 부질없는 그림자들과 희미하게 바스락거리는 나뭇가지와 잎들 위를 배회하고 있었다.

그리고 어느 순간 갑자기, 모든 걸 포기하고, 확고하고 완전하게 고립되고 싶은 강렬한 욕구에 압도당했다. 그토록 많은 욕구와 그토록 많은 희망을 가졌다는 데서, 그리고 그것들을 실현하기에 외면적으로는 너무도 유리해 보이지만, 반면 그것들을 실현하고 싶어할 내면적인 가능성은 너무도 희박하다는 데서 욕지기가 솟을 정도였다. 그 부드럽고 슬픈 순간은 내 자살의 시작을 알린다.

*

나는 끝장내려고 한다, 한때 모든 종류의 훌륭함을 지닐 수 있다고 믿었던, 그러나 결국은 그러고 싶은 욕구 자체에 대한 무능밖에는 없는 삶을. 가끔 내 안에서 어떤 확신을 느낄 때면, 가장 대단한 확신을 가졌던 이들은 미치광이였다는 게 기억난다.

정확성에 대한 꼼꼼함, 완벽에 이르기 위한 노력의 강도 — 이것들은 행동을 유발하는 자극들과는 거리가 먼 것들로, 포기를 하게 만드는 내면의 기능들이다. 되는 것보다 꿈꾸는 게 낫다. 꿈속에서는 우리가 원하는 걸 얻는 게 어찌나 쉬운지!

쓸모도 없이 늘어나는, 각각이 하나의 시(詩)인, 온통 뒤섞인 1천 가지 상념들. 하도 많아서 언제 있었는지는 물론, 언제 잃어버렸는지도 기억할 수 없다.

남는 것은 작은 감정들이다. 어느 시골 들판에 부는 조용한 산들바람이 내 영혼을 휘저을 수 있다. 멀리서 터져 나오는 동네 음악대의 연주가 내 안에서 온갖 교향악 연주보다 더 풍부한 반향을 일으킨다. 문가에 서 있는 늙은 여인이 나의 가슴을 정으로 녹인다. 내 앞에 서 있는 남루한 아이가 나를 깨우쳐준다. 참새가 전깃줄에 앉아 쉬는 것에 나는 기뻐한다. 그것이 진실 그 자체와 얽혀 있어 풀리지 않는 하나의 장면인 것처럼.

내가 속한 세대는 — 이 세대에 나 말고도 다른 사람들이 더 있다고 가정했을 때 — 오래된 종교의 신들에 대한 신앙은 물론 현대적인 비종교의 신들에 대한 신앙마저 잃어버렸다. 나는 인류를 거부하듯 여호와도 받아들일 수 없다. 나에게 있어서, 예수와 진보는 같은 세상에서 온 신화들이다. 나는 성모마리아도, 전기(電氣)도 믿지 않는다.

나는 생각을 할 때 늘 극도로 세심했으며, 글쓰기의 언어에 있어서나 표현하려는 생각의 구성에 있어서나 고지식할 정도로 꼼꼼하게 굴었다.

내 어머니의 죽음은 그때까지 삶과의 감응을 가능케 했던 바깥세상과 나의 마지막 끈을 끊어버렸다. 처음에는 어지러웠다 — 몸을 휘청거리게 하는 그런 현기증이 아니라, 두뇌 속이 죽어버려 텅 빈 것 같은, 무(無)에 대한 본능적인 자각이었다. 그리고 번민으로 변해가던 싫증이 더 무디어지면서 지루함으로 변해버렸다.

그녀가 살아 있을 때는 한 번도 제대로 느껴보지 못한 그녀의 사랑은, 그녀를 잃은 순간 분명하게 다가왔다.

나는, 그 부재를 통해서(모든 것의 진가를 발견할 때처럼), 내게 필요한 건 애정이란 것을 발견했다, 마치 우리가 숨쉬지만 느끼지 못하는 공기처럼.

나는 행복을 위한 조건은 모두 갖추었다, 행복만 빼고는. 모든 조건들은 서로 분리되어 있다.

나는 르네*가 사춘기였을 때의 성숙 단계에 있다. 속(屬)은 안 바뀌고, 종(種)만 바뀐다. 마찬가지 자아도취, 한결같은 불만족.

청춘을 겪는 이들에게는, 사춘기의 그 모든 불안 뒤에, 그들을 생으로 이끄는 눈먼 충동이 있다. 루소는 □, 하지만 그는 유럽을 호령했다. 샤토브리앙은 비탄에 잠기고 몽상을 하긴 했으나, 그래도 한 나라의 장관이었다. 비니**

* René. 샤토브리앙(François Auguste René de Chateaubriand)의 소설에 나오는, 작가와 동명의 주인공 이름.

** Alfred Victor de Vigny(1797–1863). 프랑스의 극작가, 시인. 낭만주의적 작품들로 주목받았으며, 철학적 소설 『스텔로(Stello)』(1832)를 쓰기도 했는데, 영국 시인 토머스 채터튼(Thomas Chatterton)의 삶을 연극화한 『채터튼(Chatterton)』(1835)의 경우

는 자기의 연극이 무대에 올려지는 것을 보았다. 안테루* 는 사회주의라도 설교하고 다녔다. 레오파르디**는 문헌학자였다.

나는 펜촉을 내려놓지 않으면서 내려놓고, 어두운 시골 풍경이 내다보이는 열린 창문 밖으로, 높고 둥그런 달빛이 밤하늘에 전에 없던 기운을 불어넣는 걸 본다. 이런 풍경들이 얼마나 자주, 내 끝 모를 사색들, 목적 없는 공상들, 일도 없고 말도 없는 잠 못 드는 밤들에 동행이 되어주었던가.

내 심장이 무생물의 무게처럼 느껴진다.

미동도 없는 여명들의 칠흙 같은 침묵 속, 그것들이 정말로 존재하는 것들처럼 윤곽이 뚜렷해진다.

*

이성이 이끄는 삶은 불가능하다. 지성은 규칙을 주지 않

사후에도 꾸준히 공연되었다. 이후 은둔하며 대표작 『한 시인의 일기(Journal d'un Poète)』(1867)를 남겼다.

* Antero de Quental. 이 책 147쪽 주석 참조(「포르투갈의 감각주의자들」).

** Giacomo Leopardi(1798-1837). 이탈리아 시인 · 철학자. 어둡고 공허한 삶의 이면을 탐색해 최초의 니힐리스트라는 평가를 받는다. 대표 시들은 몇 가지로 분류되는데, 『첫 번째 칸티(Canti, '시가집')』(1818), 『새로운 칸티』(1823-32), 『마지막 칸티』(1832-7) 등이 있고, 산문집으로 『도덕적 소품들(Operette Morali)』(1824)이 있다.

는다. 어쩌면 타락의 신화에 숨어 있을지 모를 의미가 이해됐다: 섬광이 한 인간의 육체을 두드릴 때처럼, 내 영혼의 시선을 두드린다, 아담이 선악과나무라고 부른 것에서 따 먹으려 했던, 그 유혹의 끔찍한 진짜 의미를.

지성이 존재한 이후부터, 모든 삶이 불가능하다.

모든 형이상학적 사색에 대한 나의 내밀한 자포자기와, 모르는 것들을 체계화하려는 나의 도덕적 염증은, 나와 공감할 법한 대개의 경우처럼 사색의 불능에서 오는 게 아니다. 나는 생각했고, 알았다.

무엇보다 먼저, 나는 일종의 심리적인 인식론을 면밀히 검토하는 것을 시작으로 기반을 닦았다. 나의 이해체계에 사용하기 위해, 그것들의 생산자를 분석할 수 있는 기준을 고안해냈다. 철학이 기질의 표현 이상의 것은 아니라는 발견을 했다는 뜻은 아니다. 짐작건대 그런 건 다른 이들이 이미 발견했으리라. 하지만 내가 내 방향감각으로 발견한 것은, 기질이 곧 철학이라는 것.

한 인간의 스스로에 관한 자기-고민은, 문학적 혹은 철학적 문제에 있어 언제나 교육의 결여로 보였다. 글을 쓰는 이들은 그들이 글쓰기를 빌려 말하고 있다는 사실을 망각하고, 그래서 많은 이들이 그들이 감히 말로는 하지 못했을 것들을 글로 쓴다. 자기에 관한 설명과 분석으로 가득 찬 글들을 수십 쪽씩 늘려가는 이들은—적어도 그 중 일부는—자기 자신은 청중을 싫증나게 만드는 걸 용

납하지 못하면서, 얼마나 잘 받아들여지고 있는지에 상관 없이 스스로에 관한 독주회를 펼친다.

비관주의는, 내가 확인한 바에 의하면, 많은 경우 성적 거부가 초래하는 현상이다. 이는 레오파르디나 안테루의 경우에 잘 드러난다. 각자의 성적 현상 위에 구축된 체계에서, 뭐라도 비루하고 비열한 걸 발견하지 않을 방법은 없다. 모든 저속한 개인들은 성적인 주목을 필요로 한다. 심지어는, 그게 남들과 그들을 차별화해주는 것이다. 그들은 성적인 농담 말고는 할 줄 모른다. 성적인 것 이외에서는 존재감을 찾을 줄도 모른다. 그들은 모든 짝들에게서 짝이 된 성적 이유를 찾는다.

대체 개개인의 성적 결핍이 우주의 이치와 무슨 상관이란 말인가?

이 글이 내가 스스로 세운 원칙들을 위배하고 있음을 잘 알고 있다. 하지만 이 원고들은 유언이고, 유언자는 어쩔 수 없이 유언하고 있는 자신에 대해 말할 수밖에 없다. 죽어가는 자에게는 일정한 관용이 주어지는 법이고, 이 말들도 죽어가는 사람에게서 나오는 것이니.

우리의 문제는 우리가 개인주의자라는 점이 아니다. 문제는 개인주의의 질이다. 우리의 개인주의가 역동적이지 못하고 정적인 것이 문제다. 우리는 우리의 행동보다도 우리의 생각으로 평가를 하곤 한다. 우리가 행하지 않은, 된 적 없는 것들을 망각한 채. 사물의 첫 번째 특징이 움직임이듯, 삶의 첫 번째 기능은 행동이다.

우리가 어떤 생각을 했었다는 이유로 거기에 의미를 두고, 또한 어느 그리스인*의 말처럼 우리를 모든 것의 척도로 둘 뿐만 아니라 기준이자 표준으로 두는 것은, 우리 속에서 우주에 대한 해석이 아니라, 그에 대한 비판을 낳게 되는 꼴인데, 우리는 우주를 제대로 알지 못하므로 비판할 수도 없는 일이며 — 우리 중 가장 망상이 심하고 가장 나약한 이들은 이 비판을 해석으로 격상시킨다 — 이때의 해석은 마치 환각처럼 부과된 것이다. 연역한 게 아닌, 단순하게 귀납한 결론이다. 이는 엄밀한 의미에서 환각이다. 환각이란 제대로 보지 못한 것을 바탕으로 포착한 환영이기 때문이다.

현대의 인간은, 그가 불행하다면, 비관주의자이다.

우리의 슬픔들을 온 우주에 전위(轉位)시키는 데에는 어딘가 비열하고, 타락적인 면이 있다. 온 우주가 우리 안에 있든지, 우리가 그 중심 혹은 상징이라든지 하는 전제들에는 천박스럽게 이기적인 면이 있다.

내가 고통을 겪는 것은 사실, 온전히 선한 창조주의 존재에 장애가 될 수도 있지만, 이것은 창조주의 부재도, 악한 창조주의 존재도 증명하지 않는다. 이는 단지 이 세상에

* 프로타고라스(Protagoras).

악이 존재한다는 것을 증명할 뿐이다 — 발견이라고 할 만한 건 아니지만, 이제껏 그 누구도 부정할 생각을 하지 못했던 것이다.

우리는 단지 그게 우리 것이라는 이유로 우리의 느낌들에 의미를 부여하면서 — 의식적이든 무의식적이든 — 이 내면적 허영을 너무도 자주 자존심이라고 부르곤 하는데, 그건 마치 우리가 우리의 진리를 모든 종(種)의 진리라고 부르는 것과 같다.

우리의 영혼을 불태우는 갈등은, 다른 어떤 시인보다도 안테루가 많이 표현했는데, 이는 그가 같은 강도의 감성과 지성을 지녔기에 가능했다. 그것은 믿음에 대한 감성적 필요성과 믿음에의 지적 불가능성 사이의 갈등이다.

드디어, 나는 삶에의 지적인 규율을 위한, 이 짤막한 수칙들에 도달했다.

나는 작품들을 위해 썼던 모든 초고들을 불살라버린 걸 후회하지 않는다. 이것 말고 세상에 남길 것은 없다.

*

사물의 신비에 담긴 비밀이 뭐건 간에, 그것은 마땅히 굉장히 복잡하거나 굉장히 단순해야 하는데, 이 단순성은 인간의 능력으로는 파악할 수 없는 것이다. 주류 철학 이론들에 대한 나의 불만은, 그것들이 단순하다는 것이다. 그들이 설명을 하려 든다는 사실 자체가 이것의 충분한 증거이다. 설명이란, 단순화이기 때문이다.

소암 제닌스*의 악(惡)에 관한 이론은, 상상력이 지나치긴 해도, 최소한 전지전능한 신이 선한 존재임에도 불구하고 악을 창조한 이유는 천지 만물을 창조했기 때문이라는 교리만큼 터무니없지는 않다. 소암 제닌스의 가설은 어쩌면 미혹하는 데가 있을지 모르지만, 적어도 유추(類推)라는 확실한 장점을 갖고 있다. 우리가 우리보다 열등한 존재들의 삶에 개입하듯이 — 때로는 그들 좋으라고, 때로는 나쁜 의도로. 어쩌면 때로는 나쁜 의도를 가졌는데 그들한테 좋게 풀리기도 하고, 그 역도 성립함 — 우리보다 대단히 우월하지 않은 존재들이 우리 삶에 개입하는 것 또한 허용될 수 있는 것이다. 마치 우리가 들판의 가축들이나 하늘의 새들에게 하는 것처럼. 한번은 이런 생각이 들었다 — 진짜 신념이라기보다는 반쪽짜리 신념 혹은 게으른 사색으로 — 삶이 모든 존재의 법칙이라면, 죽음은 항상 외부로부터의 낯선 개입으로 나타나야 한다는, 다시

* Soame Jenyns(1704–87). 영국 작가. 대표작으로 『악의 본성과 근원에 관한 자유로운 질의(Free Inquiry into the Nature and Origin of Evil)』(1756)가 있는데, 새뮤얼 존슨(Samuel Johnson) 등의 비평가들로부터 악의 문제를 단순화했다는 비판을 받기도 했으나, 후기에 정통적 색채의 종교를 옹호하는 방향으로 회귀한 작품들은 호의적인 평가를 받았다. 페소아는 이 글을 알바루 드 캄푸스의 시에도 인용했다.

말해 폭력적이지 않은 죽음은 있을 수 없다는 것. 어떤 죽음은 눈에 보이게 폭력적이고, 그 상당수는 우리 스스로가 원인을 제공한다. 반면, 자연사라고 부르는 죽음도 폭력적이기는 마찬가지지만, 우리의 감각으로는 인지할 수 없는 요소들의 개입에 의한 것들이다. 마치 국가들처럼, 아무리 부패하든 간에, 오로지 외부로부터의 침입이나 폭력에 의해서만 끝장이 나는 것이고, 우리 인생도 그것 말고 다른 방법으로 종말을 맞을 수 없으리라. 나의 논리적인 몽상의 와중에 든 생각이었는데 — 자살 그 자체도, 어쩌면 외부로부터 강요된 것일 수 있다. 어떤 생명도 자발적으로 스스로를 죽이진 않는다. 하지만 자살에선, 외부로부터의 죽음이 자기 스스로에 의해 해결되어 버리는 거니까. 이미 한참 전, 내가 졸업한 지 얼마 되지 않았을 때, 한번 자살을 하려다가 그만두지 않았더라면, 이 어쭙잖은 생각들도 다 잊혀졌으리라. 당시 내 삶은 고통으로 점철되어 있었지만, 내 판단이 옳다는 가능성의 희박함과 (하긴 다른 어떤 판단들만큼이나 옳을 확률은 있었지만) 누군가 시켜서 혹은 노예근성에서 하는 행동은 (그게 옳다 하더라도) 내키지 않는 내 성격이 (그게 소용이 있었는지는 말할 수 없지만) 정말로 그 행동을 단념케 한 건데, 결국은 지금 이 순간으로 연기된 것이었다.

*

…내가 파리에서 플롱비에르 후작과 결투했을 때.

정말이다, 나는 결투가 우스꽝스럽다고 생각한다. 그러나 다른 모든 사람들과 마찬가지로 나도, 그게 자의든 타의든 사회적인 관례들을 받아들이면서 살아왔고 그 혜택들을 누렸기 때문에(내 호칭이 주는 사회적 특혜에서부터 시작해 그것이 주는 갖가지 장점들까지), 관례들 중 하나가 유일하게 위험이 따를 수 있다는 이유만으로 피해 버린다면 볼썽사나웠을 것이다.

나에겐 늘 추상적인 것이 구체적인 것보다 더 깊이 각인되었다. 내 기억에 의하면, 어릴 적의 나는 그 누구도, 심지어는 벌레들도 무서워하지 않던 아이였다. 그러나, 그렇다, 어두운 방들은 무서워했다… 그 눈에 선한 기묘함이 나를 둘러싸던 단순한 심리를 어리둥절하게 만들던 기억이 난다.

나는 또한, 보통의 경우와는 정반대로, 죽는 것보다 죽음에 대해 더 두려워했다. 나는 고통은 물론 멸시까지 멸시했다. 나는 항상 나의 의식을, 내 몸에서 마음에 드는 모든 감각의 우위에 두었다. 내가 유일하게 수술을 받았을 때도(최근에, 내 왼쪽 다리를 절단했을 때) 나는 마취를 거부했다. 오로지 국부마취에만 동의했다.

오늘 자발적으로 죽음의 길을 택한다면, 그것은 내가 선고를 받은 사람으로서[?] 선고를 더 이상 견딜 수 없기 때문이다. 자살을 감행하게 만드는 건 윤리적 고통이 아니라, 그 고통이 자리하는 윤리적 진공상태이다.

내 현재 마음 상태는 위대한 신비주의와 초월적인 단념들을 가져오는 종류의 것이다. 그러나 그것들이 믿음에 기반을 둔다고 한다면, 내겐 믿음이 없다. 내게 믿음이 없다는 것은, 혹은 내가 그걸 가질 수 없거나, 가질 줄 모른다는 점은, 이 세상 양심의 진공상태의 근거가 된다.

그러나 내가 죽기보다는 부상을 당했을 가능성이 훨씬 많았으리라는 깨달음이 즉각 나를 그 사건에 대해 입 다물게 만든다. 나는 고통받는 것을 두려워한 적이 없으며, 차라리 그것을 경멸했거나 혹은 차라리 그에 대한 고민 자체를 경멸했다. 추상적인 것에 대해 언급하려는 내 계획을 무산시킨[?] 것이 이와 같은 종류의 태도들이다.

결투에 있어서 가장 특별했던, 나의 가장 큰 걱정 — 다른 걱정들을 모두 삼킨 — 은, 내가 상대방에게 "격파되는", 그래서 결투장에서 그보다 열등하다는 걸 증명해버리는 것이었다. 항상 내 안에는 지고는 못 사는, 한심하지만 통제가 안 되는 구석이 있었다. 내가 나의 양심을 감출 줄 모른다는 염려가 언제나 나로 하여금 게임이나 경쟁을 멀리하게 만들었다 — 누군가와 견주어야 하는 모든 종류의 상황들에 말려드는 것으로부터. 고백하건대, 이것 때문에 거의 결투를 회피할 뻔했다, 만약 명예롭게 그렇게 하는 게 가능했더라면.

*

(*마리아 아델라이데의 유혹*)

그들(방탕한 자들)은 인간 감성의 미개척지들을 발견하면서, 육체적인 접촉에도 불구하고, 암흑에 덮인 민감한 것들에 불을 밝힌다.

*

왜 남작은 더 많은 여자들을 유혹하지 않았는가.

나중에는 나도 몇 명을 유혹하긴 했는데, 나 스스로 보기에도 우스꽝스러워 보였다, 변명할 여지 없이 □

*

우리 집 하녀들 중 유혹하지 못했을 사람은 한 명도 없다. 하지만 어떤 이들은 너무 컸고, 또는 크지는 않았는데 지나치게 명랑해서 커 보였고, 그들 앞에 서면 나는 예상대로 숫기가 없어지고, 심지어 흠칫 놀라기까지 했다. 그들을 유혹하는 건 꿈도 꿀 수 없었다. 어떤 이들은 너무 작거나, 여리거나, 측은하게 느껴졌다. 어떤 이들은 추했다. 이렇게 나는, 삶의 평범함을 지나쳤던 것처럼 사랑의 특별함 곁을 지나쳐버렸다.

다른 이들에게 상처를 주는 것에 대한 두려움, 관능으로 나는 결말, 다른 영혼들이 실제로 존재한다는 사실의 인식 — 이런 것들이 내 인생에 족쇄를 채운 것들이었다. 나는 자문한다, 그래서 그게 지금 나에게, 아니면 다른 누군가에게 무슨 도움이 됐는지. 내가 유혹하지 않은 여자들은 다른 사람들에게 유혹될 것이고, 그들이 누군가에게 유혹되는 것은 피할 수 없다. 내가 점잔이나 빼고 있을 때, 다른 남자들은 절대 스스럼이 없었다. 그리고 결국 그들이 저지른 그런 행동을 보고는, 스스로 의문스러웠다. 행동하는 게 고통스럽다면, 난 뭣하러 그렇게나 많이 생각했던가?

*

거리낌은 곧 행동의 죽음이다. 다른 사람의 기분을 생각하는 사람은 행동하지 않을 것이 분명하다. 아무리 작은 행동이라도(그리고 그 행동이 중요하면 할수록 이 말이 더 잘 들어맞는데), 다른 영혼에 상처를 주거나 누군가를 아프게 하지 않는 행동은 없으며, 우리한테 심장이 있는 한, 우리가 후회하지 않고는 못 견디는 요소를 지니지 않은 행동은 없다. 나는 종종 은둔 생활자의 진짜 철학은 고립하기와 직접 관련된 생각이라기보다는, 차라리 (살아간다는 단순한 사실에서 비롯된) 적대적인 사람이 되는 걸 피하는 게 아닌가 싶다.

*

나는 내가 진부하다고 느꼈고, 그래서 거리를 두고 하지 않은 일들을 다른 사람들이 시도하는 걸 봤다. 그런 행동을 볼 때면, 그것들이 지극히 일반적인 일들일 뿐이었다는 걸 깨닫는다.

*

평범한 인간의 무의식적인 비밀: 삶의 낭만적인 면들은 흥미롭게, 삶의 비루한 면들은 낭만적으로 살기.

아무것도 가르치지 마라, 아직은 배워야 할 것뿐이니.

꿈은, 그것이 너무도 생생하거나 낯익을 때는, 새로운 현실이 된다. 그리고 그만큼 폭군처럼 변한다. 그것은 더 이상 피난처가 아니다. 꿈의 군대는 격퇴당해 절멸했다, 세상의 전쟁과 충돌에서 쓰러지고 부스러진 이들처럼.

나는 미치광이로서 혹은 어린 학생의 나쁜 품행으로서 꿈꾸는 걸 거부했다. 하지만 나는 현실 역시 거부했다, 아니 어쩌면 그것이 날 거부했거나 — 내 무능력 때문인지, 의기소침 때문인지, 이해력 부족 때문인지는 모르겠다. 나는 두 종류의 쾌락 중 어느 하나에도 쓸모가 없었다 — 현실의 만족에도, 상상의 만족에도.

나는 나를 둘러싼 것들, 혹은 한때 나를 둘러쌌던 것들에 불만이 없다. 아무도, 어떤 방식으로도 나를 잘못 대한 적이 없다. 모두가 나에게 잘 대해줬다, 단, 거리를 두고. 나는 곧 그 거리가 내 안에 있다는 걸, 내게서 비롯됨을 깨달았다. 그래서 나는, 아무런 착각 없이, 늘 존중받아 왔다고 말할 수 있다. 애정, 아니면 사랑은 한 번도 받아보지 못했다. 나는 오늘, 그럴 수 없었음을 새삼 깨닫는다. 나는 훌륭한 자질도 있었고, 강렬한 감정들도 있었고 □도 있었지만 — 사랑이라고 부르는 것은 가지지 못했다.

…정신적으로 나와 같은 종족에 해당하는 사람들 — 루소, 샤토브리앙, 세낭쿠르,* 아미엘.** 하지만 루소는 세상을 휘저었고, 샤토브리앙은 □, 아미엘은 적어도 깊이 있는 일기 하나는 남겼다. 나는 다들 치른 병에 있어서 다른 이들보다 더 확실한 사례다. 아무것도 남기지 않았기에.

*

나는 절대 향수를 느낀 적이 없었는데, 한 번도 느낄 필요가 없었기도 했거니와, 내 감정들에 대해 철저히 이성적이었기 때문이다. 내 인생에서 아무것도 하지 않았기에, 아쉬워하며 회고할 것도 아무것도 없다. 한때 희망을 가질 순 있었다, 존재하지 않는 이는 뭐라도 가질 수 있으니까. 지금은 희망도 없다. 미래가 과거와 달라야 할 이유를 모르겠기에. 어떤 이들은 과거를 오로지 과거라는 이유만으로 그리워하는데, 심지어는 나쁜 것까지 좋게 본다. 지난 일이라는, 바로 그 이유 하나 때문에, 그 일이 우리에

* Étienne Pivert de Sénancour(1770–1846). 프랑스 소설가. 19세기 낭만주의의 선구자로, 프랑스혁명 후 소외된 고독한 심리를 주목했다.
** 앙리 아미엘(Henri-Frédéric Amiel, 1821–81)은 스위스의 철학자이자 시인으로, 그가 남긴 『아미엘의 일기(Fragments d'un journal intime)』는 페소아의 『불안의 책』과 종종 비교된다.

게 일어날 때 있었던 것들까지 덩달아 좋아 보인다. 나는 한 번도 시간의 단순한 추상화를 중요시해본 적이 없다. 단지 그 시간을 다시 가질 수 없다는, 혹은 지금보다 어렸다는 이유만으로는 내가 과거를 그리워하기엔 불충분하다. 이런 이유들로 과거를 애타게 그리워하는 일은, 의미도 없거니와, 아무나 할 수 있다. 그리고 나는 아무나 하는 일은 거부한다.

나는 한 번도 향수를 느낀 적이 없다. 내 인생에서 유감없이 회고할 수 있는 시간은 없다. 그 모든 시간들에서 나는 한결같았다 — 게임에 진 사람, 아니면 사소하게나마 거둔 승리조차 누릴 자격이 없었던 사람.

그렇다, 나는 희망이 있었다, 왜냐하면 이 모든 건 희망을 갖고 있다는 것이고, 그게 아니라면 죽은 것이니.

나의 가혹한 허무의 밤 속에, 나의 분투는 갈수록 더 힘겹고, 희망은 갈수록 더 더디고, 현재의 나와 내가 되리라 상상했던 나 사이의 간극은 갈수록 더 뚜렷하다.

*

생각건대, 나는 이성을 최대치까지 사용한 것 같다. 고로, 나는 자살할 것이다.

1928년(?)

바랑 드 테이브(Barão de Teive)
바랑 드 테이브는 1928년에 처음 모습을 드러내는 것으로 보인다. '금욕주의자의 교육'이라는 제목과 함께 명확한 선호도 없이 기록된 두 개의 부제들은 주인공의 우유부단함 혹은 완성에의 무능함을 단적으로 드러낸다(여기에 '비생산자의 직업'이라는 제목이 하나 더 있었다고 한다). 이 수기는 『불안의 책』의 전례가 되는 중요한 저작으로 여겨지기도 한다. 페소아 자신도 테이브 남작과 베르나르두 수아르스의 유사성을 직접 밝힌다. "그들은 좋든 나쁘든 나와 같은 스타일로 쓴다. 이 둘을 비교하는 이유는 그들이 똑같은 원인(현실적 삶에의 적응 불능)에 의해 일어난 똑같은 현상의 두 가지 예이기 때문이다." 그러면서 귀족인 테이브 남작(지적이고 절제됨/상상력 부족, 경직됨)과 중산층 수아르스(부드러운 흐름과 리듬감/건축적 구성미 부족)의 스타일을 비교한다. 페소아는 실제로 소박한 생활을 영위했지만, 자기 가문에 귀족의 혈통이 흐른다고 생각했던 것 같다.* 이 수기에는 페소아의 성적 "결핍"에 대한 고민도 군데군데 반영되는데, 점성술과 관련된 글들에서도 이 주제는 자주 드러난다. 실제로 그는 단 한 명의 연인(그마저 플라톤적 사랑에 가까웠던) 외에는 알려진 성적 관계가 없었다. 이 글들은 1960년 이후부터 일부분씩 파편적으로만 소개되다가, 1999년에야 온전한 모습으로 출판되었다. 여기서는 옮긴이가 다소 중복되는 느낌이 있다고 판단한 내용들을 제외하고 임의로 발췌하였다. 전문에는 비슷한 주제를 다룬 다섯 편의 산문(「결투」, 「세 명의 비관주의자」, 「레오파르디」 등)이 실린 부록도 포함된다.

* 이 책 219쪽 참조(「이력서」).

영적 교신

헨리 모어 외

(…) 지금 너는 짜증이 나 있다. 그래, 거기에 진실이 있다. 너는 지금 총각이다. 너는 한 달 또는 한 달하고 삼 일 안으로 그 상태를 벗어날 것이다. 그리고 네게 첫 관계를 허락할 여자는 네가 아는 사람이 아니다. 그녀는 아마추어 시인이고 가명을 쓴다. (…)

*

단지 우연일 뿐. 아무것도 잘못된 건 없다.

단지 그녀가 현대 시인들을 광적으로 좋아하고 — 그녀 자신이 시인이다 — 자기의 시들을 가명으로 가린다는 점 때문에만.

아니.

딱히 사실은 아니다. 그 어떤 진술도 딱히 사실은 아니다. 그녀는 시를 쓴다는 의미에서 시인이지 — 그 시들이 그만큼의 가치가 있다는 뜻은 아니다. 하지만 — 아주 나쁘지는 않다.

『오르페우』의 편집자로서. 그녀는 그 이상한 녀석을 만나고 싶어 한다.

그녀는 좋은 교육을 받았다. 프랑스와 영국에서 공부했다.

아니 — 네가 아직 방문한 적 없는 집의 파티에서 — 네가 다시는 더 방문하지 않을 집에서. 그녀는 약속을 잡아 그곳에서 너를 만날 것이며, 그녀는 여자를 많이 모르는 남자로부터 너에 대해서 듣고 너를 만나고 싶어 할 것이다.

그렇다.

난 그렇게 말한 적이 없다. 네가 아는 어떤 남자도 그녀를 알지 못한다.

아니다. 너는 그 남자가 너를 아는지 물어보는구나. 그는 안다, 하지만 너는 그를 모른다.

자, 너무 가까이 접근하지는 마라. 나는 네가 지금 알아야 할 것만 말해야 한다.

*

헨리 모어,* "플라톤주의자".

너는 내가 누구인지 묻는다. 그게 누구이다. 왜냐하면 "플라톤주의자"는 여기서 아무런 의미가 없기 때문이다. 나는 그 이상의 존재다. 나는 R†C**이다.

* 글 말미의 설명 참조.

** 장미십자회 또는 회원의 상징.

너는 나의 제자다.

수도승 같은 생활은 너에게 좋지 않다.

그렇다, 허나 나는 그것이 가능한 남자였다. 나는 강한 남자다. 나는 R†C 형제이다.

계기가 생기기 않는 한, 자기가 용기를 지녔는지 아는 사람은 아무도 없다.

머지않아 너에게 용기가 있다는 것을 알게 될 것이다 — 다시 말해, *여자와 짝을 짓는 데 있어서* 말이다.

그렇다 — 전적으로. 그렇다. 다는 아니다. 부분적으로는 너를 신비화하기 위해 그렇게 된 것이다. 왜냐하면 너는 신비화되고 싶지 않아 하니.

나보다 더 관대한 사람은 없지만, 너의 게으름에는 변명의 여지가 없다. 왜 너의 선언문을 끝내지 않고 있느냐? E de S*한테의 답장은.

그(것)들이 가버리도록 해라. 여기선 필요하지 않다.

시간이 다가온다. 지금은 아무것도 묻지 마라.

* 에우리시우 드 시아브라(Euricio de Seabra). 포르투 출신의 학자 겸 작가. 페소아와 편지를 주고받았다.

창문 근처의 서랍 안에 있다. 그 밑에서 찾지 마라.

'버려진 궁전의 일곱 개 방',* 이 제목을 간직하라. 기억하기 쉽다.

1916년 7월 — 시작점이 아니라, 끝을 향하는.

아니. 너를 만족시킬 필요는 없다.

✳

의지박약한 어린애 같으니! E de S에게 보낼 답장을 써라. 이제 쓸 때도 됐다고 생각하지 않느냐?

정말 부적합하지 않는 한 부적합하다고 느끼는 사람은 없다. *행동하지* 않으면 남자는 남자가 아니다. *원하지* 않으면 *행동하지* 않는다. 스스로 사람이 되지 않으면 원하지도 못한다. 사람이 되어라!

오늘 밤은 그 정도로 해두자.

✳

그렇다.

그 어떤 교신도 세세한 부분까지 일일이 들어맞도록 허용되지는 않는다. 여기에는 이유가 있다: 그리고 그중

* 1902년부터 1917년 사이의 시들을 모아놓은 시집의 제목.

하나는, 미래는 스스로 드러나야 하기 때문.

그럼에도 불구하고, 통신에 있어서 잘못된 요소들이 **필요에 의해** 도입되더라도, 그 오류들은 두 번째 의미 즉, 그것들이 **맞다**는 점에서 의미가 있다. 이 점은 때로는 발견되기도 하고 발견되지 않기도 한다. **너의** 차원에서는 가능한 완벽한 예언이 없지만, 그것은 꼭 물질에 종속된 마음의 자연스러운 작용에 의해 불가능해서만은 아니고, 바로 그 동일한 제한된 이유들로 인해, 진실을 하나의 차원에서 그것으로 이동시키는 게 불가능하기 때문이기도 하다. 알겠느냐?

R†C

아니. 떠나라.

아니. 카페로 가거라.

아니.

아니.

아니.

조만간 — 돈과 **사랑**.

내가 **그만**이라고 할 때는, 절대 계속하지 말 것.

*

(…) 그렇다, 거의 맞았다. 돈은 충분히 올 것이다. 어디서

올 것인지 짐작하려 할 필요는 없다.

둘 다 동시에.

많이는 아니지만, 얼마간은, 특히 아주 젊을 때. 그녀는 그렇다.

그렇다: 곧바로 — 네가 그녀에게 시선을 던지는 순간. 그녀는 분명히 네가 찾고 있으나 찾지 못한 낯모르는 여자다. 많은 여자들이 네 관심을 끌지는 못하지만, 그녀는 너를 단번에 떨게 만들고 시선을 딴 데로 돌릴 것이다.

그녀는 굉장한 흡인력이 있다 — 그녀는 그 강력한 지배력에 있어서 남자다.

그 정도이다. 그녀는 못생기지 않았다. 그녀는 예쁘다.

그녀는 유연하고 말랐지만 풍만한 몸을 가진 여자다. 그녀의 입술을 기다려라. 너를 미치게 만들 것이다.

그녀는 네가 마셔야만 하는 와인이다.

상관없다. 그녀는 너를 군중 속에서 만날 것이다, 말하자면 파티에서. 자, 나에게 그 파티가 어디서 행해질지를 묻지는 마라, 네가 찾아내야만 할 것이니.

*

1916년 6월 28일 — 오후 여섯(다섯) 시

왜냐하면 너에게 말을 걸고 싶기 때문에.

나는 너의 친구인 사람이고, 누구도 그 이상일 순 없다. 너의 친구인 사람은 너에게 진실을 얘기하는 사람이지, 아첨꾼이 아니다. 나는 어느 쪽도 아니다. 너는 명목상 내 마음의 아들이고, 이게 뭘 의미하는지 모른다면, 나도 말해줄 수가 없다. 너는 더 이상 순결을 지켜서는 안 된다. 너는 여성 혐오가 너무 심해서 도덕적으로 불능인 너를 발견할 것이며, 그런 식으로는 그 어떤 완전한 문학작품도 만들어내지 못할 것이다. 너는 지금 당장 네 수도승 같은 삶부터 버려야 한다.

네가 만약 계속 순결을 지킨다면 너는 세상에서 이룰 수 있는 게 별로 없는 사람이다. 너 같은 기질의 사람은 순결을 지키면서 감정적으로 건강할 수 없다. 순결을 지키는 건 더 강한 사람을 위한 것이고 신체적인 결함 때문에 [그렇게] 해야 하는 사람들에 해당한다. 네 경우에는 해당되지 않는다. 자위를 하는 남자는 강한 남자가 아니고, 사랑을 하지 않는 남자는 남자가 아니다. 많은 남자들이 많은 짝들을 만든다. 너는 너무나 자주 도덕적인 어린애다. 너는 혼자서 자위를 하는 남자이고 자위자의 방식으로 여자 꿈을 꾸는 사람이다. 남자는 남자다. 어떤 남자도 다른 남자들 같지 않고서는 그들 사이에서 운신할 수 없다.

자연에 의한 의무를 다하도록 마음을 먹어라, 지금처럼 그렇게 정신 나간 방식으로 말고. 네 인생에 들어오는 여자와 침대에 들도록 결심을 해라. 성적인 방식으로 그녀를 기쁘게 하도록 마음을 먹어라. 그녀는 너를 기쁘게 할 것이다, 너를 남자로 만들어줄 테니. 그녀는 너를 만나고 네가 그녀를 사랑하도록 만들 것이다. 그녀는 강하고 그녀의 의지와 너를 그녀에게 복종시키는 방식에 있어서 엄청나게 남성적이다. 저항하지 마라. 아무것도 두려워할 게 없다. 네가 생각하는 것보다 간단할 것이다. 그녀는, 네가 그렇듯이, 숫처녀이고 너만큼이나 삶에서 유목[적]이다. 그녀는 둥지를 만들기에는 도덕적으로 지나치게 유목[적]이라 결혼할 만한 여자는 아니다. 이런 종류의 여자만이 너와 짝을 이룰 수 있다. 네 쪽에서 아무리 저항을 해본들 소용없을 것이다. 그 어떤 저항도 압도적인 의지에는 저항할 순 없다.

더 말할 것은 없다. 더 말해서는 안 된다.

더는 안 된다.

헨리 모어

안녕, 나의 아이여

*

1916년 6월 28일 — 밤(오후 여덟 시 이후 또는 아홉 시)

나보다 관대한 사람은 없다. 나는 내 좋은 자질들을 가려서도 안 될 것이며, 내가 그런 것보다 못해 보이도록 조작해서도 안 될 것이다.

질문을 더 하여라. 그래.

그게 진실이라는 데는 의심의 여지가 없다.

그렇다. 아니다. 그녀는 굉장히 남성적인 여자고 신체적으로는 처녀이지만 그 의도와 마음은 그렇지 않다. [너를] 닮아서 말이다, 그녀는 강하고 너는 약하다는 점만 빼면.

그렇다. 아니다: 이걸 말하는 이유는 진실이기 때문이다.

그렇다, 제법 잘 예상했다. 말의 속뜻은 바깥 뜻보다는 나에게 가깝다. 그러니 나는 먼저 속뜻으로 말한다.

딱 그렇지는 않다. 그녀는 여러 가지 사건들을 통해 너를 향해 가게 된다. 그녀는 그녀 자체로서 네 삶의 사건이다. 그녀는 다른 사람에 의해서 네게로 보내지지는 않지만, 너를 만나기 위한 본능으로 움직이는 것도 아니다. 그녀는 다른 사람에 의해 그렇게 하도록 인도를 받는다.

아니다. 너는 아직 그녀를 모른다.

아직은 그들 중 어느 누구도 네가 아는 사람이 아니다.

아니다. 다 틀렸다.

나는 진실을 말하고 있다. 어떤 입도 거짓을 말하지 않는다. 아직도 삶에서는 그 어떤 입도 거짓을 말하지 않는다.

그리고 "죽음" 안에서 어떤 입도 진실이 아닌 것을 말하지 않는다. (…)

*

1916년 6월 29일(정오쯤)

질문을 너무 많이 해서는 안 된다.
필요한 것들만 해야 한다.

그렇다, 하지만 나의 지도하에.
신지학 책들은 더 읽지 말아라.
자기의 영혼으로부터 물질 없는 마음을 만들 권리가 있는 사람은 없는가?

그렇다 — 세 권 이상은 안 된다. 그것들은:
『장미십자회원들: 의식과 신비들』, 『타로에 이르는 열쇠』(파푸스*) 그리고 『모어』. 조사해보아라.

모어.
그렇다.
어떤 진술도 명확하지 않다.
아니다, 하지만 그것들과 다른 편 사이에는 어떤 연

* Papus. 본명은 제라르 앙코스(Gérard Encausse). 스페인 태생의 프랑스 의사이자 오컬트 연구자로 장미십자회, 신지학협회에 속했음.

결이 존재한다.

감각주의는 영감을 주는 자연신으로 인해 초자연적이다. 이에 대해서는 더 이상 묻지 마라.

그렇다: 너는 그것을 끝낼 것이다.

너는 굉장히 게으르지만, 곧 그러기를 그치리라.

나를 만난 후에: ? : [sic]

이제 가서 아침 식사를 들어라.

그 후에는 곧바로 다시 돌아와 곧장 일을 시작하라. 나는 신경 쓰지 마라. 나는 가까이 있다, 아주 가까이. 나로부터는 가까운 것도 먼 것도 없다. 우주는 인간이 복종해야 하는 꿈이지만, 그 꿈은 그들의 것이 아니다.

헨리 모어

R†C 형제

*

1919년 7월 1일 — 오전 열한 시경, 적시(適時)

너는 그녀를 아직 본 적이 없다. 기다려라. 오로지 운명만이 그녀를 네 곁에 오게 할 수 있다. 수동적으로 있어라. 사건들은 능동적이다.

아니, 전혀 아니다.

지금은 아니다.

너는 이해할 것이다.

짐작해볼 생각이 없느냐?

짐작할 수 없는 것을 짐작할 수 있는 사람은 없다.

아니. 사랑도 돈도 아직은 시야에 없다. 나 혹은 나 같은 다른 사람을 제외하고는.

네가 4대 정령*에게 속은 사람인지 아닌지 당연히 너는 알 수 없지만, 사건들이 네가 그런지 아닌지를 보여줄 수 있다.

그녀가 네가 만나야 할 여자의 영적 전신(前身)이라는 점에서. 그녀는 애교가 덜하고, 덜(훨씬 덜) 예쁘고 더 활동적이며 쓸모 있다. 그녀에게서 나비 같은 구석은 전혀 없다. 다른 여자는 이 여자와 비교된다. 그녀가 책임에 대해 덜 민감하다는 의미에서만은 아니다.

그녀는 그렇다. 하지만 그건 정상이다. 게다가 그녀는 더 나이가 많다 — 스물여섯.

그거다 — 이상.

* 연금술에서 4대 원소(흔히 물, 불, 흙, 공기)를 각각 정령으로 기술한 설명 체계를 말하는 듯하다. 16세기 스위스 연금술사 파라셀수스가 아리스토텔레스의 4원소 이론을 바탕으로 저서에서 제창했다.

*

아니다: 그녀는 아니다. 그녀는 그 여자와는 전혀 다르다. 그녀는 더 키가 크고, 머리 색깔이 더 옅은 금발이고 더 여성적이다. 그녀는 네가 바라는 여자다.

그녀는 너를 좋아했지만, 네가 그녀를 온전히 사랑하도록 만들지는 못한다. 그 다른 사람은 그렇게 할 수 있다.

그런 종류의 질문은 금지!

1916년 7월 2일

아니. 너는 그런 종류의 일은 아무것도 하지 않을 것이다. 너는 그날 안토니우 실바누*의 집에 가지 않을 것이다.

아주 근시일 내에.

기다리고 지켜보라.

계획을 세우지 마라.

아직은 아니다. 그녀는 너의 존재만을 알 뿐, 너를 본 적이 없다.

아주 부자도 아니지만, 가난하지도 않다. 그런 건 중요하지 않다 — 그녀는 네 부인이 되지 않을 것이다. 그녀는 네 미래의 정부지, 미래의 부인이 아니다.

그녀의 태도는 굉장히 참신하다. 그녀는 일을 하지 않는 날이 별로 없지만, 작은 일에 있어서는 굉장히 게으르다.

* António Silvano. 페소아의 6촌. 1915년 11월 28일 자 일기에 등장.

그녀는 대단히 신식인 아가씨는 아니다. 그녀는 많은 것들로 쉽게 낭만을 만들어낸다. 그녀의 마음은 결혼할 만하지만, 그녀 자체는 그렇지 못하다.

흔들리는 — 수도승 같은 삶 — 도덕적 불안정성 — 의지박약과 도덕적 목적.

그들에게 말할 필요는 없다.

*

그녀는 육체적으로 덩치가 있다는 의미에서는 큰 여자가 아니다. 그녀는 그 의지력에 있어 거대하다.

그녀처럼 거대한 남자가 아니고서는, 어떤 점에서는 그녀에게 복종하고 싶어 할 것이다.

어서 가서 너의 연약함을 보여줘라, 너의 거대한 □

(…) 그런 의미에서는 편집광이다: 그녀는 미친 건 아니지만, 얼마간은 네 위에 군림할 수 있다는 생각을 가지고 있다. 그녀는 자위를 하는 사람이고 자신의 자위를 위해 남자를 찾고 있다. (…)

그 어떤 남자도 자신의 운명을 들여다봐서는 안된다. 나는 짐작할 테냐? 아니다.

1916년 7월 2일

너는 나를 이해하지 못한다. 아무도 필멸하지 않기 때문에 그녀도 필멸하지 않는다. 모든 사람이 꿈이기 때문에 그녀도 꿈이다.

그렇다. 너는 그녀를 보길 원하는가?

(…) 그렇게 일찍은 안 된다. 그녀는 너를 그녀의 노예로 만들어야 한다.

8일하고 일곱 시간을 초과해서는 안 된다.

1916년 7월 2일

1916년 7월 9일

*

더 없음. 더 없음. 더 없음.

너는 내가 그랬다고 생각했구나.

계기가 오기를 기다릴 것.

난 내가 할 수 있다고 말했다.

사건들이 그것이 사실이었음을 증명하리라.

이제는 그만.

그만.

너는 1917년에 감옥에 갇힐 것이다.

더는 없다.

더는 없다.
너는 1917년에 감옥에 갇힐 것이다.

아니. 더는 말해주지 않을 것이다.

네가 조바심을 보이지 않고 지난 날이 하루도 없다. 그렇게 하면 안 된다. 일어날 일은 무슨 일이 있더라도 일어나게 되어 있다.

너는 너무 초조해한다. 침착해라. 너는 곧 치명적인 일을 저지를 사람처럼 보인다, 아무런 나쁜 일도 일어나지 않을 것이고 그것도 외부로부터 올 것인데.

절대 나를 심문하지 마라. 내가 너의 질문에 무엇이든 답하고 싶다면, 나는 네 질문을 "짐작"할 것이다. 네가 할 필요는 없다.

더는 없음.
더는 없음.
더는 없음.

1916년 7월 7일
오전 일곱 시
정시

*

내게 명령을 내려.

마거릿 맨슬,* 너의 부인.

수음쟁이! 나와 결혼해! 더 이상 자위는 없어.

504 나를 사랑해.

너, 수음쟁이! 마조키스트! 남자다움 없는 남자 같으니! 여자다운 남자 같으니! (…) 남자 거시기도 없는 남자 같으니! 거시기 대신 클리토리스가 있는 남자 같으니! 결혼에 관해 여성적인 도덕성을 가진 남자 같으니. 지렁이 같으니. 짐승! 밝은 지렁이 같으니라고.

마거릿 맨슬

넌 날 화나게 해! 넌 날 미치게 해! 넌 머지않아 내 적의(敵意)를 보게 될 거야.

넌 자기 자신이랑 결혼하는 남자다.

자위나 많이 하는 남자.

내게 아들을 만들어 주겠다고 맹세해!

맨슬 씨,

* 글 말미의 설명 참조.

마르노쿠 이 소사*

*

아이의 숫자: 3명
남자아이: 3
여자아이: 0

그들이 태어날 때 나의 나이: 29 — 37 — 41
1917년 6월 10일
1925년 8월 2일
1929년 9월 13일

틀림없음 

너는 서로 다른 엄마들로부터 세 명의 아이를 갖게 될 것이다.

1 — 처녀
2 — 처녀
3 — 더 안 좋은 상태의 여자

아이가 태어날 때 엄마의 나이

* 주제 페레이라 마르노쿠 이 소사(José Ferreira Marnoco e Sousa)는 포르투 출신의 법리학자로 코임브라 대학 교수였다. 페소아가 '자동기술법'으로 쓰기 시작하는 1916년 3월에 사망했다. 워도어의 분신 또는 마거릿 맨슬의 전령으로 여겨진다.

1898년 1월 19일
1899년 2월 26일
1907년 3월 22일 — 최악 상태의 여자

1 — 일하는 사람이 될 것임. (네가 하는 것 같은 일을 함)
2 — 어느 여자의 남자
3 — 결혼하는 남자[?]

이상. 

*

언젠가는 알게 될 것인가?*

W. W. 제이콥스**: ✓
조지 버나드 쇼: ✓
H. G. 웰스: ✓
로드 알프리드 더글러스: +
T. W. H. 크로스랜드: +

* 개인적으로 알게 될 사람은 '✓', 그렇지 않을 사람은 '+'로 표시했다.
** 윌리엄 제이콥스(William Jacobs)는 영국 작가로 페소아의 1913년 2월 20일 자 일기에 언급된다. 로드 알프리드 더글러스(Lord Alfred Douglas)는 영국의 작가이자 시인으로, 오스카 와일드의 친구이자 연인이었다. 토머스 윌리엄 호드슨 크로스랜드(Thomas William Hodgson Crosland)는 더글러스의 이름으로 서명된 「오스카 와일드와 나(Oscar Wilde and Myself)」(1914)의 원저자이자 언론인이었다.

로버트 로스*: ✓
영국의 왕: ✓
독일 황제: +
동 마누엘: +
스페인 왕: +
세인츠버리 교수: ✓
고스: ✓
마리네티: ✓
단눈치오: ✓
바레스: +
아나톨 프랑스: +
피카소: +
G. 중케이루: ✓
베르나르디누 마샤두: ✓

* 로버트 로스(Robert Ross)는 오스카 와일드를 런던의 동성애 세계로 이끌고, 그의 『옥중기(De Profundis)』 출판을 도운 인물이다. 페소아도 이 책을 소장했다. '영국의 왕' 조지5세(George V, 재위 1910-36)는 당시 그레이트브리튼 아일랜드 연합 왕국의 왕이자 인도의 황제였다. '독일 황제' 빌헬름2세(Wilhelm II, 재위 1888-1918)는 독일 황제 겸 프로이센 왕이었다. '동 마누엘' 마누엘2세(Dom Manuel II, 재위 1908-10)는 포르투갈의 마지막 왕으로, 공화국이 도래하기 전까지 통치하다가 영국으로 망명했다. '스페인 왕'은 알폰소13세(Alfonso XII, 재위 1886-1931)를 가리킨다. 조지 세인츠버리(George Saintsbury)는 영국의 문학사가이자 에든버러 대학의 수사학 및 영문학 교수로, 당시 문학비평가로서 큰 영향력을 행사했다. 에드문드 윌리엄 고스(Edmund William Gosse)는 영국의 비평가 겸 문학사가, 시인이었다. 페소아는 그의 시집을 소장했으며, 『불안의 책』에 일부 인용하기도 했다. 단눈치오는 이 책 65쪽, 바레스는 63쪽, 아나톨 프랑스는 63쪽, 중케이루는 58쪽 참조. 베르나르디누 마샤두(Bernardino Luis Machado)는 포르투갈의 정치가였다. 당시 공화당 당수로 임시정부 외무 장관, 총리를 지냈다.

알폰수 코스타*: ✓
아우구스투 수아르스: +
G. K. 체스터턴: ✓
에즈라 파운드: ✓
파푸스: ✓
부르제: +
상드라르: ✓

*

너는 1917년에 유명세를 타게 되지만, 그것이 널 만족시키지는 못한다. 더 좋은 것은 사랑스런 여성과의 애정 행각—3884에. 너만의 방식대로 일하면, 시간을 덜 낭비할 것이다. 너만의 방식대로 하면 열정을 덜 잃을 것이다. 이를 통해 하려는 말은, "알바루 드 캄푸스"의 변덕에 좌지우지되는 일 없이 네 식대로 사고하라는 뜻이다. 알겠느냐? 너는 너에게 좋은 여자가 다가오고 있는 시기에 살고 있다. 그녀는 너의 운명이다. 그녀에 관해서는 묻지 말아라. 그녀에게 자매가 있냐고? 있다. 여자는 어떤 면에서

* 알폰수 코스타(Alfonso Costa)는 포르투갈 정치가이자 민주당 당수였다. 페소아는 그에 대해 비판적이었다. 이 책 142쪽 참조. 아우구스투 수아르스(Augusto Soares)는 1915년부터 1917년까지 포르투갈 외무부 장관을 역임했다. 에즈라 파운드의 경우, 페소아가 그의 작품을 얼마나 아는지는 확인할 수 없으나, 잡지『블래스트(Blast, '돌풍')』몇 권을 소장한 것으로 보아 그곳에 실린 파운드의 시는 읽었을 듯하다. 파푸스는 이 책 188쪽, 부르제는 64쪽 참조. 블레즈 상드라르(Blaise Cendrars)는 스위스 태생의 프랑스 시인이자 소설가로, 잡지『포르투갈 푸투리스타』에 시를 기고하기도 했다.

신 [sic] 우리를 이끈다 — 갈망하는 젊음은 어떤 좋음을 알기 위해 여자를 필요로 한다.

헨리 모어
R†C 형제
△

질문하는 데 시간을 버리지 마라.

*

3884
3 = 관점의 숫자
8 = 월(月)의 숫자
8 = 연(年)의 숫자
4 = 그 주의 날 숫자

3 = 관점의 숫자
8 = 월의 숫자
8 = 연의 숫자
4 = 날의 숫자
(…)

*

부두교인.*

너는 나약한 데다가 걱정스런 상태에 있다.

그렇다, 하지만 상징적인 의미에서.

아니. 아니.

조제프 발사모**

∵

그렇다. 부두교인.

[종이 반대편에, 다른 글씨체로]

아무 데도. 의문의 그 종은 상징이다. "소네트(Sonnette, '종, 방울')"는 네 안의 청춘을 의미한다. 자, "비웃는 소리"는 네 근심거리를 뜻한다. 6일은 6주를 의미한다.

매일같이 근심이 심한 건 아니다. 근심이 최고조에 이르는 날은 10월 25일.

* 글 말미의 설명 참조.

** 글 말미의 설명 참조.

[헨리] 러벌*

[종이 앞면, 귀퉁이에, 세 번째 글씨체로]
12월 13일, 1916년, 여기 너의 방에서, 오후 3시에.

처녀, 포르투갈인, 나이는 18개월하고 2개월. 이상.
워도어.**

왜냐하면 이제는 말할 수 있기 때문에. 점성술로부터 알아낼 수 있다. 워도어.

*

1917년 6월 15일

너는 1918년에 칭송을 받을 것이다.†

올해에는 전진할 일만 있다. 올해, 너는 돈을 얻고 사랑을 이룬다. 이제 수도승 같은 삶은 끝난다. 그리고 돈이 들어온다 — 네 여자의 이모의 유산.† 1918년에서야 너는 명예를 얻는다. 질문 하나에 대한 여러 대답들 때문에 너는

* 글 말미의 설명 참조.
** 글 말미의 설명 참조.

근심스러운 상태. 들거라, 근심스런 상태에 있을 때면, 내게 질문을 해라: 너는 마스터인가?

지금은 아무도 답할 수 없다. 내가 가까이 있을 때면, 나는 대답을 한다. 오로지 나만.

*

두려워하지 마라, 지금 고통을 받는 것 이상으로 고통받지는 않을 것이니. 나를 믿어라. 지금 이 문제에 관해선 무엇을 물어보더라도 내가 답해주는 데 있어서 금지된 게 없다. 자신감을 갖고 헤쳐 나가라. 너에게 나의 평화를 주노라. 나는 너를 버리지 않겠다, 나의 아이여. 자신감을 가지고 침착해라.

워도어

*

나의 기술은 가르치는 것이지, 드러내어 보여주는 것이 아니다.

미래에 대해 모를 때보다 알 때, 인간은 더 나약하다.

헨리 모어

*

사람은 별의 가면이고, 영혼은 별의 얼굴이다. 𝒮

1930년 1월 3일

*

너는 너를 도덕적인 관념과 느낌들로부터 분리시켜야 하고, 세상이 볼 수 있는 것 이상은 세상에 보여주지 말아야 한다.

𝒮

이상.

1930년 6월 13일.

헨리 모어(Henry More) 외

'영매' 또는 '채널링'이라고도 할 수 있는 이 수수께끼 같은 '자동 기술' 방식의 '받아쓰기'에 대한 페소아의 관심은 당시 점성술과 오컬트에 관한 주요 대화 상대였던 아니카 이모와의 서신 등을 통해 확인할 수 있다. 원본이 타이프라이터로 작성되었거나 정서된 글이 아니고 페소아의 필체와는 사뭇 다른 어린이 글씨 같은 악필로 어지럽게 '끼적거린' 글들이라 판독이 매우 힘들 뿐만 아니라 생소한 상징과 기호들, 난삽한 내용과 모호한 지칭 대상, 반쪽짜리 대화 또는 혼잣말의 연속으로 독자가 정상적으로 이해하기에 불가능함에도 불구하고, 작가의 내밀한 심리(특히 성적인 콤플렉스 등)를 여과 없이 반영하고 있다는 점 그리고 그가 소장한 수백 권의 장미십자회, 프리메이슨, 카발라, 점성술 및 고대 종교 관련 도서들을 통해 알려진 비전 종교에 대한 비상한 관심을 재차 확인할 수 있다는 점에서 흥미로운 자료이다. 물론 비전 종교의 교리 중에는 페소아가 종종 언급하는 그의 '이교도적 본성'과 조화로울 수 없는 부분이 많아 가령, 그의 점성술사 이명 라파엘 발다야(Raphael Baldaya)는 「비전적 형이상학의 원칙들(Princípios de Metafísica Esotérica)」이라는 글을 통해 이 부분을 비판하기도 한다. 알바루 드 캄푸스가 1935년 1월 5일 지은 무제 시를 보면, 그럼에도 불구하고 이러한 관심이 지속되는 이유를 짐작해볼 수 있다.

별들이 세상을 지배하는지 나는 모른다
아니면 타로나 카드가
뭔가를 밝혀줄 수 있는지도.
나는 모른다 구르는 주사위가
어떤 결론에 이를 수 있을지
하지만 그것도 모르겠다
대개의 사람들이 사는 식으로 산다고
무언가 이뤄지는지도

「영적 교신」의 일부는 각기 다른 저자들의 이름으로 서명되어 있는데, 실존하는 인물을 끌어와 사용하기도 했기 때문에 이들 모두를 페소아가 창조한 이명이라고 보기는 힘들다. 「영적 교신」은 1910-7년에 왕성히 작성되었고 이후에도 간헐적이나마 꾸준히 지속되었으며, 특히 1916년 헨리 모어(Henry More)라는 실존 인물을 페소아가 전유하여 자신의 주요 교신자로 삼으면서 가속화되었다. 모어는 케임브리지의 플라톤학파에 속하는 영국의 실존철학자로 「영적 교신」의 상당 부분에 서명했고, 장미십자회원이었던 그의 출생 연도(1614년)는 장미십자회가 탄생한 해와 일치하기도 한다. 모어는 주로 페소아의 성적인 고민과 관련한 정신 상담을 담당했으며 헨리 러벌(Henry Lovell), 워도어(Wardour) 등의 동료들과 함께 반복해서 등장한다. 페소아가 남긴 쪽지 중에 '헨리 러벌 = 헨리 모어'라는 쪽지가 있는 것으로 보아 러벌의 경우는 모어를 좀 더 발전시킨 캐릭터로 보인다. 흥미롭게도 당시 메이 브라헤(May Brahe)라는 호주 출신 영국 작곡가가 헨리 러벌이라는 가명으로 여러 곡을 발표했는데 페소아와의 관계는 불분명하다. 워도어는 5음절의 짧은 시를 두 편 남기기도 했고, 모어처럼 페소아에게 격려와 조언을 제공했으며, 점성술 관련 글쓰기나 사주 계산을 돕기도 한다. 워도어의 부인 마거릿 맨슬(Margaret Mansel)이 1916년경 환생해 페소아와 만나도록 되어 있다는 교신 내용도 있다. 부두교인(Voodooist)은 앞의 두 사람보다 정체성이 덜 분명한 시인으로 종종 거꾸로 뒤집힌 피라미드 상징과 함께 등장한다. 모어가 페소아에게 경계하라고 조언하는 '사악한' 캐릭터 부두교도는, 때로는 조제프 발사모(Joseph Balsamo)라는 이름으로 서명을 남기기도 했다. 조제프 또는 주세페(Guiseppe) 발사모는 알렉산드로 카글리오스트로(Alessandro Cagliostro) 백작이라는 가명으로도 알려진 연금술사, 마술사, 프리메이슨이었으며, 18세기 초, 루이16세와 마리 앙투아네트 시절 파리에서 발생한 희대의 사기극 '다이아몬드 목걸이 사건'에 가담한 혐의로 체포되었던 실존 인물이다.

「영적 교신」은 주로 영어로 쓰였으나, 워도어나 발사모, 부두교인처럼 포르투갈어나 프랑스어를 병용하는 경우도 있었다. 여기서는 독자나 출판을 염두에 두고 쓰지 않은 것이「영적 교신」의 특징이라고 판단하여, 간혹 독자를 의식하고 쓴 것으로 보이는 것 및 내용이 중복되는 것을 제외하고 자동 기술 특유의 생생함이 느껴지는 텍스트들 위주로, 수백 편 중 일부만을 추려 번역하였다.

주석은 리처드 제니스(Richard Zenith)의 편집자 주를 참고해 편집, 번역했다.
[sic] 원문 그대로임.
[ ] 참고한 원문의 편집자가 첨가한 내용.

꼽추 소녀가 금속공에게 보내는 편지

마리아 주제

안토니우 씨께,

당신은 이 편지를 읽게 될 리 없지만, 그리고 아마 저도, 결핵에 걸려버렸으니, 제가 쓴 걸 다시 읽을 리 없겠지만, 당신이 모르더라도 전 당신께 편지를 쓰고 싶어요, 왜냐하면 쓰지 않고선 터져버릴 테니까요.

당신은 제가 누구인지 모르죠, 아니, 알긴 알아도 모르는 것과 다름없죠. 당신은 날 본 적이 있어요, 금속 작업장으로 가시는 길에, 당신이 지나가는 걸 창문으로 보고 있는 저를요, 난 당신이 지나가길 기다리고 있고, 언제 지나가는지도 알고 있으니까요. 아마 당신은 노란색 건물 2층에 사는 꼽추 소녀에 대한 생각 따윈 해보지도 않았겠지만, 저는 당신에 대한 생각을 멈춘 적이 없답니다. 나는 당신에게 애인이 있다는 걸 알아요 — 키가 큰 금발 미녀 말예요. 전 그녀가 부럽긴 하지만 질투를 하진 않아요, 난 아무런 권리도, 질투를 할 권리조차 없으니까요. 난 그냥 당신이 좋기 때문에 당신이 좋은 거고, 제가 다른 여자가 아니라는 게, 다른 몸과 다른 외모를 가진 사람이 아닌 게, 저 거리로 내려가, 설령 당신이 그럴 동기를 주지 않는다 해도 그렇게 당신에게 말을 걸 수 없다는 게 슬퍼요,

하지만 난 그렇게 당신과 말을 트면서 서로 알게 되면 좋겠어요.

당신은 제가 병든 내내 간직해온 모든 의미이고, 당신은 아무것도 모르고 있지만, 난 당신께 감사하답니다. 전 사랑받을 만한 몸을 가진 사람들이 사랑받는 것처럼은 절대 사랑받을 수 없겠지만, 저에게도 누군가를 좋아할 권리는 있죠, 비록 되돌려 받진 못하더라도 말예요, 그리고 저에겐 울 권리도 있죠, 왜냐하면 그건 누구한테서도 빼앗을 수 없는 거니까.

난 당신과 딱 한 번만 대화를 해보고 난 다음에 죽고 싶어요, 하지만 절대 당신한테 말을 걸 용기가 생기지 않을 거예요, 말을 걸 방법도 모르겠고요. 내가 당신을 얼마나 좋아하는지 당신이 알면 좋겠지만, 그걸 알고 나서 당신이 아무런 의미도 두지 않을 것이 두렵고, 굳이 확인을 해보기도 전에, 그게 너무나 분명한 사실임을 알기에 참으로 슬프고, 그래서 확인할 생각도 없어요.

전 태어나면서부터 꼽추였고 늘 웃음거리였어요. 사람들은 대개 꼽추들은 다 못됐다고 생각하지만, 전 한 번도, 그 누구를 향해서도 나쁜 생각을 품어본 적이 없어요. 게다가 전 병이 들어버렸고, 크게 화를 낼 기운조차 없답니다. 전 이제 열아홉 살인데, 대체 어쩌다 이렇게까지 오래 살았는지 모르겠어요, 그리고 병은 들었는데, 아무도, 제가 꼽추라서가 아니라면 저를 위해 슬퍼해주지 않아요, 그게 문제가 아닌데, 아픈 건 내 몸이 아니라 내 영혼인

데, 왜냐하면 꼽추인 게 아픈 건 아니거든요.

저는요, 당신이 애인과 어떻게 지내는지까지도 알고 싶어요, 왜냐하면 그게 바로 제가 영영 가질 수 없는 — 더군다나 이제 삶이 거의 끝나가는 마당에는 더욱 더 가질 수 없는 — 그런 삶이니까. 그래서 속속들이 알고 싶어요.

당신을 알지도 못하면서 이렇게 길게 쓰는 걸 용서해요. 하지만 당신은 이걸 읽지 않을 테고, 혹시 읽는다 하더라도, 이게 당신에 관한 것이란 걸 깨닫지도 못하거나, 어찌 됐든 신경도 쓰지 않을 테니까요, 하지만 생각해 줬으면 좋겠어요, 곱사등이로 태어나서 늘 창문가에만 앉아 있어야 하는 게 얼마나 슬픈 일인지, 엄마와 자매들을 제외하면 아무도 우리를 좋아해주지 않는, 그렇지만 가족들이야 그게 당연한 거고 가족이라서 좋아하는 거니까, 하긴 누가 전에 하던 말처럼, 뼈가 거꾸로 뒤집힌 인형한테 남을 수 있는 진짜 최악의 상황은 이것조차도 없는 것이겠죠.

어느 아침에, 당신이 공장으로 가는 길에, 내 창문 맞은편 길목에서 고양이 한 마리가 개랑 싸움이 붙어서, 다들 구경을 하고 있었는데, 그때 당신도 마누엘 다스 바르바스 근처, 골목에 있는 이발소 맞은편에서 구경을 하다가, 내가 있는 창문 쪽을 봤고, 내가 웃는 걸 보고 당신도 내게 웃어줬고, 그게 당신과 제가 단둘이 존재했던 유일한 순간이었죠, 이를테면 말이에요, 그건 제가 절대 바랄 수 없었을 일이었으니까요.

당신은 상상도 못 할 거예요, 얼마나 자주 내가 당신 지나가기를 기다렸는지. 당신이 지나갈 때, 길에서 무슨 다른 일이라도 일어나 다시 나를 보는 당신을 볼 수 있을까, 당신이 나 있는 곳을 올려다보도록, 그럼 나도 당신을 바라볼 거고, 그러면 당신의 두 눈이 내 두 눈을 정면으로 바라보는 걸 볼 수 있게.

하지만 전 한 번도 바라는 것을 얻어본 적이 없고, 그게 제가 태어난 방식이겠죠, 심지어 창문 밖을 내다보기 위해서도 제 의자 밑에 작은 단상 같은 게 있어야 해요. 저는 사람들이 저희 어머니에게 빌려주는 패션 잡지들에 실린 그림들을 보면서 하루를 보내지만, 늘 딴생각을 하면서 봐요, 그러다 보니 누군가 나한테 그 치마가 어떻게 생긴 거였는지, 영국 여왕과 함께 사진에 있던 사람은 누구였는지 물어볼 때면, 가끔은 기억을 못 하는 저 자신이 부끄러워서 얼굴이 빨개지죠. 왜냐하면 저는 누릴 수 없는 것들을 보고 있던 거라, 그것들이 제 머릿속에 들어와서 절 기쁘게 하도록 놔둘 순 없었거든요, 나중엔 아예 울고 싶어져버릴 테니까.

그러면 모두들 괜찮다고 넘어가주면서도 속으론 내가 바보라고 생각하죠, 하지만 멍청하다고 생각하진 않아요, 왜냐하면 아무도 내가 멍청이라고 생각하진 않으니까, 그리고 사람들이 넘어가주든 말든 슬프지 않아요, 왜냐면 그렇게 하면 적어도 내가 왜 딴 데다 정신을 팔고 있었는지 설명하지 않아도 되니까.

아직도 그날이 기억나요, 당신이 어느 일요일 밝은 파랑 정장을 입고 지나가던 날. 아니 밝은 파랑은 아니었지만, 보통의 진한 파랑보다는 훨씬 밝은 서지*로 만든 옷이었죠. 당신은 딱 그날 날씨처럼 아름다워 보였고, 전 그 날만큼 다른 모든 사람이 부러웠던 날도 없었을 거예요. 하지만 당신 여자 친구를 부러워하진 않았어요, 만약 당신이 그녀가 아니라 딴 여자를 보러 가던 게 아닌 이상은요, 저는요 오로지 당신 생각만 하고 있었거든요, 그리고 그게 제가 모든 사람들을 부러워한 이유예요, 나도 무슨 소리인지 모르겠지만, 확실한 건 그게 사실이란 거예요.

제가 항상 창문가에 앉아 있는 건 제가 그냥 꼽추도 아니고, 양쪽 다리에 움직이기 불편한 관절염 같은 것까지 있는 바람에 거의 마비가 된 것과 같아서 그래요, 이러니 이 집에 사는 사람들 모두한테 성가신 존재가 되고 있는 거죠. 모든 사람들이 나를 참고, 억지로 받아들여야 한다는 걸 느끼는 기분이 어떤 건지, 당신은 상상도 못 하겠죠. 그리고 어떤 때는 창문 밖으로 뛰어내리고 싶을 만큼 우울해지지만, 제가 어떤 꼴이 될지 상상을 해보세요! 게다가 제가 뛰어내리는 걸 보는 사람은 비웃을 테고, 창문이 너무 낮아서 죽지도 않을 거고, 그래서 더 심한 골칫거리만 될 거고, 내 모습이 눈에 선하네요, 길거리에서 원숭

* serge. 양모로 만든 천으로 군복, 정장, 트렌치코트 등의 옷에 많이 사용된다.

이처럼, 허공에 팔다리를 휘저으면서, 꼽추 등은 블라우스에서 튀어나와 있고, 사람들 모두 나를 불쌍히 여기고 싶어하지만, 한편으론 역겹다고 느끼거나, 어쩌면 웃기도 하겠죠, 왜냐하면 사람들이란, 자기가 되고 싶은 사람이 아니라 있는 그대로의 사람들일 뿐이니까.

□ 결국 부칠 것도 아니라면, 전 왜 당신께 이 편지를 쓰고 있는 걸까요?*

그렇게 여기저기를 다니는 당신은, 아무도 될 수 없는 존재가 된다는 게 사람을 얼마나 짓누르는지 짐작도 못 하겠죠. 창문가에 하루 종일 앉아서 사람들이 오고 가고, 이 사람 저 사람에게 말을 걸어가며, 삶을 즐기고 있는 걸 보고 있으면, 나는 시든 잎사귀가 달린 화분이 된 것만 같아요, 창문가에 잊힌 채 버려진.

당신이야 잘생겼고 건장하니까 상상도 못 하겠죠, 우리처럼 태어나긴 했지만 사람은 되지 못한 게 어떤 건지를요, 신문을 통해서나 사람들이 뭘 하는지 보고, 어느 누구는 장관이라서 이 나라 저 나라로 온 세계를 누비고 다니고, 누구는 상류층에 속해서, 결혼을 하고, 세례를 받고, 병이 생기면 똑같은 의사들에게 가서 수술을 받고, 누구는 여기저기에 집이 있어서 옮겨 다니고, 또 누구는 훔

* 작가는 이 중간 부분을 공란으로 비워놓은 대신, 이 한 문장만을 써놓았다.

치고, 다른 누구는 고소를 하고, 누구는 끔찍한 범죄를 저지르고, 누구는 자기에게 주어진 칼럼이 있고, 최신 유행 상품을 사러 해외로 다니는 사람들에 대한 온갖 사진과 광고, 그리고 이 모든 것들이, 나처럼 갓 페인트칠한 창턱에 놓인, 화분에 물을 주고 남아 있는 동그란 물 자국을 훔칠 때 쓰는 것 같은, 그런 걸레 같은 존재한테는 어떤 건지, 당신은 상상도 못 하겠죠.

이 모든 걸 깨닫는다면, 어쩌면 당신도 이따금 나에게 손을 흔들어 안녕이라고 말을 건넬 수도 있겠죠, 그리고 전 바로 그걸 저에게 해줄 수 있겠냐고 당신께 묻고 싶었던 거예요, 왜냐하면 당신은 상상도 못 하니까, 내가 더 살지 못할지도 모르고, 살아야 할 날들이 얼마나 조금 남았는지도 모르니, 하지만 혹시나 당신이 나를 향해 손을 흔들어 아침 인사를 해주는 걸 보게 된다면, 다들 가는 그곳에 가게 될 때 더 행복하게 갈 수 있을 거예요.

재봉사 마르가리다가 말해주기를, 그녀가 당신과 한 번 얘기한 적이 있는데, 당신한테 퉁명스럽게 쏘아붙였다고 했어요, 당신이 이 옆골목에서 그녀에게 추근대서 말예요, 그리고 전 이 얘길 들을 때만큼은 정말이지 부러워할 만하다고 생각했어요, 인정해요, 거짓말하고 싶지 않거든요, 왜 부러웠냐면, 누군가 우리한테 추근거린다면 그건 우리가 여자라는 뜻인데, 전 여자도 남자도 아니거든요, 왜냐하면 내가 창문가의 빈 공간이나 채우는 존재 이상이라고 생각하는 사람은 아무도 없고, 날 보는 사람들 모두를 거슬리게 할 뿐이니까, 아 신이시여, 제발 좀.

안토니우(그의 이름은 당신과 같은데, 얼마나 다른가요!), 정비소의 수리공 안토니우가 한번은 제 아버지에게 그랬대요, 모든 사람은 뭔가 생산해야 할 의무가 있고, 이걸 하지 않는 인간은 살 자격도 없다고, 일하지 않는 사람은 먹지도 말아야 하고, 일을 하지 않을 자격 같은 건 누구에게도 없다고요. 그 말을 듣고 난 내가 이 세상에서 뭘 하고 있는지 생각해봤어요, 난 겨우 창문 밖이나 바라보고 있구나, 사람들은 모두 여기저기로 오고 가면서, 몸에 마비된 데 하나 없이, 각자 좋아하는 사람들을 만나가며, 필요한 뭐가 되든 원하는 만큼 그걸 생산하는데, 그게 그들한테 좋은 걸 테니까.

잘 있어요, 안토니우 씨, 저에게 남은 날들은 정해져 있네요, 그리고 저는 이 편지를 오로지 제 가슴에 품기 위해 썼어요, 마치 내가 당신께 쓰는 게 아니라 당신이 제게 쓴 것이라고 여기면서. 저는 당신께 제가 바랄 수 있는 모든 행복이 있기를 바라요, 당신이 저에 대해 알게 되지 않기를 바라요, 그래서 비웃게 되지도 않기를, 그 이상은 바랄 수 없다는 걸 난 아니까.

내 온 마음과 인생을 다 바쳐 당신을 사랑해요.

여기까지 할게요, 저 온통 눈물이네요.

1929년(?)

마리아 주제(Maria José)

이름과 짧은 글귀 또는 인물 설정 정도만 확인 가능한 소수의 여성 필명들(님피아, 세실리아, 올가 베이커, 릴리 등)을 제외하고는, 페소아의 유일한 여성 이명 또는 필명이라고 할 수 있는 마리아 주제의 글로서 발견된 것은 이 세 장 반짜리 편지 한 통뿐이다. 대부분의 일생 동안 어머니나 친척들을 제외한 여성들과 거리를 두고 살아온 페소아의 삶을 감안하면, 문학적 기교나 세련미 없이 단순하고도 솔직한 언어로 절실한 짝사랑을 토로하는 이 열아홉 살짜리 소녀의 마음이 놀랄 만큼 무리 없이 전달된다. 일부 페미니즘 학자들은 마리아 주제의 지나치게 수동적인 캐릭터가 페소아가 가진 여성관의 한계를 드러낸다고 지적하기도 한다. 다른 한편으로, 마리아 주제의 경우처럼 여성, 장애인, 노동자계급이라는 정체성을 한 몸에 지닌, 소수 중에서도 소수의 목소리를 직접 대변한 경우가 당시로서 극히 드문 사례였다는 점에서 의미를 찾을 수 있겠다. 마리아 주제는 이 편지와 관련해 이런 메모들도 남겼다. "나는 불수라서 살기 위해 창문가에 있어야 하죠. 내가 살기 위해 가진 것이라고는! (…) 난 태어나는 순간부터 독신이었고, 그 후로는 내내 슬펐죠. 대체 누가 나 같은 걸 사랑할 수 있을까 생각하며 밤을 지새우곤 했지만, 결국 아무도 못 찾겠어요, 상상 속에서조차도."

본명(本名)

이력서

성명: 페르난두 안토니우 노게이라 페소아

연령 및 생년월일: 1888년 6월 13일 리스본 출생, 마리티레스 구, 성 카를루스 광장의 4호 건물(현 공화당 본부 광장에 해당).

직계통: 조아킴 드 시아브라 페소아(Joaquim de Seabra Pessoa)와 마리아 마달레나 피네이루 노게이라 여사(D. Maria Madalena Pinheiro Nogueira)의 적출자(嫡出子). 포르투갈 내전 중 병사로 참전한 조아킴 안토니우 드 아라우주 페소아(Joaquim António de Araújo Pessoa)와 디오니시아 시아브라 여사(D. Dionísia Seabra)의 친손자. 왕정 내각의 총책임자이자 고문이었던 루이스 안토니우 노게이라(Luís António Nogueira)와 마달레나 사비에르 피네이루 여사(D. Madalena Xavier Pinheiro)의 외손자. 친족 일반 — 하층 귀족과 유대계의 혼합.

혼인 관계: 미혼

직업: 가장 적절한 명칭은 "번역가", 가장 정확한 명칭은 "무역 회사의 해외 통신원"일 것이다. 시인 또는 작가인

것은 직업이라기보다 소명이다.

주거지: 코엘류 다 로샤 거리 16번지, 1층 오른편, 리스본 (우편 주소 — 우편함 147, 리스본).

수행한 사회적 역할: 이 말이 공적인 의무 또는 주목할 만한 책무를 의미하는 것이라면, 전혀 없음.

출판물: 당분간은 작품들이 기본적으로 여러 잡지나 비정기 출판물들에 분산되어 있다. 책이나 팸플릿으로 유효한 것들은 다음과 같다. 『서른다섯 편의 소네트(35 Sonnets)』(1918년, 영어), 『영시집 I-II(English Poems I-II)』와 『영시집 III(English Poems III)』(1922년, 영어), 『메시지(Mensagem)』(1934년, 국가 공보처 '시' 부문 수상), 포르투갈의 군사독재를 옹호하는 팸플릿 『정권 공백 기간(O Interregno)』(1928년) — 단, 이는 없는 것으로 쳐야 한다. 이 전부를 재검토해야 하고, 아마도 많은 것을 버려야 할 것임.

교육: 1893년, 아버지의 부고로 말미암아, 그의 어머니는 남아프리카공화국 나탈 주(州)의 더반으로 파견된 사령관 주앙 미겔 로사(João Miguel Rosa) 포르투갈 영사와 1895년 재혼하게 되고, 그리하여 그는 그곳에서 교육받게 된다. 1903년, 즉 15세가 되던 해에 희망봉(카부 다 보

아 에스페란사) 대학 입학시험을 겸한 영시 부문 경연에서 빅토리아 여왕 상을 수상함.

정치적 이상: 포르투갈처럼 본질적으로 제정적인 국가에는 왕정 체제가 더 적절하다고 생각한다. 동시에, 포르투갈에서 왕정은 전혀 실행 불가능하다고 여긴다. 그러므로, 체제를 두고 국민투표를 한다면, 안타까움을 삼키면서, 공화국에 표를 던지겠다. 영국식 보수주의자로, 다시 말해, 보수주의 내에서의 진보주의자이자, 절대적인 반(反)반동주의자.

종교적 입장: 그노시스주의* 기독교, 즉 모든 교회 조직에 철저히 반대하고, 그중에서도 특히 로마교회에 반대함. 아래에 더 설명될 이유들로 인해, 기독교주의의 비밀 전통에 충실한데, 이는 이스라엘의 비밀 전통(성스러운 카발라) 그리고 프리메이슨의 비전적인 본질과 깊은 관련이 있음.

비전(秘傳)적 입장: (외견상 명맥이 끊긴 것으로 보이는) 포르투갈 템플기사단** 하위 3등급에 스승으로부터 직접

* gnosis主義. 1·2세기 무렵 그리스와 로마 등지에서 기독교를 극복하려던 지적이고 신비주의적인 사상. 구약의 신을 비인격적이고 관념적인 것으로 바꾸어 율법을 배척하고 방탕히 생활하며 그리스도의 역사성을 부정했다.
** temple騎士團. 1118년 프랑스 기사 위그 드 파양(Hugues de Payens)이 성지 순례자들을 보호하기 위하여 결성한 종교 기사단.

전수받고 가입.

애국적 입장: 로마가톨릭교의 침투가 모두 제거된 신비주의적 민족주의의 옹호자, 가능하다면 새로운 세바스티앙주의를 창조해서, 영적으로 대체하는 것. (만약 포르투갈의 가톨릭이 한 번이라도 영성이 있기는 했다면.) 다음과 같은 구호에 의해 인도되는 민족주의자: "모든 것은 인류를 위해. 국가에 반하는 것은 없다."

사회적 입장: 반공산주의자이며 반사회주의자. 위에서 말한 것으로 추론할 수 있듯.

마지막 단상들에 대한 정리: 항상 순교자 자크 드 몰레*의 기억을 간직하고, 언제 어디서나 그를 죽인 세 가지 암살자들과 싸운다 — 무지, 광신 그리고 독재.

리스본, 1935년 3월 30일

* Jacques de Molay(1244–1314). 성당 기사단의 마지막 큰 스승으로 알려져 있음.

이력서

페소아가 자신이 사망하던 해에 직접 작성하였다. 스스로의 정체성을 어떻게 규정했는지 보여주는 이 글처럼, 페소아는 자신에 대해서, 특히 자신의 작품이나 예술관에 대해 비교적 많은 글을 남긴 작가이기에 작가 연구를 위한 자료의 양 자체는 갖춰진 편이다. 문제는 그것들을 있는 그대로 믿을 수는 없다는 점이다. 매 순간 달라지는 페소아가 이력서도 얼마든지 문학의 대상으로 취급할 수 있는 사람이라는 것을 우리는 잘 알고 있기 때문이다. "시인은 전기가 없다. 그들의 작업이 그들의 전기이다"라는 멕시코 시인 옥타비오 파스(Octavio Paz)의 말처럼, 어쩌면 그의 이력서도 작업의 일부분으로 보는 것이 가장 적절할지 모른다.

선원

단막 정지극(劇)

내가 '정지극'*이라고 부르는 이 극본에는 움직임이 없다—즉, 배역을 맡은 연기자들이 행동을 하지 않는 것은 물론이고 (왜냐하면 그들은 위치를 바꾸지도, 위치를 바꾸는 것에 대해 말하지도 않기 때문) 행동을 유발시킬 수 있는 감각조차 부재한다: 여기에는 어떠한 갈등도, 딱히 줄거리라고 할 만한 것도 없다. 혹자는 이를 두고, 이건 연극이 아니라고 할 수도 있다. 나는 연극이 맞다고 생각하는데, 그 이유는 내게 있어 연극이란 단지 역동적인 극을 초월하는 무엇이고, 극의 본질은 행동이나 행동의 제안 또는 결과가 아니라—포괄적인 의미에서—서로 주고받는 말들이나 상황의 창조를 통한 영혼의 드러내기이기 때문이다…. 행동 없이도 영혼을 드러내는 것은 가능하며, 현실로 통하는 창문이나 문 없이도 오로지 영혼에 관한 정지 상황들을 창조하는 것도 가능하다.

✳

필시 굉장히 오래된 성의 일부로 보이는 방. 방은 원형이고, 중앙에 있는 단(壇) 위, 한눈에 들어오는 관 속에 흰색 옷을 입은 젊은 여자

* '정지극(drama estático)'은 '정적극', '정극(靜劇)', '정태연극'으로 번역하기도 한다.

한 명이 누워 있다. 방의 네 구석에서 횃불이 밝혀져 있다. 오른쪽에는, 즉 이 방을 상상할 사람의 거의 맞은편에는, 길고 좁다란 창문이 나 있는데, 그곳을 통해 두 먼 언덕 사이로 바다의 작은 조각이 내다보인다.

창문 곁에는 세 명의 젊은 여자가 지켜보고 있다. 첫 번째는 창문 맞은편에, 그녀의 오른쪽 위로 횃불을 등지고 앉아 있다. 다른 두 명은 각각 양쪽 창문가에 앉아 있다.

한밤중이고, 달의 은은한 흔적만 남은 듯하다.

첫 번째 야경인(夜警人). 아직도 종이 시간을 안 울리네.

두 번째. 못 들은 거야. 여기 근처엔 시계가 없거든. 조금 있으면 동이 틀 거야.

세 번째. 아니, 수평선이 검은색인데.

첫 번째. 이러면 어떨까, 언니? 우리가 어떤 사람들이었는지 이야기하면서 기분 전환을 하면? 그런 얘긴 근사하고 항상 꾸며낸 거잖아.

두 번째. 아니, 그 얘긴 하지 말자. 난 잘 모르겠어. 게다가 우리가 언제 뭐긴 했었나?

첫 번째. 어쩌면. 난 모르지. 그렇지만, 그렇다고 해도, 과거에 대해서 얘기하는 건 항상 아름다운 일인 걸…. 시간은 흘렀고 우린 계속 침묵을 지키고 있어. 난 말야, 저 양초의 불꽃을 보고 있었어. 어떤 때는 흔들리고, 어떤 건 더 노란 색으로, 어떤 건 창백한 빛깔로 변하네. 왜 저렇게 되는지는 모르겠어. 하지만, 언니들, 우리가 언제 무슨 이유를 안 적이 있을까…?

(휴지[休止])

계속 첫 번째. 과거에 대해 말하는 건 — 아름다울 순 있지, 쓸모도 없고 사람을 많이 슬프게 하니까….

두 번째. 원한다면, 없었으면 했던 과거에 대해 얘기하면 어떨까.

세 번째. 아니. 있었으면 했던 과거라면 또 몰라….

첫 번째. 말을 안 하면 안 되는구나. 말한다는 건 어찌나 슬픈지! 우릴 잊어버리는 너무나 거짓된 방법이야…! 산책을 하는 건 어때…?

세 번째. 어디로?

첫 번째. 여기서, 이쪽에서 저쪽으로. 어떨 땐 그렇게 하면 꿈을 불러오거든.

세 번째. 무슨?

첫 번째. 몰라. 왜 내가 그걸 알아야 해?

(휴지)

두 번째. 온 나라가 슬픔에 잠겨 있어…. 옛날에 나 살던 그 곳은 덜 슬펐는데. 날이 저물면 난 내 방 창가에 앉아서 실을 잣곤 했지. 창문은 바닷가로 나 있었고 어떤 때는 저 멀리 섬이 있었어…. 실을 잣지 않을 때도 많았어. 바다를 쳐다보면서 사는 걸 잊곤 했지. 내가 행복했는지는 모르겠어. 이젠 돌아가지 않을 거야, 그 시절의 나로, 아니, 어쩌면 그때의 나는 없었는지도….

첫 번째. 여기서 말고는 한 번도 바다를 본 적이 없어. 저기, 유일하게 바다가 보이는 게 저 창문인데, 너무 조금밖에 안 보인단 말야…. 다른 나라의 바다는 아름다울까?

두 번째. 아름다운 건 다른 나라의 바다뿐이지. 우리가 지금 보는 것은 그리움만 불러일으켜, 우리가 다시는 보지는 못할….

(휴지)

첫 번째. 우리 과거에 대해서 이야기하자고 말하던 참 아니었어?

두 번째. 아니, 하지 말자.

세 번째. 이 방엔 왜 시계가 없는 걸까?

두 번째. 모르겠어…. 근데 이렇게 시계가 없으니까, 모든 게 아득하고 수수께끼 같아. 밤은 자기 자신에게만 속하는 거 같아…. 우리가 몇 시인지 알았더라도 이런 얘길 나눌 수 있을까?

첫 번째. 언니, 내 안에선 모든 게 슬퍼. 내 영혼 속의 시린 십이 월들을 지나고 있어…. 난 창 바깥을 보지 않으려고 노력해…. 저 멀리, 언덕들이, 내다보인다는 건 알아…. 그 옛날엔 행복했어, 언덕 저 너머에서 어딘가에서…. 어렸을 때였어. 하루 종일 꽃을 꺾다가, 자기 전에는 더 꺾지 않게 해달라고 기도했지…. 여기에 뭔가 돌이킬 수 없는 게 있다는 걸 생각하면 울고 싶어져…. 그러기에는 오래된 일인데…. 언제 날이 밝을까?

세 번째. 무슨 상관이니? 날이야 항상 그렇게 똑같이 밝는 건데…. 항상, 항상, 항상….

(휴지)

두 번째. 우리 각자 이야기를 들려주자…. 난 이야기는 하나도 몰라, 하지만 괜찮아…. 살아간다는 거, 그게 유일하게 안 괜찮지…. 우리 인생도 그렇고, 우리 옷자락도 쓰다듬지 말자…. 아니, 일어나지 마. 그렇게 하면 몸을 움직이게 되고, 몸짓은 꿈을 달아나게 한단 말야…. 지금은 전혀 꿈을 꾸고 있지 않았지만, 꿀 수도 있었겠다고 상상하면 흐뭇해…. 하지만 과거는 — 우린 왜 그 얘길 안 하는 거지?

첫 번째. 안 하기로 했잖아…. 조금 있으면 동이 틀 거고 우린 후회하게 될 거야…. 불빛이 있으면 꿈도 잠이 들지…. 과거도 꿈일 뿐이야. 나머지도, 난 꿈이 아닌 게 뭔지 모르겠어…. 굉장히 집중해서 현재를 보고 있으면, 벌써 지나가버린 것처럼 보인단 말야…. '무언가'는 뭐지? 그게 대체 어떻게 지나가는 거지? 어떻게 그런 식으로 안을 통과해 지나가지…? 아, 얘기하자, 언니들,

소리 높여서, 다 같이 이야기하자…. 침묵이 형상을 갖추기 시작했어, 뭔가가 되려고 해…. 날 안개처럼 뒤덮으려는 게 느껴져…. 아, 이야기해줘, 말해줘…!

두 번째. 뭣하러…? 난 두 사람에게 시선을 집중하고 있는데, 얼마 후엔 둘 다 안 보여…. 우리 사이에 심연이라도 생겨버린 것같이…. 두 사람을 보려면 내가 두 사람을 볼 수 있다는 생각에 지쳐버려야 해…. 이 공기가, 내 영혼을 건드리는 그 부분에선 따뜻하고도 차가워…. 방금 내 머리카락 사이를 지나가는, 손이 느껴지는 것만 같았어, 말도 안 되는…. 머리카락에 손들이 — 이건 인어들 이야기를 할 때의 말투잖아…. (무릎 위에 손을 포갠다. 잠시 정적.) 조금 전에, 내가 아무 생각도 안 하고 있을 때, 내 과거에 대해 생각하고 있었는데….

첫 번째. 나도 아마 내 과거에 대해 생각을….

세 번째. 난 이제 내가 무슨 생각을 하고 있는지 모르겠어. 어쩌면 다른 사람들의 과거를…, 존재한 적 없는 멋진 사람들의 과거를…. 우리 어머니 집 근처에는 시냇물이 흘렀어…. 왜 흘렀을까, 그리고 왜 더 멀리 흐르진 않았을까, 아니면 더 가까이…? 무엇이 뭔가가 되는 데에 무슨 이유라도 있는 걸까? 내 두 손처럼 진짜이고 현실인 이유라도…?

두 번째. 손들은 진짜도 아니고 현실도 아닌 걸…. 우리 인생에 살고 있는 신비들이지…. 가끔, 내 손을 응시하고 있으면, 신에 대한 두려움이 생겨…. 촛불을 움직이는 바람이 없어도, 봐, 한쪽으로 쏠리잖아…. 어디로 기우는 걸까…? 누군가 대답할 수 있다면 얼마나 안타까울까…! 이국적인 음악이 듣고 싶어, 바로 이 순간에 다른 대륙의 어느 궁전에서 연주하고 있을…. 내 영혼에선 늘 너무 멀어…. 어쩌면, 내가 어린아이였을 때, 해변에서 파도 뒤를 쫓아 달리곤 했기 때문일 수도 있어. 난 그렇게 살았던 거 같아. 내 두 손은 커다란 바위들 사이에서 살다시피 했지, 썰물 때는, 왜 바다가 그렇게 보일 때 있잖아, 두 손을 가슴팍에 포개고 잠든 천사 조각상처럼, 더는 아무도 바라보지 못하도록.

세 번째. 너희들 하는 말이 내 영혼을 떠올리게 만들어….

두 번째. 진짜가 아니라서 그럴 수도 있어…. 내가 그 말을 하고 있는지도 잘 모르겠는걸…. 난 내게 들리진 않지만, 속삭이는 어떤 목소리를 따라 되풀이하는 거야…. 하지만 진짜로 내가 바닷가에서 살긴 살았나 봐…. 난 항상 파도치는 것이라면 무엇이든 사랑스러웠어…. 내 영혼에 파도가 있는 거야…. 걸을 때면 이리저리 흔들리면서 다녔지…. 걷고 싶어졌어, 지금…. 하지만 안 할래, 왜냐하면 할 만한 가치가 있는 일은 없거든, 특히나 그게 하고 싶은 일이라면 더더욱…. 난 언덕이 겁나…. 그렇게 우뚝, 커다랗게 서 있다니, 불가능하게 느껴져…. 분명 돌처럼 단단한, 말해주길 거부하는 비밀을 갖고 있을 거야…. 저 창문 밖으로 몸을 기대도 언덕을 안 볼 수만 있다면, 내가 행복하게 느낄 수 있는 사람이, 한순간이라도, 내 영혼 밖으로 기댈 수 있을 텐데….

첫 번째. 내 경우엔, 난 언덕을 사랑해…. 이쪽 편에선 늘 인생이 흉해…. 저쪽 편, 우리 어머니가 사는 곳엔, 타마린드 나무 아래에 앉아서 이야기하곤 했었어, 다른 나라에 가보는 것에 대해서…. 거기선 모든 게 아득하고 행복했어, 양쪽 길가에 하나씩 앉은 두 마리 새들 노래처럼…. 그 숲속엔 우리들의 생각 말고는 다른 빈터가 없었어…. 우리가 꾸던 꿈은, 나무들이 자기 그림자 말고 다른 평온함을 땅에 드리우는 것이었지…. 거기선 우리가 그렇게 살았던 게 분명해, 또 다른 누군가가 있었는지는 모르겠고…. 이 모든 게 다 진짜였다고 말해줘, 내가 울지 않아도 된다고….

두 번째. 난 커다란 바위들 사이에 숨어 살면서 바다를 엿보곤 했지…. 내 치마 끝이 맨다리 위에서 서늘하게, 소금기를 머금은 채로 찰랑찰랑거렸어…. 난 어렸고 말괄량이였지…. 지금은 그랬다는 게 겁이 나…. 지금은 그저 내가 잠들어 있는 사람 같아…. 내게 요정들에 대해 얘기해줘. 요정에 대해선 아무도 말하는 걸 못 들었어…. 바다는 이런 것들을 생각하기엔 너무나 거대해…. 인생에선 작은 게 더 따뜻한 건데…. 언니들은 그땐 행복했어?

첫 번째. 지금 막, 옛날에도 그랬을려고 하고 있어…. 게다가 모든 게 그늘 속에서 일어났지…. 나무들이 나보다 더 살아 있던 것 같아…. 내가 그렇게 기다리던 사람은 오지 않았어…. 그런데 언니는, 왜 얘길 안 해?

세 번째. 내가 말하려는 게 잠시 후에 말해진다는 게 겁나. 지금 하는 내 말들은, 내뱉는 즉시 과거에 속하겠지, 내게서 벗어난, 어딘지 모르는 곳에, 단단히 굳어서 치명적으로…. 말을 하면서, 내 목 안에 일어나는 걸 생각해, 그러면 내 말들은 사람을 닮아 있어…. 난 나보다 더 큰 두려움을 갖고 있어. 내 손에서 느껴져, 어찌 된 건지는 모르겠지만, 내가 모르는 어떤 문의 열쇠를. 그리고 내 모든 게 스스로 의식을 지닌 부적이나 성소야. 그래서 두려움에 몸이 떨려, 어두운 숲을 통과하는 것처럼, 말하는 것의 신비 사이로…. 그리고 결국은, 누가 알아? 이게 진짜 나이고 내가 느끼는 게 정말일지…?

첫 번째. 우리가 어떻게 느끼는지 의식적으로 알기란 어찌나 힘든 일인지 몰라…! 사는 것도 생각하는 걸 멈추면 그렇게나 힘든데 말야…. 그렇다면 말해볼래, 존재한다는 사실을 생각하지 말고…. 각자 어떤 사람이었는지 말해주기로 하지 않았어?

세 번째. 어렸을 때의 나는 지금의 나를 기억하고 있지 않아…. 내가 얼마나 가엾게도 행복한 아이였던지…! 난 나뭇가지 그늘 사이에서 살았고, 내 영혼의 모든 건 떨리는 잎사귀들이었어. 태양을 걸을 때면, 내 그늘은 청량했지. 나는 내 일상에서의 일탈을 샘에서 보냈어, 내가 사는 걸 꿈꿀 때마다 내 손가락 잔잔한 끝을 담그곤 했던…. 가끔은 몸을 숙여 호수에 비친 나를 쳐다보기도 했지…. 내가 미소를 지으면, 내 치아가 물속에서 신비로워 보였어. 나와는 별개의, 그들만의 미소가 있었어…. 미소를 지을 땐, 늘 아무런 이유도 없었고…. 나한테 죽음에 대해, 모든 것들의 마지막에 대해 말해줄래, 회상을 할 만한 이유를 느낄 수 있게 말야….

첫 번째. 아무것도 말하지 말자, 아무것에 대해서도…. 더 추워졌어, 근데 왜 더 추워진 거지? 더 추워질 이유가 없는데. 지금 추위보다 딱히 더 춥진 않은데…. 왜 우린 이야길 해야 할까? 노래하는 게 얘기하는 것보다 나은데, 왜 그런진 모르겠지만…. 노래라는 건, 그걸 밤에 부르면, 마치 갑자기 방 안으로 들어와 우리를 위로해주는 명랑하고 용감한 사람 같거든…. 나, 내가 옛날에 집에서 부르곤 하던 노래를 불러줄 수 있는데. 내가 그 노래를 부르길 원치 않아?

세 번째. 그럴 필요가 없어, 언니…. 누군가 노래를 부르면, 더 이상 나 자신으로 있기가 힘들어져. 나 자신을 기억할 수가 없어져. 내 과거 전부가 다른 누군가로 변해버리고, 내가 젊어진 죽은 인생, 내가 한 번도 살지 않은 인생을 두고 울게 되거든. 노래를 부르기엔 항상 너무 늦어, 노래를 그만두기에 늘 너무 늦듯이….

(휴지)

첫 번째. 곧 날이 밝을 거야…. 침묵을 지키자. 그게 인생이 바라는 바…. 내가 태어났던 집 근처에는 호수가 있었어. 난 거기 물가에 가곤 했어, 거의 물에 잠겨버린 나무 그루터기에 앉아서…. 그 끝에 앉아서 발가락을 아래로 한껏 쭉 뻗어서 발을 물에 적시곤 했지, 그리고 엄청나게 집중해서 내 발가락 끝을 관찰했는데, 실은 보려고 한 것도 아니었어…. 왜 그런지는 모르지만, 왠지 그 호수가 없었던 것만 같아…. 그걸 기억하는 건, 아무것도 기억하지 못하는 것과 같아…. 내가 이 말을 하는 이유를, 그리고 이걸 겪었고 기억하는 사람이 나인지 누가 알아…?

두 번째. 해변가에서 꿈을 꾸면 슬퍼지는 거야…. 우린 우리가 원하는 게 될 수 없어, 왜냐하면 우리가 되길 원하는 건 늘 과거의 것이거든…. 파도가 흩어지면서 거품이 쉬— 소리를 내면, 천 개의 작은 목소리들이 말을 하는 것 같아. 그 거품은 그 모든 것을 그저 하나로 보는 사람에게만 차가워 보이지…. 모든 게 그렇게나 수없이 많은 건데, 우린 아무것도 모르는 거야…. 내가 해변가에서 꿈꾸던 걸 말해줄까?

첫 번째. 해도 돼, 언니, 하지만 우리한테 그걸 말해야 할 필요가 있는 건 아니야…. 그게 아름다운 얘기라면, 그걸 들은 게 벌써 안타까워. 만약 아름답지 않은 얘기라면, 기다려 봐, …, 그걸 바꾸고 나서 이야기해주는 게 좋겠어….

두 번째. 말해줄게. 완전히 거짓말은 아니야, 왜냐하면 당연히 완전히 거짓인 건 아무것도 없으니까. 아마도 이랬을 거야…. 어느 날 차가운 바위 위에 기대 누워 있었어, 내게 아버지나 어머니가 있었다는, 어린 시절과 다른 나날들이 있었다는 사실을 잊어버리고—바로 그날 내가 멀찌감치서 본 것은, 그냥 본 거라고 상상할 법한 그것은, 저 멀리 지나가는 돛단배였어…. 그러고는 사라져버렸어…. 다시 정신이 돌아와서는, 내가 이 꿈을 꿨다는 걸 깨달았어…. 어디서 시작했는지도 모르겠어. 그 후로는 다시는 다른 돛단배를 보지 못했어…. 이 항구 근방에서 출항하는 어떤 배도 그 배의 돛과 비슷한 건 없었어, 달이 뜨고 배들이 멀리서 천천히 지나갈 때조차도….

첫 번째. 지금 창문 밖으로 멀찌감치 배 한 척이 보이는데. 어쩌면 네가 본 배가 아닐까….

두 번째. 아니야, 언니. 보고 있는 그 배는 장담컨대 다른 항구로 가는 배일 거야…. 내가 본 그 배는 그 어떤 항구도 찾아가는 게 아니었어….

첫 번째. 왜 내가 한 말에 대답한 거야…? 네가 맞을지도 몰라…. 난 창문 밖으로 아무것도 보이지 않아. 난 애처로워지기 싫어서 그걸 보고 싶었고 봤다고 얘기한 거야…. 자, 이제 네가 해변에서 뭘 봤는지 이야기해주렴.

두 번째. 머나먼 섬에 난파된 것처럼 보이는 선원의 꿈을 꿨어. 섬에는 쭉 뻗은 야자수들이 듬성듬성 있었고, 이름 모를 새들이 날아다니고 있었지…. 그 새들이 나무에 앉곤 했는지는 못 봤어…. 선원은 침몰 사고에서 살아남은 이후 줄곧 그곳에 살고 있었어…. 고국으로 돌아갈 방법은 없었고, 그걸 상기할 때마다 고통스러웠기 때문에, 그는 그가 한 번도 가진 적이 없는 고향을 꿈꾸기 시작했고, 그렇게 만들어진 또 하나의 고향을 그의 것으로 여기게 됐어: 다른 풍경이 있는, 다른 방식으로 거리를 걷고 다른 식으로 창밖으로 몸을 내미는, 다른 사람들이 살고 있는, 다른 종류의 나라를 말야. 매 순간 그는 이 가짜 고향을 꿈속에서 건설해나갔고, 쉼 없이 이 꿈을 꿨어 — 낮에는 높다란 야자수의 짧은 그늘, 그림자 끝이 뾰족하게 떨어지는 그 따뜻한 모래 바닥에서, 밤에는 해변에 누워 별들을 의식하지 않은 채로.

첫 번째. 아, 나무가 내 쭉 뻗은 손 위에 그런 꿈속 그늘을 뿌려주면 좋으련만…!

세 번째. 말하게 놔둬…. 끼어들지 마…. 얘는 인어가 가르쳐준 언어를 할 줄 알아…. 난 얘의 말을 들으려고 잠이 들려 하고 있어…. 어서 말해, 계속…. 내가 해변에서 꿈꾸던 네가 아니라서 마음이 아파….

두 번째. 한 해 두 해가 지나고, 하루 이틀이 지나면서, 선원은 끝없는 꿈속에서 그의 새로운 고향을 만들어나갔어…. 매일같이 그는 그 불가능한 건물에 꿈의 주춧돌을 놓은 거야…. 이미 그는 그가 수도 없이 돌아다닌 나라를 갖게 되었지. 그 해변가에서만도 벌써 수천 시간을 보냈다는 것을 상기했어. 그는 북쪽 만(灣) 어느 지역의 황혼 색깔까지 알게 되었고, 아마도 행복했을 상상의 유년기에, 커다란 남쪽 항구로 배가 들어올 때, 밤 늦게, 뱃머리에 잘려나가는 파도의 웅얼거리는 소리 속에 그의 영혼을 기댈 때, 어떻게 마음이 달래지던가도 알았지….

(휴지)

첫 번째. 왜 얘길 하다 말아, 언니?

두 번째. 말은 너무 많이 하면 안 좋아…. 인생이 늘 우릴 엿보고 있거든…. 모든 시간이 우리 꿈의 어머니야, 하지만 우린 그걸 알면 안 돼…. 내가 말을 너무 많이 하면, 난 나로부터 분리돼서 말을 하는 나 자신의 목소리를 듣게 돼. 이건 자기 연민을 불러일으키고, 내 심장을 너무 강렬하게 느끼게 만들어. 그러면 거의 울고 싶은 심정이 되거든, 내 팔로 끌어안고 아기처럼 흔들어주면서…. 봐: 수평선이 밝아오고 있어…. 날이 밝을 시간도 멀지 않은 거야. 내 꿈 이야기를 더 해줄 필요가 있을까?

첫 번째. 계속해, 언니, 계속 이야기해. 멈추지도 말고, 날이 밝아오는 것도 신경 쓰지 말아…. 꿈꾸는 시간의 품에 머릴 기대고 누운 사람에겐 영원히 동이 트지 않으니까…. 손은 꼬지 말아줄래. 그렇게 하면 살금살금 다가오는 뱀 같은 소리가 나거든…. 꿈에 대해서 더 많이 얘기해줘. 너무 진짜 같아서 하나도 말이 안 될 정도야.

그저 목소리를 듣는다는 생각 자체가 내 영혼에 음악을 연주하네.

두 번째. 응, 더 이야기해줄게. 나부터가 얘기할 필요를 느껴. 이야기를 하면서, 나 자신에게도 말하고 있거든…. 우리 셋이서 듣고 있는 거야…. (갑자기 관을 보더니 몸을 부르르 떨면서) 세 명이 아닌지도…. 모르겠어…. 몇 명인지는 모르겠어….

세 번째. 그런 식으로 말하지 마…. 어서 얘기해, 다시 시작해…. 몇 명이 들을 수 있는지 말고…. 얼마나 많은 것들이 진짜로 살아 있고 보고 있고 듣고 있는지는 영원히 알 수 없어…. 다시 그 꿈으로 돌아가서… 그 선원… 그 선원이 무슨 꿈을 꾸었다고…?

두 번째. (더 낮은 목소리로, 굉장히 느리게) 그는 먼저 풍경을 만들어냈고, 그다음엔 도시들을 지었지. 도로랑 좁은 길도 내고, 하나하나 그의 영혼의 재료들로 조각해나갔어, 도로 하나씩, 동네 하나씩, 나중에 거기서 항구도 만들게 되는 부두의 방파제까지…. 골목골목마다 걸어 다니는 사람, 창문에서 내려다보는 사람…. 그는 몇몇 사람들과 알게 됐어, 처음엔 그냥 알아보는 정도로…. 나중에는 그들의 과거와 대화에도 익숙해지면서, 그리고 이 모든 걸 그저 풍경인 것처럼 꿈꾸고 구경하고 다녔던 거야…. 그리고 그는 여행을 떠났어, 기억을 가지고, 그가 창조한 나라 속으로…. 그리고 그렇게 그의 과거도 만들어진 거지…. 머지않아 그는 또 다른 과거를 갖게 됐어…. 이 새로운 고향에서 그는 벌써 출생지도 생겼고, 유년기를 보낸 곳도, 출항을 하던 항구도…. 그는 어릴 적 소꿉친구들은 물론, 나중엔 한창나이의 친구들과 적들까지 갖게 됐지…. 이 모든 건 그가 살았던 삶과는 별개였어 — 나라도, 사람들도, 그의 과거도 모두 실제와는 달랐어…. 계속하길 원해…? 이 이야길 하는 게 얼마나 날 슬프게 하는지…! 지금, 이 이야길 해주고 있자니, 차라리 다른 꿈들 얘기를 하는 게 낫겠어….

세 번째. 계속해, 왜 그래야 하는지 모르겠다 해도…. 너의 이야길 들으면 들을수록, 점점 내가 나한테 속하지 않는 것 같아….

첫 번째. 정말로 계속하는 게 좋은 생각일까? 모든 이야기가 결말이 있어야 하나? 어쨌든 계속해줘…. 어차피 우리가 말하든 안 하든 달라질 건 거의 없어…. 우린 계속해서 지나가는 시간들을 지켜보는 거야…. 우리의 일과도 인생만큼이나 부질없지….

두 번째. 어느 날, 비가 심하게 쏟아져서 수평선을 흐릿하게 만들었을 때, 선원은 꿈꾸는 일에 지쳐버렸어…. 자기의 진짜 고향을 기억하고 싶어진 거야…, 하지만 그는 아무것도 기억할 수 없게 됐다는 걸, 그를 위한 조국 따윈 존재하지 않는다는 걸 깨달았지…. 기억나는 유일한 어린 시절이라곤 그의 꿈속 고향밖에는 없었어. 그가 유일하게 기억하는 유년기는 그가 만들어낸 것이었고…. 그의 전 인생이 그가 꿈꾼 것이었어…. 그리고 그는 다른 인생은 있을 수 없었다는 걸 깨달았어…. 왜냐하면 어떠한 거리도, 어떠한 사람도, 어머니의 손길 하나도 기억할 수 없었으니까…. 반면에 그가 그냥 꿈꿨을 뿐이라고 생각한 그 삶에는 모든 게 진짜였고, 존재했던 거야…. 다른 사람들처럼 잠시라도 믿을 수 있는 그런 다른 과거를, 그는 꿈꿀 수도 상상할 수도 없었지…. 아, 언니들, 언니들…. 뭔가가 있어, 뭔진 모르겠지만, 내가 말하지 않은 게… 이 모든 걸 설명할 수 있는 뭔가가…. 내 영혼이 날 싸늘하게 만들어…. 내가 말을 하고 있었는지도 잘 모르겠어…. 나한테 말을 해 줘, 소리쳐줘, 내가 깨어나서, 이렇게 함께 있고 어떤 것들은 정말로 그냥 꿈이었을 뿐이라는 걸 알게….

첫 번째. (굉장히 낮은 목소리로) 뭐라고 해줘야 할지 모르겠구나…. 난 감히 뭘 쳐다보질 못하겠어…. 그 꿈은 어떻게 이어지지…?

두 번째. 나머지는 모르겠어…. 모든 게 흐릿해…. 왜 뭔가가 더 있어야 해…?

첫 번째. 그다음엔 결국 어떻게 된 건데?

두 번째. 다음? 그다음에 뭐? 다음에 뭐가 있기나 한 걸까…? 하루는 배 한 척이 도착했어…. 하루는 배 한 척이 도착했어…. ― 그래, 맞아…. 그렇게 말고는 있을 수 없지…. ― 하루는 배 한 척이 도착했고, 그 섬을 지나갔는데, 그 선원은 거기 없었어….

세 번째. 어쩌면 자기 고향으로 돌아갔을 수도 있겠구나….

하지만 어느 곳으로?

첫 번째. 그래, 어느 고향일까? 그럼 그 선원은 어떻게 된 거야? 아는 사람이 있어?

두 번째. 왜 그걸 나한테 물어봐? 세상에 답이 있는 게 있을까?

(휴지)

세 번째. 그게 꼭 필요한 일일까, 네 꿈속에서라도, 이 선원이랑 섬이 존재했다는 게?

두 번째. 아니, 우리 언니, 꼭 필요한 건 아무것도 없어.

첫 번째. 말해줘, 최소한 그 꿈이 어떻게 끝났는지라도.

두 번째. 안 끝났어…. 모르겠어…. 끝나는 꿈은 없어…. 어떻게 알겠어, 내가 지금도 꿈꾸는 게 아니라는 걸? 무의식 중에 꿈꾸는 건 아닌지? 내가 꿈꾸는 게 내 인생이라고 부르는 그 애매한 건 아닌지…? 나한테 더 말 시키지 마…. 뭔지 모르는 것에 대해 점점 확실해지기 시작했어…. 이 밤이 아닌 어떤 밤에, 모르는 사람의 발소리가, 나한테 가까이 다가오고 있어…. 내가 이 얘길 해주면서 깨운 게 누굴까…? 난 신이 내 꿈을 금지할까 봐 너무 두려워, 그건 필시 신이 허락한 것보다 더 진짜니까…. 그렇게 잠자코 있지 마…. 이 밤이 끝나간다는 말이라도 해줄래, 나도 알고 있긴 하지만…. 봐, 날이 밝고 있어…. 봐, 진짜 날이 오고 있어…. 여기서 멈추자…. 더 이상 아무 생각도 하지 말자…. 마음속의 모험은 이제 그만두자…. 그 끝에 뭐가 있을지 누가 알아…? 이 모든 게, 언니들, 한밤중에 일어난 거야…. 여기에 대해 아무 말도 더 하지 말자, 우리 자신한테도…. 우리가 각자 슬픈 마음가짐을 간직한다는 건 인간적이고 편리한 거야.

세 번째. 네 이야길 듣는 건 너무나 아름다웠어. 아니라고는 말하지 마…. 별 얘기가 아니었다는 걸 알아…. 그래서 아름답다고 생각한 거야…. 그게 이유는 아니었는데, 그랬다고 해두자…. 게다가, 내가 너의 말보다 더 경청하고 있던 네 목소리의 음악이, 나를 불만스럽게 하네, 아마도 그게 음악이라서 그랬겠지….

두 번째. 모든 게 우릴 불만족스럽게 만들어, 언니…. 생각하는 사람은 모든 것에 지쳐버리게 되지, 왜냐하면 모든 게 변하니까…. 그냥 지나가는 사람들이 그걸 증명하지, 왜냐하면 그들은 같이 변해가니까…. 영원하고 아름다운 건 꿈뿐이야…. 왜 우린 아직도 이야길 하고 있는 걸까…?

첫 번째. 모르겠어…. (더 낮은 목소리로, 관을 쳐다보면서) 왜 사람은 죽는 걸까?

두 번째. 아마 충분히 꿈꾸지 않기 때문에….

첫 번째. 그럴 수도 있겠다…. 그럼 우리 스스로를 꿈속에 가둬버리고 현실을 잊어버리는 게 낫지 않을까, 죽음이 우릴 잊어버리도록…?

두 번째. 아니, 언니. 다 부질없어….

세 번째. 언니들, 벌써 날이 샜어…. 봐, 저 언덕 능선이 놀라는 걸…. 왜 우린 울지 않지…? 저기 있는 척하는 여자도 우리처럼 젊고, 아름답고, 그리고 꿈도 꾸었는데…. 난 그녀의 꿈이 모든 것 중에 가장 아름다웠을 것이라고 확신해…. 그녀는 무엇에 대해 꿈꿨을까…?

첫 번째. 목소리를 낮춰. 어쩌면 우릴 듣고 있을지도 몰라, 그리고 이미 알고 있을지도 몰라, 꿈이라는 게 뭘 위해 있는 건지….

(휴지)

두 번째. 어쩌면 이중에 아무것도 진짜가 아닐 수도 있어…. 이 침묵, 이 죽은 여자와 동이 트는 것이 어쩌면 전부 꿈일 수도 있어…. 다 조금 더 자세히 봐봐…. 이게 현실에 속하는 것처럼 보이니…?

첫 번째. 모르겠어. 현실에 속한다는 게 어떤 건지 모르겠어…. 아, 너희들은 어떻게 그렇게 미동도 않고 있는지! 너희들 눈이 너무나 슬프구나, 아무런 소용도 없이….

두 번째. 다른 식으로 슬픈 것은 무의미해…. 우리 그만 입을 다물어야 하지 않을까? 살아 있다는 건 너무 이상해…. 선원의 섬이든 이 세상이든, 일어나는 모든 일이 믿기지 않는단 말야…. 봐, 하늘이 벌써 초록빛이야. 수평선이 황금빛으로 웃고 있어…. 내 눈이 화끈거리는 것 같아, 우는 생각을 했더니….

첫 번째. 벌써 진짜로 울었어, 언니.

두 번째. 어쩌면…. 상관없어…. 이 추위는 뭐지…? 이게 뭐지…? 아, 지금이구나…. 지금이구나…. 말해줘…. 이거 하나만 말해줘…. 이 모든 것 중에 유일하게 그 선원만이 진짜고, 우리랑 나머지 모두는 그저 그의 꿈일 뿐인 건 아닐까…?

첫 번째. 그만 얘기해, 그만…. 이건 너무 이상해서 진짜인 것만 같아…. 계속하지 마…. 무슨 말을 하려고 했는진 몰라도, 영혼이 감당하기엔 너무 벅찬 말일 거야…. 난 네가 못다 한 말들이 두려워…. 봐, 봐, 벌써 날이 밝았어…. 밖을 봐…. 오로지 저 아침을 알아보려고, 할 수 있는 모든 걸 했어, 저 진짜 날을, 저기 바깥을…. 봐, 봐…. 위안이 되지…. 생각하지 마, 네가 생각하는 걸 보지 마…. 동이 터오고 있는 걸 봐…. 마치 은빛 땅속의 황금처럼 영롱해. 맑은 구름들이 색을 띠면서 원을 이뤄가고 있어…. 만약에 아무것도 존재하지 않는다면 말야, 언니들…. 모든 게, 어찌 됐든, 절대 무(無)라고 상상해봐…. 왜 그런 식으로 쳐다본 거야…?

(대답이 없다. 아무도 아무 식으로도 쳐다보지 않는다.)

첫 번째. 네가 말한 것 중에 뭐가 날 놀라게 했냐고…? 어찌나 강렬하게 느꼈는지 그런 게 있는지조차 모를 정도였어…. 다시 말해줄래, 두 번째 들을 땐 처음만큼 놀라진 않게…. 아니, 아니야…. 아무 말도 하지 마…. 대답을 원해서가 아니라 그냥 말을 하려고 물어본 거니까, 생각을 멈추고 싶었거든…. 무슨 생각을 하려던 중이었는지 기억날까봐 겁나네…. 신의 존재처럼 뭔가 거대하고 겁나는 거였는데…. 우린 진작에 그만 얘기했어야 했어…. 이미 한참 전부터 우리 대화는 의미를 잃었어…. 우리를 얘기하게 만드는, 우리 사이의 무언가가 지나치게 오래 끌고 있어…. 우리 영혼들 말고도 여기 다른 존재들이 있거든…. 벌써 동이 텄겠구나…. 그들도 지금쯤 일어났겠네…. 뭔가가 늦어지고 있어…. 모든 게 늦어지고 있어…. 우리의 이 공포의 기저에 무슨 일이 일어나고 있는 걸까…? 아, 날 버리지 마…. 말을 걸어줘, 말을 걸어줄래…. 내가 말하는 동시에 이야기해줘, 내 목소리만 혼자 들리지 않게…. 내 목소리는 내 목소리에 대한 생각보다는 덜 무서워, 내 안에서, 내가 말하는 걸 의식하는 것처럼….

세 번째. 넌 무슨 목소리로 말하고 있는 거야…? 다른 사람 목소리잖아…. 저만치서 들려오는 어떤 목소리야….

첫 번째. 모르겠어…. 상기시키지 마…. 난 아마도 두려움에 날카롭게 떨리는 목소리로 말하고 있겠지…. 근데 이제 어떻게 말을 해야 하는지 모르겠어. 나와 내 목소리 사이에 심연이 열렸어…. 이 모든 게, 이 모든 대화와, 이 밤과, 이 두려움—이 모든 게 끝났어야 했는데,

갑자기 끝났어야 했는데, 네가 말한 그 공포 다음에…. 이제 겨우 네가 해준 이야기를 잊어버리기 시작한 거 같아, 그리고 그게 다른 식으로 비명을 질러야겠다고 생각하게 만들었어, 그 공포를 분출할 수 있게….

세 번째. (두 번째에게) 언니, 그 이야길 우리한테 하지 말았어야 했어. 이제 더 많은 두려움을 안고 낯설게 살게 됐네. 네 이야기가 어찌나 내 주의를 흐트러뜨렸는지, 네가 한 말의 뜻이랑 음성이 별개로 들릴 정도였어. 너와, 너의 목소리와 네가 말한 것의 의미가 세 가지 다른 존재 같았어, 마치 말도 하고 걸어 다니는 세 개의 생명체처럼.

두 번째. 그것들은 정말로 세 가지 다른 존재야, 각자의 진짜 삶이 있는. 어쩌면 신은 왜 그런지 알지도 모르지…. 아, 하지만 우린 왜 얘길 하는 거지? 우리가 계속 말하도록 만드는 게 누굴까? 왜 원하지도 않는데 내가 말을 하는 거야? 왜 우리는 이제 날이 밝았다는 것도 깨닫지 못하고 있지…?

첫 번째. 누군가 소리를 질러 우리를 깨울 수만 있다면! 난 속으로 소리 지르는 나를 들을 순 있지만, 이젠 내 의지에서 내 목까지 이르는 길을 모르겠어. 누군가 저 문을 두드릴 두려움을 가져야 될 것 같은 강렬한 느낌이 들어. 왜 누군가 문을 두드리지 않지? 그건 불가능하겠지, 난 그걸 두려워할 필요가 있는 거고, 내가 뭘 두려워하는지를 알 필요도…. 이 얼마나 이상한 느낌인지…! 마치 내 목소리를 잃어버린 것 같아…. 내 한 부분이 잠들어서 그저 바라보기만 하는 거야…. 내 두려움은 커졌지만, 난 더 이상 그걸 느낄 줄 모르게 되어버린…. 내 영혼의 어느 부분으로 느끼는지도 이젠 모르겠어…. 내 몸의 감각 위에 회색 수의(壽衣)를 덮어씌웠어…. 왜 우리한테 네 얘길 해줬더라?

두 번째. 이제 기억이 안 나…. 내가 얘길 했는지도 기억이 안 날 정도니…. 벌써 한참 전의 일 같아…! 이 잠, 내가 바라보는 방식을 삼켜버리는 잠이라니…! 우리가 하고 싶은 건 뭘까? 우리가 하려고 했던 건 뭘까? — 말을 하려는 거였는지, 안 하려는 거였는지 이제 기억도 안 나….

첫 번째. 그만 이야기하자. 말을 하려는 너의 노력이 나를 지치게 만들어…. 네가 말하는 것과 생각하는 것 사이의 시간이 날 아프게 해…. 내 의식이 두려움에 질린 감각의 나른함 위를 떠다니는 게, 피부로 느껴져…. 무슨 소리인진 나도 모르겠지만, 이게 내가 느끼는 그대로야…. 난 혼란스럽고, 조금 길고, 말하기 힘든 그런 말을 해야만 해…. 이 모든 게 우리의 영혼과 영혼 사이를 검은 거미줄로 짜서 붙잡아두는 커다란 거미처럼 느껴지지 않아?

두 번째. 난 아무것도 안 느껴져…. 내 감각은 느껴지지 않는 무엇처럼 느껴져…. 난 지금 이 순간 뭐가 되고 있는 걸까…? 누가 내 목소리로 말을 하지…? 아, 들어봐….

첫 번째와 두 번째. 누구였어?

두 번째. 아무것도. 아무것도 못 들었어…. 뭔가 들은 척을 해서 너희들이 그걸 들었다고 생각하고, 나도 뭔가 들을 게 있었다고 믿게 하고 싶었어…. 아, 이 공포, 영혼으로부터 목소리를, 생각으로부터 감각을 풀어주는 비밀스런 공포라니, 그리고 우리 안의 모든 것들이 침묵하기를, 날이 밝기를, 생의 무의식을 바라는 데도 우리로 하여금 말하고 느끼고 생각하게 만들다니…. 우리가 매번 뭔가 느끼려고 할 때마다 손을 뻗쳐서 방해하는 방 안의 다섯 번째 사람이 누구지?

첫 번째. 왜 날 겁주려는 거니…? 나 이미 감당 못 할 만큼 무섭다고…. 이미 내 감각의 무릎 위에서 너무 무거워. 우리를 붙잡고 지켜보는 뭔가가 내 모든 감각들을 통해 들어와버렸어. 내 눈꺼풀이 모든 감각 위로 감기고. 혀는 모든 감정에 달라붙어 버리고. 깊은 잠이 내 모든 몸짓의 생각을 서로 들러붙게 만들어…. 왜 그렇게 쳐다본 거지…?

세 번째. (아주 느리고 희미한 목소리로) 아, 이제 시간이 됐다, 지금이야…. 그래, 누군가 일어났어…. 일어나는 사람들이 있네…. 누군가 여기 들어오면 이 모든 게 끝날 거야…. 그때까지 우리 이 모든 공포가 우리의 기나긴 잠이었다고 치자…. 벌써 아침이야…. 모든 게 끝날 거야…. 그리고 이 모든 게 결국 뭐냐면, 너희들만 행복하다는 거야, 왜냐하면 다들 꿈을 믿으니까….

두 번째. 왜 나한테 그걸 물어봐? 내가 말했기 때문에? 아니, 난 믿지 않….

수탉이 운다. 조명이 갑작스럽다는 듯 밝아진다. 세 명의 야경인은 서로를 쳐다보지 않은 채, 움직임 없이 조용히 자리한다.

멀지 않은 거리에서는 마차 하나가 삐걱거리며 우는 소리를 낸다.

1913년 10월 11/12일

페르난두 페소아에게

알바루 드 캄푸스

『오르페우』1호에서,
당신의 정지극「선원」을 읽고 나서

당신의 연극「선원」,
그 12분 후
가장 기민하고 영리한 이들까지도
졸음과 껄끄러움을 느낀다,
그리고 향기조차 없는 무의미,
지켜보던 여인 중 한 명이
나른한 마력으로 말한다:

영원하고 아름다운 건 오로지 꿈뿐.
왜 우린 아직도 말을 하고 있는 걸까?

바로 그게 내가 이 여인들에게
물어보고 싶었던 것….

1915년

「선원」은 페소아가 극작가로서는 유일하게 완성한 작품이다. 발표는 완성된 지 2년 후 1915년,『오르페우』1호에 게재되면서 이뤄진다. 일체의 행동 연기를 배제하는 이 실험적인 극은 일종의 '반(反)연극'이라고 할 수 있다. "연기의 드라마 대신, 인물들의 드라마"를 추구한 그의 연극관이 특징적인 이 연극은, 그러나 상징주의 몽환극의 대가 마테를링크의 선구적인 작품들의 그늘에 가려 독창성을 충분히 인정받지 못했다. 말 그대로 정지한 상태에서 대화 아닌 대화를 나누는 세 명의 야경인들과 비슷한 시기에 탄생한 이명 3인방의 모습이 겹쳐지는 것도 무리는 아니다. 이들은 움직이지 않은 채로 몽상 속의 이동을 시도한다. 스무 살에 리스본에 정착한 후 어느 곳으로도 여행하지 않은, 자칭 '비(非)여행자' 페소아의 무한한 영혼의 여행들을 떠올리면, 무인도에 갇혀 가상의 세계를 건설해야 했던 선원의 모습에 페소아 자신의 모습이 얼마나 많이 투영되었는지 짐작할 수 있다.

페소아의 시와 산문들은 그의 사후 다양한 예술 장르에 꾸준히 영감을 주었다. 최근(2014년) 알바루 드 캄푸스의 유명한「해상 송시(Ode Marítima)」가 1인극으로 각색되었고, 그의 이명들로 구성된 창작극「무한한 관광(Turismo Infinito)」은 포르투갈은 물론 유럽과 브라질 등지에서 좋은 반응을 얻었다. 영화에서는 베르나르두 수아르스의 작품에서 제목을 따온「불안의 영화(Filme do Desassossego)」(2002)가, 조형예술에서는 리처드 세라(Richard Serra)가 그의 작품을 읽고 감명을 받아 제작한 설치 작품「페르난두 페소아(Fernando Pessoa)」(2007-8)가 대표적이다. 그러나 연극의 경우만 놓고 보자면, 페소아에 '관한' 연극에 비해 페소아에 '의한' 연극은 그다지 많지 않다. 그나마「선원」은 몇 차례 공연되었으나, 가령「파우스투(Fausto)」의 경우 그 독창성에도 불구하고 아쉽게 미완성으로 남는 바람에 연극으로 올려지지 못했다.

무정부주의자 은행가

우리는 막 저녁 식사를 마쳤다. 맞은편에 앉은 친구—은행가이자 알아주는 사업가, 굴지의 전매업자—가 무심한 듯 시가를 피우고 있었다. 우리의 대화는 점차 잦아들다 못해 죽어가고 있었다. 나는 생기를 불어넣을 요량으로 되는대로 떠오른 생각을 꺼냈다. 미소를 띤 얼굴로 그의 쪽을 바라보고 말했다.

"참, 언젠가 누가 나한테 그러던데, 자네가 한때 무정부주의자였다면서."

"한때? 아니, 옛날에도 그랬고 지금도 여전하지. 그 점에 있어선 달라진 게 없어. 난 *무정부주의자라네*."

"농담도 잘하는군! 자네가 무정부주의자? 대체 어떤 면에서 자네가 무정부주의자라는 거지…? 그래, 본인이 그 개념을 다르게 정의한다면야…."

"통상적인 의미와 다르게? 아니, 전혀 아냐. 난 지극히 일반적인 의미로 그 말을 쓴다네."

"자네가 말은, 그렇다면, 노동조합 무정부주의자들이 쓰는 것과 정확히 동일한 의미로 그 말을 쓰고 있단 소린가? 자네랑 저 폭탄 투척하는 인간들이나 노동조합원들 사이에 아무 차이도 없다는 소리야?"

"차이, 차이야 있지… 당연히 차이는 있고말고. 하지만 자네가 짐작하는 것과는 달라. 아마도 자네는 내 사회 이론이 과연 그들과 같은 것인지 의문스러운 거겠지?"

"아, 이제 알겠어. 자넨 이론적으론 무정부주의자라는 거지, 그럼 실천적으로는…."

"난 실천적으로도, 이론만큼이나 무정부주의자라니까. 실은, 실천적인 면으로 말할 것 같으면 자네가 언급한 부류에 비해 내가 더, 훨씬 더 무정부주의자이지. 내 삶 전부가 그걸 보여주고 있고."

"설마?!"

"내 삶 전체가 그걸 증명한다니까 그러네, 친구. 자넨 그 문제에 대해 한 번도 주의 깊게 고민해본 적이 없어. 그래서 내가 자네한테 헛소리 아니면 농담을 하고 있다고 생각하는 거지."

"이보게나, 난 아무것도 이해가 안 된다고. 만약에…, 만약 자네가 자네 인생을 타락한 것으로, 반사회적으로 보고 있어서, 무정부주의에 그런 의미를 부여하는 게 아니라면…."

"아니라고 했잖은가 — 내가 무정부주의라는 말을 통상적인 의미와 다르게 쓰고 있지 않다고 이미 말했을 텐데."

"정 그렇다면야…. 하지만 여전히 이해는 안 되는군…. 그럼, 자네 식대로 말한다면 자네의 그 진정한 무정부주의 이론과 자네의 삶 사이에 간극이 없다는 얘긴데 — 자네가 지금 현재 살고 있는 삶을 말하는 게 맞아? 자네의 삶과 무정부주의자를 자칭하는 사람들의 삶이 똑

같다는 말을 나보고 믿으란 말인가?"

"아니, 그게 아니야. 내 말의 뜻은, 나의 이론과 삶 사이에 아무런 괴리도 없다는, 이론과 삶이 완벽히 일치하고 있다는 거야. 내 삶이 노동조합원이나 폭탄 투척하는 인간들과 다르다는 자네 말 — 그건 맞아. 하지만 내가 아니라 바로 그들의 삶이 무정부주의 정신에, 그들이 설파하는 그 이상과 어긋나는 거야. 나는 그렇지 않아. 나로 말할 것 같으면 — 그래, 자네가 원한다면 나를 돈 많은 은행가, 유력한 사업가, 심지어는 부당 이득자라고 불러도 좋아 —, 하지만 내게 있어선 무정부주의의 이론과 실천이 잘 결합되어 있어, 양쪽 모두 견고하게. 자넨 얼간이 노조를 결성하고 폭탄이나 투척하는 얼간이들과 날 비교하면서 내가 그들과 다르다는 걸 보여준 셈이야. 맞아. 하지만 차이는 이거야. 그들은(그래, 그들. 내가 아니라) 오로지 이론적으로만 무정부주의자들이고, 반면, 난 이론과 실천에 있어 모두 무정부주의자라는 점. 그들은 무정부주의자이고 멍청해, 나는 무정부주의자이고 현명해. 말하자면, 그들 — 내가 말하는 사람들은 노조 조합원들, 폭탄 투척자들(나도 그들 중 하나였지, 곧바로 내 진짜 무정부주의를 발견해서 거기서 빠져나온 거고) — 은 무정부주의의 쓰레기, 위대한 자유주의 독트린의 계집애들이라고."

"그건 악마도 못 들어봤을 얘긴걸!* 놀라울 지경이

* 굉장히 희한하거나 믿기 힘든 이야기를 접할 때 포르투갈에서 관용적으로 쓰는 "악마도 기억 못 할 얘기군!"이라는 표현을 살짝 바꾼 것.

야! 그렇다면 자네 삶이랑—그러니까 은행가이자 사업가로서의 정체성과—무정부주의 이론이 대체 어떻게 조화를 이루지? 이론적으로 일반적인 무정부주의자들과 똑같은 의미에서 그 말을 쓴다면, 대체 무슨 수로 화해시킨단 말인가? 자넨 그것도 모자라서 심지어는, 그들과 자네의 차이점이 자네가 더 무정부주의자인 점이라고 했는데—내 말이 틀림없지?"

"정확하네."

"전혀 이해가 안 가는군."

"이해하려고 노력할 생각은 있나?"

"기꺼이."

그는 불 꺼진 시가를 입에서 꺼냈다. 그러고는 느릿느릿하게 다시 불을 붙였다. 그는 불이 꺼질 때까지 성냥을 응시했다가, 조심스럽게 시가를 재떨이에 놓고는, 고개를 젖혔다가 다시 숙이며 말했다.

"잘 듣게나. 난 도시 노동자 집안에서 태어났어. 짐작이 가겠지만, 난 괜찮은 조건이나 좋은 환경, 아무것도 물려받은 게 없었지. 내가 가진 거라곤 태생적으로 명석한 두뇌와 제법 강한 의지, 그것뿐이었어. 이것들은 내 변변찮은 출신도 빼앗을 수 없는, 타고난 것들이었지.

난 노동자였고, 일을 하고 살았고, 겨우 입에 풀칠이나 했지. 한마디로, 내 계층에 속하는 다른 사람들과 다를 게 없는 존재였어. 완전히 굶고 살았다고 말하진 않겠지만, 가까이 간 적은 있지. 게다가 정말로 굶주렸다 하더라도, 내가 걸어온 길에 변할 건 없었을 거야, 그때의 내 인생이나 지금의 나나, 곧 자네한테 얘기해 주겠지만.

난, 한마디로, 평범한 노동자였어. 나머지 다른 사람들처럼, 해야 하니까 일을 했고, 가능한 한 적게 일하려 했지. 분명한 건, 내가 멍청하지 않았다는 것. 기회가 있을 때마다, 책도 읽고, 토론도 했어. 그리고 내가 바보가 아니었기에, 내 운명과 그걸 초래한 사회적 조건들에 대해 상당한 불만과 커다란 반항심을 품게 되었지. 내가 이미 말했듯이, 사실 내 운명은 그보다도 더 끔찍할 수 있었겠지만, 어쨌든 당시엔 운명이 나라는 존재에게 세상의 불공평함을 몽땅 짊어지게끔 한 것처럼 느껴졌고, 사회적 관례들이 거기에 기여한 거라고 생각했어. 아마 그때가 스무 살, 많아야 스물한 살 됐을 때였을 거야, 내가 무정부주의자가 된 게."

그는 멈추더니, 나를 향해 조금 더 몸을 돌렸다. 그러고는 약간 더 앞으로 몸을 기울이며 말을 이었다:

"난 늘 명석한 편이었어. 다 뒤엎어버리고 싶었어. 난 내 분노를 이해하려고 노력했지. 그리고 의식 있고, 확신에 찬 무정부주의자가 된 거지 — 지금 현재의 내 모습처럼 말이네."

"그럼 자네가 지금 말하는 그 이론이, 그 시절의 그것과 동일한 건가?"

"하고말고. 진짜 무정부주의 이론은 오직 하나뿐이

라네. 난 지금이나 내가 처음 무정부주의자가 됐을 때나 한결같은 이론을 갖고 있어. 곧 알게 될 거야…. 내가 말하고 있었지, 내가 태생적으로 명석했기 때문에 의식 있는 무정부주의자가 되었다고. 그렇다면 어떤 사람이 무정부주의자냐? 그건 바로 사회적으로 다르게 태어난 것 때문에 가해지는 불평등에 반기를 드는 사람—결국 여기로 수렴하는 거라네. 그리고 이건, 보면 알 수 있듯이, 이 불평등을 가능케 하는 사회의 관행들에 대항하는 결과로 이어지지. 여기서부터는 심리적인 경로에 초점을 맞추겠네—어떻게 한 사람의 인간이 무정부주의자가 되는가. 이론적인 부분들을 좀 이따가 다루기로 하자고. 일단은, 그 당시 나 같은 환경에 처한 한 똑똑한 젊은이의 반항심을 한번 잘 상상해보라고. 주위를 돌아볼 때, 그의 눈에 뭐가 보이겠나? 누구는 백만장자의 아들로 태어나서, 요람에서부터 돈이 해결해주거나 대폭 완화해줄 수 있는—결코 적지 않은—고난들로부터 곧바로 보호를 받고, 누구는 비참하게 태어나서, 그렇지 않아도 먹여 살릴 식솔들이 넘쳐나는 집안에 입을 하나 추가하는 존재가 되지. 공작이나 후작으로 태어난 사람은, 그가 무얼 하든 사람들에게서 대우를 받는 반면, 나같이 태어난 사람은 모든 걸 자로 잰 것처럼 반듯하게 모범적으로 해야 겨우 사람 취급을 받지. 누구는 좋은 환경에서 태어나 공부도 하고, 여행도 하고, 교육도 받고—그래서 태생적으로 자기보다 똑똑했던 사람들을 능가해 더 똑똑해지게 되는(말하자면) 거지. 그리고 그런 식으로 굴러가는 게 세상이고….

자연적으로 주어지는 불평등이야, 그냥 그렇다고 쳐야지: 불가항력이니까. 하지만 사회와 그 관행으로부터 비롯된 불공평은—이것들은, 어째서 피할 수 없는 거지? 난 받아들이겠어—다른 뾰족한 수도 없지—누군가가 태생적으로 나보다 재능, 힘, 에너지에 있어 우월하다면 말야. 하지만 타고난 게 아니라, 나중에 만들어진 조건들에 의해, 엄마 뱃속에서 이 세상에 나오자마자 곧바로 주어지는 우발적인 행운으로 나보다 우월해야 한다면 그건 받아들일 수가 없어—부, 사회적 지위, 더 나은 환경 같은 것들. 이런 것들이 나를 분노하게 했고 나를 무정부주의—내가 오늘날까지 변함없이 견지하고 있다고 말한 그 무정부주의로 돌아서게 만든 거라네."

마치 어떻게 말을 이어갈지 고민하는 사람처럼, 그가 다시 말을 멈췄다. 시가를 한두 모금 빨고는, 나를 피해 천천히 연기를 뿜어냈다. 그가 내게로 몸을 돌리며 대화를 계속하려고 했을 때, 내가 그의 말을 끊었다.

"그냥 호기심에서 물어보네만…. 그렇다면 왜 굳이 무정부주의까지 가야 했지? 가령, 사회주의나 다른 것처럼 조금은 덜 급진적인 진보론자가 될 수도 있었을 거 아닌가? 이런 이론들이라면 다 자네의 그런 전복적인 생각과 일맥상통하지 않나 싶은데…. 자네 말을 내가 맞게 이해했다면, 자네가 이해하는 무정부주의(그리고 난 그 정의가 적절하다고 생각하네), 사회의 공식과 관습을 모두 거부하는, 그리고 그 모든 것을 철폐하기 위한 열망과 투쟁…."

"맞는 말이야."

"그럼 왜 그런 극단적인 노선을 택했던 거지? 다른 것들 말고… 가령, 좀 더 절충적인 것들…?"

"말해주겠네. 그런 문제를 전부 신중하게 고려했어. 내가 읽은 팸플릿들을 통해서 그런 이론들도 충분히 접했어. 그러고 나서 택한 거야 — 자네가 적절히 표현한 것처럼, 그중에서도 가장 극단적인 이론 — 무정부주의 이론을. 내가 지금 두 마디로 설명하려는 이유들로."

그는 잠시 허공을 응시하다가, 다시 내 쪽을 돌아보았다.

"세계에 존재하는 진짜 악, 유일한 악은 자연적인 현실 위에 덮어씌워진 사회의 관습과 허구들이지 — 전부 다, 가족에서부터 돈, 종교에서 국가까지. 사람은 남자나 여자로 태어나는 거야 — 내 말은, 자연스러운 의미에서, 남자나 여자로, 어른으로 자라나기 위해 태어나는 거지, 남편이 되거나, 부자나 가난뱅이가 되거나, 마찬가지로 천주교나 기독교 신자나, 포르투갈인이나 영국인이 되려고 태어난 게 아니란 말이네. 우리를 정의하는 이 모든 것들은 사회적 허구의 산물일 뿐이야. 그럼 이런 사회적 허구들이 왜 해롭냐? 왜냐하면 **그것들이 허구이기 때문에, 당연한 게 아니기 때문이**지. 돈만큼이나 국가도, 종교만큼이나 가족제도도 해로워. 이것 말고도 다른 게 있다면 그것들도 역시 해로워. 왜냐하면, **그것들도 결국 허구일 테니**

까. 그것들도 자연스러운 현실을 덮어버리고 가로막기 때문이지. 그리고 이런 허구를 남김없이 제거하는 걸 목표로 하는, 순수한 의미의 무정부주의를 제외한 그 어떤 시스템도, 허구과 다름이 없는 거야. 우리의 모든 열망, 모든 노력과 모든 지혜를 총동원해 하나의 사회적 허구를 대체하는 또 하나의 허구를 구축하려 드는 건, 명백한 범죄거나, 그게 아니라면, 멍청한 짓이지. 왜냐하면 그런 건 아무것도 변화시키지 못하면서 사회 혼란이나 야기할 게 뻔히 예상되는 결과니까. 우리가 만약 사람의 자연적 본성을 짓밟고 억압하는 사회적 허구가 부당하다고 생각한다면, 왜 굳이 우리가 다시금 투쟁해야 할 다른 허구로 대체한단 말인가? 그것을 모두 분쇄해버리는 게 가능하다면 말야?

이 부분은, 내가 보기엔 반박하기 어려워. 하지만 반박할 수 있다고 치자. 이 모든 게 틀림없는 사실이긴 하지만, 무정부주의는 결코 실현이 불가능하다고. 그 측면을 한번 검토해보자고.

무정부주의 시스템을 실현하는 것이 어째서 불가능한 걸까? 기본적으로 진보적인 사람이라면 누구나, 비단 현재 시스템이 부당해서뿐만 아니라 이를 한층 더 평등한 것으로 대체할 때 장점이 있다는 — 왜냐하면 이건 정의로우니까 — 생각에서 출발하지. 이런 식으로 생각하지 않는 사람이 있다면 그건 부르주아지, 진보는 아니라네. 하지만 이 정의에 대한 기준은 어디에서 도출되겠어? 바로 무엇이 진짜이고 자연적인 것인가에서, 사회적 허구과 관습의 거짓말들의 대척점에서 오지. 자, 여기서 자연적이라고 함은 **완전히** 자연적인 것이지, 반쯤 혹은 4분의 1쯤, 8분의 1쯤 자연적인 게 아니겠지. 여기까지 좋아. 그렇다면 이제, 둘 중의 하나는 참이어야 해. 자연스러운 것을 사회적 실천으로 옮기는 것이 가능하거나, 불가능해야 하지. 다른 말로 하자면, 사회가 자연적으로 존재하는 게 가능하거나, 반대로 사회란 건 본질적으로 만들어진 허구라서 무슨 수를 써도 절대 자연스러울 수 없다고. 만약 자연스러운 사회가 가능하다면, 무정부주의 사회나 자유 사회가 가능하고 또 가능해야만 하지, 왜냐하면 그거야말로 가장 완벽하게 자연스러운 사회일 테니까. 만약 사회가 자연스러울 수 없다면, 만약 (이유가 뭐든 상관없이) 그게 허구일 수밖에 없다면, 그 피할 수 없는 허구의 조건하에서 한번 최선을 다해보는 거지. 허구를 가능한 한 자연스럽고 동시에 가능한 한 정의롭게 만들어보는 거야. 그럼 어떤 허구가 가장 자연스러운가? 허구는 허구니까, 그 자체로는 어떻게 해도 자연스러울 수 없지. 이 경우로 말할 것 같으면, 가장 자연스러운 허구는 가장 자연스러워 **보이는**, 가장 자연스럽게 **느껴지는** 허구겠지. 그럼 어떤 허구가 가장 자연스럽게 보이고 느껴지겠어? 바로 우리에게 익숙한 허구들이지. (자넨 이해하겠지? 자연스러운 건 본능적인 것이지. 실제로는 본능적이지 않은데도 불구하고 본능처럼 보이는 게 있는데, 바로 관습이지. 담배는 자연스러운 것도 아니고, 본능적인 필요도 아니야. 하지만 우리가 한번 담배에 익숙해지면, 담배를 피우는 건 우리에게 자연스런 행동이 되지. 결국 마치 본능적인 필요처럼 느껴지게 되는 거지.) 자, 그럼 우리에게 가장 익숙한 사회적 허구는 뭘까? 당연히, 현재의 시스템, 부르주아 시스템이야. 이 논리를 정연히 하자면, 만약 자연스러운 사회가 가능하다고 믿는다면, 우린 무정부주의를 옹호할 것이고, 그게 아니라 가능하지 않다고 믿는다면, 우린 부르주아의 체제를 고수해야 할 거야. 그 사이의 중간 입장은 있을 수 없어. 내 말 이해하겠나…?"

"하고말고. 거기까진 명쾌하네."

"꼭 그렇지만도 않아…. 아직 정리가 필요한 비슷한 류의 다른 반론이 하나 남아 있거든…. 혹자는 무정부주의 시스템에 동의하고 그 실현 가능성까지는 인정하면서도, 어떤 중간 단계나 체제를 거치지 않고 부르주아사회에서 자유로운 사회로 넘어갈 순 없다, 그것이 하루 아침에 이뤄질 순 없을 것이다, 라고 논박할 수 있겠지. 이 반론은, 무정부주의 사회가 선(善)하고 실현 가능한 목표라는 건 인정하지만, 현재의 부르주아사회와 그것 사이에 모종의 과도기적 상태가 있어야만 할 거라고 예상하는 거지.

좋아. 만약 이게 참이라고 하자. 그 중간 상태라는 게 뭐겠나? 우리의 목표는 무정부주의 혹은 자유로운 사회야. 그러니 이 중간 상태라는 건, 자유로운 사회를 위해 인류를 준비시켜야 할, 일종의 준비 단계 말고는 없어. 이 준비는 물리적일 수도 있고, 다분히 심리적인 것일 수 있어. 이는, 인류를 자유로운 사회에 적응시키는 일련의 물리적이고 사회적인 변화들을 동반하거나, 아니면 점진적으로 늘어나는 영향력 있는 선전이나 운동을 통해서 사람들이 자유로운 사회를 갈망하거나, 받아들일 수 있도록 심리적으로 준비시키는 것이라네.

첫 번째 경우부터 보자고. 자유로운 사회에 인류가 점진적으로 물리적 적응을 하는 것. 이건 불가능해. 불가능한 것뿐만이 아니야, 말도 안 되지. 이미 존재하는 뭔가가 있어야 거기에 물리적으로 적응을 할 게 아닌가. 가령, 우리가 23세기의 사회적인 환경에 적응하는 일 따윈 있을 수 없어. 우리가 미래를 예측할 수 있다 하더라도. 우리가 23세기의 사회적 환경에 적응할 수 없는 이유는 그것이 아직 물리적으로 존재하지 않는다는 단순한 이유 때문이지. 그래서 우리는 이렇게 결론 내릴 수 있어. 부르주아사회에서 자유로운 사회로 이행하는 과정에선 오로지 심리적인 적응, 진화 또는 변화 밖에는 있을 수 없다고…. 어찌 됐건 아직까지 한 가지 다른 가설이 있긴 있어, 물리적인 적응의 측면에서…."

"무슨 놈의 가설이 이리도 많은지…!"

"침착하게나 친구, 명석한 사람은 자신의 원칙이 참이라고 결론짓기 전에 있을 수 있는 모든 반론의 가능성들을 고려하고 논박해야 하는 법이니. 게다가, 이건 어디까지나 자네가 제기한 질문에 대한 답이라고…."

"알았네."

"물리적인 적응의 측면에서 본다면, 내가 하던 말은, 아직까지 한 가지 가능성이 남아 있어: 이른바 혁명적 독재 체제지.

내가 설명했듯이, 우리는 아직 물리적으로 존재하지 않는 것에 물리적으로 적응할 수 없어. 그러나 만약에, 갑작스러운 변혁이 사회적인 혁명을 가져온다면, 그렇다면 우리는, 물론 우리의 목표였던 자유로운 사회는 아니지만(인류가 아직 거기엔 준비가 되어 있지 않은 관계로), 자유로운 사회를 건설하기 원하는 이들의 독재 체제는 도입할 수 있겠지. 거기에는 아직 구상 단계이고 시작일 뿐이긴 해도, 인류가 **물리적으로** 적응할 수 있는 자유 사회의 어떤 요소들이 있을 테고. 바로 이게 '프롤레타리아 독재'를 옹호하는 하등 인간들이, 자기들도 논의나 생각을 할 수 있다고 여기면서 주장하는 바라네. 물론 이 주장도 그들 게 아냐, 나의 것이지. 나 스스로에게 반박을 해보겠네. 그리고, 곧 증명해 보여주겠지만…, 그 주장은 거짓이라네.

혁명정부는, 그것이 존재한다는 전제하에, 그것이 품은 이상이나 목표에 상관없이, **물리적으로** 오로지 한 가지 것에 지나지 않아 — 혁명정부라는 것. 그리고 혁명정부는 전시(戰時) 독재 체제 혹은, 좀 더 적실한 표현으로, 전제적 군사정권을 의미하지, 왜냐하면 전시 체제는 한 가지 부분에서만 사회에 강제되는 것이니까 — 혁명의 도구로써 필요한 권력을 쟁취한다는 부분 말야. 결과는 어떻지? 이런 체제에 적응하는 이들은 결국 **물리적**이고 즉각적인 전제적 군사정권에 적응하는 꼴 밖에는 안 되는 거야. 혁명가들을 이끌어온 이상과 그들이 추구했던 목표는, 전시 상황이라는 특수한 사회적 현실 앞에 완전히 사라지게 되지. 그래서 혁명적 독재 체제의 피할 수 없는 결과는 — 독재 체제가 오래 지속될수록 결과는 더욱 확연히 드러나겠고 — 전시 상황에 준하는 독재 사회, 즉, 군사독재 체제인 거야. 다른 게 될 수가 없어. 지금까지도 한결같이 그래왔고. 난 역사는 잘은 모르겠네만, 내가 아는 한에선 예외 없이 여기에 해당됐고, 해당 안 될 수도 없지. 로마에서 정치적인 격동이 어떤 결과를 낳았지? 로마 전제정과 그 군사독재 체제. 프랑스혁명 이후엔? 나폴레옹과 그 군사독재 체제. 러시아혁명의 결과도 곧 보게 될 거야…. 자유로운 사회로의 이행을 수십 년씩 후퇴시키는 것들일 테지…. 하긴, 문맹과 신화에서 못 벗어난 사람들에게서 뭘 기대하겠나…?

결국 옆길로 새버린 것 같네만…. 내 요지는 자네도 이해하겠지?"

"음, 완벽히."

"그렇다면 내가 도달한 결론을 이해하겠군. 목표: 무정부주의 혹은 자유로운 사회. 방법: 부르주아사회에서 자유로운 사회로의 이행, 단, 과도기 단계가 없는 이행. 이 이행은 사람들의 인식을 사전 준비시키고 모든 저항 세력을 분쇄하기 위해 고안된 집중적이고, 총체적이고, 흡인력 있는 선전이나 운동으로 가능하겠지. 물론, '선전'이란 말이 그저 종이에 써 있거나 입으로 떠드는 말만 의미하는 건 아니야. 난 사람들이 자유로운 사회를 준비하거나 그것이 도래하는 데서 나오는 저항을 분쇄하는 모든 직간접적인 행동 전부를 말하는 거라네. 이런 방식으로, 더 이상 극복해야 할 저항이 없을 때, 제압할 반대 세력이 없기 때문에, 혁명적 독재 체제를 도입할 필요 없이 사회혁명은 신속하고도 용이하게 이뤄질 수 있지. 이런 방식으로 일어날 수 없다면 무정부주의는 실현 불가능한 게 맞아. 그리고 무정부주의의 성취가 불가능하다면, 유일하게 수호할 만한 공정한 사회는, 내가 이미 증명한 바와 같이, 부르주아사회뿐이지.

이제 내가 왜 그리고 어떻게 무정부주의자가 되었는지, 왜 그리고 어떻게 덜 대담한 다른 사회 이론들을 거짓된 것, 비자연적인 것들로 여기고 거부했는지 알겠지.

좋아… 이제 내 이야기로 돌아갈 수 있겠군."

그는 성냥을 북 긋고, 천천히 시가에 불을 붙였다. 잠시 골똘히 생각에 잠겨 있다가, 곧이어 계속해서 말을 이어갔다.

"나와 뜻을 같이하는 젊은이들이 상당수 있었어. 개중에 아닌 사람도 있었지만, 대개는 노동자 출신이었지. 공통점이라면, 모두들 가난했다는 것 그리고 적어도 내가 기억하는 한은 우리 중에 바보는 한 명도 없었다는 것. 기꺼이 알고 배우고자 했고, 우리의 생각들을 보급하고 전파할

열의도 있는 사람들이었지. 우리 자신을 위해서도 그렇고, 다른 이들을 위해서도, 궁극적으로 전 인류를 위해, 자연 발생과는 하등의 연관도 없는 열등감, 고통과 각박함을 부과해 사람 살이를 인위적으로 불평등하게 만드는 모든 편견들로부터 자유로운, 그런 새로운 사회를 갈구했지. 나의 경우엔, 내가 읽은 것들이 이런 내 생각들을 입증해줬어. 저렴한 진보적인 사상서들—당시에 나오던 책들만으로도 이미 양이 상당했는데—그 책들은 거의 빠짐없이 입수해서 읽었고, 강연들도 찾아다녔고, 그날그날의 사회운동가 집회에도 참여했어. 내가 읽는 모든 책, 내가 들은 모든 연설이 내 생각을 더욱 설득력 있게 해줬어. 그때 내가 했던 생각은—친구, 되풀이하는 말이지만—내가 지금 하는 생각과 같아. 유일한 차이라면, 그 당시에는 단지 생각을 했던 반면, 지금은 생각함과 동시에 실천도 한다는 거지."

"그래 좋아, 거기까진 아주 좋다고. 자네가 왜, 어떻게 무정부주의자가 됐는지도 알겠고, 보아하니 정말로 누구보다도 그랬던 것 같구만. 그 점에 대해선 더 이상의 증거가 필요 없겠어. 내가 알고 싶은 것은, 자네 같은 생각을 가진 사람이 어떻게 은행가가 됐는지…, 어떻게 그렇게 되고도 아무 모순도 못 느끼는지…. 실은, 내가 추측하는 바로는…"

"아니, 추측할 필요 전혀 없네…. 자네가 무슨 말을 하려는지 아니까…. 내가 방금 한 주장으로 미루어 짐작했을 때, 나는 무정부주의가 성취 불가능한 목표라고 판단해서, 유일하게 수호할 만한 공정한 사회는 부르주아사회밖에 없다고 생각한 걸로—맞나?"

"맞아, 내가 짐작한 것도 얼추 그렇긴 한데…."

"하지만 그렇다면, 우리가 이 대화를 시작했을 때, 어떻게 내가 *지금* 무정부주의자이고, 옛날에도 그랬을 뿐만 아니라 여전히 그렇다고 말했겠나? 자네가 짐작하는 그런 이유만으로 내가 은행가이자 사업가가 되었다면, 난 무정부주의자가 아니라 부르주아일 텐데."

"그래, 그러니까…. 근데 그게 아니라면 대관절 무슨 수로…? 그래 계속해, 자네가 말해봐…."

"내가 말한 대로, 난 명민한 편이었고(늘 그래왔지), 또 늘 행동하는 인간이었어. 이런 건 타고난 기질이지, 요람에서 주어지는 게 아니라. (나에게 요람이란 게 있기라도 했다면 말야.) 나를 여기까지 오게 한 건 바로 나였지. 어쨌든 좋아. 무정부주의자로서, 나는 그저 연설이나 듣고 친구들과 토론이나 하는, 소극적인 무정부주의자로 머무는 건 참을 수 없었어. 안 될 말, 뭐라도 해야 했어! 난 사회적 관습에 억눌리고 희생당하는 이들의 편에서 일하고 싸우고 싶었어! 내가 할 수 있는 모든 건, 여기에 쏟아붓기로 결심했어. 과연 어떻게 하면 내가 자유를 위한 대의에 공헌할 수 있을까 고민하면서 행동 계획을 짜보기 시작했지.

무정부주의자가 원하는 게 뭐겠어? 바로 자유지—

자신과 다른 사람들을 위한, 전 인류를 위한 자유. 사회적 허구의 영향과 억압으로부터의 자유. 그는 자기가 세상에 나왔을 바로 그때처럼 자유롭길 원하고, 모름지기 이를 누릴 정당한 권리가 있지. 그리고 그는 이 자유가 모든 사람들에게 해당되길 원해. 자연 앞에선 모든 사람들이 불평등하게 태어날 수밖에 없지: 키가 큰 사람, 작은 사람, 힘이 센 사람, 약한 사람, 남들보다 똑똑한 사람, 덜한 사람…. 하지만 그 이후부터는 우리 모두 평등할 수 있어. 단지 사회적 허구가 그걸 방해할 뿐이야. 이 사회적 허구들이야말로 반드시 파괴되어야 할 것들이었지.

그것들은 파괴되어야 했지만… 절대 놓치면 안 되는 한 가지 조건이 있었어: 그것들은 자유의 획득을 위해서 파괴할 필요가 있고, 고로 최종 목표인 자유로운 사회의 건설을 늘 염두에 두지 않으면 안 돼. 왜냐하면 사회적 허구를 파괴하는 일은, 자유를 가져오거나 자유로움으로 가는 길을 준비하는 것만큼이나, 다른 종류의 사회적 허구를 정착시켜버릴 소지도 있거든—결국 다를 게 없는 허구이기 때문에 유해한 허구들을 말야. 이 부분을 각별히 조심해야 해. 그게 폭력적이건 비폭력적이건(사회 부조리에 대항하는 모든 건 정당하니까) 간에, 사회적 허구를 파괴하는 동시에 미래의 자유를 가로막지 않는, 어떤 행동 계획을 구상해야지. 가능하기만 하다면, 당장에 조금이나마 미래의 자유까지 만들어낼 수 있는 것으로.

물론, 가로막지 않도록 조심해야 하는 이 자유는, 미

래의 자유인 동시에 현재 사회적 허구에 억눌린 인간들의 자유이지. 그리고 당연히, 사회적 허구를 대변하는, 그것의 수혜자들인 권력자와 특권층의 '자유'를 가로막는 것까지 걱정할 필요는 없지. 그건 진정한 자유가 아니거든. 압제의 자유일 뿐이고, 오히려 자유의 적이지. 이거야말로 우리가 거꾸로 반드시 가로막고 투쟁할 생각을 해야 하는 대상이지. 이 부분은 충분히 명쾌한 것 같고…."

"아주 명쾌해. 계속하게나…."

"누구를 위해 무정부주의자가 자유를 원한다고? 전 인류를 위해. 전 인류를 위한 자유를 성취할 수 있는 방법은? 모든 사회적 허구를 완벽히 파괴함으로써. 어떻게 사회적 허구을 파괴한다? 이미 자네의 질문에 대해 답하다가 다른 진보적인 사회 이론 얘기를 하면서 설명을 했네만, 내가 어쩌다가 무정부주의자가 됐는지 설명할 때 말야…. 내가 내린 결론을 기억하나…?"

"기억하지…."

"…사회가 단번에 부르주아 체제에서 자유로운 사회로 이행하도록 만드는 신속하고, 급격하고, 압도적인 사회혁명…. 모든 정신들이 자유로운 사회를 받아들이는 것을 목적으로 하는 동시에 부르주아의 모든 저항을 혼수상태가 될 때까지 약화시켜줄 집중적이고 지속적인, 직간접적인 행동으로 준비되는 사회혁명. 무정부주의 안에서 이 피할 수 없는 결론에 이르는 이유들을 자네에게 반복할 필요는 없겠지. 이미 설명은 했고, 자네도 미리부터 이해했고."

"그래."

"이상적으로 이 혁명은 전 세계적으로, 여러 거점 또는 적어도 세계의 핵심 지역에서 동시다발적으로 일어나야 하지. 만약 이게 불가능하다면, 한 곳에서 다른 곳으로 빠르게 전파되어야 하지. 좌우간, 모든 곳 즉 모든 국가에서, 완벽하고 전격적으로 일어나야 해.

좋아. 이 목적을 이뤄내기 위해 나는 무엇을 할 수 있을까? 나의 경우만 볼 것 같으면, 전 세계적으로 이런 완벽한 사회적 혁명을 수행하는 건 고사하고, 내가 살고 있는 나라에서도 불가능했지. 내가 할 수 있는 거라곤 내 힘 닿는 최대한으로 노력해서, 혁명을 준비하는 것이었지. 어떻게 해야 하는지는 이미 앞서서 설명했어: 접근 가능한 모든 방법을 동원해 사회적 허구에 맞서 투쟁하는 거지. 단, 이 투쟁이나 운동은 절대 자유로운 사회나, 미래의 자유, 이미 억압을 받고 있는 자들의 자유를 가로막지 않아야 하지. 그리고 가능하다면, 미래의 자유도 지금 당장 조금씩이라도 만들어나가는 것."

그는 연기를 내뿜은 후, 가볍게 호흡을 가다듬고는 다시 시작했다.

"친구, 난 이 지점에서 내 명민함을 작동시켰어. 생각했지, 그래, 미래를 위해 일하는 것, 좋아. 다른 사람들의 자유를 위해 일하는 것, 역시 좋아. 그런데 나는? 나는 아무도 아닌가? 만약 내가 기독교인이라면, 다른 사람들의 미래를 위해 기쁘게 일하겠지, 천국에 가서 보상을 받을 테니까. 하지만 만약 내가 기독교인이라면, 애초에 무정부주의자가 되지 않았겠지, 왜냐하면 우리의 짧은 현세에서의 사회적 불평등은 중요한 게 아닐 테니까: 그건 단지 우릴 시험에 들게 하는 조건들일 뿐, 영생을 통해 보상받을 테니까. 하지만 난 기독교인이 아니었고, 지금도 아니기에 이렇게 자문해야 했지: 그럼 난 누구를 위해 이 모든 걸 희생하는 것인가? 더욱이 왜 나는 스스로를 희생하려는 것인가?

신념이 흔들리는 순간들이 왔었어. 자네가 봐도 충분히 그럴 만하지 않나… 난 유물론자야, 자문했지. 이게 내가 가진 유일한 삶이야. 뭣하러 사회 불평등이니 운동이니 기타 등등 따위 때문에 골치 아파하는 거지? 이런 고민을 하지 않으면, 내 삶을 훨씬 더 즐기면서 재밌게 살 수 있을 텐데? 왜 이 삶 하나밖에 못 가진 인간이, 영생도 안 믿으면서, 오로지 자연의 법칙만 받아들이면서, 국가조차 자연적이지 않기 때문에 반대하면서, 결혼도, 돈도, 온갖 사회적 허구도 그게 자연적이지 않기 때문에 반대하면서, 이런 사람이 대체 어쩌자고 이타주의, 타인과 인류를 위한 희생을 옹호하는 거냐고? 이타주의와 희생 역시 비자연적인 것들이라면? 그렇잖아, 인간이 결혼을 하기 위해, 혹은 포르투갈인이 되기 위해, 혹은 부자나 가난뱅이가 되기 위해 태어난 게 아니라는 논리는, 마찬가지로 그가 누굴 도와주기 위해 태어난 게 아니라는 것도 보여줄

뿐만 아니라, 사람은 오로지 자기 자신이 되기 위해 태어난다는 것, 이는 이타주의나 연대주의와는 반대로, 오로지 개인주의일 뿐이란 것도 보여주지 않나.

난 스스로 이 문제와 격론을 벌였어. 너 잘 들어, 내가 나에게 말했어, 우리는 태어나면서부터 인간이라는 종에 속하고, 그건 모든 인간과의 연대 의무를 지닌다는 걸 의미한다고. 하지만, 이 '의무'라는 관념은 자연적인 걸까? 이 관념은 어디서 오는 거지? 그것이 내 안녕과 편의, 내 보존 본능과 모든 자연적인 본능들을 희생하기를 강요한다면, 그건 사회적 허구의 작용과 뭐가 다르단 말인가, 결국은 똑같은 영향을 끼치는데?

이런 의무의 관념, 타인들과의 연대 관념은, 그게 어떤 방식으로든 **개인에게도 보상을 가져다줄 때에만** 자연적인 것으로 볼 수 있어. 왜냐하면 원칙적으로 그것이 우리의 자연스런 개인주의와 모순되는 듯해도, 결과적으로 이 개인주의에 어떤 보상이 돌아간다고 한다면 모순되지 않는 거니까. 우리의 만족을 단순히 희생해 버린다면, 그건 비자연적이지만, 우리의 만족을 다른 만족을 위해 희생하는 건, 자연법칙의 일부겠지: 그건 우리가 두 가지 모두를 가질 수 없을 때, 하나를 선택해야 하는 것처럼 당연한 거고, 그건 좋다 이거야. 그렇다면, 내가 자유로운 사회와 인류 미래의 행복을 위해 헌신하면서 받을 수 있는 개인적인 또는 자연적인 보상은 뭘까? 내가 본연의 의무를 다했고, 좋은 목표를 위해 노력했다는 자각뿐이지. 하지만,

이것들은 전부 그 자체로서 하나의 만족인 게 아니라(그런 게 있다면) 허구에서 탄생한 것이지, 엄청난 부자가 되거나 좋은 사회적 환경에서 태어나서 얻어지는 만족처럼.

친구, 고백건대 정말로 진지하게 회의가 들던 순간들이 있었다네…. 내 신념에 충실하지 못하다고 느끼기도 했어, 배신자라도 된 듯한…. 하지만 다 금방 극복할 수 있었어. 정의의 관념은, 바로 내 안에 있다, 난 그렇게 생각했어. 그걸 자연스럽게 느낄 수 있었어. 내 개인의 운명만 걱정하는 차원을 넘어서는 의무감이 있음을 느꼈지. 그래서 내 목적을 갖고 전진하기로 했지."

"내가 보기에 자네의 결심이 그다지 대단한 명석함을 보여주진 않는 것 같군…. 문제를 해결하지 못했잖은가…. 자넨 순전히 감상적인 충동으로 전진을 택한 거니까."

"틀린 말이 아니야. 하지만 내가 지금 자네에게 얘기하는 건 내가 어떻게 무정부주의자가 되었고, 어떻게 지금도 여전히 그러한가에 관한 게 아닌가. 그 얘길 하기 위해, 난 내가 느낀 어려움과 주저함들을 숨김없이 펼쳐놓고, 그것들을 어떻게 극복했는지를 얘기하고 있는 거야. 그 부분에 대해선 자네 말에 동의하네, 난 논리적인 문제를 이성보다는 감상으로 극복한 거야. 하지만 그때까지 논리적으로 답이 없던 이 문제가, 내가 무정부주의의 강령을 완벽히 이해하게 된 순간 어떻게 깔끔하고 완벽하게 정리되었는지 곧 보게 될 거야."

"신기하군…."

"그렇고말고… 그럼 내 이야길 계속해도 되겠지. 당시 이런 어려움에 겪었고, 자네에게 설명한 것처럼, 완벽하게는 아니었지만, 해결할 수 있었어. 그러자, 사고 과정에서 또다시 상당히 골치 아픈 문제를 맞닥뜨리게 되었다네.

자신이 있었어 — 한번 해보자 — 난 개인적인 보상, 다른 말로 한다면 그 어떤 진정한 자연적인 보상이 없어도 내 한 몸 희생할 각오가 되어 있었거든. 하지만, 만약 미래 사회가 아무것도 내 희망대로 되지 않으면? 영원히 자유로운 사회가 현실화되지 않으면? 이럴 경우에 난 대체 뭘 위해서 미쳤다고 날 희생한단 말인가? 아무런 개인적인 보상이 주어지지 않아도, 내 노력으로 나 자신은 얻는 게 전혀 없어도 어떤 이상을 위해 희생한다, 좋아, 그렇다고 치자. 그런데, 내가 헌신하는 일이 어느 날 이뤄질 수 있다는 일말의 보장도 없이, 내 노력을 바쳐봤자 그 이상이 실현될 수 없는데도 날 희생한다 — 이건 좀 심각하잖아…. 이 문제 역시 앞선 문제와 똑같이 감상적으로 극복했다고 말할 수 있겠네. 하지만 동시에 이것들도 무정부주의를 완벽하게 이해한 순간 논리적이고 자동적으로 풀렸다는 것도 미리 말해두지…. 곧 보게 될 거야…. 그 시기의 나는, 공허한 두 문장에 매달려 곤경에서 빠져나오려 했어. '난 미래를 위한 내 의무를 다해왔다. 미래도 나에 대한 의무를 다하기를'… 암튼 그런 비슷한 말을….

난 이 결론 아니 차라리 이런 결론들을, 나의 동지들에게 설명했고, 모두들 내게 동의했어. 그들 모두는 우리가 전진해야 하고, 자유로운 사회를 위해 할 수 있는 모든 걸 해야 한다는 데 동의했어. 실제로는, 개중 더 똑똑하다는 몇몇은 내 설명에 좀 놀란 것 같았지만, 그건 동의하지 않아서가 아니라, 문제를 이만큼 명확하게 인지하거나 이 문제들이 얼마나 복잡한가를 깨닫지 못했기 때문이지…. 하지만 결국에는 모두가 동의했어…. 위대한 사회혁명을 위해, 자유로운 사회를 위해, 미래를 우리가 옳다는 걸 증명하든 안 하든 간에, 우리 모두 매진하리라! 우리는 뜻이 맞는 사람들끼리 조직을 갖추고 대규모 운동을 시작했어 — 물론, 대규모라는 게 우리가 가진 한계 안에서 최대한으로 노력한 거지만. 많은 시간 동안, 온갖 어려움과 혼란, 그리고 때로는 박해들이 있었음에도 불구하고, 우린 무정부주의적 이상을 위해 일했지."

여기까지 하고, 은행가는 조금 더 오래 뜸을 들였다. 다시 꺼져버린 시가에 불을 붙이지도 않고. 그러다 갑자기 엷은 미소를 짓더니, 마치 이제 중요한 부분에 도달했다는 듯 나를 뚫어져라 쳐다보면서, 한층 더 분명한 목소리와 강조하는 어조로 말을 이었다.

"그때쯤, 새로운 일이 생겼어. '그때쯤'이란 건, 우리가 몇 달 동안 운동을 전개하는 과정에서, 내가 새로운 문제를 발견했어, 다른 모든 것들보다 더 심각한 문제를, 더 심각한 의미를 지닌….

자넨 기억하겠지, 안 그런가? 내가 철저히 논리적으

로, 무정부주의자들의 행동 노선으로 바람직하다고 입증한 것을…? 그 노선은, 또는 노선들은 현재 사회적 허구들에 억압된 자들의 제한된 자유를 조금도 방해하지 않으면서, 사회적 허구들을 파괴하는 데 도움이 되는 모든 것, 그 과정에서 가능하다면 당장의 자유를 부분적으로라도 성취하는 것….

그래, 난 이 원칙들을 한번 확고히 한 이후론, 단 한 번도 소홀히 한 적이 없다네…. 그 후 내가 말한 기간 동안 운동하는 과정에서, 한 가지 발견을 했던 거야. 우리 무정부주의 조직 — 그리 크지도 않은, 아마 기억이 틀리지 않는다면 한 40명쯤 됐을 거네 — 안에서 그런 일이 일어나더라는 것. 바로 독재가 생겨나기 시작한 거야."

"독재라니…? 어떻게 말인가?"

"이런 식이었어… 누구는 명령을 내리고, 나머지가 그들이 원하는 방향으로 따라오도록 만들고 있었고, 누구는 나머지 사람들이 그들이 원하는 사람이 되도록 강요하고 있었어. 어떤 이들은 교묘한 방법이나 기술로 자신들이 원하는 쪽으로 남들을 끌어당기기도 했고. 꼭 굉장히 심각한 일들에서 그랬다는 건 아니야. 그 자체로만 본다면 그렇게 심각한 일이 벌어지진 않았어. 하지만 실제로 이런 일들이 매일같이 일어났던 거야, 운동과 관련된 일들에서뿐만 아니라, 일상의 온갖 작은 일들에서까지도. 의식도 못 할 사이에, 어느새 누구는 지도자가, 누구는 추종자가 되어 있었지. 어떤 이들은 군림하면서, 어떤 이들은 술수로 리더가 되었지. 이건 아주 사소한 것에서도 관찰할 수 있었어. 예를 들어, 두 남자가 함께 바깥에서 길을 걷고 있다고 치자. 길이 끝나는 곳에서, 한 사람은 오른쪽으로, 다른 사람은 왼쪽으로 가려고 해. 각자가 다른 길로 갈 납득할 만한 이유가 있지. 하지만 왼쪽으로 가야 했던 사람이 다른 이에게 말하지, '나랑 같이 이쪽으로 가게나'. 다른 이는 사실대로 대답하지, '그럴 수 없네, 난 저쪽으로 가야 하거든'. 이런저런 이유로 말야…. 하지만 종국에는, 그는 그의 의지와 이익에 반해서 왼쪽으로 가는 사람을 따라가야 하지…. 처음엔 잘 구슬려서, 다음엔 단순히 고집을 부려서, 세 번째는 또 다른 식으로…. 하지만 한 번도 논리적인 이유 때문인 적은 없었어. 이런 강요와 순종에는 늘 뭔가 자발적인 면이 있었어, 마치 그게 본능적이라는 듯한…. 그리고 이 간단한 사례에서처럼, 지극히 사소한 일에서 가장 중요한 일까지…. 내 요지를 알겠나?"

"알겠네만, 대관절 뭐가 이상하다는 건가? 죄다 너무나 자연스러운 일 아닌가?"

"그럴지도. 그 얘기도 하겠네. 자네가 봤으면 하는 건, 이것들이 **무정부주의적 원칙과 완전히 상충한다는** 점이야. 이게 별 영향력도 없고 중요하지도 않은, 커다란 문제의 해결을 떠맡았거나 중대한 사안에 대한 결정을 책임진 것도 아닌, 작은 조직에서 일어났다는 것에 주목해달란 말이네. 그리고 이게 다름 아닌 무정부주의의 목표를 이루기 위해 특별히 모인 이들의 집단이라는 점도—즉,

사회 허구에 대항해 투쟁하고, 미래의 자유를 건설하기 위해 가능한 모든 걸 하기로 한 사람들이라는 걸. 이 두 가지 점을 잘 주목했나?"

"했네."

"그럼 이제 이게 뭘 의미하는가를 잘 생각해봐…. 진정성 있는 사람들로 구성된 작은 조직(우리가 진정성이 있었다는 건 내가 보장할 수 있지!), 자유를 위해 일하기로 공표한 그 조직이, 수개월 동안 일하면서 성취한 딱 하나의 긍정적이고 구체적인 것은 — **그 과정에서 독재를 만들어낸 것**. 게다가 그게 어떤 종류의 독재인지를 생각해봐…. 비록 안타까운 일이지만, 그것이 사회적 허구에서 비롯된 것이라, 그래도 어떤 부분까지는 용서가 되는 그런 독재도 아니었어. 우린 허구와 맞서 싸우는 사람들이니 일반인보다는 엄격해야겠지. 하지만 결국 우리도 그 허구 위에 건설된 사회 한가운데 살고 있으니 그 영향에서 완전히 벗어나지 못한 게 전부 우리 탓은 아니었겠지. 하지만, 그런 게 아니었어. 남들에게 명령을 내리고, 자기 원하는 대로 남들이 따르도록 한 이들은, 그들이 가로챈 부나 사회적 지위, 가짜 권위 따위로 그렇게 한 게 아니었어. 그들의 행동은 사회적 허구와는 별개였어. 무슨 얘기냐면, 그들의 독재는 사회적 허구에 견주었을 때, **새로운 종류의 독재였어**. 특히나 이 독재는 이미 사회적 허구에 의해 억압된 사람들에게 가해진 거야. 심지어는 독재를 타도하고 자유를 건설하겠다는 바로 그 진정 어린 목표를 지닌 이들 사이에 가해진 거고.

이 상황을 훨씬 더 크고 영향력 있는 조직, 중요 이슈를 다루고 결정적인 판단을 요하는 조직에 대입해 생각해보게나. 이 조직이 우리처럼 자유로운 사회의 건설에 모든 노력을 경주한다고 상정해보자고. 한번 말해보겠나, 자네 눈엔 이런 잡종 같은 독재들을 통해, 자유로운 사회나 인류의 가치에 준하는 미래가 희미하게라도 보이는지…."

"음, 상당히 흥미로운 지적이군…."

"흥미롭지, 안 그런가…? 그리고 이게 다가 아니라네… 가령, 도움의 독재…."

"뭐라고?"

"도움을 통한 압제. 우리 중 어떤 이들은, 남들에게 명령을 내리거나 강요하는 대신, 정반대로 가능한 모든 부분에서 남들을 도우려는 이들도 있었어. 정반대의 경우처럼 보이지, 안 그런가? 하지만 잘 보게나, 똑같은 거라네. 마찬가지로 새로운 독재일 뿐이야. 역시 무정부주의 원칙들과도 어긋나고."

"나 원 참! 대체 어떤 면에서?"

"친구, 누군가를 돕는다는 건, 상대를 무력한 존재로 여기는 거라네. 만약 그가 정말로 무력한 게 아니라면, 우리는 그를 그렇게 만들고 있거나, 그렇게 간주하고 있는 거야. 전자를 독재라고 하고, 후자를 멸시라고 하지. 전자의 경우, 우린 그의 자유를 제한하지. 후자의 경우는, 적어도 무의식적으로, 그를 멸시할 만하고 무가치한 혹은 자유로울 능력도 없는 존재로 차별 대우하는 셈이지.

하던 얘기로 돌아가자고…. 자네는 이게 얼마나 심각한지 이해가 될 걸세. 아무런 보상도 기대하지 않고 미래의 사회를 위해 일하는 거, 그게 현실화될 확신도 없이 일하는 거, 다 좋다 이거야. 하지만 자유로운 미래를 위해서 일한다고 해놓고, 독재를 낳는 것 말곤 다른 어떤 긍정적 성과도 없이, 게다가 그냥 독재도 아니고 우리처럼 이미 억압받는 이들끼리, 서로가 서로에게 가하는, 그런 새로운 독재 형태를 낳고 있다면, 해도 너무한 거 아닌가? 이건 도저히 있을 수 없는 일이지 않은가….

난 생각하기 시작했어. 뭔가 잘못된 거야, 뭔가 어그러진 거야. 우리의 의도도 좋았어, 우리의 원칙들도 틀림없었어, 그렇다면 방법론에 문제가 있었던 것인가? 당연히 그것밖엔 없지 않겠어? 하지만 대체 어느 부분이 잘못됐단 말인가? 어찌나 골똘히 생각을 했던지 정신이 돌아버릴 지경이었다네. 그리고 어느 날 갑자기, 이런 일이 항상 그렇듯, 해결책을 찾아냈어. 그날이 바로 내가, 말하자면, 무정부주의의 기예를 발견한, 내 무정부주의 이론사에 기록될 만한 날이었지."

그는 몇 초간 나를 쳐다보지 않으면서 쳐다보았다. 그러고는 똑같은 어조로 계속 말했다.

"그런 생각을 했어… 여기, 사회적 허구에서 유래하는 게 아닌 새로운 독재가 있다. 그럼 이건 어디서 오는 것인가? 자연적인 조건들에서 비롯되는 것인가? 그렇다면, 자유로운 사회여, 영원히 안녕! 만약 인간의 자연적인 조건들(우리의 통제 바깥에 있는, 오로지 자연으로부터 주어지는 타고난 특질들)만으로 돌아가는 사회, 이런 사회가 독재의 퇴적물이라면, 대체 누가 그 독재의 도래를 위해 손가락 하나라도 까딱하고 싶겠어? 이 독재와 저 독재 사이에서라면, 적어도 우리에게 익숙하고 또 그렇기에 새로운 독재만큼은 치명적으로 느껴지지 않는, 이미 있는 걸 유지하는 게 낫지 않나? 특히 자연으로부터 직접 주어진 독재의 끔찍한 특징들이 가령, 키가 크게 태어나고 싶은데 작게 태어난 것 또는 죽음에 맞서 혁명을 일으킬 수 없듯, 아예 대항해볼 수 없는 거라면. 이미 자네에게 앞서 증명했지, 어떤 이유로든 무정부주의 사회의 실현이 불가능할 경우, 그다음으로 존재할 만한 사회는 그나마 가장 자연스러운 사회, 부르주아사회라고.

하지만 우리들 사이에서 생겨난 이 독재가, 정말로 자연적인 조건들에서 비롯된 것일까? 그럼 과연 이 자연적인 조건이란 게 뭘까? 각자가 타고나는 지능, 상상력, 의지 등등의 정도 차이겠지. 정신적인 영역 안에서 하는 말이지, 이 경우에 신체적인 자연조건들은 논외니까. 자, 그럼 한 인간이 사회적 허구가 이유가 아닌, 자연적으로 타고난 한두 가지 우월한 조건으로 남에게 명령을 내린다. 그의 지배는 자연조건들을 사용한 것이다. 바로 여기서 한 가지 짚고 넘어가야 해. 이때 사용하는 자연적 조건들은 정당한가, 즉, 과연 이것은 **자연적인가?**

자연적인 조건들의 자연적인 사용이란 게 뭘까? 우리들 개성의 자연적인 목표들에 충실한 것이겠지. 그럼 남을 지배하는 것도 우리 개성의 자연적인 목표인가? 그럴 수도 있어. 그게 가능한 경우가 하나 있긴 해. 누군가가 우리의 적이라고 간주될 때에는 가능해. 무정부주의자에게 있어서 누가 적인지는 분명하지, 사회적 허구과 그것의 독재를 대변하는 모든 것이지. 하지만 그 외에는 없어, 나머지는 모두 같은 사람이고 자연히 동지가 되는 거니까. 자네도 잘 볼 수 있듯이, 우리 사이에서 생겨나버린 독재는 이런 게 아니었어. 우리가 만든 독재는 우리처럼 자연적인 동지인, 게다가 같은 이상을 공유하는 집단이기 때문에 실은 두 배는 더 동지라고 할 수 있는 사람들에게 가해지고 있었어. 결론: 우리의 독재는, 만일 사회적 허구에서 비롯된 게 아니라면 자연적 조건에서 비롯된 것도 아니었던 거야. 이건 자연적 조건들의 잘못된 적용과 왜곡에서 비롯된 것이었어. 그럼 이 왜곡은, 그 뿌리가 어디서 오느냐?

둘 중 하나에서 기인해야 했어. 인간이 본래부터 악한 존재라서 자연적 조건들이 **자연적으로 왜곡되었거나**, 또는, 인류가 독재를 낳는 사회적 허구의 환경에 오랫동안 길들여지면서 왜곡이 발생했고, 그래서 가장 자연적인 조건들의 자연적인 사용이 본능적으로 독재화되는 경향이 생겼다. 이 두 가지 가설 중 뭐가 참일까? 이걸 엄격한 논리나 과학적인 방법으로 만족스럽게 밝혀내는 건 불가능해. 논리적 이성을 적용할 수도 없어, 왜냐하면 역사적이거나 과학적인 문제라서, 우리가 사실을 알고 있느냐에 달려 있거든. 과학 쪽을 보자면, 그것도 우리한테 도움이 안 돼. 우리가 역사를 얼마나 오래 거슬러 올라가든지 간에, 우린 늘 사회적 독재 체제 아래 있는 인간을 발견할 수 있을 테고, 그러니 완벽하고 순수하게 자연적인 환경에서 인간이 어떠한가를 알아내는 건 불가능하기 때문이야. 우리의 가정이 맞는지를 증명할 방법이 없기 때문에, 우린 가능성이 더 높은 쪽으로 기울 수밖에 없어. 그리고 더 가능성이 높은 쪽은, 후자이지. 자연적 조건들이 자연적으로 왜곡됐다는 건 어떤 면에서 모순이 있으니까. 그보다 더 자연스러운 가정은, 인류가 독재를 낳아온 사회적 허구들에 오래 길들여지면서 자연적인 조건들이 왜곡되기 시작했기 때문에, 태어나면서부터 우리가 바라지 않아도 저절로 독재를 하는 경향을 갖게 되었다는 것. 그러니 생각하는 사람이라면 결론이 나는 거지, 내가 결론 지은 것처럼, 거의 완벽에 가까운 확신으로, 두 번째 가정 쪽으로.

한 가지는 확실해… 지금 현재의 사회적 조건들하에서는, 자유를 위해 제아무리 좋은 뜻을 갖고 헌신하고 사회적 허구에 대항해 투쟁하든 간에, 그 어떤 인간 집단도, 그 과정에서 그들 사이에서 저절로 독재를 양산하지 않거나, 새로운 독재를 발생시켜 기존의 사회적 허구에 추가하지 않거나, 이론적으로 원했던 모든 걸 실천적인 면에서 망치지 않거나, 스스로 추구하고자 하는 목표와 본의 아니게 어긋나지 않기란 — 사실상 불가능하다는 것. 그럼 우린 뭘 해야 하지? 대단히 간단해… 우리는 같은 목표를 향해 일한다, 단지 따로따로."

"따로따로?!"

"맞아. 자네, 논지를 잘 파악하고 있지 않았나?"

"듣고 있네."

"그럼 이게 자네에게 논리적이고, 피할 수 없는 결론으로 다가오지 않는가?"

"그래, 그런 것 같네만…. 내가 모르겠는 건, 이게 대체…."

"내가 설명을 하겠네…. 내가 말했지, 우린 모두 같은 목표를 위해 일하지만, 개별적으로 한다고. 우리가 동일한 무정부주의적 이상을 위해 일하고, 각자의 노력이 사회적 허구를 파괴하는 데 공헌한다면, 그게 어디로 귀결되겠어, 미래의 자유로운 사회 건설에 공헌하겠지. 그리고 각자 개별적으로 일하면서, 우리는 그 어떤 방식으로도, 새로운 독재를 양산하지 않게 되는 거야, 왜냐하면 아무도 다른 사람 위에 군림하지 않을 테니, 결과적으로 지배를 할 수도, 자유를 제한할 수도, 누군가를 도와준답시고 그의 자유를 없앨 수도 없게 되지.

이렇게 공통의 무정부주의적 이상을 위해 각자 개별적으로 일하면서, 우리는 두 가지 장점을 갖게 되는 거야 — 첫째, 공동으로 기하는 노력이 있겠고, 다른 하나는 새로운 독재를 양산하지 않는다는 점. 우린 여전히 연대하고 있는 거야, 왜냐하면 도덕적으로 하나가 되어 있고, 공동의 목표를 공유하면서 일하는 거니까. 그리고 여전히 무정부주의자이지, 왜냐하면 각각 자유로운 사회를 위해 일하는 거니까. 그러나 이제 우린, 그게 의도든 아니든 간에, 우리 스스로의 원칙에 대한 배신자가 되는 걸 그치는 거지. 배신하게 될 가능성도 없지, 왜냐하면 무정부주의를 위해 개별적으로 일함으로써, 사회적 허구가 자연 본성들에 끼친 유전적 반작용의 해로운 영향권 바깥에 있게 될 테니까.

이 전략은 물론, 내가 사회혁명을 위한 *준비 과정*이라고 부른 그 단계에 해당되지. 부르주아의 저항이 분쇄되고, 사회 전체가 무정부주의적 원칙을 받아들일 상태가 되었을 때, 즉 오로지 사회혁명만 남았을 때, 그 마지막 한 방을 날려야 할 때는, 그때는 우리도 계속 개별적으로 움직일 순 없지. 하지만, 그 시점이라면 자유로운 사회는 사실상 이미 도래한 것이나 마찬가지야. 이미 모든 게 확연히 달라져 있겠지. 내가 말하는 이 전략은, 지금과 같은 부르주아사회 내에서, 내가 속하던 집단같이 무정부주의 행동을 취하려 하는 경우에 국한해서 말하는 거야.

이게 바로 — 마침내! — 그 진짜 무정부주의 노선이었던 거야. 우린 함께해서는 실제로 의미 있는 아무것도 이루지 못했지, 게다가 서로에게 독재를 가하며, 남들의 자유와 우리의 이론을 저해하고 있었지. 개별적으로 하면, 비록 많은 걸 이뤄내지 못할진 모르지만, 적어도 자유를 가로막거나 새로운 독재를 양산하진 않게 되지: 우리가 성취하는 그것은, 그게 많은 게 아니더라도, 진정으로 성취한 게 되는 거지, 부수적인 피해나 손해 없이 성취한 거니까. 뿐만 아니라, 개별적으로 일하면서 우리는 서로에게 의존하지 않고, 자기 스스로를 믿는 방법을 배워가면서, 이미 좀 더 자유로운 존재가 되어갈 거고, 이렇게 미래를 위해 각자 준비해 나가면서, 개인적인 의미는 물론 남들의 본보기도 되는 거지.

이 발견은 나를 열광하게 만들었네. 난 곧 내 생각을 동지들과 공유했지… 내 인생에서 흔하지 않은, 정말로 어리석은 순간이었지. 상상해봐, 난 내 발견으로 얼마나 들떠 있었는지, 그들이 내 생각에 동의할 줄 알았지…!"

"당연히, 아니었겠지…."

"친구, 일제히 불평을 하고 트집을 잡았다네, 한 명도 빠짐없이! 개중 더 목청을 높인 사람도 있었고 덜한 사람도 있었지만, 어쨌든 모두가 반대했어… 틀렸어…! 말도 안 돼…! 하지만 그 누구도, 그럼 뭐가 맞는 건지, 뭐가 말이 되는지 말하지 않았지. 난 열변을 토해봤지만, 내 주장에 대한 답변으로 돌아온 것들이라곤, 뻔한 말이 아니면 쓰레기 같은, 의회에서 장관들이 할 말 없을 때 하는 그런 말들뿐이었어…. 그제서야 비로소 난, 내가 얼마나 하등 인간 같은 겁쟁이들과 엮여 있었던가를 깨달았지! 그들이 본색을 드러낸 거야. 모두 노예가 되려고 태어난 족속들이었던 거지. 그들은 남에게 빌붙어서 무정부주의자가 되려던 거였어. 그들이 원하는 자유는, 다른 사람들이 다 만들어다주는, 왕이 하사하는 칭호처럼 주어지는, 그런 자유였지! 거기 있던 대부분이 그런, 대단한 하인들이었던 거야!"

"자네, 기분이 많이 상했겠군?"

"기분이 상했냐고? 분노했지! 발을 굴렀지. 고함도 치고 악도 써봤어. 심지어 두세 명과는 거의 주먹다짐까지 벌일 뻔했지. 내가 나와버린 걸로 일단락이 되었어. 그러곤 두문불출했어. 나약하고 멍청한 무리들이 얼마나 역겹던지, 자넨 상상도 못 할 걸세! 하마터면 무정부주의마저 버릴 뻔했을 정도였다니까. 이 모든 걸 그냥 몽땅 집어치우자고 결심할 뻔했어. 하지만 며칠이 지난 후, 다시 평소의 나로 돌아왔어. 무정부주의의 이상은 그깟 불화 따윈 초월한 곳에 있다는 걸 상기했어. 너네들은 무정부주의자가 되길 원치 않는다고? 난 될 거야. 너네들은 장난으로 자유주의자인 척하려던 거였군? 난 장난이나 치고 있을 생각 없어. 서로에게 의지하지 않으면 투쟁할 힘도 없는데, 맞서 투쟁한다던 독재의 새로운 환영이나 만들어내? 그래, 멍청이들, 아무짝에도 쓸모가 없으면 그러라지. 하지만 내가 겨우 그 정도 갖고 부르주아가 될 리 없지.

진정한 무정부주의 본령은, 모든 이가 각자 스스로의 힘으로 자유를 이룩하고 사회적 허구에 맞서 투쟁하는 것이라는 점, 그건 진작부터 분명했어. 그러니 바로 그 투쟁을 위해 나부터 힘을 모아야 했어. 아무도 나를 따라 진정한 무정부주의 노선을 추구할 생각이 없다? 그럼 내가 가겠어. 혼자서라도, 나의 신념과 내가 가진 것들을 가지고, 한때 동지였던 이들의 정신적인 지지 없이도, 사회적 허구 전체에 맞서서 홀로. 난 이게 아름답거나 영웅적인 행동이었다고 말하려는 게 아니야. 그저 지극히 자연스런 행동이었어. 만일 이 길이 각자 개별적으로 가야 하는 길이라면, 누군가가 꼭 나를 따라야 할 필요도 없잖아. 내 이상만으로도 충분하지. 바로 이런 원칙과 상황하에서, 나 홀로 사회적 허구들과 투쟁하기로 결심한 거지."

청산유수처럼 열렬히 흘러가던 그의 연설은 여기서 잠시 중단됐다. 조금 후 재개했을 때는, 좀 더 차분한 목소리였다.

"난 이렇게 생각했어, 이건 일종의 전쟁 상태다, 나와 사회적 허구들 간의. 좋다. 내가 그것들에 대항해서 뭘 할 수 있지? 절대 어떤 방식으로든, 또 다른 독재를 양산하지 않기 위해 혼자 일하기로 하긴 했다. 그럼 나 혼자 어떻게 사회혁명으로의 길을 내고 자유 사회를 위해 인류를 준비시킬 수 있을까? 당연한 얘기지만, 내가 두 개 모두를 해낼 수 없다면, 둘 중 한 가지 노선을 택해야 했지. 두 가지 노선이라고 함은, 선전 선동을 하는 것에 해당하는 간접적 행동, 또는 다른 모든 종류의 직접적 행동.

먼저 나는 간접적인 행동인, 선전 선동을 고려했어. 나 혼자서 어떤 선전을 할 수 있을까? 우리가 닥치는 모든 기회들을 이용해 이 사람 저 사람 만나가며 대화를 나누는 종류의 무작위적인 선전과 별개로, 내가 알고 싶었던 건 이거였어, 간접적인 방식은, 내가 무정부주의 운동을 능동적으로 이끌어가면서 가시적인 성과를 낼 수 있는 방식일까? 아니라는 결론에 이르는 데 오래 걸리지 않았어. 난 웅변가도 글쟁이도 아니거든. 내 말은: 나도 해야 한다면 사람들 앞에서 말도 할 수 있고, 필요하다면 신문에 칼럼을 기고할 수도 있어. 내가 알고 싶었던 건, 나의 자연적인 성향이 방금 말한 간접적인 행동의 두 가지 방법 중 하나 혹은 둘 다의 형태로 특화되었을 때, 다른 곳에 노력을 기울이는 것보다 무정부주의의 이상에 **더 긍정적으로** 공헌할 수 있을 것인가였어. 사실 대개는 직접 행동이 선전보다 더 효과적이지, 태생적으로 선전에 소질이 있는 사람이라면 예외겠지만. 대중을 휘어잡을 수 있어서 그들이 뒤를 따르게 만들 능력이 있는 훌륭한 웅변가나, 책을 통해 사람들을 매료시키고 설득시킬 수 있는 훌륭한 작가라면. 난 내가 특별히 잘난 척하는 인간이라고 생각하진 않네만, 만약 그렇다 친다고 해도, 적어도 난 내게 없는 자질로 허세를 부리진 않아. 그리고, 자네한테 말했듯이, 난 한 번도 스스로를 연설가나 작가로 여긴 적이 없어. 그게 내가 무정부주의 운동으로서 간접적인 행동 노선을 버린 이유지. 그게 제외됨으로써, 직접 행동을 택할 수밖에 없게 됐지. 즉, 삶, 진짜 삶의 현실에 적용하는 노력, 머리가 아니라 행동으로 보여주는. 암, 좋아. 그래야지.

자네에게 이미 설명한, 무정부주의 운동의 기본 방법론을 실제 삶에 적용시킬 필요가 있었어 — 사회적 허구들과 투쟁하면서 새로운 독재를 낳지 않고, 가능하다면, 어떤 형태든 미래의 자유를 건설하는 것. 근데 대체 이걸 어떻게 실천하란 말인가?

실천적인 면에서, 투쟁한다는 건 뭘 의미할까? 투쟁한다는 건, 실제로는 전쟁을 의미하지, 적어도 하나의 전쟁을. 그럼 어떻게 사회적 허구에 맞서 전쟁을 벌일 수 있느냐? 그보다 먼저, 전쟁이란 건 어떻게 벌어지는 것이냐? 전쟁에선 어떻게 적군을 제압하느냐? 둘 중 하나지: 적을 죽이거나 — 즉, 파괴하거나 — 아니면, 감옥에 가두는 것, 즉, 제압하거나, 무력하게 만드는 것이겠지. 내 힘으로 사회적 허구를 파괴하는 건 불가능했어: 그건 사회혁명을 통해서만 가능하지. 그때까지, 사회적 허구들이 비틀거리고 휘청거리며 실낱 같은 목숨만 유지하는 지경까지 갈 순 있겠지만, 그걸 실제로 파괴할 수 있는 건, 자유로운 사회의 도래와 부르주아사회의 와해뿐이지. 이런 측면에서 내가 실제로 할 수 있는 게 있다면 파괴 — 이 경우의 파괴란 물리적으로 누군가를 죽이는 걸 말하는데 — 하는 것, 부르주아사회의 계급을 대표하는 인물을 한두 명 암살하는 것이겠지. 이것도 검토해봤지만, 어리석은 생각이더라고. 내가 사회적 허구의 독재를 상징하는 인물들을 한둘 아니 열두 명쯤 죽인다고 치자… 결과는? 사회적 허구가 더 흔들릴까? 전혀. 사회적 허구는 소수의 사람들, 때로는 단 한 명에게 의존하는 정치적 상황과는 달라. 사회적 허구들의 악(惡)은 그 집합체 자체이지, 대표자라는 이유로 그 사회를 대표하는 몇 명의 개인이 아니거든.

사회 질서에 대해 공격이 가해진 후엔, 언제나 반작용이 생기는 법이라네. 아무것도 달라지지 않을 뿐만 아니라, 십중팔구는 더 악화되지. 게다가, 한번 생각해보게, 충분히 가능한 일이니까, 내가 모종의 암살을 저지른 다음 붙잡혔다고 생각해보라고—붙잡혀서 제거되었다고, 어떤 식으로든 말야. 내가 열두 명의 자본가들을 끝장냈다고 치자. 이 모든 것의 결과는 뭘 의미하지? 내가 제거됨으로써—그게 꼭 내 죽음이 아니라 투옥이나 추방을 의미한다고 해도—무정부주의 전선은 투쟁하는 구성원을 한 명 잃게 될 뿐이야. 반면에 내가 쓰러뜨린 열두 명의 자본가들은 부르주아사회를 구성하는 열두 명의 손실을 의미하지도 않아. 왜냐하면 그 사회는 투쟁하는 구성원이 아니라 소극적인 구성원들로 만들어진 거니까, 다시 말해 이 "투쟁"은 부르주아사회의 구성원과 싸우는 게 아니라, 이 사회가 정초하고 있는 사회적 허구의 몸통과 싸우는 거니까. 보다시피 사회적 허구는 총으로 쏠 수 있는 사람이 아니야… 내 초점을 잘 이해하겠나? 이건 전쟁에서 한 병사가 적군 열두 명을 쏘아 죽인 것과 달라. 이건 한 병사가 적군 나라의 민간인 열두 명을 쏘아 죽이는 것과 같아. 이건 단지 멍청하게 죽이는 것에 지나지 않지, 왜냐하면 한 명의 적군도 제거하지 못하니까…. 그러니 내가 사회적 허구들을 파괴하길 기도하는 건 무의미한 일이었어, 그 전체든 일부분이든. 그렇다면 나는 그것들을 제압하고, 이겨내서 굴복시키고, 무력화시켜야 했어."

그는 돌연히 오른쪽 집게손가락으로 나를 가리켰다.

"바로 그게 내가 한 일이라네."

손가락질을 거두며, 그는 계속했다.

"난 가장 일순위의, 핵심적인 사회적 허구가 뭔지 생각해봤어. 왜냐하면 그거야말로 내가 그 무엇보다도 진정으로 제압하고 싶고, 가능하다면 무력화시키고 싶었거든. 그 가장 중요한 사회적 허구는, 적어도 우리 시대에서는, 돈이었어. 그럼 어떻게 하면 내가 돈, 정확히 말해서 돈의 힘, 또는 돈의 독재를 제압해낼 수 있을 것인가? 내가 아는 한에선, 그것의 힘과 영향으로부터 자유로워지고, 그래서 그보다 우위를 점하고 무력화시키는 거였어. 이해가 가나, 내가 아는 한이란 말이? 바로 내가 그것과 투쟁하는 사람이었기 때문이야. 모든 인류를 감안해서 말한다면, 그것을 불능하게 만드는 것은 그것을 제압함으로써가 아니라 파괴함으로써만 가능하지. 돈도 허구와 함께 다 끝장이 날 테니까. 하지만 사회적 허구는 사회혁명에 의해서만 '파괴'될 수 있다고 이미 증명했지. 부르주아사회가 몰락할 때 함께 쓸려가버리는 식으로.

그럼 난 어떻게 돈의 힘으로부터 우위를 점할 수 있

을까? 가장 간단한 방법은 그 영향력의 자장에서 벗어나는 거지, 즉, 문명으로부터. 야생으로 돌아가서 뿌리를 캐 먹고 샘에서 물을 마시고, 벌거벗고 다니면서 동물처럼 살아가는 것. 하지만 이 방법은, 실천하는 데 어려움이 없다고 해도, 사회적 허구와의 투쟁이 아니었어. 왜냐하면 그건 투쟁이 아니니까: 도망치는 거지. 겉으론, 전장에서 슬쩍 몸을 피하는 사람은 패배하지 않은 것처럼 보여. 하지만 실제론 도덕적으로 패배한 거야, 왜냐하면 싸우지 않았으니까. 다른 방법이어야 했어 — 도망치는 식이 아니라, 투쟁하는 방법. 어떻게 하면 돈과 싸워서 그걸 제압할 수 있을까? 어떻게 하면 그것과의 대면을 피하지 않으면서도, 그 영향과 독재로부터 벗어날 수 있을까? 유일하게 가능한 방법은 하나뿐이었어 — 그걸 획득하는, 충분히 획득해서 그 영향을 느끼지 않을 만큼 되는 것이지. 더 획득하면 할수록, 난 점점 그 영향으로부터 자유로워지겠지. 바로 이걸 분명하게 깨달은 단계였다네, 나의 친구, 무정부주의적 신념의 모든 힘과 명석한 두뇌에서 나온 이 모든 논리를 가지고, 현단계의 내 무정부주의로 — 사업과 금융 — 들어서게 된 때가…."

새삼 고조되며 열변을 토하던 그가, 거기서 잠깐 멈추고 숨을 가다듬었다. 그가 다시 시작했을 때에도, 목소리엔 여전히 어떤 열기가 남아 있었다.

"내가 의식적인 무정부주의자로 내 경력을 시작했을 때 나에게 던져진 두 개의 논리적 난제들을 기억하나?

…그리고 기억하지, 내가 그것들을 어떻게 억지로 해결했는지, 논리보다는 감상적인 방식으로? 실은 자네가 꽤나 날카롭게 지적해낸 부분이었지, 내가 그 문제들을 논리적으로 해결하지 못했다고….”

“기억나네, 그래….”

“그리고 내가 나중에 진정한 무정부주의 방법론을 터득했을 때 그것들이 논리적으로 해결되었다고 말한 것도 기억하겠지?”

“그럼, 기억하지….”

“이제 어떻게 해결되었는지 한번 보게나…. 문제들은 다음과 같았어. 자연스러운 즉, 개인적인 보상이 없이 어떤 존재나 조직을 위해 일하는 것은 자연스럽지 못하다는 것. 또, 목표가 이뤄질지 알지 못하면서 보상도 없이 어떤 목표를 위해 헌신하는 것도 자연스럽지 않다는 것. 이 두 가지가 문제였지. 자, 이제 나의 이성으로 발견한 유일무이한 무정부주의 행동 노선에 의해 이것들이 어떻게 풀리는지 보자고…. 내 방법을 통해 나는 부를 이루게 되지. 고로, 여기엔 개인적인 보상이 따라. 그 과정은 자유의 획득을 목표로 하지. 자, 이제 내가 돈의 힘으로부터 우위를 점함으로써, 즉, 그것으로부터 자유로워지면서, 난 그 노선의 목표인 자유를 성취하는 거야. 성취한 자유가 나 혼자한테만 해당되는 건 사실이야. 하지만, 내가 이미 증명했듯이, 모두를 위한 자유는 어차피 사회혁명에 의해 사회적 허구들이 파괴되는 때에만 오는데, 나 혼자서는 사회혁명을 할 수 없지. 구체적인 부분은 이거야. 난 자유를 목표로 하고, 그걸 성취해. 난 내게 성취 가능한 자유를 성취해, 당연하지, 내게 불가능한 자유를 성취할 수 없으니까…. 그리고 이것도 주목해, 이성이 이 무정부주의 노선을 유일한 진짜로 판단하는 것과는 별개로, 이것이 무정부주의 노선에 제기될 수 있는 다른 논리적 문제들도 자동적으로 해결해줄 수 있다는 사실은, 한층 더 확실하게 그것이 참임을 증명하지.

그래서 이게 내가 걸어온 길이라네. 나는 부자가 됨으로써 돈의 허구를 제압하기 위해 사업에 투신했어. 그리고 성공했어. 싸움이 치열했기에 상당한 시간은 걸렸지만, 결국은 해냈어. 사업이나 은행에 얽힌 내 얘긴 생략하겠네. 자네가 흥미로워할 만한 것들이 있겠지만, 초점에서 빗나간 얘기니까. 난 일했고, 투쟁했고, 돈을 벌었어. 난 더 열심히 일했고, 더 많이 투쟁했고, 더 벌었어. 결국에는 많은 돈을 벌게 되었지. 과정에 대해선 고민하지 않았어. 고백하네, 내 친구, 과정에 대해서 고민하지 않았다는 걸 말이네. 난 내가 취할 수 있는 모든 수단들을 사용했어—부당이득, 금전적인 속임수, 심지어는 부당 경쟁까지. 그래서 뭐?! 나는 지극히도 부도덕하고 비자연적인 사회적 허구에 맞서 싸우고 있는데, 수단에 대해서까지 고민해야 하나?! 나는 자유를 위해 일하는데, 독재에 대항해 투쟁하는 데 쓰는 무기까지 고민해야 하나?! 폭탄이나 투척하고 총이나 쏘는 바보 같은 무정부주의자들은, 그들이 사람을 죽이고 있고, 그들의 원칙에 사형은 포함되어 있지 않다는 걸 아주 잘 알고 있어. 어떤 부도덕을 공격하기 위해 범죄를 저지르면서, 부도덕을 파괴하려 했다는 점에서 그 범죄가 정당화된다고 생각하지. 이건 방법적으로 어리석어. 내가 이미 증명했듯이 *무정부주의적 방법으로써* 역효과만 낳을 뿐이고, 고로 틀렸어. 하지만 그 방법의 윤리적 측면만 보자면 영리한 방법일 수도 있지. 반면, 나의 방식은 옳기도 하거니와, 난 무정부주의자로서 정당하게 모든 방법을 동원해 부를 이뤄냈어. 지금의 난 내 제한된 무정부주의적 꿈을 실질적이고 명쾌하게 실현한 거야. 난 자유로워. 내가 원하는 대로 할 수 있어 — 물론, 가능한 범위 내에서. 내 무정부주의 모토는 자유였어. 자, 이제 자유를 가졌어, 이 불완전한 우리 사회에서 당장에 가능한 만큼의 자유를. 난 사회적 세력들에 대항해 싸웠어. 싸우는 데 그치지 않고, 한 걸음 나아가, 이겨냈지."

"잠깐! 거기서 잠깐!" 내가 말했다. "다 맞고 다 좋다네, 하지만 자네가 놓친 게 하나 있어. 자네가 보여줬듯이, 자네가 취한 노선의 전제조건은 자유를 건설할 것뿐만 아니라, *독재를 양산하지 않을 것이었지*. 하지만 자넨 독재를 양산한 거잖아. 부당이득자로서, 은행가로서, 양심의 가책 없는 금융가로서 — 양해해주게나, 하지만 이 표현을 먼저 쓴 건 자네니까 — 자네는 독재를 만들었어. 자네는 자네가 투쟁한다던 사회적 허구의 다른 대표자들만큼이나 많은 독재를 낳은 걸세."

"아니네, 내 친구, 자네가 착각한 거야. 난 아무런 독재도 만들지 않았어. 만약 내가 사회적 허구들과 싸우면서 결과적으로 만들어진 독재가 있다면, 그건 나한테서 비롯된 게 아니기 때문에 내가 만든 결과물은 아니지. 그건 사회적 허구에 이미 있는 거지, 내가 거기에 더한 게 아니야. 이 독재는 사회적 허구의 독재야. 그 사회적 허구를 내가 파괴하진 못하긴 했지, 기도하지도 못했으니. 100번쯤 반복하네만: 오로지 사회혁명만이 사회적 허구를 파괴할 수 있다니까. 그전까지는, 제대로 된 무정부주의 운동은, 나의 경우처럼, 그 무정부주의자가 직접 행동으로 실천하는 만큼의 사회적 허구만 제압할 수 있어. 왜냐하면, 이 방법으로 더 큰 범위의 허구를 제압하는 건 불가능하니까. 관건은 단지 독재를 만들지 않는 게 아니야. 새로운 독재, 기존에 없었던 독재를 만들지 않는 게 관건이라네. 앞서 자네한테 얘기해준 무정부주의자들은, 같이 일하면서 각자에게 영향을 끼쳤고, 사회적 허구의 독재와 무관하게, 그보다 더한 독재를 그들 사이에서 만들어냈지. 그런 독재가 바로 새로운 독재야. 이건, 난 만든 적이 없어. 만들 수도 없었고, 내가 택한 방법의 조건들하에선. 아니, 내 친구, 난 오로지 자유만을 만들었네. 난 한 사람을 자유롭게 했어. 나 자신을. 내 방식, 내가 유일한 진짜 무정부주의적 노선이라고 증명한 이 방법으론, 나 말고 다른 사람을 자유롭게 하는 건 불가능했어. 난 자유롭게 했지, 내게 가능한 만큼을."

"알았네…. 동의하네…. 하지만 봐봐, 그 논리에 따른다면, 사회적 허구의 그 어떤 대표자도 독재를 양산하고 있진 않는 결론이 되잖나."

"그렇다네. 독재는 사회적 허구에 귀속되지, 그걸 구성하는 사람들이 아니라. 그런 사람들은, 늘 그랬듯이, 그 허구들이 독재를 만들어내는 도구들일 뿐이지. 칼이 살인에 사용되는 도구인 것처럼. 자넨 설마 칼을 없앰으로써 살인을 없앨 수 있다고 생각하진 않겠지…. 보라고…. 세계의 자본가들을 모조리 없앴다고 치자고, 자본은 없애지 않고…. 그 바로 다음 날, 자본은 다른 사람들 손에 있을 걸세, 그들에 의해서 그 독재는 계속될 거고. 하지만 자네가 자본가들 대신 자본을 없앤다면, 얼마나 많은 자본가들이 남아 있겠나…? 알겠나…?"

"맞아, 자네가 맞아."

"자네가 나를 최대한으로, 최대한, 최대한 비판할 수 있는 점은, 내가 사회적 허구의 독재를 조금—굉장히, 굉장히 조금—증가시켰다는 것 정도라네. 하지만 이 주장은 근거가 빈약해. 왜냐하면 내가 절대 만들면 안 되는 독재는, 그래서 만들지 않았던 건, 바로 다른 거니까. 게다가 약점이 하나 또 있지: 바로 같은 논리로 자네는 조국을 지키기 위해 자기 군대의 부하를 잃은 한 나라의 사령관을 문책하는 꼴이지. 적군을 섬멸하느라 희생할 수밖에 없었던 병사들의 숫자를 가지고. 전쟁에 나가면, 그런 건 안고 가는 거야. 쟁취할 것은 주요 목표야. 나머지는…."

"그만하면 됐어…. 하지만 이건 어떻게 보나…. 진정한 무정부주의는 자신만의 자유가 아니라, 타인들의 자유를 원하는 거잖나…. 보아하니, 인류 전체의 자유를 원하는 것 같던데…."

"물론이지. 하지만 내가 이미 설명했듯이, 내가 유일하게 유효한 것으로 발견한 무정부주의 노선에 따르면, 각자가 자기 자신을 자유롭게 해야 해. 나는 나 자신을 자유롭게 했어. 나의 자유를 쟁취함으로써, 나 자신에 대한 그리고 자유에 대한 의무를 다한 거라네. 왜 다른 사람들, 내 동지들은 나처럼 하지 못했지? 난 방해한 적도 없어. 내가 방해했다면, 그건 당연히 범죄가 됐겠지. 하지만 내가 그들을 방해했거나 진짜 무정부주의 노선을 숨긴 적이 없어. 난 발견을 하자마자, 그걸 모두에게 분명히 말해줬으니까. 그 노선 자체가 그 이상 하는 것은 막았지. 여기서 내가 뭘 더 할 수 있지? 나의 길을 따르라고 강요했어야 하나? 그게 가능했더라도, 난 그러지 않았을 거야. 그들의 자유를 빼앗는 게 될 테고, 그건 내 무정부주의 원칙과 어긋나니까. 그들을 돕는다? 그것도 같은 이유로 있을 수 없고. 난 그 누구도 도운 적도 없고, 지금도 돕지 않아. 이 역시 다른 이들의 자유를 침해할 테고, 마찬가지로 내 원칙과 어긋나니까. 자네가 나를 비판하는 점은, 내가 한 사람 이상이지 못했다는 점이야. 난 한 사람에게 가능한 만큼을 자유롭게 하는 의무를 다했는데, 어째서 나를 비판하지? 왜 차라리 의무를 다하지 않은 이들은 비판하지 않지?"

"자네의 요지는 알겠네. 하지만 다른 무정부주의자들은 자네가 한 대로 하지 않은 건, 그들이 자네보다 덜 영리했거나, 의지가 덜 강했거나, 아니면…."

"아, 친구, 그런 건 자연적인 불평등이잖아, 사회적인 게 아니라…. 그리고 그것과 무정부주의는 아무 상관이 없어. 인간 지능과 의지의 정도 차이는 그 사람과 자연 간의 문제야. 여기에 사회적 허구도 손톱만큼도, 털끝만큼도 개입되지 않아. 내가 얘기했듯이, 인류가 사회적 허구에 오래 노출되는 과정에서 왜곡되었다고 가정할 수 있는 자연적인 자질들이 있긴 있어. 하지만 그 왜곡은 자질의 정도에 있는 게 아니라 — 왜냐하면 그건 오로지 자연으로부터 주어지는 거니까 — 적용에 있는 거라네. 머리가 나쁜 문제나 의지박약 같은 건, 자질들의 적용과는 상관이 없는, 정도 차이일 뿐이야. 그래서 내가 말하지 않나. 이런 것들은 절대적으로 자연적인 불평등이라, 여기에 대해선 그 누구도 어찌할 힘이 없는 거고, 사회적인 변화로도 바꿀 수 없는 거야, 나를 키가 크게 만들거나 자네를 작게 만들 수 없는 것처럼 말이네….

혹시나 그런 게 아니라면… 만약에, 자연적 자질들이 너무나도 오랫동안 세습된 왜곡을 통해 누군가의 성품에 핵심적인 영향을 끼친 게 아니라면…, 그래서 누군가를 노예로, 자연적으로 노예로 태어나게 만들어서, 자기 자신을 자유롭게 하는 어떤 노력도 하지 못하게 만든 게 아니라면… 하지만, 이 경우에는…, 이 경우에는…, 그런 사람들이 자유로운 사회나 자유와 무슨 상관이 있겠나…? 노예로 태어난 사람에겐, 그게 천성에 반하는 것이고, 자유가 곧 독재일 텐데."

잠시 정적이 흘렀다. 그리고 내가 웃음을 터뜨렸다.

"정말로, 자네는 무정부주의자가 맞군. 어쨌거나, 웃음이 나올 수밖에 없네, 자네 말을 다 듣고 나서도 말야, 자네와 다른 무정부주의자들을 비교하노라면…."

"내 친구, 내가 이미 설명했고, 증명했고, 반복하네만…. 그들과 나의 유일한 차이점은 이거야. 그들은 이론적으로만 무정부주의자들인 반면, 나는 이론과 실천 모두에 있어서 그렇지. 그들은 신비주의 무정부주의자들이고, 나는 과학적이지. 그들은 움츠린 무정부주의자들이고, 나는 투쟁을 하고 해방을 시키는 무정부주의자이지… 한마디로, 그들은 가짜 무정부주의자들이고, 나는 무정부주의자라네."

그리고 우리는 자리에서 일어났다.

리스본, 1922년 1월

이 단편소설은 그의 소설 중 가장 긴 것이기도 했고 그가 가장 애착을 보인 작품이기도 했다. 직접 번역해 영어권으로의 진출을 계획하기도 했으나, 결심을 실행하지는 못했다. 이념들이 치열하게 경합하던 시기에, 한 노동자계급 출신의 평범한 인물이 이념과 논리를 교묘히 전유하고 조작하며 자기가 도모하는 삶과 행적을 합리화해가는 과정이 돋보인다. 극중 주인공을 페소아와 동일시하기에는 무리가 있지만, 부분적으로는 일치한다. 가령, 페소아는 노동조합이나 사회운동을 통한 혁명에 대해 부정적인 입장이었다. 그의 「이력서」*에서도 반공산주의자라는 입장을 명확히 밝히고 있다. 이 소설은 1922년에 완성되었는데, 러시아혁명(1917년)이 그 이상을 실천하지 못하고 있는 데 대한 그의 비관적인 전망도 읽힌다. 그러나 다른 한편으로, 페소아는 백만장자들에 관한 일련의 에세이들을 통해 자본가에 대한 강한 경멸과 그들이 부를 형성한 과정에 대한 불신을 표하기도 했다.

* 이 책 222쪽 참조.

세바스티앙주의 그리고 제5제국

(…) 우리나라의 진정한 수호신은 구두 수선공 반다라*이다. 트랑코수를 취하고 파티마**를 버리자.

트랑코수 출신의 이 보잘것없는 구두 수선공이 우리나라 영혼의 스승 중 한 명이며, 우리 독립의 존재 이유 중 하나이고, 우리의 제국적 감각의 자극 중 하나이다.

이 반다라는, 귀족들과 성직자들의 나태 위로, 신중하고 또 신중하지 않은 자들 위로, 포르투갈의 성스런 존재를 부르짖는 포르투갈 민중의 목소리이다.

안토니우 비에이라***가 조국의 위대한 운명에 대한 우러나오는 신념의 기초가 되어줄 무언가를 원했을 때, 그가 찾은 게 무엇이었는가? 트랑코수 출신 구두 수선공의 예언들이었다. 이 땅의 가장 뛰어난 예술가이자 위대한 스승, 포르투갈 템플기사단이었던 이 사람, 그것들에 완전히 매료되어 이야기를 전하게 된 것이다.

* Bandarra. 포르투갈의 15대 국왕 돈 주앙3세 때, 북동부 지역의 도시 트랑코수(Trancoso)에 살았던 한 구두 수선공. 나중에 왕위를 계승하는 국왕의 손자 세바스티앙이 모로코 원정(1578년)에 나섰다가 실종되는데, 그가 숨어 있는 구세주로 돌아오리라는 내용의 음유 시 구절이 예언으로 믿어지게 되었다.

** 포르투갈 산타렝 주(州)에 위치한 마을로 성모마리아가 출현했다고 하여 순례지가 되었다. 성모마리아를 의미한다.

*** António Vieira. 포르투갈의 신비주의문학 및 교리 설교에서 특히 산문에 뛰어났던 17세기의 예수회 신부로, 그가 남긴 설교집과 서한집은 오늘날까지도 높이 평가되는데, 페소아 역시 『메시지』에서 그를 포르투갈 문학사상 최고의 산문가로 평가한다.

오 반다라, 포르투갈 민중이 생각하는 영원의 상징.

포르투갈이 자기 본분을 자각하기를. 낯선 요소들을 거부하기를. 로마와 그 종교를 제외시키기를. 그 자신의 영혼에 모든 걸 맡기기를. 그 안에서, 가깝든 멀든, 기독교주의의 비밀 전통과 초(超)사도주의의 계승과 성배 탐색 서사가 면면이 흐르는 기사도 문학의 전통을 발견할 것이다. 신비하다고 할 수밖에 없는 이 모든 것은, 영혼의 깊은 진실을 대변하고, 상징들과의 대화, […]

최고의 혹은 최악의 유행가 4행시가 민중의 목소리인 양 인용들을 한다. 그러나 민중의 목소리는 한 번도 반다라의 목소리만큼 크게 말해진 적이 없다.

로마와의 결별. 왕정주의의 이상과 결별. 이 세상 무엇과도 반대되는 단일체로서의 조국과의 결별.

우리 로마와 결별하자. 우리의 지성과 결단력을 수세기 동안 짓누르다시피 하는 이 무지몽매와 의기소침의 궤짝을 내다 버리자.

로마의 일곱 언덕 따위는 필요 없다: 여기, 리스본에도 일곱 개의 언덕이 있다. 이곳들에 우리의 성당을 짓자. 신은 수입하지 말자, 왜냐하면 신은 […] 가톨릭 신앙에 의해 오염된 이 민족주의, 낯선 신앙에 의해 부패된 이 애국주의.

아프리카의 오지에서 물신에게 희생을 바치는 미개인, 오 — […] — 각자가 자기가 지닌 목소리를 가지고 똑같은 말을 하고 있다. 모든 종교가 결국은 하나의 종교이

거늘. 칼라일*이 말하기를, 무엇을 믿는가가 아니라 어떻게 믿는가가 관건이다. 하지만 이미 그에 앞서 민중은, 그들의 위대하고 단순한 언어로 말했다 — 우리 민중은: 신은 비뚤어진 선으로 똑바로 쓴다고.**

나는 한 흑인을 그의 물신으로부터 떨어지게 하거나, 한 토인을 자기 우상으로부터 무지하게 만드는 것을 절대 생각할 수 없다. 왜냐하면 신이 나로 하여금 그들의 숭배를 부정할 수 있는 진실을 주지도 않았거니와, 어쩌면 내가 (나는 알지만 아마 그들은 모르는 다른 방법을 통해) 그들과 이야기하는 것보다, 그들이 그런 상징들로 신과 더 적절하게 소통하고 있는 게 아닌지 알 수 없기 때문이다. 그런 이유로 나는, 일체의 포교 또는 한 인간에게 그가 이해하지 못하는 언어로 진실인 것처럼 설득하려는 일체의 시도를 거부한다.

우리는 외국인들을 원하지 않는다. 애국주의적 감정 안에 우리의 것이 아닌 요소가 있어서는 안 된다. 그러니 로마적인 요소를 추방하자. 우리의 애국주의 안에 종교가 있어야 한다면, 바로 이 애국주의에서 그 정수를 뽑아내자. 다행히 우리는 그것을 가지고 있다. 세바스티앙주의를.

*

(…) 기본적으로, 무엇이 세바스티앙주의인가? 그것은 나

* Thomas Carlyle(1795-1881). 스코틀랜드의 철학자, 작가, 역사가.
** 인간은 해독하지 못하는 신의 깊은 뜻이 있다는 말.

라의 전설적인 인물을 둘러싸고 만들어진 종교적인 운동이다.

상징적인 의미로 말할 것 같으면, 세바스티앙이 곧 포르투갈이다. 그가 사라졌을 때 나라는 위대성을 잃었고, 오로지 그가 돌아올 때만 그것을 되찾을 것이다. 비록 그의 귀환이 상징적인 것임에도 불구하고, 심지어 세바스티앙의 인생조차 어떤 운명적이고 신기한 신비로 인해 상징적이었음에도 불구하고, 그것을 믿는 것은 무의미한 일이 아니다.

전설에서 말하듯, 세바스티앙 왕은 돌아올 것이다, 어느 안개 자욱한 아침에 백마를 타고, 이 결정적 순간이 오기를 기다리고 있었던 어느 먼 섬으로부터. 그 안개 낀 아침은, 아마도 그의 부활이 데카당스의 요소들과 이 나라가 겪고 있던 어두운 밤들의 잔여물들로 인해 혼탁해져 있었음을 의미하는 것이리라. 백마는 해석하기가 더 어렵다. 이는 궁수자리를 표현하는 것일 수도 있다. 이 경우, 우리는 황도십이궁의 기호를 알아내야 하는데, 그것이 스페인을 상징하는지(천문학자들에 따르면, 스페인의 주된 기호는 궁수자리다), 아니면 궁수자리 내에서 어떤 행성의 움직임인지를 밝혀내야 한다. 다른 한편, 「요한계시록」은 또 다른 가능한 해석*을 제공한다.

섬 또한 마찬가지로 해석이 난해하다.

* "내가 이에 보니 흰 말이 있는데 그 탄 자가 활을 가졌고 면류관을 받고 나가서 이기고 또 이기려고 하더라." (「요한계시록」 6장 2절)

*

(…) 문화적 제국이 되기 위한 현재의 열망을 정당화하기 위해 지적할 수 있는 것으로써, 포르투갈에서 그런 제국의 전통이 끊어졌다는 사실 말고도, 아직까지 위대한 문학이 없었다는 행복한 사실도 있다. 대단히 빈약하고 옹색한 문학밖에 없는 바람에 이 분야는 그야말로 해야 할 일투성이, 모든 걸 할 수 있는, 그것도 제대로 할 수 있는 가능성 천지가 되는 것이다.

세바스티앙 왕에 대해 반다라는 이렇게 말한다. "그가 온 세상에 평화를 가져오리라." 온 세계의 평화는 아직 우리가 내다볼 수 없는 형제애에 있겠지만, 한 가지 분명한 것은 소통을 위한 공통의 매체 — 즉, 언어 — 를 필요로 하리라는 것이다.

우리가 설령 이 목적을 이루지 못한다손 치더라도, 문화적 지배를 위해 준비하는 데 있어서 나쁠 게 뭐가 있겠는가? 우리는 피 한 방울 흘리는 것도 원하지 않는 동시에, 지배에 대한 인간적인 갈망도 피하지 않는다. 그럼으로써 우리는 인도적인 보편주의의 허무에 빠지지 않게 됨은 물론, 비문화적인 민족주의의 야만성에도 빠지지 않는다. 우리는 물리적인 힘이 아니라, 언어를 강제하고 싶은 것이다. 우리들은 (과거에도 거의 그래왔던 것처럼) 어떤 인종이든, 어떤 피부 색깔을 가졌든 적대하지 않는다. 우리도 어쩌다가 다른 정복자 제국들처럼 야만적으로 군 적이 있긴 하지만, 그들보다 덜했으면 덜했지 더한 적은 없었으며, 우리 집이나 식탁에서 다른 색깔의 사람들을 제외시켰다는 이유만으로 흠잡을 수는 없다. 이렇게, 우리의 타고난 본성이 신지학이 예견하는 보편적 형제애를 위해 준비하고 있는데, 이는 이미 오래전부터 장미십자회의 사회적 강령이었다.

실패할 경우에도, 우리는 여전히 무언가를 성취하는 셈이다: 우리 언어의 완성도를 높일 수 있다. 최악의 경우를 가정해도, 최소한 우리는 보다 잘 쓸 수 있게 될 것이며, 문화와 문명 일반에도 직접적으로 공헌하게 되는 것이다: 우리가 무언가 더 하지 않는 한, 우리가 죄를 저질렀다고 비난받을 순 없으리라. (…)

1912–35년

세바스티앙주의 그리고 제5제국

페소아의 애국자적인 면모는 어린 시절부터 죽을 때까지 여러 글을 통해 반복 확인할 수 있다. 포르투갈인들에게 세바스티앙 왕은 영국의 아서왕처럼 전설로 존재하는 일종의 집단적 신화라고 할 수 있다. 우리는 그의 글을 통해 그가 세바스티앙이 환생해 돌아온다는 전설을 문자 그대로 믿었다기보다는, 상징적인 귀환의 순간과 새로운 번영에 의미를 부여하려고 함을 알 수 있다. 그의 민족주의는 정치적이라기보다는 문화적, 정확히 말해 언어에 관한 것이었다. 이는 그가 "나의 조국은 포르투갈어"라고 말했던 의미와도 상통한다. 한 명의 시민으로서 페소아의 정치관은 다소 비현실적이어서 정치적 판단에 있어 실수도 많았다. 스스로도 특정 글들을 자신의 저서 목록에서 제외해야 할 것이라고 고백하기도 한다.* 정치적으로 보수적이고 민족주의적인 성향은 모더니즘 시기의 작가들의 공통된 특징이기도 하다. 여기서 중요한 것은, 페소아의 모더니즘 성격을 이해하는 것인데, 우리는 이 글을 통해 오래된 '비(非)모더니즘'적 요소들이 새로운 모더니즘의 일부를 이루고 있음을 확인할 수 있다. 같은 맥락에서 점성술이나 오컬트와 관련한 그의 비전(祕傳)적(esoteric) 면모에 대한 관심도 늘어나고 있다. 아쉽게도 이 글의 작성 연도는 1915년에서 1935년 사이로만 추정할 뿐, 정확히 확인할 수 없다.

* 이 책 220쪽 참조(「이력서」).

편지들

편지 1 — 마리우 드 사-카르네이루에게*

리스본, 1916년 3월 14일
나의 친애하는 사-카르네이루,

나는 오늘 감정적인 필요 때문에, 자네와 대화하고 싶은 슬픔에 찬 열망으로 이 편지를 쓰네. 여기서 눈치챘겠지만, 실은 할 말이 아무것도 없어. 이것만 제외하고: 오늘 내가 바닥이 보이지 않는 우울의 바닥에 있다는 것. 이 터무니없는 문장이 나를 대변해줄 거야.

오늘은 결코 미래가 보이지 않던 그런 날 중 하나라네. 그저 정지해 있는 현재만이, 고민의 벽에 둘러싸여 있어. 건너편 강변은, 건너편인 이상 절대 이쪽 편은 아니지. 그게 내 모든 고통의 뿌리야. 수많은 항구로 떠나는 배들이 있지만, 아프지 않은 인생으로 떠나는 배는 한 척도 없고, 망각이 가능한 정박지도 없어. 이 모든 게 오래전에 일어났지만, 내 슬픔은 그보다 더 오래됐다네.

오늘 같은 영혼의 날들엔, 내가 인생에 치인 가련한 아이라는 게, 내 몸의 모든 의식에서 잘 느껴져. 누군가

* 이 편지는 사-카르네이루가 파리의 니스 호텔에서 자살하기 약 한 달 전에 부쳐졌다.

나를, 노는 소리가 들리는 골목 귀퉁이에 데려다놨지. 손 안에는 부서진 장난감이, 조잡한 아이러니처럼 쥐여진 게 느껴지고. 오늘, 3월 14일, 저녁 아홉 시 10분에, 이게 내 삶의 의미라네.

내가 감금된 곳의 적막한 창문 사이로 내다보이는 공원에서, 모든 그네들이 매달려 있는 나뭇가지 꼭대기까지 너무 높이 감겨 올라가 있어서, 내게서 도망친 상념도, 내 상상 속에서조차, 시간을 잊으려 탈 그네가 없다네.

미사여구가 아니라, 대략 이게 이 순간의 내 마음 상태라네. 「선원」에서의 야경꾼 여인들처럼, 내 두 눈은 울음에 대한 생각만 해도 눈시울이 붉어지지. 고통은 조금씩, 한 모금씩, 균열 속에서 날 아프게 해. 이 모든 게, 제본해놓은 실밥이 풀리고 있는 책 속에 작은 글씨로 인쇄되어 있다네.

내가 자네에게 쓰는 게 아니었더라면, 이 편지가 진정 어린 것이라고 맹세했어야 했을 거야, 이렇게 히스테릭하게 연결된 것들이 나의 느낌에서 즉흥적으로 흘러나온 거라고. 하지만 자네도 잘 알지 않나? 이 표현 불가능한 비극이 옷걸이나 찻잔처럼 진짜라는 거 — 지금과 여기에 충만해서, 나뭇잎의 초록빛처럼 내 영혼을 흘러 지나가는.

그게 '왕자'가 통치를 하지 못한 이유야. 이 문장은 그야말로 말이 안 되는군. 하지만 지금 이 순간은 황당한 문장들이 나를 울고 싶게 만드는 걸 느껴. 어쩌면 오늘 이 편지를 부치지 않을 수도 있겠어, 다시 한 번 읽어보고 나서, 타자기로 복사본을 하나 쳐두느라 지체할 수도 있겠고, 여기에 있는 몇몇 문장과 인상들을 『불안의 책』에 포함시킬까 하거든. 하지만 그게 내가 이 편지를 쓰면서 담은 진정성은 물론이고, 쓰면서 느끼는 고통스런 불가피성을 앗아가진 못할 것이야.

이게 최근 소식이라네. 독일과의 전쟁 소식도 있긴 하지만, 아픔은 이미 그 전부터 고통을 주고 있었어. 세상의 다른 한쪽에선, 이게 생각지도 못한 풍자만화의 짧은 문구가 되겠지.

이게 꼭 광기는 아니지만, 고통을 주는 것(원인)들의 포기라는, 그리고 동요하는 영혼의 간사한 만족을 낳는 점에선 광기도 이것과 크게 다를 게 없겠지.

느낌의 색깔은 뭘까? 궁금하군.

수없는 포옹을 보내며, 자네의, 늘 더없이 자네의,

페르난두 페소아

추신 — 이 편지를 단숨에 썼다네. 다시 읽어보니, 아무래도 내일 이걸 자네에게 부치기 전에 꼭 복사본을 만들어 둬야겠어. 이만큼 온전하게, 모든 감정적이고 지적인 태도, 근본적으로 히스테리적인 신경쇠약, 자기 인식 특유의 교차로와 골목…을 가지고 내 심리를 표현한 건 드문

일이니.

자네가 봐도 그렇지, 그렇지 않나?

편지 2 — 아돌푸 카사이스 몬테이루에게

리스본, 1935년 1월 13일
친애하는 내 친구이자 동료에게:

자네의 편지 굉장히 고맙게 읽었고, 즉각적이고 충분한 답장을 하도록 하겠네. 본격적으로 시작하기 전에, 이 편지지가 이면지라는 점에 대해 사과부터 해야겠네. 좋은 종이가 다 떨어졌고 지금이 일요일이라 다른 걸 구할 방법이 없어. 하지만, 쓰기를 미루는 것보다는 나쁜 종이가 낫다는 게 내 생각이야.

무엇보다 먼저, 자네가 나와 동의하지 않는 그 어떤 걸 쓴다 해도, '이면의 의도' 따위는 절대 보지 않으리라는 걸 밝혀두고 싶네. 나는 포르투갈 시인 중에선 극히 드물게도 절대 확신을 선언하지 않는 사람이고, 나에 대한 비판을 어떤 "신성모독"으로 여기지도 않아. 게다가 내가 정신적으로 다른 흠들은 있어도, 피해망상적인 성향은 전혀 없거든. 이와는 별개로, 난 자네의 지적 독립성을 익히 알고 있고, 이런 표현을 허락한다면, 그걸 크게 인정하고 높이 평가한다네. 난 한 번도 스승 혹은 우두머리-스승이 되길 원해본 적이 없어. 가르칠 줄도 모르고, 가르칠 게 하나라도 있는지 모르겠으니 스승은 틀렸고 말야. 달걀 하나 기름에 튀길 줄도 모르는데 우두머리는 무슨. 그러니 나에 관해 말할 게 있을 땐, 무슨 말이 됐건 걱정 말고 하게나. 난 없는 문제를 캐고 다니는 사람이 아니라네.

나도, 『메시지』 같은 성격의 책으로 데뷔한 게 기뻐할 만하지 않았다는 자네 의견에 전적으로 동의하네. 내가 실은 신비주의적인 민족주의자이자 이성적인 세바스티앙주의자이긴 해. 하지만 나는 그것 말고도, 심지어는 그와 모순되는 나까지 포함해서, 여러 가지 다른 면들이 있거든. 그리고 『메시지』에는, 책의 특성상 그런 면들은 포함시키지 않았던 거고.

그 책을 시작으로 내 글들을 출간하게 된 이유는, 단순하게도 그게 나에게 있어서 정리와 준비가 가능했던 (원인은 나도 모르겠지만) 첫 번째 책이었기 때문이야. 모든 게 준비가 돼 있던 데다가 출판을 하라고 날 부추기길래, 승낙한 거라네. 여기서 밝혀야만 하는 게 있는데, 국가공보처 상(賞)을 노린 건 아니라네. 만약 그랬다면 그보다 심각한 지적인 죄도 없겠지. 내 책은 9월에 이미 준비되었지만, 난 심지어는 제출도 못 할 거라고 판단했다니까. 왜냐하면 응모 기간도 모르고 무시하고 있었는데, 그게 원래 7월 말까지였다가 10월 말까지 연장이 된 거였어. 10월 말에는 이미 『메시지』가 준비되어 있던 터라, 공보처에서 요구한 사본을 제출한 거지. 마침 책 내용이 공모전의 응모 조건(민족주의)과 정확히 맞아떨어지더군. 그래서, 응모했지.

언젠가 내 작품들이 미래에 출간될 순서를 생각했을 때야, 『메시지』 같은 종류의 책이 일순위에 있으리라곤 상상도 못 했지. 나는 한 350쪽가량 되는 두툼한 시집으로 시작할 것인가(이 책은 페르난두 페소아 본인의 다양한 하위 주체들을 아우르지), 아니면 아직 완성하지 못한 추리소설로 테이프를 끊을 것인가 사이에서 주저하고 있었지.

자네와 마찬가지로 나 역시 『메시지』가 데뷔로서 기쁜 것은 아니라는 데 동의하네만, 그게 내가 할 수 있었던 최선의 데뷔라는 사실에도 난 동의하네. 나라는 존재의 이 측면은—어떤 면에선 별로 중요하지도 않은 면이지만—내가 잡지에 기고하는 방식으로는 한 번도 충분히 표현된 적이 없고(이 책의 「포르투갈 바다[Mar Português]」라고 하는 부분을 제외하면), 바로 그 이유로 그게 드러난 게, 그것도 지금 이 시점에서 드러난 게 적절한 일이었다고 보네. 내가 사전에 계획하거나 미리 생각한 것도 아니지만(나는 현실적인 문제의 사전 계획 따위엔 완전히 무능한 사람이니까), 이게 국가적인 차원의 무의식이 변화하는 결정적인 시기 중 하나랑 맞아떨어진 거야. 내가 우연히 저지른, 그리고 대화를 하는 과정에서 완성하게 된 이 일은, 위대한 설계자가 자와 컴퍼스를 가지고 정확하게 재단한 일이었어.

(잠깐. 난 미친 것도 아니고 취하지도 않았어. 하지만 즉석에서 쓰고 있긴 해. 타자기가 허용하는 한에서, 무조건 떠오르는 대로, 그 안에 문학성이 있는지 따윈 고려하지도 않고 엄청나게 빠른 속도로 써내려가고 있어. 상상해보게나, 왜냐하면 사실이거든—난 그냥 자네와 대화

하고 있는 거라네.)

이제 자네가 던진 세 가지 질문에 직접적으로 답하도록 하겠네: (1) 내 작품의 미래 출간 계획, (2) 내 이명들의 기원, 그리고 (3) 오컬트주의.

어쨌든, 위에서 언급한 상황하에서『메시지』는 이미 출간되었으니, (이건 일종의 일방적인 선언이었다고 한다면) 이제 다음과 같은 방식으로 진행해보려고 하네. 지금 현재는「무정부주의자 은행가」를 통째로 개작한 원고를 거의 완성했고, 조만간 마무리가 될 텐데, 준비되는 대로 즉시 출판하고 싶다네. 그게 가능하게 된다면, 곧바로 영어로 번역해서 영국에서 출판될 수 있을지 알아보려고 해. 어쩌면, 유럽 진출의 가능성도 열릴 수 있을 거야(이 말에 노벨상 수상의 속뜻이 있는 걸로 해석하진 말아주게). 다음으로, 내 시들에 관해 자네가 한 질문에 직접 답하자면, 나는 이번 여름 동안 페르난두 페소아 본인의 짧은 시들을 골라서 하나의 커다란 시선집으로 묶을 계획이고, 올해가 가기 전에 출판할 수 있을지 자네와 타진해보고 싶네. 이 책이 바로 카사이스 몬테이루, 자네가 기다리고 있던 것이고, 나 스스로도 선보이고 싶은 것이지. 그러면 이 책이, 내 민족주의적인 면(이건『메시지』에서 이미 보여줬으니)을 제외한 다른 모든 면을 보여줄 걸세.

내가 오로지 페르난두 페소아만 언급했다는 걸, 자네는 눈치챘겠지. 이 시점에선 카에이루, 리카르두 레이스 혹은 알바루 드 캄푸스는 염두에 두고 있지도 않아. 출판과 관련된 거라면, 이들을 갖고는 아무것도 할 수가 없어, 노벨상(위 참고)을 타지 않는 한은. 그럼에도 불구하고 — 이걸 생각하면 슬퍼져 — 카에이루의 극적인 탈개성화에 내가 쏟은 모든 에너지 말이지. 리카르두 레이스에게 그만의 특별한 음악을 입히기 위해 내가 해야 했던 온갖 정신적인 단련, 그리고 나의 삶에는 주지도 않고 오히려 부인해온 모든 감정들을 알바루 드 캄푸스에게 쏟아부었어. 생각해보게, 나의 친애하는 카사이스 몬테이루, 실제 출판에서는 이 모든 것들이, 페르난두 페소아에 의해 누락될 수밖에 없다는 걸, 불순하고 단순하게도!

자네의 첫 번째 질문에는 답이 된 것 같네.

빠뜨린 부분이 있다면 뭔지 말해주게나. 답할 수 있으면 답할 테니. 지금으로서는 그 이상의 계획은 없네. 그리고 내 계획들이 보통 어떻게 풀리는지를 알기에, 그걸 감안한다면 이런 말이 적절한 경우 같네, *신에게 감사를*!

내 이명들의 기원에 관한 자네 질문으로 넘어가세. 자네에게 충분히 답할 수 있을지 한번 보자고.

심리적인 부분에서부터 시작하겠네. 내 이명들의 기원은, 내 안에 뿌리 깊이 자리한 히스테리의 흔적이야. 내가 단순히 히스테릭한 건지, 아니면 더 정확히 말해 히스테리적-신경쇠약인지 모르겠어. 아무래도 후자의 가설 쪽으로 기우는 이유는, 내가 겪는 의욕 상실 현상들이 단순 히스테리 증상에는 들어맞지 않기 때문이야. 어찌 됐든 간에, 내 이명들의 정신적인 기원은, 나의 근본적이고 한

결같은 탈개성화와 가장(假裝)의 성향이지. 나와 다른 이들에게 다행스럽게도, 이 현상은 정신적으로 내면화되었어. 무슨 뜻이냐면, 겉으로 드러나지는 않아. 일상생활, 다른 사람들이나 외부와의 접촉에서 말이네. 이것들은 나와 홀로 있을 때만, 안에서 살아나고 분출되지. 내가 여자였다면(여성의 경우는 히스테리 증상이 외부로 분출되지, 공격적인 성향이나 비슷한 식으로), 알바루 드 캄푸스의 모든 시들(나에게서 가장 히스테릭하게 히스테릭한 면)은 그저 이웃집에 끼치는 소동이 됐을 거야. 하지만, 난 남자고, 남자의 히스테리는 주로 내면에 영향을 끼치지. 그래서 결국 침묵과 시로 결말이 나는 거지….

이것이, 내 이명들의 본질적인 기원에 관해, 내가 할 수 있는 한 최선의 설명이라네. 이제 그것들의 직접적인 역사를 다루자고. 이미 죽은 것들과 더 이상 기억나지 않는 것들 — 그러니까 거의 잊힌 어린 시절의 먼 과거 속에 묻힌 것들 몇 개로 얘기를 시작해보겠네.

어릴 적부터, 난 내 주변에 가상의 세계를 창조하면서 존재하지 않았던 친구들과 지인들로 나를 둘러싸는 성향이 있었지(그들이 진짜 존재하지 않았던 건지, 아니면 존재하지 않았던 게 나였는지 그건 확실하지 않네만. 이런 문제들에 있어서 우리는, 다른 모든 문제들처럼, 독단적이 되면 안 된다네). 내가 "나"라고 부르는 그 사람이 된 걸 의식한 이후로, 내 머릿속에 구체적으로 기억나는데, 나는 다양한 가상 인물들의 형상, 움직임, 성격 그리고 인생사를, 사람들이 어쩌면 부당하게 그렇게 부르는, 진짜 인생처럼 너무도 생생하게 그리고 나만의 것으로 본 거야. 이런 성향은, 내가 내가 된 때로 거슬러 올라가 그때부터 늘 나와 함께했고, 그것이 날 매혹하는 음악의 종류가 살짝 바뀌었다면 모를까, 나를 매혹하는 방식은 조금도 바뀌지 않았어.

이렇게, 나의 첫 이명 아니 차라리 나의 첫 번째 존재하지 않는 지인이라 할 법한 이름이 기억나는군. 여섯 살 때, 슈발리에 드 파 아무개라고 하는 이름으로 편지를 써서 나 자신에게 보내던 존재인데, 전적으로 모호하지는 않은 형체로, 지금도 나의 애정이 향수와 경계를 이루는 그 부분을 차지하고 있어. 그보다는 덜 또렷하게 기억나는 인물이 한 명 더 있었는데, 마찬가지로 외국 이름을 가졌다는 것 말고는 다 잊어버렸군, 아마도 슈발리에 드 파의 라이벌 정도 됐던 것 같네만…. 아이들에게는 누구나 일어나는 일이라고? 물론—아니 어쩌면 그렇겠지. 하지만 나의 경우는 그들을 어찌나 강렬하게 살았던지 아직까지도 그들을 살고 있어. 그들이 진짜가 아니었다고 깨달으려면 별도의 노력이 필요할 정도로 기억한다네.

이처럼 내 주위에 전혀 다른 세계를 만들어내는 성향은, 똑같은 방식으로 다른 사람들도 만들어냈는데, 한 번도 상상 바깥으로 나온 적이 없어. 이미 성년이 되면서 일어난 것들을 포함해 다양한 단계를 거쳤지. 이런저런 이유로, 내 안에서 완전히 낯선 번뜩이는 기지가 떠올라, 나라고 하는 혹은 나라고 가정하는 누군가에게로 왔어. 나는 곧바로 그리고 즉흥적으로 마치 그게 내 진짜 친구라도 되는 것처럼 말하곤 했어, 내가 지어낸 이름, 늘린 인생사, 외모 — 얼굴, 키, 복장 그리고 동작까지, 바로 내 눈앞에 보이는 그대로. 그렇게 해서 비록 한 번도 존재하지는 않았지만, 근 30년이란 시간이 지난 오늘날까지도 내가 보고, 듣고, 느끼는 수많은 친구들과 지인들을 마련하고 늘리게 된 거야. 반복하지만, 난 그들을 보고, 듣고, 느껴… 그리고 그리워해.

(한번 말을 시작하면 — 타자기로 글을 쓰는 건, 나한테는 말을 거는 것 같아 — 브레이크를 찾기가 힘들군. 하지만, 자네한테 늘어놓는 장광설도 이쯤이면 충분하겠어, 카사이스 몬테이루! 드디어 자네가 알고 싶어 하는 내 문학적인 이명들의 기원에 관한 얘기로 넘어가도록 하겠네. 어쨌건 간에, 내가 위에서 한 말들은 아이를 낳은 어머니의 이야기로 치면 되겠어.)

내 기억이 틀리지 않는다면(절대 많이 틀릴 리는 없어) 아마 1912년경에, 나에게 시상이 하나 찾아왔는데, 이교도적인 본성에 관한 것이었어. 불규칙한 운문(알바루 드 캄푸스의 문체는 아니고, 반쯤은 규칙적인 문체였어)으로 된 습작을 조금 써보고는 곧 내팽겨쳤어. 그럼에도 불구하고, 그 시들을 쓰던 한 인간의 그림자처럼 흐릿한 윤곽이 내 안에 그려진 거야. (나도 모르는 사이에 리카르두 레이스가 태어난 거지.)

1년 반 혹은 2년 후였을 거야, 어느 날 문득 사-카르네이루에게 장난을 치고 싶다는 생각이 들었어. 복잡한 성격을 가진 전원시인을 발명해서, 그 후로 어떤 맥락이었는지는 잊어버렸지만, 진짜인 양 소개하려고 했었어. 며칠 동안이나 그 시인을 그려보려고 노력했는데, 결국은 실패했지. 그때가 1914년 3월 8일, 마침내 포기해버린 날이었는데, 평소에 기회 있을 때마다 하던 것처럼 허리 높이쯤 오는 옷장 서랍 가까이 가서 종이 몇 장을 꺼내고는, 서 있는 채로 글을 쓰기 시작했어. 그리고 연속으로 30여 편의 시를 써내려갔어, 뭐라 표현할 길 없는 어떤 황홀경에서. 그게 내 인생에서 승리의 날이었어, 그리고 그런 날은 두 번 다시 오지 않을 걸세. '양 치는 목동'이라는 제목을 붙이면서 시작했지. 이에 뒤따라서 곧바로 내가 알베르투 카에이루라고 이름 붙인 사람이 출현한 거야. 이 황당무계한 문장을 양해해주겠나: 나의 스승이 내 안에 나타난 거야. 그게 나의 즉각적인 느낌이었고, 그 느낌이 얼마나 강렬했냐면, 내가 그 삼십 몇 편 되는 희한한 시들을 쓴 바로 직후에, 다른 종이를 꺼내서는, 또다시 막힘 없이 줄줄 써내려갔어. 「기울어진 비」를 포함해서 페르난두 페소아의 이름으로 쓴, 여섯 편의 시편. 단숨에, 그리고 완전하게… 귀환의 순간이었어, 페르난두 페소아 알베르투 카에이루에서, 페르난두 페소아 자신으로. 아니 차라리, 그것은 알베르투 카에이루로서 부재했던 것에 대항한 페르난두 페소아의 반응이었다고 할까.

한번 알베르투 카에이루가 출현하자마자, 나는 곧바로 본능적이고 무의식적으로 그를 위한 제자들을 찾아다녔어. 그의 거짓 이교주의에서 숨어 있는 리카르두 레이스를 뽑아냈고, 그의 이름도 발견했고 그를 그만의 자아에 맞출 수 있었어. 왜냐하면 이제 그를 실제로 보고 있었으니. 그리고 갑작스럽게, 리카르두 레이스와 대조되어 파생된 인물이, 충동적으로 나에게 나타났어. 급류를 타고, 끊김도 수정도 없이, 타자기 끝에서 알바루 드 캄푸스의 「승리의 송시」가 탄생한 거야, 바로 그 제목 그리고 그 이름으로.

그러고 나서, 난 존재하지 않는 패거리를 만들어냈어. 이 모든 걸 실제 세계의 틀들에 맞췄지. 서로 주고받는 영향들에 눈금을 매기고, 우정 관계들을 구체화시키고, 내 안에서, 다양한 관점들과 토론들을 경청했고, 이 모든 것으로 봐서는, 그들 모두를 창조한 사람 그러니까 나는, 가장 거기에 없던 사람이었어. 모든 게 나랑 상관없이 독립적으로 이뤄진 느낌이었어. 그리고 지금도 그렇게 유지가 되고 있는 것 같다네. 언젠가 나한테 리카르두 레이스와 알바루 드 캄푸스 사이에 있었던 미학적 토론을 출판할 기회가 주어진다면, 그들이 어떻게 다른지, 내가 그 주제에 대해 얼마나 무지한지 보게 될 걸세.

『오르페우』를 출간하게 됐을 때, 마감 시간에 임박해 뭐가 됐건 분량을 채울 게 필요했어. 나는 사-카르네이루한테, 내가 알바루 드 캄푸스의 "오래된" 시를 하나 쓰면 어떻겠냐고 제안했다네 — 알바루 드 캄푸스가 카에이루를 만나고 나서 그의 영향력 아래 떨어지기 이전 시기에 쓴 시들 말이네. 그렇게 해서 쓰게 된 게 「아편쟁이」인데, 난 그 시에서 알바루 드 캄푸스의 잠재된 성향들을, 나중에 드러나게 되긴 하지만 그의 스승 카에이루와 접촉하기 전에는 흔적조차 없었던 부분들을 모두 부여해보려고 시도했어. 내가 쓴 모든 시들 중에서 가장 공을 들이게 만든 시였는데, 왜냐하면 탈개성화를 하는 데 이중의 힘을 들여 발전시켜야 했거든. 하지만 결과가 그리 나쁜 것 같진 않아, 게다가 움이 트는 알바루를 보여주니까….

이제 내 이명들의 기원을 설명해준 것 같네만, 만약 어떤 점이든 더 명확한 설명을 필요로 한다면 — 내가 지금 급하게 쓰고 있는데, 난 급하게 쓰면 그다지 명확하지 않은 편이거든 — 말해주게나, 기쁜 맘으로 답하겠네. 아 참, 여기에 정말로 솔직하고도 히스테릭한, 보충 사항이 하나 있네: 알바루 드 캄푸스의 「내 스승 카에이루를 기억하는 노트들」의 어떤 문장을 쓸 때는, 내가 진짜 눈물을 흘렸다는 거야. 자네가 어떤 사람을 상대하는 건지 알라고 하는 말이라네, 나의 친애하는 카사이스 몬테이루!

이 주제와 관련해서 몇 가지 메모를 추가하면… 나는 내 눈앞에 보여, 색깔은 없지만 꿈보다 현실적인 공간에서, 카에이루, 리카르두 레이스 그리고 알바루 드 캄푸스의 얼굴들과 동작들을 말이네. 난 그들에게 각각 나이와 인생사를 부여했어. 리카르두 레이스는 1887년(몇 월 며칠인지 기억이 안 나는데, 어딘가 있을 거야)에 포르투에서 태어났지. 그는 의사이고 지금은 브라질에 살고 있어. 알베르투 카에이루는 1889년에 태어났고 1915년에 죽었지. 리스본에서 태어났지만 거의 일평생을 시골에서 살았어. 직업도 없었고, 정식 교육도 거의 받지 않았네. 알바루 드 캄푸스는 1890년 10월 15일 타비라에서 태어났어. (페레이라 고메스*에 따르면 오후 한 시 30분에 태어났다는데 그건 사실이야, 왜냐하면 그 생시[生時]가 운세랑 맞아떨어지거든.) 캄푸스는, 자네가 알듯이, 조선 기사지만(글래스고에서 유학) 현재는 리스본에서 살고 있고, 일은 하지 않아. 카에이루는 중키이고, 실제로는 허약했지만 (폐결핵으로 죽었으니) 보기엔 덜 허약해 보였어. 리카르두 레이스는 조금, 아주 조금 더 작은 키에다, 좀 더 다부지긴 해도 마른 체격이었어. 알바루 드 캄푸스는 키가 컸고(키가 175센티미터였으니, 나보다 2센티미터 큰 거지), 날씬하고 약간 구부정한 경향이 있었어. 모두 다 깔끔히 면도한 얼굴들이었고, —

카에이루는 창백한 금발에, 눈이 푸른빛이었어. 레이스는 조금 거무스름한 윤기 없는 피부였고. 캄푸스는 흰 피부와 검은 피부 사이에 뭐랄까, 어딘가 포르투갈계 유대인 비슷했고, 보통 한쪽으로 넘긴 미끈한 머리결에다가 외눈 안경을 썼지. 카에이루는, 앞서 말했듯이, 교육을 거의 받지 않았어 — 초등교육밖에는. 그의 어머니와 아버

* Augusto Ferreira Gomes(1892-1953). 기자이자, 작가, 시인이었으며 페소아의 가장 가까운 친구 중 하나였다.

지가 일찍 죽는 바람에, 집에 남아서 얼마 안 되는 소득으로 살아야 했지. 할머니뻘 되는 그의 큰고모와 같이 살았어. 리카르두 레이스는, 예수회 고등학교를 나와, 이미 말한 것처럼, 의사가 됐네. 1919년 이후로는 브라질에서 살고 있는데, 군주제 옹호론자라서 자발적으로 국적을 벗어난 거지. 그는 정식 교육을 받아 라틴어에 정통했고, 독학으로 준(准)그리스어 사용자가 됐지. 알바루 드 캄푸스는 평범한 고등학교를 마쳤어. 이후 스코틀랜드로 보내져서 공학을 공부했지. 처음엔 기계, 나중에는 조선 공학을. 어느 휴가 기간에 그는 동양으로 여행을 떠났는데, 거기서 그의 시 「아편쟁이」가 탄생한 거라네. 그는 베이라* 지역의 신부였던 삼촌에게서 라틴어를 배웠지.

내가 어떻게 이 세 명의 이름으로 쓰느냐…? 카에이루는, 순수하고 예측 불가한 영감을 통해서 써, 뭘 쓰게 될지 알 수도 겉잡을 수도 없다네. 리카르두 레이스는, 추상적인 사색 끝에 갑작스럽게 송시(頌詩)의 형태로 구체화되지. 캄푸스는, 나도 뭔지 모르겠는데 별안간 쓰고 싶은 충동이 느껴지면 써. (나의 준[准]이명 베르나르두 수아르스는, 여러 면에서 알바루 드 캄푸스와 닮긴 했지만, 항상 내가 피곤하거나 나른할 때 나타나는데, 그래서 다행히 내 이성이나 억제가 잠시라도 유예되는 거야. 그의 산문은 끝 모를 몽상이라네. 그가 준이명인 이유는, 그의 성

* Beira. 대서양에서 스페인 국경선에 이르는 포르투갈의 중북부 전체에 걸친 지역.

격이 딱 내 성격은 아니지만 또 그렇게 다르지도 않은, 단지 내 성격의 절제[切除]이기 때문이야. 나에게서 논리적 이성과 감정을 제외한 게 그라고 할 수 있겠어. 이성이 내 글쓰기에 작용하는 미묘한 차이를 제외하면, 그의 산문은 내 것과 같고, 포르투갈어도 완벽하게 같지 — 카에이루가 포르투갈어를 잘 못 다룬다면, 캄푸스는 제법 잘 다루긴 하지만, 가령 "나 자신" 대신 "나 자체"라고 쓰는 식의 실수를 범하지. 그리고 레이스는 나보다는 잘 쓰지만, 내가 보기엔 언어 사용에 과도한 결벽이 있어. 나한테 있어서 힘든 것은 레이스 — 아직은 발표하지 않았음 — 나 캄푸스의 산문을 쓰는 거라네. 운문이 흉내 내긴 쉬워, 더 즉흥적이니까.)

이쯤에서 카사이스 몬테이루는 이런 생각을 하고 있겠지, 대체 무슨 불행으로 이런 정신병원 한가운데에, 독자로서 떨어졌는가. 여하간 가장 최악인 점은 내가 글을 일관성도 없이 썼다는 것이겠고. 그럼에도 불구하고 반복하네만, 나는 가능한 빨리 쓰기 위해 자네에게 말을 걸듯이 쓰고 있는 거라네. 이렇게 하지 않으면, 이걸 쓰는 데 몇 달은 족히 걸릴 거야.

오컬트주의(시인*이 쓰기를)에 관한 자네 질문에는 아직 답하지 않았어. 자네는 내가 오컬트주의를 믿냐고 물어봤지. 그렇게 물어본 거라면 사실 질문이 명확하

* 페소아와 이 편지를 주고받은 당사자, 아돌푸 카사이스 몬테이루를 가리키는 듯하다. 그는 잡지 편집자, 에세이스트, 시인이었다.

지 않긴 하지만, 그래도 자네의 의도를 이해하니까 대답하도록 하겠네. 나는 우리의 것보다 한 차원 높은 세계의 존재를 믿고, 그 세계를 구성하는 존재들을 믿으며, 이 세계를 창조했다고 가정하는 초월적 존재에 이르기까지 세심하게 구별 지을 수 있을 만큼 다양한 차원의 영혼성에 대한 경험을 믿는다네. 거기엔 다른 세계들을 창조한 다른 초월자들도 동등하게 존재할 수 있고, 그 세계들은 우리의 것과 공존하면서 상호 침투하기도 하고, 안 하기도 해. 이런 이유들로, 그리고 또 다른 이유들로, 근본주의 오컬트 결사 즉, 프리메이슨들의 경우(앵글로·색슨 프리메이슨들을 제외하면)는, 그 신학적이고 대중적인 함의 때문에 "신"이라는 용어를 피하는 대신 "세계의 위대한 설계자"라고 부르는 걸 선호하지. 그렇게 표현함으로써 그가 세계의 창조자인지 아니면 단순히 그것을 관장하는지의 문제를 빈칸으로 남겨놓을 수 있거든. 존재들의 이런 층위들을 전제한다면, 난 신과의 직접 소통이 가능하다고 믿지는 않지만, 우리의 영적인 조율에 따라서 더 높은 차원의 존재와 소통할 순 있다고 봐. 오컬트로 가는 길에는 세 가지 경로가 있어: 마술적 경로(지적인 면에서 역시 마술의 한 형태인 주술과 수준이 같은, 강신술 같은 수행을 포함한, 모든 면에서 지극히 위험한 경로), 신비주의적 경로(그 자체로서는 위험하진 않지만 불확실하고 시간이 오래 걸리는), 그리고 연금술(셋 중 가장 힘들고 가장 완전한 경로인). 이 경로는 그것을 준비하는 개인 스스로의 직접적인 변화를 가져오기 때문에 커다란 위험 감수도 없을 뿐만 아니라, 오히려 다른 경로들은 없는 방비책도 있지. “비전의 전수”에 관해서라면 내가 말해줄 수 있는 건 이게 전부야. 자네 질문에 대답이 될 수도 있고 안 될 수도 있겠군: 나는 그 어떤 비밀결사에도 속해 있지 않다네. 나의 시「에로스와 영혼(Eros e Psique)」의 제명(題銘)은,『포르투갈 템플기사단원의 세 번째 단계의 의식서(儀式書)』에서 한 구절을 따온 건데(원문은 라틴어로 되어 있으니 번역이 됐지), 이것이 의미하는 바는 아주 단순해. 1888년경에, 명맥이 끊겼거나 또는 활동이 중단된 이 기사단의 처음 세 단계 의식서들을 내가 훑어볼 기회가 있었다는 것. 그게 휴면 중이 아니었다면, 나는 그 의식서의 구절을 인용하지 않았을 걸세, 왜냐하면 활동 중인 의식서들을 인용해서는 안 되거든(출처를 밝힐 경우).

친애하는 동료, 이렇게 해서 자네의 질문에 답을 했다고 믿네. 조리가 맞지 않은 부분이 여기저기 보이긴 하지만 말야. 만일 다른 질문이 있다면, 주저하지 말고 물어보게나. 할 수 있는 만큼, 그리고 최선을 다해 답해보도록 하겠네. 어쩌면 일어날 수도 있어서 미리 사과를 하네만, 다음엔 이렇게 서둘러 답장하지 않을 수도 있다네.

자네를 크게 존경하고 높이 사는 자네의 동료로부터, 따뜻한 안부를 담아,

페르난두 페소아

편지 3 — 오펠리아 케이로즈에게

나의 장난꾸러기 작은 아기:

난 지금 집에 혼자야, 벽에 종이를 펼쳐놓고 있는 지식인을 제외하면 말야(그렇겠지! 설마 바닥이나 천장에 그러겠어!), 하지만 그건 안 치지. 약속한 것처럼, 나는 내 아가에게 편지를 쓸 거야, 적어도 이 말은 해주려고, 그녀가 아주 나쁜 사람이라는 거, 한 가지만 빼고, '척'하는 기술, 그건 내가 보기에 완전히 도가 텄어.

그거 알아? 난 너한테 쓰고 있지만, 너에 대해 생각하고 있지 않아. 나는 내가 비둘기 사냥을 하던 때를 그리워하고 있어, 당연히 너는 이것과 아무 상관이 없고….

우리 오늘 산책 좋았지 — 안 그래? 넌 기분이 좋았고, 나도 좋았고, 날도 기분이 좋았고. (내 친구 A. A. 크로스*는 기분이 좋지 않았어. 그래도 건강은 괜찮아 — 아직은 딱 한 파운드만큼 건강하긴 하지만, 감기에 안 걸리기엔 충분해.)

내 손글씨가 좀 이상하다고 생각하진 말기를. 여기엔 두 가지 이유가 있거든. 첫째는, 이 종이(지금 가진 건 이것뿐인데)가 지나치게 부드러워서, 펜이 마구 미끄러지

* 또 다른 이명. 「포르투갈의 감각주의자들」을 쓴 토머스 크로스의 동생으로, 주로 영어를 사용하였고 수수께끼를 푸는 것을 즐겼으며 비문(碑文)체의 글들을 남겼다. 오펠리아도 그의 존재를 알고 있었다.

기 때문이야. 둘째는, 내가 집에서 아주 근사한 포르투 와인을 찾았는데, 한 병을 따서는 벌써 반을 마셨기 때문이지. 세 번째 이유는, 이유가 두 개밖에 없기 때문인데, 이 말인즉슨, 세 번째 이유 따윈 없어. (알바루 드 캄푸스, 엔지니어)

우린 언제 함께 있을 수 있을까, 어디든 우리 단둘이서만, 내 사랑? 그거 알아? 너무 오랫동안 키스 없이 있어서 내 입이 이상하게 느껴져…. 무릎에 앉는 내 작은 아기! 앙증맞게 깨무는 내 작은 아기! 내 작은 아가….

(그러고는, 아기가 나빠져서 나를 때린다…) 난 널 "유혹의 몸뚱이"라고 불렀지, 그리고 넌 앞으로도 계속 그럴 거야, 하지만 나로부터 멀리서.

이리로 와, 아가. 니니뉴*한테 가까이 오렴. 니니뉴의 품 속으로. 너의 조그만 입을 니니뉴의 입에 포개… 이리 와… 난 너무 외로워, 키스에 외로워….

네가 날 정말로 보고 싶어 한다는 걸 확신할 수만 있다면. 적어도 약간의 위안은 될 텐데…. 하지만 어쩌면 넌, 널 쫓아다니는 그 녀석 생각보다 내 생각을 적게 하겠지, 그 D. A. F랑 C. D & C.**의 계리사 생각도! 나빠, 나빠, 나빠, 나빠, 나빠…!!!!!

당신에게 필요한 건 맴매야.

그럼 안녕. 나는 내 머리를 대야에 푹 담그고, 정신

* 페르난두의 어미를 축소시킨 형태인 '페르난디뉴'에서 다시 한 번 변형된 애칭.

** 당시 오펠리아가 일하던 회사.

을 좀 쉬게 해야겠어. 모든 훌륭한 남자는 그렇게 하지, 적어도 다음을 가진 남자라면: 1) 정신 2) 머리 그리고 3) 머리를 담글 대야.

딱 한 번, 이 세상이 견디는 시간만큼 오래갈 키스를,
당신의, 늘 그리고 너무나 당신의,

1920년 4월 5일
페르난두(니니뉴)로부터

오펠리아 케이로즈 씨 귀하,

페르난두 페소아라고 불리는 비열하고 끔찍한 자가, 실은 저와 각별한 친분이 있는 친구입니다만, 귀하에게 연락을 취해달라고 부탁했습니다 — 현재 그의 정신 상태를 고려했을 때 여하한 종류의 소통도 불가능하기 때문입니다, 심지어 콩알만 한 것조차도 말이죠(충직함과 절도의 본보기랄까요), 해서, 그가 귀하께 다음과 같은 내용을 금지한다고 전했습니다:

(1) 체중이 줄어드는 것,

(2) 적게 먹는 것,

(3) 잠을 전혀 안 자는 것,

(4) 열이 나는 것,

(5) 문제의 인간에 대해 생각하는 것.

제 소견으로 말씀드릴 것 같으면, 이 무뢰한의 가깝고 친한 친구 되는 사람으로서 메시지 전달의 책임을 지고 (희생정신으로) 개인적인 조언을 드리는 바입니다. 부디 귀하께서는, 제가 여기다 인용하는 것만으로도 나름 깨끗한 종이가 더럽혀지고 있는 이 인간에 관하여 마음속에 어떤 이미지를 만드셨던 간에, 그 이미지를 집어다 하수구에 버려주십시오, 왜냐하면 만약 세상에 마땅한 정의란 게 존재한다면, 마땅히 그런 식으로 처리돼야 할 (그리고 원래는 본인이 자발적으로 그렇게 해야 할) 사람인 척하고 있는 이 개체의 운명을, 물리적으로 그렇게 하기는 불가능할 테니까요.

존경을 담아,

1929년 9월 25일

아벨*

조선 기사

알바루 드 캄푸스

* 와인을 취급하던 이 회사(Abel Pereira da Fonseca)는 페소아가 즐겨 다니던 바를 겸하고 있었다. 이곳에서 페소아가 술을 마시다 찍힌 사진이 있는데, 그가 그 위에다 '페르난두 페소아, 현장에서 덜미를 잡힘'이라는 메모를 남겨 오펠리아에게 선물해 나중에 유명한 사진이 된다.

작은 오펠리아에게,

난 당신이 날 좋아하는지 모르겠고, 바로 그게 내가 당신에게 편지를 쓰는 이유야.

당신이 그랬지, 내일, 다섯 시 15분에서 30분 사이, 거기에 없는 그 전차 정류장에서 날 보는 걸 피할 거라고, 그래서 바로 거기 가 있을 생각이야.

그런데 내일은, 조선 기사 알바루 드 캄푸스 씨가 거의 온종일 동행하게 될 모양이야. 내가 무슨 색깔 자넬라*로 가는 길에 그의 동행 — 게다가 반가운 — 을 피할 수 있을지 모르겠어.

그런데 방금 얘기한 이 오래된 친구가 당신한테 뭔가 할 말이 있다고 하더라고. 대체 무슨 얘긴지 나한테는 아무 설명도 안 해주는데, 당신과 직접 대면하는 자리라면 나한테 혹은 당신한테 아니면 우리한테 말을 해줄 기회가 생기리라 믿고, 또 그러길 바라.

그때까지 조용히 있을게, 존경을 담아, 기대감까지 품고.

달콤한 입술, 내일 볼 때까지,

1929년 9월 26일

페르난두

* 자넬라스 베르드스(Janelas Verdes, '초록색 창문들')를 지칭하는 듯하다. 리스본의 국립 고대 박물관이 위치한 지명.

마리우 드 사-카르네이루(Mário de Sá-Carneiro)
『오르페우』의 동인이자 페소아의 절친한 친구. 1912년에 처음 알게 된 그들은 곧바로 서로를 알아보고 돈독한 우정을 쌓아간다. 둘이서 주고받은 편지들은 한 권의 책으로 묶일 분량이다. 페소아 연구자들 사이에서 꿈이라고 불리는 '사라진 편지 묶음의 신화'가 있다. 이 활발한 서신 교환에서 페소아가 사-카르네이루로부터 받은 편지들은 200통이 넘는 반면, 페소아가 쓴 편지 중 발견된 것은 단 두 통뿐이다. 나머지는 파리에서 자살한 사-카르네이루가 보관하고 있던 것으로 추정된다. 자살 소식을 접한 시인의 친구들은 유품을 정리하러 그의 집으로 가지만, 집주인은 밀린 집세를 내지 않으면 돌려주지 않겠다고 말한다. 친구들이 돈을 마련해 갔을 때는 이미 남아 있는 게 거의 없었다. 대체 그 편지들은 어디로 사라진 것인가? 만약 누군가 가지고 있었다면, 금전 가치만 해도 상당할 이 물품이 아직까지 장물 시장을 통해 모습을 드러내지 않았을 리가 없다. 완전히 유실되었을까? 아니면 아직도 파리의 어느 다락방 구석에 처박혀 있을까?

아돌푸 카사이스 몬테이루(Adolfo Casais Monteiro)
가장 길고 가장 유명하고 또 가장 자주 인용되는 편지의 주인공이다. 페소아는 단숨에 쓴 편지라고 강조하고 있으나 후세를 염두에 두고 쓴 듯한 인상도 준다. 어찌 됐든 이명들의 기원을 작가가 직접 밝히고 있어 연구자들에게는 더없이 귀중한 자료이다. 단, 이 편지에서 밝히고 있는 것과는 달리, 그의 시들은 단숨에 완성된 게 아니라 여러 번 고치고 손본 흔적이 있다. 아돌푸 카사이스 몬테이루는 생전에 페소아의 진가를 알아본 소수 중 하나였고, 잡지 『프레젠사(Presença)』의 편집자였다.

오펠리아 케이로즈(Ophelia Queiroz)
페소아가 번역 관련 일로 드나들던 회사에 19살의 오펠리아 케이로즈가 부모의 반대에도 불구하고 속기사로 취직하면서 둘의 관계는 시작된다. (오펠리아는 페소아의 친구이자 시인이었던 카를루스 케이로즈와 사촌 관계였다.) 둘은 곧 연애편지를 주고받는 관계로 발전한다. 그녀는 페소아 이명들의 존재도 받아들이며, 반쯤 장난, 반쯤 진지한 페소아의 문학적 장단에 맞춰 재치 있는 답장을 쓰기도 했는데, 알렉산더 서치에 대해서는 호감을, 알바루 드 캄푸스에 대해서는 비호감을 표현했다. 결혼을 원했던 오펠리아와는 달리 사랑의 '현실화'에 무능 또는 무관심했던 페소아는 문학에 헌신해야 하는 운명을 거듭

호소했다. 핑계였을까, 진심이었을까? 그녀는 결국 다른 사람과 결혼하지만, 이후에 페소아가 유일한 사랑이었다고 공개적으로 밝힌다. 편지들은 공백기를 사이에 두고 두 시기로 분류되며(1920년/1929-30년), 사후에 공개된다. 페소아에게 있어 이명들의 존재가 문학의 차원에 한정되는 게 아니라 가장 내밀한 일상의 영역에까지 침투해 영향을 미치고 있음을 보여준다는 점에서, 이 편지들은 단순한 호기심을 자극하는 연애담 이상의 가치를 지닌다.

영화를 위한 각본

1

시시한 스릴러를 위한 노트

— 혹은 영화를 위한.

X는 은퇴 후 미국의 산간벽지 같은 곳에서 노후를 보내고 있는 백만장자. 그가 그의 엄청난 다이아몬드(혹은 고가의 물품?) 소장품들을 가지고 유럽으로 오고 있다. 그가 '칸타브리아' 호를 타고 항해할 것이라는 사실이 알려지면서, 몇몇 사기꾼 갱단들이 그를 미행하고 있고 그 사기꾼들 혹은 그들의 "대리인들"이 이미 배에 탑승한 상태(이는 거의 확실함). 또, 공인 탐정 한 명도 어떻게 탔는지는 모르지만, 배에 승선해 있다.

항해가 시작되면서, 사기꾼 일당 소속의 한 여성이 백만장자와 따뜻한 친목 관계를 형성한다. 그가 자신감에 차서 그녀에게 말하기를, 자신의 다이아몬드들을 무사히 유럽으로 옮길 수 있다고 호언장담하는데, 그 이유는 그 자신이 알고 있고 그녀에게 언급하고 있는 공인 탐정 한 명 말고도, 사설탐정 사무소 '스프라이어스'로부터 파견된 직원이 한 명 더 있는데, 상호계약에 따라 X 자신조차 그의 정체를 모른다는 것이다. 이 사실은 그녀와 그녀의 일당들에게 이미 모호하게나마 알려져 있다.

몇 개의 복잡한 사건들이 뒤따라 일어난다. X의 방

은 두 번(?)이나 침입을 당하고 털린다. 그리고 세 번째 도둑이 드는 과정에서, 한눈에 봐도 중요 인물이 아닌 Y의 객실이 털린다. 이 사실에 X가 크게 경악하는 것을 보고, 일당(두세 명 정도의 인원)은 다이아몬드가 Y의 방에 있었으며 누군가가 손댔음을 확신한다.

갱단 내부에서 긴장이 고조되고, 몇몇 복잡한 사건들이 일어난다. (이 부분은 일련의 박진감 있는 사건들로 흥미롭게 연출될 수 있는데, 영화화될 경우 시각화하는 것은 어렵지 않다.)

안 돼!* 배가 사우샘프턴[?]에 도착하자, 사건 경위를 통보받은 경찰이 모든 승객과 화물[?]을 샅샅이 조사하지만, 아무것도 발견되지 않는다.[?]

갱단은 이미 그 도둑이 X도 정체를 모르는 그 탐정이었을 거라고 추측하고 있고, 백만장자도 그러길 바란다고 독백한다.

선상 반란이 일어나면서, 갱단 두목 중 한 명인 바틀렛이 배를 장악한다. 대부분의 승무원들은 그가 돈을 대고 있기 때문에 그의 휘하에 있다. 그의 지시로 다들 배 전체를 이 잡듯 뒤져보지만 아무것도 찾지 못한다.

X가 고백하기를, 그가 Y의 객실에 다이아몬드를 숨긴 것은 사실이고, Y가 그 사실을 알 리가 없는데, 대체 누가 그 위치를 알아냈는지 모르겠다고 한다. (남은 가능

* 작가가 원고에 붉은색으로 표시한 부분으로, 그 구체적인 맥락은 알 수 없다.

성이 있다면, 그가 은닉처에 다이아몬드를 숨길 준비를 할 때, 그의 방문 근처에 있던 Z라는 인물과 ZZ라고 하는 다른 인물의 소행이라는.) (그즈음 Z는 모 갱단 소속, ZZ는 또 다른 갱단 소속이라는 점도 드러남.) 바틀렛은 그의 부하인 Z를 의심하기 시작하고, ZZ는 그와 Z가 그 시각 X의 객실 근처에 있었다는 사실 자체를 부인한다.

(결말. X는 물론이고, 그의 다이아몬드도 한 번도 배에 승선하지 않았다는 사실이 밝혀진다. 가짜-X가 실은 탐정 사무소 스프라이어에서 파견한 진짜 탐정 A였고, 그는 유럽에 도착하는 즉시 모든 갱단들을 체포한다. 그러나 결국 그는 X가 아니기 때문에, 그가 X라고 서명한 서류들이 유효하지 않다.)

"맹세컨대 난 연기를 하는 게 아니야, X는 절대 약속을 어긴 적이 없어." "나도 안다고."

그러나 X'는 X가 아니다.

2

스릴러, 혹은 영화를 위한 메모

여러 관련 집단들에게, A 교수가 값어치를 매길 수 없는 (여러 의미에서 측정 불가함) 초록색 조각상을 유럽의 B 지역으로 옮기려고 한다는 사실이 알려져 있다. 그는 조만간 본인 소유의 요트로 유럽으로 여행을 가는 잘 알려진 백만장자 C에게, 이 조각상의 운반을 위탁한다.

C의 요트에는 그가 초대한 여러 손님들(모두 다 해서 열여덟 명)이 탑승했는데, 그가 모든 사람을 잘 알고 있지는 못한 관계로, 그중에 적어도 한 명 이상은 이 조각상을 노리고 있음이 분명하다.

이 요트가 뉴욕을 출항한 직후, C는 저녁 식사를 마치고 손님들을 불러 모아 중대하고도 흥미로운 제안을 하겠다고 공표한다. 그는 그에게 맡겨진 임무에 대해 설명하고, 모든 손님들의 도움으로 그 임무를 무사히 성사시킬 수 있기를 희망한다고 말한다. 그는 승객들에게서 정확히 무엇을 기대해야 할지 혹은 두려워해야 할지 자신이 없다. 그래서 그는 스무 개의 꾸러미(모두 완벽하게 동일한 모양새의, 완벽하게 밀봉된)를 준비해 그중 하나에 조각상을 넣는다. 그는 손님들에게, 모두에게 꾸러미를 한 개씩 나눠주면, 그것을 보관했다가 배가 영국 항구에 도착할 때 돌려주기를 제안한다. 조각상이 들어 있는 꾸러미가 당첨된 자에겐 수백만 달러의 상금이 주어지게 된다(다른 대안으로는, 조각상이 들어 있는 꾸러미를 가진 자는 자기가 원하는 요구를 아무거나 할 수 있거나). 상당한 흥분과 술렁거림 끝에, 모든 손님들이 동의를 하고 꾸러미가 분배된다. 임의로 하나씩 손님들에게 주어지고, C도 마지막 남겨진 하나를 챙긴다.

온갖 복잡한 모험이 연이어 벌어진다. 예를 들어, 그중 사기꾼 손님 한 명이 다음과 같은 사실을 발견함. 만약 조각상이 들어 있는 꾸러미를 발견할 경우 아무 요구나 들어준다면, C가 제안한 조건대로 조각상 자체를 요구하면 어떻게 되냐고 지적하는 장면.

(사실은, C는 조각상을 배에 싣지 않았다. 그는 손님들 중에 분명히 사기꾼이 있으리라 예상하고 있었고, 운반에 안전을 기하는 동시에 장난기가 발동했던 것. 그는 다른 친구에게 조각상을 위탁했고, 그 친구는 바로 다음 날 출발하는 다른 요트에 조각상을 싣고 너무나 간단히 유럽으로 건너간 것. 이 친구의 요트는 계획대로 요트가 사우샘프턴이나 런던에 도착하기 며칠 전에 임무를 완수한다. 다음 신은, C가 손님들을 모두 모아놓고 꾸러미를 전부 개봉하는데 아무 꾸러미에서도 조각상이 발견되지 않는 장면. 그때 그의 친구 D가 등장해 그가 이미 사흘 전에 조각을 안전하게 운반했음을 선언한다. 크게 당황하고 격분한 손님들에게 C는 이렇게 설명한다: (1) 나는 스무 개의 꾸러미를 준비했고, 자신과 승객을 포함해 총 열아홉 명이었다고, (2) 나는, 그 누구도 조각상을 발견하지 못한다는 확신도 없이 조각상을 쥔 사람에게 그 값어치를 호가하는 것 '아무거나' 제안할 정도로 바보는 아니다. 왜냐하면, 첫째, 주인이 물건의 반환을 요구할 테고, 둘째, 나는 바보처럼 돈을 내다 버리는 데 흥미가 없으니까.)

3

연극이나 영화를 위한 초안

1. A 후작은 몸이 아프다 혹은, 아프다고 느낀다. 그는 그날 저녁 B의 저택에서 열릴 무도회, 파티 또는 뭐가 됐든 간에 참석을 하기로 되어 있다. 불참하고 싶지도 않지만, 그렇다고 갈 수도 없다. 열이 나고 초조해진 그에게 아이디어가 하나 떠오른다. B의 저택에서 그와 개인적으로 안면이 있는 사람이 한 명도 없다는 점, 그리고 그가 귀국한 지 얼마 안 된다는 점을 감안했을 때, 그의 하인을 분장시켜서 대신 보내면 어떨까. 그 하인이, 물론 더 통제된 점 때문에 그보다 못하긴 하지만, 그래도 나름 격식을 차릴 줄 안다는 종류의 언급들이 오간다. ("우월함의 본질은 자기통제이지. 지금은 자네가 나보다 훨씬 더 자기통제가 되는 사람이라네, 자네가 일하면서 배운 것들이 내가 받은 모든 교육보다도 자네를 더 잘 교육시켰다고")—여기에다 하인의 귀족적인 용모를 봐도 반론의 여지가 없다. 하인은 처음에 약간의 이의를 제기하지만 실은 그 제안에 끌리고 있었고, 게다가 B의 저택에 귀부인의 하녀 이본느가 있음을 상기한다. 하인은 제안을 받아들인다.

2. C와 D, 두 친구가 후작에게 연락을 한다. C는 B의 저택으로 향하는 길에, 후작에게 참석 여부와 간다면 몇 시에 갈 것인지를 묻는다. 후작은 그의 불참 의사와 그 이유를 설명하고, 그가 불참한다는 말은 하지 않을 것이라고

덧붙인다. (이유를 밝힌다?) 두 친구는 아쉬워하지만 알겠다고 말한다. 나가는 길에, B의 집에 초대받지 못했지만 참석을 원하는 D가, C에게 묻는다. "거기 사람들은 A를 모르지, 그렇지?"—"모르지. 그건 왜?"—"글쎄, 그렇다면 내가 A인 척하고 갈 수도 있잖아, 어차피 누군지도 모르니까."—"좋은 생각이야, 그렇게 해", C가 답한다.

하지만 그녀*는 당연히 그를 거기서 알아볼 것이다.

3. —후작은 그가 사랑하는 귀부인 E에게서 전화를 받는다. 그녀는 B의 무도회 파티에 간다고 말한다. 후작은 참석하지 못함에 유감을 표하면서, 그렇게 된 이유를 설명한다. 그녀는 의심을 하고, 그는 화가 난다. 그녀가 전화를 끊어버린다. 그는 여전히 몸 상태가 좋지 않음에도 불구하고, 가야겠다는 생각이 든다. 마침 위험한 라이벌이라고 여기던 F가 참석하기로 한 사실이 떠오른다. 그는 무슨 일이 있어도 가야겠다고 결심한다. 그러자 그가 하인을 보냈다는 것, 하인이 자기로 분장했다는 것이 기억나는데, 이미 때는 늦어서 하인이 집을 떠난 직후였다. 그럼 무슨 수로 참석한단 말인가? 그는 D는 참석하지 않는 걸 기억한다. 그는 D의 초대장을 만들어내고(이게 필요할지?), D로서 참석하기로 한다. 만약 그곳에서 C를 만나게 되면, 아마 그렇게 될 가능성이 높지만, 설명을 하면 될 일.

* B를 가리킨다.

(그가 E 부인에게 가지 않는다고 설명하면서, 그가 꾀를 부려서 자신의 분장을 한 하인을 대신 보낸 점을 시인할 수도 있음.) (이것은 그녀가 D를 하인이라고 믿게 만드는 결과로 이어짐.)

(A가, 그곳에 탐정을 파견하려고 하는, 또는 탐정 신분으로 무도회에 입장할 사람의 파견을 요청받은 탐정 사무소와 대면하도록 할 것인가).

*

하인은 B의 저택에 도착해서 하녀를 만나고, 그녀에게 그가 어떤 임무를 띠고 오는 건지, 어떤 신분으로 오게 된 건지를 설명한다. 그녀는 깜짝 놀라며 대답한다, "하지만 후작께서는 여기 오셨어요. 벌써 도착하셨는 걸요. 도착했다는 안내가 나왔어요. 제가 공지하는 걸 들었구요!" 하인은 굉장히 놀라지만, 이미 입장을 한 상태. 그는 순간적으로 집에서 D(D 공작)는 무도회에 참석하지 않는다는 얘기를 들은 걸 기억한다. 그는 D 공작의 이름으로 참석해서 무도회를 놓치지 않겠다고 생각한다. 그리고 그렇게 한다(이는 나중에 진짜 공작을 크게 당혹케 만든다).

A는, 정원의 담벼락을 넘다가 탐정에게 체포당하는데, 그는 사실 자신이 A 후작이라고 설명한다. 탐정은 거짓말 말라고 답한다. 그는 자신의 하인을 대신 보냈으며, 그는

용모가 출중해 자신처럼 행세할 수 있는 자라고 응수한다. 탐정은 자신이 A 후작이라고 주장하는 사람은 진짜 후작이 아니라는 걸 안다고 말한다. 자기가 알기로 그자는 D 공작이라는 것. "아", A가 대답한다, "그래서 그가 유난히 눈에 띄었던 거군요. 난 항상 그에게 유난히 다른 뭔가가 있다고 생각했었죠".

D 공작은 원래 -------(어떤 사정) 때문에 무도회에 참석하고 싶지 않았다. 이 사정은, 공작을 사칭하고 있는 하인을 더 복잡한 상황에 휘말리게 만드는데, 이는 공작이 자기 이름으로 참석하기 싫어하는 이유를 제공한 어떤 남자 혹은 여자가, 그의 얼굴을 모르기 때문이다.

그 하인이 실은 국제적인 사기꾼이다. 탐정은 후작이 본인을 사칭하도록 시켜서 보냈다는 사실을 듣게 되면서 후작을 의심하기 시작한다. 그래서 그는 후작(이 사람은 실제로 D 공작임)과, 무도회에 입장하는 과정에서 자신이 진짜 후작이라고 주장하는 진짜 후작, 이 두 명 모두를 체포(?)한다.

4
다중 귀족
— 역사 수업에서 사람의 인생과 성품은 그 사람을 정의

하는 것들의 총합으로 결정된다고 가르쳐줬는데 맞는 얘기였어. 이 사람은 어찌나 다른 남자들과 구별되는지! 신실하고, 기품 있고, 용감한 데다, □

난 그와 대화를 나누자마자, 곧바로 사람을 알아봤다니까. 여자의 직감이 아직 이 세상에 유효한 거구나!

그, 오로지 그가 내 관심사야. 주인이건 하인이건, 어느 누구도 보여주지 못한 사람이야. 그야말로 진짜 남자야!

— 하지만 그 남자는 거기 있던 A 후작이 아니에요.

— 딸아, 그러면 누구겠어? 내가 너한테 자초지종이 있다고 하지 않았어? 내가 너보다 더 나이도 많고 세상을 잘 안다는 걸 못 믿겠니.

— 난 지독한 감기에 걸려 있었단 말이에요.

— 후작이 걸린 건 심한 비윤리적인 발작이지. 곱슬머리 여자라니! 이건 불가능해. 대체 어디로 그녀를 데려간 거야?

*

III.

— 아, 딸아, 경위가 어떻게 된 건지 모르겠니? 만약 이 남

자가 거기서 A 후작을 사칭했다고 치면, 그리고 만약 다들 곱슬머리가 A 후작과 함께 도망쳤다고 그러고, 그녀는 이 남자랑 도망치지 않았다고 한다면, 네 말대로, 그녀가 거기서 A 후작이라고 알려진 누군가와 도망간 거잖아. 그 사람이랑 도망간 거라고, 내 딸⋯.

— 오, 엄마, 하지만 거기엔 A 후작이라고 말하는 다른 남자가 또 있었어요. (그녀는 그를 볼 수도, 알아볼 수도 없었다, 만약 알았다면 오늘 아침 그를 봤을 때 공작이란 걸 알아봤을 테니까.) (이 경우엔 그의 하인에 관한 가벼운 농담은 삭제 — 그가 실제로 진짜 공작이었는데 하인 같아 보인다는.)

— 바로 그거야. 그 남자가 A 후작으로 분장을 한 거고, 곱슬머리가 A 후작과 도망갈 때 아직 거기 있었다면, A 후작을 알아봤겠지. — 거기에서 두 사람씩이나 A 후작을 사칭했다는 건 나한텐 불가능해 보이는데, 안 그러니?

— 안토니오, 진실을 말해줘⋯.

— 거기선 뭐가 진실인지 알았어. 지금은 하나도 모르겠어. 이해 못 하겠어. 난 완전히 돌아버리고 있어. (⋯)

1920–9년

『오르페우』에 이어 두 번째 모더니즘 운동을 주도한 잡지『프레젠사』는 페소아가 정기적으로 기고하던 매체이기도 했다. 하루는, 편집자 주제 레지우(José Régio)가 페소아에게 영화에 대한 원고를 청탁했다. 그는 부정적인 답장을 보냈다.
"영화에 관한 질문에는 답변을 하지 않겠네. 난 내가 영화에 대해 무슨 생각을 하는지 모르겠네. (…) 게다가, 질문지에는 답하지 않는 편이 낫겠다고 생각해. 무엇보다『노티시아스 일루스트라두(O Notícias Illustrado, '이미지로 된 신문')』에 파두에 관한 그 바보 같고 비참한 답변을 보낸 이후로는 더욱 그렇다네."

그러나 그가 영화에 대해 전적으로 무관심했다고 단정하긴 어렵다. 그는 다음에 보낸 편지에서 본인 혹은 알바루 드 캄푸스 둘 중 한 명은 답변을 보낼 의향이 있다며 입장을 선회한다. 실제로 그는 상당한 양의 영화를 관람한 기록이 있고, 독일이나 러시아 영화는 예술적 가능성이 있다는 등의 단상들을 남기기도 했으며, 기계와 새로운 발명들을 열렬히 옹호했던 캄푸스는 시에서 영화에 대해 직접 언급하기도 했다. 재미있는 점은, 그가 영화에서 사업적 가능성을 발견하고 영화와 관광을 포괄하는 회사 '코스모폴리스'와 영화 관련 단체 '포르투갈 문화 조합' 그리고 영화제작사 '이 영화를 보라(ECCE FILM)'에 대한 구상을 진지하게 진행시켰다는 사실이다(페소아는 이 영화제작사의 로고를 직접 디자인할 정도로 애착을 가졌으나, 결국 사업이 실현되지 못했다). 여기에 실린 세 편의 시나리오들도 이런 상업적 의도와 맥락에서 창작되었다. 두 편이 더 있으나 역시 미완성이다. 페소아에게 있어서 최고의 예술형식은 두말할 나위 없이 문학(특히 시)이었기에 당시 새로운 매체로 떠오르던 영화에 대해 그는 이렇다 할 열광을 보이지 않았고, 이 각본들 역시 예술적 목적을 가지고 심혈을 기울인 창작물들은 아니었다. 그럼에도 불구하고 속임과 감춤, 정체성의 혼란, 철학적 위트 등 페소아적인 특징이 고스란히 녹아든 점이 흥미롭다.

옮긴이의 글

복수(複數)가 되어라, 이 우주만큼!*

1798년, 독일 낭만주의 이론가 프리드리히 폰 슐레겔(Friedrich von Schlegel)은 이런 글을 적는다.

> 자신을 한 영역만큼이나 다른 영역에 임의로 위치시킬 수 있는 것(마치 다른 세계인 것처럼) 그리고 단지 이해나 상상으로 그렇게 하는 게 아니라, 온 영혼을 동원해 그렇게 하는 것. 자기 존재의 한 부분을 다른 부분 만큼이나 자유로이 포기할 수 있는 것, 그리하여 거침없이 또 자유자재로 타자가 되는 것(…): 이것이 가능한 정신은 하나뿐이다. 어떤 방식으로든 정신들의 복수성과 인간에 대한 모든 시스템을 지닌 정신, 그리고 흔히들 쓰는 표현처럼, '각 모나드** 속에 씨앗으로 존재하듯이' 자라나고 성장하는 우주를 품은 정신.

73년이 지난 후, 프랑스에서 17세의 아르튀르 랭보(Arthur Rimbaud)가 스승이자 친구인 조르주 이장바르

* 페르난두 페소아의 말.

** monad. 라이프니츠의 철학 용어. 넓이나 형체를 가지고 있지 않으며, 무엇으로도 나눌 수 없는 궁극적인 실체.

(Georges Izambard)에게 편지를 쓴다.

> 지금, 난 내 인생을 최대한 방탕하게 살려고 한다. 왜? 난 시인이 되고 싶고, 견자(見者, voyant)가 되려고 노력하고 있기 때문이다. 당신은 아무것도 이해하지 못할 것이고, 나도 이걸 어떻게 설명해야 할지 모르겠지만. 관건은, 존재하는 모든 감각의 무절제, 그 미지의 영역에 도달하는 것. 엄청난 고통이 따르겠지만 시인으로 태어났다면 강해지는 수밖에 없다. 그리고 난 내가 시인으로 태어났음을 깨달았다. 이건 전혀 내 책임이 아니다. '나는 생각한다'라는 말은 틀렸다. '나는 생각된다'고 해야 한다.

그리고 덧붙인다.

> 나는 타자이다.

또다시 33년이 흐른다. 포르투갈의 시인 마리우 드 사-카르네이루가 「7」이라는 시를 쓴다.

> 나는 나도 아니고, 타자도 아니다
> 그 중간쯤에 있는 무언가이다.

사-카르네이루가 파리에서 자살을 감행하고 약 10년이 지나, 그의 고향 리스본에서 베르나르두 수아르스라는 수상한 인물이 일기를 쓴다.

> 나는 지속적으로 개성을 창조한다. 나는 존재하지 않는다. / 창조하기 위해서, 나는 스스로 파괴되었다. (…) / 나는 살아 있는 무대이며, 다양한 배우들이 다른 역할을 연기하며 그 위를 지난다.

문장을 마친 순간 수아르스가 사라지고, 방금 앉았던 자리에서 다른 사람이 일어난다. 그가 찬장에서 압생트를 꺼내 한 잔 들이켜고 다시 타자기 앞에 앉아 시를 짓는다.

> 내가 얼마나 많은 영혼을 지녔는지는 나도 모른다.
> 난 매 순간 변했다.
> 끊임없이 내가 낯설다.
> 난, 날 본 적도 찾은 적도 없다.
> 그토록 많은 것이 되다 보니, 가진 건 영혼뿐.
> 영혼이 있는 사람에겐 안정이 없다.
> 무언가 보는 사람은 바로 그가 보는 그것,
> 무언가 느끼는 사람은 더 이상 그가 아니다,
> (…)

완성한 시 아래에 이 사람이 서명을 한다: 페르난두 페소아.

*

페소아, 그, 아니 '그들'은 누구인가?

우연히 페소아의 시 「담배 가게(Tabacaria)」를 접한 후 인생 항로가 송두리째 바뀐 이탈리아의 작가 안토니오 타부키(Antonio Tabucchi)에겐 이 질문이 "나는 누구인가?"라는 질문과 별개가 아니었다. 그는 "누군가를 찾는 과정 속에 자기 자신을 찾게 된다"고 술회했다. 만약 누군가 페소아를 알게 되고 나서 한없이 낯선 이질감을 넘어 직관적으로 다 이해할 것만 같은 깊은 동질감을 느꼈다면, 그런 사람에게도 두 질문은 서로 다르지 않으리라.

앞서 인용한, 페소아의 도래를 예견이라도 한 듯한 슐레겔의 글이 쓰여진 시기만 해도 대다수의 사색가들에게 주체성의 문제가 그렇게까지 혼란스럽지는 않았다. 그러나 위의 질문에 철학자들 못지 않은 예민함으로 반응해 온 시인들은 점점 더 깊은 의심을 품게 된다. 간추려 살펴본 100여 년간의 변화 추이를 따라가다 보면 그토록 견고해 보이던 "나는 생각한다. 고로 존재한다"라는 명제가 어느 순간 놀랄 만큼 허술하게 읽힌다. 페소아도 데카르트를 비꼬기라도 하듯 이렇게 맞받아친다.

> 만약 내가 존재한다면, 그걸 안다는 게 나의 오류다.
> —「나는 꿈꾼다. 나는 지금 내가 누구인지 모른다(Sonho. Não sei quem sou)」 중에서

이런 존재론적 혼란의 와중에 “글을 쓰는 나는 누구인가?” 또는 “글 속의 나란 누구인가?”라는 ‘문학적 주체’에 대한 고민은 20세기 초 유럽에서 흥미로운 양상으로 나타내기 시작한다. T. S. 엘리엇(T. S. Eliot)은 ‘프루프록(Prufrock)’과 ‘제론시온(Gerontion)’, 에즈라 파운드(Ezra Pound)는 ‘휴 셀윈 모벌리(Hugh Selwyn Mauberley)’라는 존재하지 않는 인물들의 이름을 내걸고 시를 짓고, 또, 안토니오 마차도(Antonio Machado)는 후앙 데 마이레나(Juan de Mairena), 라이너 마리아 릴케(Rainer Maria Rilke)는 말테(Malte Laurids Brigge)라는 이름으로, 마치 약속이나 한 듯 작품 속에 가상의 화자를 등장시킨다. 더 이상 종전의 낭만주의 시를 읽을 때처럼 시적 화자와 시인을 동일시하는 독해 방식을 적용할 순 없었다. 텍스트의 확고한 기원이자 그 해석의 기준이 되는 단일 주체로서의 ‘저자’는 롤랑 바르트가 그 죽음을 선고하기 이전부터 죽어가고 있었다. 물론 단순히 가명을 사용하는 현상만 놓고 본다면, 이는 모더니즘 시기의 전유물은 아니었다. 가명을 사용한 작가는 이전부터 존재했다(루이스 캐럴[Lewis Carroll], 로버트 브라우닝[Robert Browning], 쇠렌 키르케고르[Søren Kierkegaard] 등). 그러나 페소아처럼 이 실험을 극단까지 밀어붙인 사람은 전무후무했다. 그 규모와 깊이와 강도에서 타의 추종을 불허한 그의 실험 과정에서 그는 ‘이명(Heteronym)’이라는 발명품을 고안해내 폭발적인 창작력을 발휘한다.

먼저 그 규모부터 살펴보자. 이명 연구에서 선구적인 역할을 한 테레사 리타 로페스(Teresa Rita Lopes)가 1999년에 집계하기로는 71개, 2013년에 제로니모 피사로(Jerónimo Pizarro)가 발표한 바로는 136개에 이른다. 이 숫자들은 모두 이명을 의미할까? 페소아의 말을 직접 들어보자.

> 페르난두 페소아가 쓰는 작품들은 본명과 이명이라는 두 가지 항목으로 분류될 수 있다. 이를 익명과 가명이라고 칭할 수 없는 이유는, 정말로 그게 아니기 때문이다. 가명으로 쓰인 작품은, 서명하는 이름만 빼고는 모두 저자 자신에 의한 것이다. 이명의 경우는 자신의 개성 바깥에 존재하는 저자가 쓴 것이며, 완벽히 저자에 의해 만들어진 개인이다.
>
> —1928년 12월, 「저서 목록(Tábua Bibliográfica)」 중에서

부연하자면, 이명이라고 부르기 위해서는 다음의 조건들이 중요하다. 1. 스타일과 언어에 있어서 뚜렷한 개성과 높은 완성도로 저자와 분명한 차이를 보일 것. 2. 일정 기간 동안 지속적인 창작이 이뤄졌고, 그 결과물이 남아 있을 것. 3. 독립적인 개성 또는 개인사를 갖추고 있을 것.*

* 이명들은 기본적으로 뚜렷한 특징과 일관성을 갖추고 있으면서도 작품에 있어서 성장과 퇴보를 오가고, 확신에 차 있다가도 스스로에 대해 회의하고 자기모순을 경험하는 등 입체적이고 생동감 있는 인물들이다.

페소아가 직접 이명이라고 꼭 집어 말한 인물은, 일명 '승리의 날'에 탄생한 세 명의 시인이다.* 나머지는 수아르스처럼 '준(準)이명'이거나(바랑 드 테이브), 이명이라는 말을 고안하기 전에 탄생한 '전(前)이명'이거나(알렉산더 서치), 텍스트의 양은 많지만 캐릭터가 모호하거나 전기가 부재한 경우(안토니우 모라), 남아 있는 텍스트의 양이 너무 적어 판단하기 힘든 경우(마리아 주제), 이름과 몇몇 단상밖에 남지 않은 경우들이다. 이들을 모두 뭉뚱그려 이명으로 분류하는 이도 있지만, 엄밀한 의미에서의 이명은 3–5명 정도라고 볼 수 있다.

이제 깊이와 강도를 살펴볼 차례다. 이를 위해 이명의 의미를 좀 더 자세히 이해할 필요가 있다. 이명과 가명의 차이는 앞서 페소아가 비교적 명쾌하게 정리해줬다. 가명은 특정 필요(정치적 이유 등)에 의해 사용되지만 글 쓰는 주체는 변화하지 않는 반면, 이명은 전혀 다른 존재로 변하는, '타자-되기'의 경험이다. 그렇다면, 타자-되기가 곧 이명인가? 위에서 살펴봤듯이 그것만으로는 불충분하다. 좀 더 근본적인 질문을 던져보자. 왜 애초에 타자-되기를 시도하는가? 무엇 때문에 이명을 사용하는가? 페소아에게 이명은 무엇인가? 사회적 가면인가? 허구의 형식인가? 창작을 위한 체계인가? 문학 프로젝트인가? 개념인가? 스타일인가? 장치인가? 아니면… 장난인가?

* 이 책 325쪽(「편지들」) 참조.

실제로 초반에는 이명이 작가의 별난 취미나 신비화 전략 혹은 유치한 장난쯤으로 치부되기도 했으나, 곧 페소아라는 미로를 탐색하기 위한 열쇠로서 진지하게 연구되어왔다. 먼저, 이명의 목적을 이해하기 위해 페소아의 표현을 인용해보자.

> **모든 것을 모든 방식으로 느끼는 것**,**
> 모든 관점을 가지는 것,
> 매 분마다 너 자신과 모순을 일으키면서 진실할 수 있는 것.
> — 알바루 드 캄푸스, 「시간의 통로(Passagem das Horas)」 중에서

'느낀다는 것'은 페소아에게 가장 중요한 화두 중 하나였다.*** 모토처럼 자주 반복되는 '가능한 한 많이, 가능한 한 모든 것을 느끼는 것'이라는 말을 시인으로서 그가 추구한 핵심 목표라고 가정해도 무리가 없을 것이다. 단, 그에게 있어서 '느낀다', '감각한다'는 행위는 이성/감정을 이분화하여 후자를 칭하는 일반적인 의미와 다르다. 수동적인 신체 작용에 그쳐서는 안 된다. 반드시 능동적인 지적 작업을 동반해야 한다.

** 굵은 글씨 — 옮긴이 강조.

*** 그는 '감각주의(Sensacionismo)'를 창시하고 체계화할 정도로 느낌/감각에 대해 끊임없이 사유하고 쓴다.

> 무의미한 단순 감정을 예술적 감정으로 변화시키려면, 또는 예술적으로 만들려면, 이 감각은 지성화(intelectualizada)되어야 한다.
>
> —『사적인 산문들과 자기 해석(Páginas Íntimas e de Auto-Interpretação)』, 192쪽

감각의 지성화는 감각의 분석을 요한다. 왜 굳이 감각을 분석하는가? 분석을 함으로써만이 가장 극미한 것, 가장 심층에 숨은 것, 가장 격렬한 것까지 드러낼 수 있는 밀도와 강도에 도달하기 때문이다.

> 내가 강도 높게 살아냈던 건 오로지 최소의 감각들, 작디작은 것들에 대한 감각들이었다. (…) 작다는 이유 때문에, 아무런 사회적/실용적인 중요성이 없기 때문에, 바로 그 없음으로 인해, 현실과의 관계로부터 완전히 독립적이기 때문이다.
>
> —『시와 산문집(Obra Poética e em Prosa)』 II, 926쪽

이렇게 극히 작고 사소하고 무의미한 것들에 각별한 집중을 기울이는 분석적 경향은 자연히 감각의 의식화를 동반한다. 신체적인 고통을 감각하는 것도 고통스럽지만, 그 고통의 감각을 의식하는 행위는 강도를 한층 강화시킨다.

> 나에게 감각의 강도는, 감각에 대해 의식하는 것보다 항상 덜했다.
> — 베르나르두 수아르스, 『불안의 책(Livro do Desassossego)』 II, 텍스트 317, 49쪽

그는 고통에 대해 자각하는 것이, 고통 그 자체보다 더 고통스럽다고 말한다. 물론 의식을 통한 이러한 감각의 극대화도, 완전한 무에서 출발할 수는 없다. 작은 단초 혹은 발돋움대는 필요하다.

> 속도의 쾌락과 공포를 느끼기 위해 고속 자동차나 쾌속 열차가 필요한 건 아니다. 전차 하나 그리고 내가 갖고 있고 연마하고 있는 추상화의 기능만으로도 충분하다.
> —『불안의 책』 I, 텍스트 131, 140-141쪽

정리하자면, 페소아의 감각 과정은 대략 세 가지 단계를 거친다. 첫째, 특정한 '감각의 집중, 흐름, 지속'을 통한 감각의 극대화(각 이명은 특정한 감각 상태에 대응됨).* 둘째, 느낀 감각의 분석. 셋째, 시적 언어와 리듬의 부여. 그러나 이 세 단계가 단선적이고 도식적으로 반복되는 것은 아니다.

* 이 책 329쪽 참조(「편지들」).

감정을 가지고 생각할 줄 알고, 생각을 가지고 느끼는 것.

—『불안의 책』, R/Z, 텍스트 131, 151쪽

그의 작품들에서는 '느끼는 동시에 느끼는 나를 느끼고, 보는 동시에 보는 나를 보는…' 식의 표현이 종종 관찰된다. 이는 자유자재로 시점과 역할 바꾸기를 하면서 역동적으로 객관화/추상화를 전개하는 메타-감각의 과정을 보여준다. 하지만 '모든 것을, 모든 방식으로 느끼기' 위해서는 이것만으론 부족하다. 우리가 지닌 제한된 감각기관 이상의 '복수의 수용기'를 갖춰야 할 것이다. 이는 신체적 오감 이상의 것을 의미한다. 슐레겔의 말처럼, "정신들의 복수성"과 "인간이라는 시스템"들을 최대한 많이 보유할 필요가 있으리라. 더불어, 이 복수성을 온전히 품고 감각하기 위해서는 자아 중심적인 개성에서 벗어나야 한다. 엘리엇은 1920년에 시(詩)란 "개성의 표현이 아니라 개성을 탈피하는 것"이라는 비개성화(impersonalization)* 시론을 펼치는데, 페소아는 그보다 앞서 자신만의 '탈개성화(despersonalização)' 혹은 '다면화(multiplicação)'를 시 창작의 주요 기제로 설정하고 실천한다. 어린 시절부터 무의식적으로 타자-되기를 '수련'해온 그는, 1914년 '승리의 날', 시인 3인방의 탄생과 함께, 본격적으로 1. 자신을

* '몰개성화', '비인격화', '비개인화'라고도 번역한다.

비우거나 지우고, 2. 자신의 개성과 자기 속의 타자들을 분리시킨 다음, 3. 특정한 감각 상태의 흐름을 지속시키며 완전히 다른 인격체로 변하는, 일련의 탈개성화 과정을 의식적으로 추구하기 시작한다. 그리고 이 과정에서 페소아의 극단이 조직된다.

이 시인 세 명의 작품들은 연극적인 집합을 형성한다. 그리고 이것은 각 개성들의 지적인 상호작용에 맞추어 연구된다, 진짜 개인적인 관계들처럼 말이다. 이 모든 것이 출판을 하게 될 시에는, 운세 혹은 사진까지 곁들인 개인 전기(傳記)를 구성하게 될 것이다.

> **이것은 연기에 의한 연극이 아니라, 그대신, 인물에 의한 연극이다.**
>
> — 1928년 12월,「저서 목록」중에서

우리는「선원」을 통해 이미 그의 연극관을 알고 있다.* 그는 연극에서 행동(연기)이 필수 불가결하지 않다고 생각했다. 인물 자체가 하나의 연극이라는 것인가? 만약에 셰익스피어와 같은 최고 경지의 탈개성화로, 햄릿 같은 인물을 드라마의 일부로 창조하는 대신, 드라마 없이 오로지 인물만 창조했다고 가정해보자. 마치 정해진 각본이나

* 이 책 225쪽 참조.

스토리 없이 배우들의 즉흥연기와 대사, 카메라 앞에 벌어지는 일에 주목하는 실험 영화감독의 발언처럼 들린다. 그렇다면, 페소아는 이 드라마 없는 연극을 연출하는 드라마투르그였던 것일까?

> 나는 말야, 본질적으로—시인과 추론가 등등의 본의 아닌 가면들 뒤에서—드라마투르그라네.
>
> —1935년 1월 20일, 아돌푸 카사이스 몬테이루에게 보내는 편지 중에서

여기서 참고삼아 그의 '전복적인 여행관'을 끌어와보자. 연극을 위한 행동 연기가 필요 없듯, 그는 여행을 위해서도 굳이 공간 이동을 할 필요가 없었다. 충분히 느낄 수만 있다면 말이다.

> 결국, 여행을 떠나는 최고의 방법은 느끼는 것이다.
> 모든 것을 모든 방식으로 느끼는 것.
> 지나칠 정도로 모두 느끼는 것,
> 왜냐하면 실제로 모든 건, 지나치니까.
>
> —「여행을 떠나는 최고의 방법은 느끼는 것(A melhor maneira de viajar é sentir)」 중에서

여행뿐만이 아니다. 그는 한술 더 뜬다.

> 읽지 않기 위해 책을 사는 것. 음악을 듣거나 누가 나오나 보지 않기 위해 공연장에 가는 것. 걷는 게 지겨워서 오래 산책을 하는 것. 시골이 우릴 지루하게 만든다는 바로 그 이유 때문에 시골에서 나날을 보내는 것.
>
> —『불안의 책』, R/Z, 텍스트 23, 60쪽

통상적인 방식과는 정반대되는 현실 경험들을 긍정하면서, 그가 도달하는 결론은 다음과 같다.

> 여행을 위해선, 존재하는 것만으로 충분하다.
>
> —『불안의 책』, R/Z, 텍스트 451, 398쪽

보르헤스가 "쟁기와 칼은 손의 확장, 망원경은 눈의 확장, 책은 기억의 확장"이라고 했듯이, 페소아에게 이명이란 감각의 확장을 의미했다. 그는 이명을 통해 현실보다 더 증강된 현실을 느끼고, 물리적인 이동 없이도 더 멀리 더 자유롭게 다른 공간들을 경험할 수 있다고 주장한다. 이를 받아들인다고 쳐도, 한 개인이 그처럼 복수로 분리되고 또 확장되고 나면, 대체 '나'라는 존재는 어떻게 되는 건가? 소설가들이 자신이 창조한 캐릭터들을 전지전능한 '작은 신'의 시점으로 위에서 내려다보며 조종할 때, 페소아는 오히려 내면의 무수한 복수의 존재들에게 자리를 내주는 무대 역할을 자청했던 것일까? 하지만 '나라는 주체'

는 그렇게 호락호락하지 않다. 그것은 본능적으로 독점적 존재가 되려 하고, 낯선 타자를 몰아내려고 하며, 차이와 자기모순을 못 견딘다. 동일성의 원리에 의해 갈등을 해소하고 조화를 추구하면서 가능한 내적 혼란을 안정화시키려는 경향이 강하다. 그러나 '모든 것을 모든 방식으로 느끼려면' 이런 조화와 안정은 불가능하다. 조화를 추구하는 '나'는 장애물이 돼버린다. 그래서 '나의 파괴'*가 불가피했던 것이다. 그에게 있어서의 조화란 단순히 긴장이 제거된 평화 상태가 아니라, 차이와 모순의 역동성이 꿈틀거리는 고도의 긴장 상태를 의미했던 것으로 보인다.

> 삶에 동의하는 유일한 방법은, 우리 자신과 동의하지 않는 것이다.
>
> —『불안의 책』, R/Z, 텍스트 23, 60쪽

자신으로부터 벗어나 '타자들'이 될 때 비로소 진정한 자기 자신이 되는 자, 페소아는 그런 사람이었을까? 물론, 이런 극적 긴장 상태를 지속시키는 데에는 대가가 따를 수 밖에 없다. 내 속에 다른 주체를 습관적으로 품어가며 한 개도 아닌 수십 개의 타자-되기를 '밥 먹듯이' 한다는 건, 일종의 정신분열 증세를 달고 사는 일상을 의미한다. 비슷한 성향의 작가들이 자살이나 정신병 등으로 최후

* 이 책 355쪽 참조("나는 스스로 파괴되었다").

를 맞이하는 것도 우연이 아니다. 한 연구자는 일군의 작가들에게서 발견되는 이런 공통적인 현상을 '페소아 신드롬'이라고 칭하기도 했다. 페소아 자신도 1914년, 친구 루이스 드 몬탈보르(Luís de Montalvor)에게 보낸 편지에서 이 탈개성화가 초래하는 피로를 토로한다.

"하도 여러 개의 철학, 여러 개의 시학을 살아내느라 벌써 늙어버린 기분이라네."

그러나 페소아는 늘 반전을 준비하는 사람이다. 정교한 논리 체계를 세우는 데 능했지만, 동시에 스스로의 논리를 반박하길 일삼았다. 그러니 그의 말들을 토대로 한 논증은 그의 말로 얼마든지 뒤집힐 가능성도 내포한다.

시인은 척하는 자
어찌나 완벽하게 하는지
고통까지 느끼는 척한다
심지어 진심으로 느끼는 고통마저

—「아우토프시코그라피아(Autopsicografia)」 중에서

속이고, 가장하고, 흉내 내는 게 시인의 임무라니, 이쯤 되면 모든 것을 원점부터 다시 의심해봐야 한단 말인가? 다만 한 가지 분명한 건 있다. 그가 이런 사고-상상 실험실을 지금껏 우리가 알고 있는 그 누구보다도 활발히 가동시켰다는 점이다. 다행히, 우리는 그 생산적인 결과물의 상당 부분을 증거로서 확보하고 있다. 그가 죽은 후 너무

도 유명해진, 그의 방에 남아 있던 트렁크 속에서 발견된 2만 7천 543장*에 이르는 텍스트들이 그것이다. 이게 전부도 아니다. 가령, 그가 친구와 지인 들에게 보낸 무수한 편지들은 셈에서 제외된다. 그가 첫 시「사랑하는 나의 엄마에게(À minha querida mamã)」를 지은 게 일곱 살 때(1895년)였고 나이 마흔일곱(1935년)에 죽었으니 본격적으로 글을 쓴 기간은 어림잡아 30여 년인데, 보관되지 않은 글과 버려진 글까지 상상하면 엄청난 양이 아닐 수 없다. 가끔 그가 연인 오펠리아에게 문학적 연정 이상의 사랑을 느꼈는지 그 진정성에 의문이 들 때는 있어도, 그가 단어와 문자와 문장과 산문과 시에 흠뻑 빠져서 짧은 생애를 폭발적으로 연소시킨 것만은 의심의 여지가 없는 사실이다. 이 모든 게, 이명들 없이도 가능했을까?

모든 방식으로 감각하는 모든 것을 그때그때 마구잡이로 쓸 수도 있을 것이다. 하지만 특정 이름하에서 쓸 때 고유한 특성들이 발휘되는 체계를 갖춘다면 결과는 다를 수밖에 없다. 게다가 누군가로부터 주어진 체계를 수동적으로 익히는 것이 아니라, 능동적으로 그것을 창조하는 동시에 익힌다면 차이는 더욱 커진다. 이는 그가 자칭 '철학에 의해 영감을 받는 시인', 복잡한 지적 설계와 통제를 즐기고 그것에 능란한 흔치 않은 예술가라서 가능했을지

* 2008년까지의 공식 기록. 그 이후 유족 소유의 문서들을 포르투갈 정부가 추가로 취득하는 등의 변화를 겪어 현재는 약 3만 장으로 추정된다. (단, 이 중에는 단순 스크랩이나 전단지 등 페소아의 고유한 창작물로 볼 수 없는 것도 포함되어 있다.)

도 모른다. 체계는 가슴이 아니라 머리로 구축하는 것이니까. 아니다. 이 말은 틀릴 수 있다. 훈련만 되면 가슴과 머리의 구분이 무의미한 체화된 체계(embodied system)의 경지에 이를 수도 있으리라.

그러나 이명을 일종의 '체계'나 '장치'로 보는 도구적 시각에도 문제는 있다. 체계나 장치란 특정 목적이나 계획을 갖고 고안되기 때문이다. 이명이 필요에 의해 탄생한 측면은 있지만, 특정 시를 짓기 위한 목적을 가지고 계획적으로 이명이라는 장치를 만들었다고 볼 수 있을까? (토머스 크로스 같은 경우에는 목적이 분명하긴 하다.) 다음과 같은 장치라면 가능할 것 같다. 처음에는 우연적 영감에 의해 발명된, 그래서 발명가 자신조차 완벽히 다룰 줄 모르는, 아니 다룰 줄만 알았지, 결과를 예측하거나 장담할 수 없는 장치. 발명가의 내면에 들끓는 복수성을 극대화시키는 유연하고 살아 움직이며 성장하는 체계. 초기에는 다소 허술해도, 더 효율적인 특성들이 발명가에 의해 선택되고 반복적으로 사용되면서 점점 정교하게 진화하는* 메커니즘, 일종의 가상 신체라면?

페소아보다 약 100년 후에 태어난 우리에겐 이 모든 걸 이해하는 게 시시할 정도로 쉬울 수도 있다. 우리는 '아바타'라는 개념도 아무런 어려움 없이 받아들이지 않

* 실제로 어떤 이명은 진화한다. 어떤 학자는 캄푸스의 '진화'를 4단계로 나누어 설명하기도 한다(이 책 116쪽 참조). 그러나 페소아는 "나는 진화하지 않는다. 나는 여행한다"라며 혼란을 주기도 한다.

는가? 수많은 사람들이 가상현실 속 자아를 현실보다 더 친숙하게 느끼고 있고, 이 두 현실 간의 경계도 갈수록 모호해지고 있지 않은가? 다행인지 불행인지는 모르겠지만, 과거에는 페소아처럼 소수의 사람만 하던 경험을 지금은 다수의 사람들이 조금씩은 겪고 있는 셈이다. 페소아가 편지에서 말하듯이, 누구나 어릴 때는 초보적인 타자-되기를 체험한다. 그러다 어른이 되면서 그러기를 그만둔다. 만약 우리도 우리 속의 복수성을 섣불리 제거하거나 정리하지 않고, 스스로를 비우고 살아 움직이는 무대가 되어 온 우주의 복수성이 생동하도록 놓아둔다면 어떤 결과가 나올지 알 수 없는 일이다.

그러고 보면 이명이라는 발상에는 어린아이의 놀이와도 같은 유희적 측면이 분명히 존재한다. 이명은 이명일 뿐, 그 배후에 꼭 의미심장한 의도나 철학이 도사리고 있으리라는 발상은 한낱 사후(事後)의 형이상학일 수도 있다. 카에이루가 늘 강조하듯이, 사물을 있는 그대로 보는 시선을 상기하자. 어쩌면 페소아는, 이 점을 일깨우기 위해 훌륭한 스승까지 마련해 놓은지도 모른다. 온갖 설명이나 분석 없이도, 우리가 페소아를 읽을 때 그가 '이명 프로젝트' 자체를 즐기고 있는 소리를 엿들을 수 있다면 그것만으로도 충분하지 않을까? 보들레르는 「현대적 삶 속의 화가(Le Peintre de la vie moderne)」(1859)라는 에세이에서 이런 말을 한다.

"천재란 의지의 힘으로 되찾은 유년, 이제 스스로를

표현하기 위한 물리적인 수단들을 갖춘, 무의식적으로 축적한 경험의 총합에 질서를 부여할 수 있는 분석적 정신을 지닌 유년이다.”

글머리에 인용한 슐레겔의 언급처럼, 마치 페소아를 염두에 두고 쓰인 말 같다.

*

페소아는 누구인가?라는 첫 질문으로 돌아가서, 이번에는 페소아의 개인사를 간략하게나마 살펴볼 차례다. 보통의 작가들처럼 ‘페소아’라는 역사적 인물과, ‘페소아들’이라는 문학적 주체를 구분해 설명하는 소개 방식이 가장 무난하겠지만 페소아는 그 경계가 유난히도 모호하다. 이 모호함의 성질에 대해선 캄푸스도 잘 알고 있었다.

> 난 나를 알기 시작하고 있다. 난 존재하지 않는다.
> 나는 내가 되기를 욕망하는 것과 남들이 만들어낸 나 사이의 간극,
> 또는 이 간극의 절반, 왜냐하면 삶이란 것도 있으니까….
> 그게 나다, 결국….
> — 알바루 드 캄푸스의 무제 시 중에서

수수께끼 같은 그의 정체성은 ‘그를 만들어낸 남들’이 쓴 책들, 즉 그의 전기나 그에 관한 책의 제목에서도 잘 드

러난다. "자기 자신도 누군지 몰랐던 사람"(옥타비오 파스[Octavio Paz]), "한 번도 없었던 사람"(조르즈 드 세나[Jorge de Sena]), "낯설게 낯선 자"(로베르 브레송[Robert Bresson]), "진실하지 못한 진실함"(아돌푸 카사이스 몬테이루[Adolfo Casais Monteiro]), "영원히 누군가 다른 사람으로"(리처드 제니스[Richard Zenith])…. 후세대 시인이자 철학자 아고스티뉴 다 실바(Agostinho da Silva)는 이 점을 절묘하게 포착한다.

"페르난두 페소아는 어떤 사람이었냐면, 보통은 재단사가 먼저 치수를 재고 나서 외투나 바지를 만드는 반면, 페르난두 페소아라고 하는 이 시는 갖다 댈 치수가 없는 셈이다. (…) 페소아가 썼던 시들에 대해 하는 말이 아니다, 페소아라는 시에 대해 하는 말이다."

이러한 '시인과 시의 분리 불가능성'을 충분히 염두에 둔다면, 고정관념의 틀에 갇히지 않으면서도 페소아라는 인물을 알기 시작하는 길이 열릴 것이다.

1994년 해럴드 블룸(Harold Bloom)이 "서양 문학의 정전"을 발표하며 유구한 문학사 가운데서 추리고 추린 스물여섯 명의 명단에 '페르난두 페소아'라는 이름을 포함시켰을 때도, 이 시인의 정체를 아는 사람은 많지 않았다. 포르투갈에서도 사정은 비슷했다. 1915년에 페소아는 그의 동료들과 함께 『오르페우』를 창간하여 화제를 일으켰지만, 잡지의 주요 필진 알바루 드 캄푸스가 페소아의 이명이라는 걸 아는 이는, 그를 아는 소수의 문학인들과 잡지 동인들, 그리고 연인 오펠리아 케이로즈 정도였다.

그러나 페소아가 죽기 직전 마지막으로 남긴 "내일이 뭘 가져올지 나는 모른다"는 문장처럼, 어제와는 전혀 다른 내일이 오늘이 되어 찾아왔다. 오늘날 포르투갈인이라면 누구나 어릴 때부터 그를 교과서에서 접하고 있고, 브라질과 라틴어권에서 시작된 그의 인기는 영미권을 거쳐 점점 전 세계로 퍼져 나가고 있다. '리스본에서는 페소아와 정어리만 팔린다'는 농담이 생길 정도로 그는 국제적인 관광 상품이 되었다. 이렇게 한번 '국민 작가' 대접을 받게 되면 온갖 신화화의 베일을 벗은 한 인물의 진실한 이미지를 그리기가 어려워진다. 그래도 아는 데까지 해보자.

생전에 한 권의 책밖에 내지 못했다는 말에서 떠올려지는 전형적인 은둔형 무명작가나 불우한 천재의 이미지는 사실과 다르다. 그에겐 잡지 창간을 주도해 사회에 떠들썩한 스캔들을 일으킬 줄도 알고, 온갖 주의를 만들어내(파울리즘, 감각주의, 교차주의, 그리고 상대적으로 덜 명확히 정의한 대서양주의 등) 주변 예술가들에게 큰 영향을 미치고, 포르투갈은 물론 해외 정세를 늘 예의주시하며 정치적 발언에도 적극적이며, 여러 사업 계획을 추진하기도 하는 (성과는 거의 없었지만) 활동적인 면모도 있었다. 톨스토이나 위고처럼 당대의 문호로 칭송을 받거나 대중적 인지도를 거론할 수준은 아니었으나, 거의 무명인 상태로 최후를 맞이하고 사후에나 조명되었던 브루노 슐츠(Bruno Schulz)나 카프카보다는 상대적으로 생전에 더 이름을 알린 편이다. 페소아는 그 어딘가 중간쯤에 위치했다. 적어도 『오르페우』 동인들을 중심으로 한 이너서클에게 존경받던 시인이었음은 틀림이 없다. 그가 죽고 나자 주요 일간지 『디아리우 드 노티시아스(Diário de Notícias)』는 1면에 부고를 싣는다. 그러나 포르투갈은 주로 시집 『메시지(Mensagem)』에 드러난 그의 민족주의적인 면을 기억하고 있었다. 그 자신의 말처럼 그는 "그것 말고도 여럿"인데 말이다.

그의 진면목인 "어마어마한 복수성"은 그가 남긴 미발표 유고들로 한참 후에나 알려지게 된다. 페소아의 작품들이 책으로 출간되지 못한 진짜 원인은, 출판사들로부터 푸대접을 받아서는 아니었다. 그보다는 왕성한 생산력을 과시하다가도 완성의 문턱 앞에만 서면 작아지는 페소아 자신의 문제가 컸다. 주로 잡지나 신문을 통해 발표한 약 430편의 글들(130편의 산문과 300편의 시)을 제외하면, 나머지 원고들은 대부분 미완성으로 남겨졌고, 이런 성향은 산문에서 두드러지게 나타났다. 그나마 모국어로 써서 출판에 이른 유일한 책 한 권, 그리고 그가 사촌과 함께 차린 출판사 '올리시푸(Olisipo)'(1920-3년)에서 직접 펴낸 영어책 두 권은 모두 시집이었다. 사후 47년이 지나서야 출간된 『불안의 책』도 미완성이긴 마찬가지였으며, 엄밀히 말해 책도 아니었다. 그것이 어떤 형태이든, 무질서하게 흩어진 원고들을 제3자(연구자나 편집자)가 단서와 추측에 의존해 임의로 정리한 결과물일 수밖에 없기 때문이다. 책과 책 아닌 무언가의 사이를 무한히 왕복하는 문학적 시시포스의 운명을 페소아는 절감하고 있었다. 한 편지*에서 그는 자신이 현재『불안의 책』에 박차를 가하고는 있지만 "그저 단상들(fragmentos)! 단상들! 단상들뿐", 완성은 요원함을 호소했다. 프란츠 카프카(Franz Kafka)(『성』), 로베르트 무질(Robert Musil)(『특성 없는 남자』), 발터 베냐민(Walter Benjamin)(『아케이드 프로젝트』)과 같은 동시대의 작가들에게도 미완성의 경향을 발견할 수는 있다. 그러나 책의 기본 골격을 갖추고 있어 시간이 더 있었더라면 완성이 가능해 보이는 사례들과 시간이 더 주어지더라도 완성될 법하지 않은 그의 '불안한' 책 사이에는 근본적인 차이가 있다. 바로 '완성되지 않은 것'과 '완성될 수 없는 것'의 차이다.** 하나의 완결된 정체성이 아니라 여러 개로 쪼개져 파편화된 '정체성들'을 추구한 페소아의 특수성 때문에 이 차이가 발생했을까? 이 '완성불가능성'에 오히려 독보적인 가치가 있는 것일까?

상상해보자. 늘 본인을 역사 속 거장들과 동일 선상에서 비교했으며, 대작을 완성하도록 추동하는 초월적 힘

* 1914년 11월 19일 동료 아르만두 코르트스-로드리게스에게 보낸 편지.

** 옮긴이의 서평「불안의 미로에서 주운 파편들」참조(www.pressian.com/news/article.html?no=118517).

에 사로잡힌 나머지, 연인에게 이별의 이유로 문학적 소명을 내세웠던 그를. 그리고 이처럼 원대한 포부를 안고 대문자로 된 '그 책(Livro)'을 쓰려고 시도할 때마다, 소문자로 된 책(livro)은커녕, 단상이나 쓰는 데 그치는 좌절감을! 그러나 이 '미완성 콤플렉스'도 시의 영역에서는 어느 정도 극복되지 않았던가? 그렇다면, 페소아 필생의 역작(Magnum Opus)은 완성한 운문일까, 미완성의 산문일까? 질문은 끝없이 이어진다.

페소아의 실제 삶은 행복했을까? 그는 우울과 히스테리 증상을 호소하기도 했지만, 극도로 치열한 영혼만이 경험 가능한 황홀경과 성취감도 맛보았다. 금욕주의자에 가까운 생활을 했지만, 술과 담배(어쩌면 아편도?)는 상상 이상으로 즐겼다. 그가 빠듯하게 생계를 이어간 사실은 그가 직접 적은 초라한 가계부들에 그대로 드러나 있지만, 이는 자기 글 쓸 시간을 확보하려 했던 본인의 선택 때문이었다. 현학적이고 엘리트적인 취향을 가진 댄디였지만, 놀랍도록 문턱이 낮고 접근하기 쉬운 시들, 누구나의 가슴에도 울림을 주는 진정 어린 산문들도 많이 썼다. 다분히 개인주의적인 성향임에도 정치와 사회에 대한 지대한 관심으로 그와 관련해 무수한 글들을 남겼다. 그 중에는 예리한 통찰도 있었지만, 많은 부분에 있어서 나이브했고 '정치적으로 올바르다'고 할 수 없었다. 성적으로 보수적인 성향을 보였으나, 동성애를 다룬 작품 때문에 보수 진영으로부터 집중 공격을 받던 시인 안토니우 보투(António Botto)의 문제작을 자신의 출판사에서 직접 펴낸 장본인이었으며 그를 적극적이고 공개적으로 변호하기도 했다. 동성애자 친구들과 가까이 지냈지만, 본인이 동성애자였는지 확증할 근거는 없다. 집단 행동에는 늘 거부감을 보였지만, 스스로 비밀 종교 집단의 일원이라고 주장했다. 뜻 맞는 동료들과 역사에 남을 잡지를 펴내 파장을 일으키는 잠시의 흥분을 만끽하기도 했지만, 그 후 3년 안에 가장 절친했던 친구 마리우 드 사-카르네이루(Mário de Sá-Carneiro, 자살)부터 아꼈던 동료 예술가 산타 리타 핀토르(Santa Rita Pintor, 자살)와 아마데우 드 소자-카르도수(Amadeo de Souza-Cardoso, 전염병)까지 차례대로 모두 잃는, 오랜 쓰라림도 겪어야 했다. (뿐만 아니라 개인적으로도 어려서는 친아버지와 남동생 그리고 두 명의 동복 여동생을, 이어 마흔이 되기도 전에 양아버지와 어머니를 모두 잃었다.) 조국에 대한 자부심과 애국심으로 넘쳤지만, 무얼 해도 주목받지 못하는 변방에 갇혀 살고 있음을 뼈저리게 자각하고 있었다. 모국어를 그토록 사랑했지만, 1916년부터는 국제 무대를 의식해서인지 성에서 약음 부호(Pessôa)를 삭제하고 사용하기 시작했고, 죽기 8일 전에 쓴 마지막 시(「기쁜 태양이 빛난다[The happy sun is shining]」)와 죽기 하루 전에 쓴 마지막 문장("내일이 뭘 가져올지 나는 모른다[I know not what tomorrow will bring]")은 모두 의아하게도, 영어로 남겼다. 소수의 동료들에게는 인정받았지만, 고대했던 보다 넓은 물, 즉 영어권에서 인정받고자 했던 꿈은 끝내 이루지 못했다. 온 세상이 비좁아 보일 만큼 커다란 야망을 갖고 있었지만, 가장 사소하고 좀스러운 것들에 집요하게 집착했다. 야심이나 허영 따위는 없는, 순수하고 충직한 남자였다(오펠리아의 기억에 따르면). 끊임없이 바뀌는 가면 뒤로 모습을 감추면서도, 매 가면마다 솔직했다. 그를 아는 지인들은 누구나 그를 따뜻하고 마음씨 좋은 신사로 기억하지만, 예민한 이들은 그의 묘한 영국식 유머 뒤에 자리한 스산한 냉기를 감지했다. 스스로 역사에 남는 시인이 될 것이라는 자신감을 갖고 있었지만, 한편으론 늘 실패했다고 생각했다.

알 수 없는 중간쯤 어딘가에, 그가 있다.

김한민

인용 문헌

페르난두 페소아, 『사적인 산문들과 자기 해석(Páginas Íntimas e de Auto-Interpretação)』, J. P. 코엘류(J. P. Coelho) · 루돌프 린트(Rudolf Lind) 편집, 리스본, 아티카(Ática), 1966

페르난두 페소아 / 베르나르두 수아르스, 『불안의 책(Livro do Desassossego)』 1-2권, 리스본, 아티카, 1982

페르난두 페소아, 『시와 산문집(Obra Poética e em Prosa)』 2권, 안토니우 콰드로스(António Quadros) · 달리아 페레이라 다 코스타(Dalila Pereira da Costa) 편집, 포르투, 렐루(Lello), 1986

페르난두 페소아 / 베르나르두 수아르스, 『불안의 책』, 리처드 제니스(Richard Zenith, R/Z) 엮음, 리스본, 아시리우 이 알빙(Assírio &[e] Alvim), 1998

참고 문헌

주제 질(José Gil), 『페르난두 페소아 혹은 감각의 형이상학(Fernando Pessoa ou a Metafisica das Sensações)』, 렐로지우 다구아(Relógio d'Água), 1986

옥타비오 파스(Octavio Paz), 『페르난두 페소아, 자기 자신을 몰랐던 사람(Fernando Pessoa, o desconhecido de si mesmo)』, 리스본, 베가(Vega), 1992

페르난두 페소아, 『페소아 100주년(A Centenary Pessoa)』, 에우제니우 리스보아(Eugenio Lisboa) 편집, 맨체스터, 카르카네트 프레스(Carcanet Press), 1995

조르즈 드 세나(Jorge de Sena), 『페르난두 페소아와 이명 동료들(Fernando Pessoa & C.ª Heterónima)』, 리스본, 에디송이스 70(Edições 70), 2000

페르난두 페소아, 『페소아 산문집(Selected prose of Fernando Pessoa)』, 리처드 제니스 편집, 뉴욕, 그로브 프레스(Grove Press), 2001[2002]

안토니우 아제베두(António Azevedo), 『페르난두 페소아, 타자화와 이명(Fernando Pessoa Outramento e Heteronímia)』, 인스티투토 피아제(Instituto Piaget), 2005

페르난두 페소아, 『생전에 출판된 산문들(Prosa Publicada em Vida)』, 리스본, 아시리우 이 알빙, 2006

페르난두 페소아, 『사적인 산문들과 자기 인식(Prosa Íntima e de Autoconhecimento)』, 리스본, 아시리우 이 알빙, 2007

K. 데이비드 잭슨(K. David Jackson), 『페르난두 페소아의 불리한 장르(Adverse Genres in Fernando Pessoa)』, 뉴욕, 옥스퍼드(Oxford), 2010
파트리시아 마르틴스(Patrícia Martins), 『시의 중심부 — 1940년대 페소아의 수용(Central de Poesia — A recepção de Fernando Pessoa nos anos '40)』, 리스본, 리스본 인문대학 포르투갈어권 국가 / 유럽 문학 및 문화센터(Centro de Literaturas e Culturas Lusófonas e Europeias da Faculdade de Letras da Universidade de Lisboa), 2011
제로니모 피사로(Jerónimo Pizarro), 『나는 하나의 시집이다(Eu Sou Uma Antologia)』, 리스본, 틴타 다 시나(Tinta da China), 2013
페르난두 카브랄 마르틴스(Fernando Cabral Martins), 『페르난두 페소아와 포르투갈 모더니즘 사전(Dicionário de Fernando Pessoa e do Modernismo Português)』, 에디토리얼 카미뉴(Editorial Caminho), 2008

기타 참고 사이트

페소아 아카이브 http://arquivopessoa.net/textos
페소아의 집 http://casafernandopessoa.cm-lisboa.pt
포르투갈 국립도서관 페소아 아카이브 http://purl.pt/1000/1/index.html

페르난두 페소아 연보

1887년 — 9월 5일, 페소아의 부모, 포르투갈 리스본에서 결혼. 아버지 조아킴 드 시아브라 페소아(Joaquim de Seabra Pessoa)는 법무부 공무원이었으나 리스본 일간지 『디아리우 드 노티시아스(Diário de Notícias, '일간 뉴스')』에 정기적으로 음악 칼럼을 기고했음. 어머니 마리아 마달레나 피녜이루 노게이라(Maria Madalena Pinheiro Nogueira)는 시를 썼고 피아노를 연주했으며 프랑스어도 유창했음.

9월 19일, 리카르두 레이스(Ricardo Reis), 오후 4시 5분에 포르투에서 '출생'.

1888년 — 6월 13일, 페르난두 안토니우 노게이라 페소아(Fernando António Nogueira Pessoa), 오후 3시 20분에 리스본에서 출생. 당시 그의 아버지와 어머니는 각각 28세, 26세였음. 알렉산더 서치(Alexander Search)도 같은 날 리스본에서 '출생'.

1889년 — 4월 16일, 알베르투 카에이루(Alberto Caeiro), 오후 1시 45분에 리스본에서 '출생'.

1890년 — 10월 15일, 알바루 드 캄푸스(Álvaro de Campos), 오후 1시 30분에 포르투갈 남부 알가르브의 타비라에서 '출생'.

1893년 — 1월 21일, 페소아의 남동생 조르즈(Jorge) 출생.

7월 13일, 페소아의 아버지가 결핵으로 사망.

1894년 — 그의 '내면 극장'을 채울 분신 혹은 문학적 캐릭터들을 만들어내는 습관이 시작됨.

1월 2일, 조르즈 사망. 같은 달, 페소아의 어머니는 두 번째 남편이 될 주앙 미겔 로사(João Miguel Rosa)를 만남.

1895년 — 7월 26일, 그의 첫 번째 시 「사랑하는 나의 어머니께(À minha querida mamã)」를 씀. 어머니가 받아 적음.

12월 30일, 그의 어머니가 남아프리카공화국의 더반 주재 포르투갈 영사 주앙 미겔 로사와 결혼.

1896년 — 1월 20일, 어머니와 함께 모로코 서쪽 약 640킬로미터의 대서양에 있는 포르투갈령 섬 마데이라(Madeira)로 향하는 배에 승선. 그곳에서 31일 더반행 배로 옮겨 타는 일정.

3월, 수녀원에서 운영하는 성 요셉 학교에 입학, 5년 과정을 3년 만에 마침.

11월 27일, 어머니와 계부 사이에서 난 첫아이, 이부(異父) 여동생 엔히케타 마달레나(Henriqueta Madalena) 출생.

1898년 — 10월 22일, 둘째 이부 여동생 마달레나 엔히케타(Madalena Henriqueta) 출생.

1899년 — 알렉산더 서치에 관한 텍스트 첫 등장.

4월 7일, 더반 고등학교 입학. 고전과 인문에 조예가 깊은 교장 니콜스(W. H. Nichols)를 만남. 셰익스피어, 디킨스의 「피크위크 클럽의 기록(Pickwick Papers)」 등 영국 문학에 심취.

1900년 — 1월 11일, 이부 남동생 루이스 미겔(Luís Miguel) 출생.

6월 14일, 장차 페소아의 '유일한' 연인이 될 오펠리아 케이로즈(Ophelia Queiroz), 리스본에서 출생.

1901년 — 자필로 남긴 것 중 가장 오래된 시 「당신으로부터 떨어져서(Separated from Thee)」를 영어로 씀.

6월 25일, 마달레나 엔히케타 사망.

8월 1일, 가족과 함께 모잠비크의 수도인 로렌수 마르케스(Lourenço Marques, 오늘날 마푸투[Maputo]라 불리는 항구도시), 탄자니아의 다르에스살람과 잔지바르, 이집트의 포트사이드, 이탈리아의 나폴리 등을 거쳐 포르투갈에 도착하는 배에 승선.

9월 13일, 리스본 도착.

1902년 — 5월, 조난 사고와 수수께끼 그리고 판크라시우(Pancrácio, '백치') 박사의 이름으로 서명된 시 「그녀가 지나갈 때(Quando Ela Passa)」 등이 수록된 가상 신문 『팔라브라(A Palavra, '말')』 세 호를 펴냄.

6월 26일, 어머니와 계부는 다시 더반으로 떠나고, 그는 리스본에 남음.

7월 18일, 일간지 『임파르시아우(O Imparcial, '공정한')』에 자신의 시 「아픔이 나를 괴롭힐 때(Quando a dor me amargurar)」를 처음으로 게재.

9월 19일, 혼자서 더반으로 출발.

10월, 대학 입학을 준비하고자 더반 상업학교의 야간반 입학.

1903년 — 1월 17일, 세 번째 이부 여동생 주앙 마리아(João Maria) 출생.

11월, 희망봉 대학에서 주관하는 대학 입학 허가 시험에 응시. 최우수 영어 에세이 부분에서 빅토리아 여왕 기념상 수상.

1904년 — 2월, 더반 고등학교로 돌아와 대학 준비 과정 공부를 시작함. 이는 대학 학부 1학년 과정에 해당함. 그의 일기에 따르면, 이 시기에 탐독한 작가는 셰익스피어, 밀턴, 바이런, 셸리, 키츠, 테니슨, 칼라일, 브라우닝, 포, 휘트먼 등.

7월 9일, 상당 분량의 원고를 남긴 첫 번째 분신 찰스 로버트 애넌(Charles Robert Anon)의 이름으로 『더 나탈 머큐리(The Natal Mercury, '남아프리카공화국 동부 나탈 주의 수성(水星)' 정도의 뜻)』지에 시 게재.

8월 16일, 네 번째 이부 여동생 마리아 클라라(Maria Clara) 출생.

12월 16일, 희망봉 대학의 예술 과목 중간고사를 치르고 전체 2등급, 나탈 지역 최고 성적을 거둠. 고등학교를 그만둠.

1905년 — 8월 20일, 포르투갈에서 대학교를 다니기로 결정되어 리스본행 배에 승선.

9월 14일, 리스본 도착. 마리아(Maria) 이모와 아니카(Anica) 이모의 집에 각각 차례대로 머무름. 귀국 후 약 4년간 영어로 시를 씀. (영어로 쓴 시 107편을 남김.)

10월 2일, 리스본 대학의 인문학부를 다니기 시작함.

1906년 — 알렉산더 서치 재등장. 1904-6년 쓰인 몇몇 단편들과 기존에 찰스 로버트 애넌의 이름으로 서명되었던 시 몇 편을 서치의 이름으로 고쳐 표기.

5월, 병으로 시험에 출석하지 못해 7월에 치름.

9월 말, 1학년에 재입학, 특히 철학 수업에 열성적으로 임함.

10월 초, 리스본으로 돌아온 가족들과 잠시 동안 함께 거주.

12월 11일, 마리아 클라라 사망.

1907년 — 다양한 언어로 글을 쓰는 여러 분신들 등장. 포르투갈어로 쓰는 파우스티누 안투네스(Faustino Antunes)와 판탈레앙(Pantaleão), 영어로 쓰는 찰스 제임스 서치(Charles James Search)와 모리스 수사(Friar Maurice), 프랑스어로 쓰는 장 쇨(Jean Seul) 등.

4월, 주앙 프랑쿠(João Franco)의 독재에 항의하여 코임브라 대학에서 시작된 대규모 학생 수업 거부의 여파로 리스본 대학에서도 수업이 취소됨.

5월 10일, 가족들이 더반으로 돌아가면서, 그는 마리아 이모와 리타(Rita) 이모, 정신병 증세를 보이던 친할머니 디오니시아(Dionísia)와 함께 살게 됨.

6월(?), 독학을 하기로 결심하고 대학 학업 중도 포기.

9월, 몇 개월간 견습으로 다니던 무역 정보 회사 'R. G. 던(R. G. Dun)'을 그만둠.

1908년 — 늦은 가을, 가우덴시우 나부스(Gaudêncio Nabos)의 이름으로 『포르투갈어권-브라질 기념 신연감(Novo Almanaque de Lembranças Luso-Brasileiro)』에 시 기고.

12월 14일, 괴테의 동명 소설에서 영감을 받은 극작품 「파우스투(Fausto)」를 처음으로 쓴 기록.

1909년 — 세 명의 필명이 등장. 조아킴 모라 코스타(Joaquim Moura Costa), 비센트 게데스(Vicente Guedes), 카를루스 오투(Carlos Otto).

8월, 인쇄기를 구입하기 위해 포르투갈 동부의 포르탈레그르(Portalegre)로 여행. 몇 개월 후, 리스본에 출판사 ‘이비스(Íbis)’ 개업.

1910년 — 이비스, 엽서나 봉투 등 우편 인쇄물 이외에는 단행본 한 권 출판하지 못하고 폐업. 연말, 이사.

1911년 — 사촌 마리우(Mário)의 사업(광산, 매매업 등)을 도움.

5월, 영어권과 스페인어권 작가들로 이뤄진 『세계 명작 문고(Biblioteca Internacional de Obras Célebres)』 전 24권의 번역에 들어감. 이 문고는 1912년경 출판됨.

6월, 이사. 아니카 이모와 함께 살게 됨. 그녀는 심령술, 점성술, 오컬트 등에 관심이 있었고, 이는 페소아에게도 영향을 미침.

1912년 — 4월, 최근 발표된 시들을 사회적 관점에서 비평한 첫 비평문 「사회학적으로 고찰한 포르투갈의 새로운 시(A Nova Poesia Portuguesa Sociologicamente Considerada)」를 포르투에서 발행하는 잡지 『아기아(A Águia, ‘독수리’)』에 게재. 같은 잡지에 이듬해까지 다른 글들도 기고.

10월 13일, 절친한 시인 마리우 드 사-카르네이루(Mário de Sá-Carneiro, 1890–1916)가 파리로 이주하게 되면서 두 사람 사이에 꾸준한 서신 교환이 시작됨.

1913년 — 3월, 「결혼 축하 시(Epithalamium)」의 일부를 씀.

3월 1일, 연극 평론 잡지에 첫 비평 게재. 총 4회 기고.

10월 14일, 『불안의 책』 중 일부로 확인되는 「소외의 숲에서 (Na Floresta Do Alheamento)」를 『아기아』에 게재하기 시작함.

1914년 — 리스본에서 발행하는 잡지 『레나센사(A Renascença, '문예부흥')』에 「내 마을의 종소리(Ó sino da minha aldeia)」와 「습지들(Pauis)」을 기고. 사-카르네이루를 비롯한 젊은 시인, 예술가들과 자주 만나며 이제까지 존재하지 않았던 새로운 잡지에 대한 구상을 구체화함.

3월 4일, 알베르투 카에이루의 이름으로 기록된 첫 시.

4월, 아니카 이모와 함께 이사.

6월, 이듬해 출판하게 될 「승리의 송시(Ode Triunfal)」와 함께 알바루 드 캄푸스 첫 등장.

6월 12일, 리카르두 레이스의 이름으로 기록된 첫 시.

11월, 아니카가 스위스로 떠나고, 페소아는 방을 얻어 이사.

1915년 — 알베르투 카에이루의 '철학적인 제자' 안토니우 모라(António Mora, 1914년에 처음 만들어진 것으로 보임)의 첫 번째 구체적인 등장. 알베르투 카에이루, 결핵으로 '사망'.

3월 24일, 『오르페우(Orpheu)』 1호 발행. 「선원(O Marinheiro)」, 「승리의 송시」 등이 게재됨.

4월 4일, 『조르나우(O Jornal, '매일 신문')』에 같은 달 21일까지 10편의 산문 기고.

5월 13일, 바로 그다음 날 군사혁명으로 전복되는 독재 정부의 수장 피멘타 드 카스트루(Pimenta de Castro) 장군을 비판하는 팸플릿 「질서의 선입견(O Preconceito da Ordem)」 게재.

6월 23일, 1차대전의 여파 및 스캔들을 일으킨 잡지의 주동자로 낙인 찍힌 탓에 일거리가 줄어들면서 심각한 재정난을 겪게 됨. 친구 아르만두 코르트스-로드리게스(Armando Côrtes-Rodrigues)에게 급히 생활비를 빌리고자 편지를 씀.

6월 말, 『오르페우』 2호 발행. 「기울어진 비(Chuva

Oblíqua)」와 「해상 송시(Ode Marítima)」 등이 게재됨.

7월 6일, 알바루 드 캄푸스의 이름으로 『카피타우(A Capital)』지에 보낸 글에서 교통사고로 큰 부상을 입은 정치인 알폰수 코스타(Alfonso Costa)에 관해 조롱하는 논조의 내용을 써서 많은 이들(『오르페우』 동인들까지 포함)의 공분을 삼. 이는 결과적으로 『오르페우』의 다음 호 발행에 악영향을 끼침.

9월, 헬레나 블라바츠키(Helena Blavatsky) 와 찰스 웹스터 리드비터(C. W. Leadbeater) 등 신지학(teosofia) 관련 작품 여섯 편의 번역 완성.

11월, 남아프리카공화국의 프레토리아(Pretoria)에 거주하던 어머니, 뇌졸중으로 신체 왼쪽의 일부가 마비됨.

12월, 또 다른 이명, '긴 수염의 점성술가' 라파엘 발다야(Raphael Baldaya) 등장.

1916년 — 3월, 자동 기술 및 점성술 관련 글쓰기 시작.

4월 26일, 마리우 드 사-카르네이루, 파리에서 자살.

5월, 이사.

9월, 이름 'Pessôa'에서 곡절 악센트(circumflex)를 제거하고 사용하기로 함. 잡지 『테라 노사(Terra Nossa, '우리의 땅')』에 「추수하는 여인(A Ceifeira)」 기고.

1917년 — 5월 12일, 『오르페우』 3호의 콘텐츠 결정. 그러나 3호는 끝내 발행되지 못함.

5월 12일, 시집 『광기 어린 바이올린 연주자(The Mad Fiddler)』를 영국 출판사에 보냄(6월 6일 거절 답장 받음). 동업자 두 명과 'F. A. 페소아(F. A. Pessoa)'라는 상업 거래 중개 회사를 차림.

10월, 잡지 『포르투갈 푸투리스타(Portugal Futurista,

'포르투갈 미래파')』에 캄푸스의 「최후통첩」 기고(11월에 경찰에 의해 압수 조치 당함).

10월 또는 11월, 이사.

1918년 — 4월 19일, 오르페우 동인 산타 리타 핀토르(Santa Rita Pintor), 파리에서 자살.

5월 1일, F. A. 페소아 폐업.

7월, 『안티누스(Antinoüs)』와 『35편의 소네트(35 Sonnets)』 자비 출판.

10월, 또 다른 오르페우 동인 아마데우 드 소자-카르도수(Amadeo de Souza-Cardoso)가 스페인 독감으로 사망.

10월 13일, 리스본 일간지 『템푸(O Tempo, '시간')』에 통치 체제로서의 공화국은 실패라는 통념을 반박하는 글 「실패?(Falência?)」 기고.

11월 또는 12월, 이사.

1919년 — 2월 13일, 포르투에서 공화파가 왕정을 타도하면서, 왕정주의자였던 리카르두 레이스가 브라질로 '망명'.
공화국 정부에 비판적인 논조의 우파 기관지 『악상(Acção, '행동')』에 정치 평론을 기고하기 시작.

5-8월(?), 이사.

10월 7일, 계부가 프레토리아에서 사망.

10-11월(?), 이사.

11월, 왕래하던 회사(펠릭스, 발라다스 앤드 프레이타스[Félix, Valladas & Freitas])에서 오펠리아 케이로즈를 만남.

1920년 — 권위 있는 영국 문예지 『아테네움(Athenaeum, '문예

연구회' 또는 '아테나 신전')』에 시 「그동안(Meantime)」 게재.

3월 1일, 오펠리아에게 첫 연애편지를 씀.

3월 29일, 코엘류 다 로샤 거리 16번지로 마지막 이사. 이곳에서 여생을 보내게 됨.

3월 20일, 남아공에 있던 어머니와 이부 형제자매들이 리스본으로 귀국.

11월 29일, 오펠리아와 편지를 통해 헤어짐.

1921년 — 작은 출판사 겸 에이전시 '올리시푸(Olisipo)' 개업.

10월 19일, 올리시푸에서 자신의 『영시집 I–II(English Poems I–II)』과 『영시집 III(English Poems III)』 및 『오르페우』의 동인이었던 알마다 네그레이로스(Almada Negreiros)의 『맑은 날의 발명(A Invenção do Dia Claro)』 출판.

1922년 — 5월, 리스본 잡지 『콘템포라네아(Contemporânea, '동시대')』에 「무정부주의자 은행가(O Banqueiro Anarquista)」 기고. 동성애로 물의를 일으키던 안토니우 보투(António Botto)의 시집 『노래들(Canções)』 출판.

7월, 안토니우 보투를 옹호하는 글 「안토니우 보투와 포르투갈에서의 미학적 이상(António Botto e o Ideal Estético em Portugal)」을 『콘템포라네아』에 기고.

10월, 「포르투갈의 바다(Mar Português)」를 『콘템포라네아』에 기고.

11월, 중개 상업 회사 'F. N. 페소아(F. N. Pessoa)'를 차려 향후 3년간 운영.

1923년 — 1월, 프랑스어로 쓴 시 3편을 『콘템포라네아』에 기고.

2월, 알바루 드 캄푸스의 「리스본 재방문(Lisbon Revisited)」(1923)을 『콘템포라네아』에 기고. 올리시푸는 라울 레알(Raul Leal)의 소품 『신격화된 소돔(Sodoma Divinizada)』 출간.

3월, 보수적인 학생들의 집단 항의로 정부는 『신격화된 소돔』과 『노래들』을 포함한 '부도덕'한 책들을 금서로 지정. 페소아는 알바루 드 캄푸스의 이름으로 학생들을 비판하고 라울 레알을 옹호하는 선언문 「도덕이라는 명분의 공지(Aviso por causa da moral)」 발표.

7월 21일, 계부의 삼촌인 엔히크 로사(Henrique Rosa)와 함께 살게 됨. 전직 군인 엔히크는 과학과 문학을 두루 섭렵한 인물로 페소아가 세자리우 베르드(Cesário Verde), 안테루 드 켄탈(Antero de Quental) 등 포르투갈 문학에 본격적으로 눈을 뜨게 해줌.

9월 11일, 그의 제사(題詞) 다섯 편이 로겔리오 부엔디아(Rogelio Buendía)에 의해 스페인어로 번역되어 우엘바(Huelva)의 지역신문 『라 프로빈시아(La Provincia)』에 실림.

1924년 — 10월, 화가 루이 바스(Rui Vaz)와 함께 잡지 『아테나(Athena)』 창간. 아방가르드적 실험 이후 '질서로의 귀환'을 표방한 이 잡지는 리카르두 레이스와 알베르투 카에이루가 활약하기에 적절한 지면이었음. 창간호에는 그때까지 대중에게 알려지지 않았던 레이스의 송시 스무 편을 기고함. 알바루 드 캄푸스도 에세이 「비(非)아리스토텔레스적 미학을 위한 단상(Apontamentos para uma estética não-aristotélica)」을 기고했고, 알마다 네그레이로스와 안토니우 보투도 잡지에 참여.

12월, 『아테나』 2호 발행. 마리우 드 사-카르네이루가 마지막으로 남긴 시들과 형이상학에 관해 페소아와 의견을 달리하는 알바루 드 캄푸스의 글 등이 실림.

1925년 — 1월(또는 2월) 『아테나』 3호 발행. 본명으로 서명된 시 16편과 엔히크 로사의 시 3편 기고.

3월 17일, 어머니 사망.

3월, 『아테나』 4호 발행. 시집 『양 치는 목동(O Guardador de Rebanhos)』 중 23편의 시를 실어 알베르투 카에이루의 존재를 대중에게 처음 공개함.

6월, 『아테나』 5호 발행. 카에이루의 『엮지 않은 시들(Poemas Inconjuntos)』 중 16편의 시 기고.

8-12월, 너새니얼 호손(Nathaniel Hawthorne)의 『주홍글씨(The Scarlet Letter)』를 포르투갈어로 번역.

10월 27일, '종합 연감(Anuário Sintético)'의 발명에 대한 특허권 신청.

1926년 — 1월 1일, 『주홍글씨』 1회분이 잡지 『일루스트라상(Ilustração, '일러스트레이션')』에 실림.

6월, 매제인 프란시스쿠 카에타누 디아스(Francisco Caetano Dias)와 함께 『비즈니스와 회계 잡지(Revista de Comércio e Contabilidade)』 창간. 이 잡지에서 페소아는 사업이나 정치 및 시사 이슈에 관한 글을 기고함.

7월, 알바루 드 캄푸스의 「리스본 재방문」(1926)을 『동시대』에 기고.

10월 30일, 애나 캐서린 그린(Anna Katherine Green)의 추리소설 『레번워스 사건: 변호사의 이야기(The Leavenworth Case: A Lawyer's Story)』를 신문 『소우(Sol, '태양')』에 번역 연재하기 시작함. 12월 1일 신문이 종간하기까지 약 3분의 1 분량이 연재됨.

1927년 — 6월 4일, 본명으로 서명한 시와 알바루 드 캄푸스의 산문

「주위(Ambiente)」 기고를 시작으로, 3개월 전 코임브라에서 창간된 잡지 『프레젠사(Presença, '존재')』와의 긴밀한 공동 작업이 시작됨.

7월 18일, 리카르두 레이스의 송시 세 편 『프레젠사』에 기고.

1928년 — 1월 26일, 『프레젠사』의 공동 창립자이자 소설가 · 시인이며, 1년 전 페소아의 문학사상 중요성에 대해 처음으로 언급한 글을 쓴 주제 레지우(José Régio)에게 첫 편지를 씀.

3월, 「정권 공백 기간: 포르투갈 군사독재의 옹호 및 정당성(O Interregno: Defesa e Justificação da Ditadura Militar em Portugal)」 기고. 알바루 드 캄푸스의 「난외주석(欄外註釋)(Apostila)」을 『노티시아스 일루스트라두(O Notícias Ilustrado, '이미지로 된 신문')』에 게재.

8월, 바랑 드 테이브(Barão de Teive)의 첫 등장.

1929년 — 4-6월(?), 16년간 언급이 없던 『불안의 책』의 글 11편이 리스본 잡지 『레비스타(A Revista, '리뷰')』에 1929-32년 게재됨. '준(準)이명' 베르나르두 수아르스의 이름으로 귀속됨.

6월 26일, 페소아의 작품 세계를 정식으로 연구한 첫 번째 비평문을 낸 『프레젠사』 공동 편집인 주앙 가스파르 시몽이스(João Gaspar Simões)에게 감사 편지를 씀.

9월 9일, 오펠리아가 그녀의 사촌이자 페소아의 친구인 카를로스 케이로즈(Carlos Queiroz)를 통해 페소아의 사진을 보게 됨. 그녀는 사진을 달라고 부탁했고, 전달받은 후 페소아에게 감사 편지를 보냄. 11일, 페소아가 답장을 하면서 오펠리아와의 서신 교환이 재개됨.

12월 4일, 신비주의 마술가로 명성을 날리던 앨리스터 크로울리(Aleister Crowley)의 책을 출판한 출판사에 출생 천궁도 부분의 오류 지적. 크로울리 본인도 이 부분을 알게 되면서, 둘의 서신 교환이 시작됨.

1930년 — 1월 11일, 오펠리아에게 보낸 마지막 편지. 그녀는 그 후에도 몇 해 동안 편지를 보내오고(1931년 3월 29일까지), 둘은 가끔 전화 통화를 하거나 만나기도 함. 오펠리아는 몇 해 후 다른 사람과 결혼하고, 1991년 사망함.

6월 13일, 알바루 드 캄푸스의 「생일(Aniversário)」을 쓰고, 캄푸스의 '생일'에 맞춰 10월 15일로 서명한 후 『프레젠사』에 기고.

7월 23일, 알베르투 카에이루의 『사랑의 목동(O Pastor Amoroso)』 중 날짜가 기록된 두 편의 시를 씀.

9월 2일, 앨리스터 크로울리가 영국에서 리스본으로 도착, 페소아와 만남. 23일, 크로울리가 가짜 자살 소동을 일으키도록 도움. 주요 일간지에 대대적으로 보도됨. 이 사건을 소재로 페소아는 미완성 추리소설 『지옥의 입(Boca do inferno)』을 씀. 이는 '자살' 장소로 설정된 리스본 근교 절벽 이름이다.

1931년 — 2월, 『양 치는 목동』의 시 여덟 편과 알바루 드 캄푸스의 이름으로 「내 스승 카에이루를 기억하는 노트들(Notas para a Recordação do meu Mestre Caeiro)」 다섯 편을 『프레젠사』에 게재.

6월, 이명 3인방의 이름 및 본명으로 서명한 시들을 『프레젠사』에 기고.

12월, 본인이 번역한 크로울리의 시 「판(Pan, 목신[牧神])에의 찬가(Hino a Pã)」를 『프레젠사』에 기고.

1932년 — 페소아가 서문을 쓴 러시아 시인 엘리에제르 카메네스키(Eliezer Kamenezky)의 시집 『방황하는 영혼(Alma

Errante)』이 출간됨.

9월 16일, 리스본 근교 카스카이스의 박물관 겸 도서관의 사서(관리)직에 지원하나 실패함.

11월, 시 「아우토프시코그라피아(Autopsicografia)」 게재(이 시는 1931년 4월 1일에 쓴 것임).

1933년 — 심각한 우울 증세를 겪지만 많은 시와 산문을 쓴다(「세바스티앙주의 그리고 제5제국[Sebastianismo e Quinto Império]」과 관련된 글들 포함).

1월, 그의 시 다섯 편이 피에르 우르카드(Pierre Hourcade)에 의해 프랑스어로 번역되어 마르세유 잡지 『카이에 뒤 쉬드(Cahier du Sud)』에 게재됨.

3-4월, 마리우 드 사-카르네이루의 미발표 유작들을 편집한 『금의 흔적(Indícios de Ouro)』을 준비함(1937년 출간됨).

7월, 1928년 1월 15일에 쓴 알바루 드 캄푸스의 시 「담배 가게(Tabacaria)」를 『프레젠사』에 게재.

1934년 — 시 「에로스와 영혼(Eros e Psique)」을 『프레젠사』에 게재.

7월 11일, 4행시를 쓰기 시작함. 8월까지 350편 이상 완성.

12월 1일, 생전에 포르투갈어로 출간된 유일한 책이자 시집 『메시지(Mensagem)』 출간. 국가 공보처 문학상 2등상(주최측이 요구한 최소 분량 100페이지를 채우지 못함).

1935년 — 1월 13일, 아돌푸 카사이스 몬테이루(Adolfo Casais Monteiro)에게 이명의 기원에 관한 유명한 편지를 씀.

2월 4일, 『디아리우 드 리스보아(Diário de Lisboa, '일간 리스본')』에 프리메이슨을 비롯한 '비밀결사'를 금지하는 법안에

격렬히 반대하는 글을 기고.

2월 21일, 독재자 살라자르(Antonio de Oliveira Salazar)가 직접 참석해 연설한 국가 공보처 문학상 시상식에 불참.

3월 16일, 살라자르 정권과 '신(新)국가/신(新)정국(Estado Novo)'에 반대하는 여러 시 중 첫 번째 「자유(Liberdade)」를 씀.

6월 13일, 그의 생일에 오펠리아로부터 안부 전보가 옴.

10월 21일, 알바르 드 캄푸스의 이름으로 남긴 마지막 시 「모든 연애편지는 / 터무니없다(Todas as cartas de amor são / Ridículas)」를 씀.

11월 13일, 리카르두 레이스의 이름으로 남긴 마지막 시 「우리 안에는 셀 수 없는 것들이 산다(Vivem em nós inúmeros)」를 씀.

11월 19일, 포르투갈어로 남긴 마지막 시 「병보다 더 나쁜 병이 있다(Há doenças piores que as doenças)」를 씀. "내게 와인이나 좀 더 다오, 삶이란 아무것도 아니니까."(마지막 연)

11월 22일, 마지막 영시 「기쁜 태양이 빛난다(The happy sun is shining)」를 씀.

11월 29일, 고열과 심한 복통을 느끼고 리스본의 프랑스 병원에 입원. 그곳에서 마지막 글귀를 씀. "내일이 뭘 가져올지 나는 모른다(I know not what tomorrow will bring)."

11월 30일, 사촌이자 의사인 쟈이므(Jaime)와 두 친구의 입회하에 저녁 8시경 사망.

12월 2일, 『오르페우』 일원이었던 루이스 드 몬탈보르(Luís de Montalvor)가 소수의 조문객들 앞에서 짧은 연설문을 낭송하는 가운데 프라제르스(Prazeres) 공동묘지에 묻힘.

워크룸 문학 총서 ‘제안들’

일군의 작가들이 주머니 속에서 빚은 상상의 책들은 하양 책일 수도, 검정 책일 수도 있습니다. 이 덫들이 우리 시대의 취향인지는 확신하기 어렵습니다.

1 프란츠 카프카, 『꿈』, 배수아 옮김
2 조르주 바타유, 『불가능』, 성귀수 옮김
3 토머스 드 퀸시, 『예술 분과로서의 살인』, 유나영 옮김
4 나탈리 레제, 『사뮈엘 베케트의 말 없는 삶』, 김예령 옮김
5 마세도니오 페르난데스, 『계속되는 무』, 엄지영 옮김
6 페르난두 페소아, 산문선 『페소아와 페소아들』, 김한민 옮김
7 앙리 보스코, 『이아생트』, 최애리 옮김
8 비톨트 곰브로비치, 『이보나, 부르군드의 공주/결혼식/오페레타』, 정보라 옮김
9 로베르트 무질, 『생전 유고/어리석음에 대하여』, 신지영 옮김
10 장 주네, 『사형을 언도받은 자/외줄타기 곡예사』, 조재룡 옮김
11 루이스 캐럴, 『운율? 그리고 의미?/헝클어진 이야기』, 유나영 옮김
12 드니 디드로, 『듣고 말하는 사람들을 위한 농아에 대한 편지』, 이충훈 옮김
13 루이페르디낭 셀린, 『제멜바이스/Y 교수와의 인터뷰』, 김예령 옮김
14 조르주 바타유, 『라스코 혹은 예술의 탄생/마네』, 차지연 옮김
15 조리스카를 위스망스, 『저 아래』, 장진영 옮김
16 토머스 드 퀸시, 『심연에서의 탄식/영국의 우편 마차』, 유나영 옮김
17 알프레드 자리, 『파타피지크학자 포스트롤 박사의 행적과 사상』, 이지원 옮김
18 조르주 바타유, 『내적 체험』, 현성환 옮김
19 앙투안 퓌르티에르, 『부르주아 소설』, 이충훈 옮김
20 월터 페이터, 『상상의 초상』, 김지현 옮김
21 아비 바르부르크, 조르조 아감벤, 『님프』, 윤경희 쓰고 옮김
22 모리스 블랑쇼, 『로트레아몽과 사드』, 성귀수 옮김
23 피에르 클로소프스키, 『살아 있는 그림』, 정의진 옮김
24 쥘리앵 오프루아 드 라 메트리, 『인간기계론』, 성귀수 옮김
25 스테판 말라르메, 『주사위 던지기』, 방혜진 쓰고 옮김
26
27
28
29
30

31 에두아르 르베, 『자살』, 한국화 옮김

32 엘렌 식수, 『아야이! 문학의 비명』, 이혜인 옮김

33 리어노라 캐링턴, 『귀나팔』, 이지원 옮김

34 스타니스와프 이그나찌 비트키에비치, 『광인과 수녀/쇠물닭/폭주 기관차』, 정보라 옮김

35 스타니스와프 이그나찌 비트키에비치, 『탐욕』, 정보라 옮김

36 아글라야 페터라니, 『아이는 왜 폴렌타 속에서 끓는가』, 배수아 옮김

37 다와다 요코, 『글자를 옮기는 사람』, 유라주 옮김

제안들 6

페르난두 페소아
산문선 — 페소아와 페소아들

김한민 엮고 옮김

초판 1쇄 발행. 2014년 7월 31일
5쇄 발행. 2022년 5월 31일

발행. 워크룸 프레스
편집. 김뉘연
제작. 세걸음

ISBN 978-89-94207-42-1 04800
978-89-94207-33-9 (세트)
14,000원

워크룸 프레스
03035 서울시 종로구
자하문로19길 25, 3층
전화. 02-6013-3246
팩스. 02-725-3248
메일. wpress@wkrm.kr
workroompress.kr
workroom.kr

옮긴이. 김한민 — 1979년 서울 출생. 『유리피데스에게』, 『혜성을 닮은 방』, 『공간의 요정』, 『카페 림보』, 『사뿐사뿐 따삐르』, 『도롱뇽 꿈을 꿨다고?』, 『그림 여행을 권함』, 『책섬』, 『비수기의 전문가들』, 『아무튼, 비건』, 『착한 척은 지겨워』 등의 책을 쓰고 그렸다. 한국해외협력단(KOICA) 소속으로 페루에 파견되어 학생들을 가르쳤고, 독일에서 떠돌이 작가로 살다가 귀국해 계간지 『엔분의 일(1/n)』 편집장으로 일했으며, 한겨레 신문에 '감수성 전쟁'을 연재하기도 했다. 페르난두 페소아의 시집 『시는 내가 홀로 있는 방식』, 『초콜릿 이상의 형이상학은 없어』, 『내가 얼마나 많은 영혼을 가졌는지』를 번역했다. www.hanmin.me